Rikki May

Spiegelscherbenblut

Roman Teil 1

Edition SOLAR-X

Matt,
trotz allem, was in Edinburgh passiert ist,
wirst du immer einen Platz in meinem Herzen haben.

Impressum

1. Auflage

Printed in Germany
Titelbild Be-/Überarbeitung: Rikki May
Originalbilder: © Pexels - Paar - George Desipris
Pixabay - Scherben - Free-Photos

ISBN 978-3-945713-67-9
Preis: 13,00 Euro

Prolog

Flackernd erwachten die Straßenlaternen zum Leben. Ich eilte die Treppe hinab, strauchelte, wäre fast gestürzt. Ein brauner Toyota kam mit kreischenden Reifen zum Stehen, hupte, seine Scheinwerfer blendeten in der Dunkelheit. Ich war auf die Straße gelaufen, ohne es auch nur zu bemerken.

Und hier stand ich nun in der Kälte. Fassungslos. Weil ich ihm vertraut hatte. Weil ich ihm wirklich vertraut hatte. Und das war mein Fehler gewesen.

Ich hätte mein Leben nicht in seine Hände legen dürfen. Niemals.

Jetzt wurde mir auf einmal klar, dass er viel zu viel wusste. Denn was auch immer Ashlyn und er getan hatten, sie veränderten damit die Welt. Verzerrten das Bild wie ein gebogener Spiegel.

Ich war mir sicher, nicht den Verstand verloren zu haben. Aber das würde mir nicht helfen, denn niemand würde mir jemals glauben.

Es ging hier nicht darum, dass ich Recht hatte. Dass ich die Wahrheit sagte. Matt und Ashlyn hatten entschieden, dass es anders aussehen würde. Also sah es anders aus. Sie hatten die Macht, die Perspektive zu verrücken, das Gleichgewicht zu stören, bis mir schwindelig wurde.

Ich besaß keinen Trumpf mehr, den ich zu meinen Gunsten nutzen konnte. Das Spiel war vorbei. Und ich war die Verliererin.

Von Matt hatte ich mich in einen wirbelnden Strudel aus Zwiespältigkeiten hineinziehen lassen, war mitgerissen worden, in seine Welt. Und für einen winzigen Moment in der Ewigkeit war alles gut gewesen. Doch dann hatte er mich von sich gestoßen, verraten, ruiniert. Er war zu Ashlyns Werkzeug geworden, zum Werkzeug dieser dunklen Seite des Spiels, die ich immer erfolgreich verdrängt hatte.

Ich hatte mich mit einem grausamen Team angelegt. War in Angelegenheiten hineingeschlittert, von denen man sich besser fernhielt. Und ich würde nie mehr aus der Sache rauskommen.

Wir hatten gespielt, und ich hatte verloren.

Verloren.

Verloren.

Weil ich ihn liebte.

1. Kapitel

Juli 1860, am Rande der Gila-Wüste, Arizona:

Warm stand die Sommersonne über den Gipfeln der Berge und tauchte die Landschaft in rötliches Licht. Ein paar einzelne Wolken, die alle Farben des Sonnenuntergangs in sich aufgesogen hatten, trieben über sie hinweg. Die wenigen Sträucher und Bäume warfen lange Schatten auf das endlose Land.

In der Ferne lag das neue Lager. Die Zeltstangen reckten sich gen Himmel und die Lagerfeuer knisterten in der warmen Sommerluft. Hunde bellten und Kinder lachten. Sie spürte die Unbeschwertheit in ihrem Körper, in ihrem Herzen.

Taza nahm sie in den Arm, wirbelte sie herum. »Vater hat große Pläne für unser Volk«, erklärte er, während sie gemeinsam durch den Sand schlenderten. »Er sprach von Landstrichen dort, wo die Sonne aufgeht. Von einer guten und friedlichen Zukunft für unsere Krieger.«

»Der Häuptling ist ein kluger Mann«, nickte sie ehrfurchtsvoll. »Er hat dir jeden Fluss, jeden Stein und jedes Tier in dieser Gegend gezeigt und dich alles gelehrt, was man wissen muss. Und er sorgt gut für sein Volk. Ich vertraue ihm und seinen Entscheidungen.«

Er nickte und sah sie an, bevor er den Blick senkte und lächelte. Ja, sie würden sich für den Frieden einsetzen. Gemeinsam. »Chukada«, flüsterte er und lächelte, »wir tragen große Verantwortung für den Stamm. Ich bin sehr froh, dass mein Vater voller Hoffnung ist.«

Und das war sie auch.

Keiner von ihnen bemerkte die einsame, schattenhafte Gestalt, die hinter einigen Felsen versteckt stand und das glückliche Paar beobachtete. Der Krieger, der von der Jagd heimkehrte, sah ihnen hinterher und zerbrach an dem friedlichen Anblick, während der Schmerz an ihm fraß wie ein Raubtier.

Doch weder Taza noch Chukada spürten die Gegenwart des Mannes an diesem Abend. Das Licht der untergehenden Sonne glänzte in den Augen der jungen Frau und leichter Wind spielte mit den Strähnen ihrer Haare. Sie richtete den Blick in die Ferne, in der der Horizont langsam seine leuchtenden Farben verlor, und blickte auf eine gute Zukunft.

157 Jahre später, Anfang Oktober 2017, auf dem Flughafen von Edinburgh:

»Oh nein!« Stöhnend stellte ich meinen Rollkoffer ab. Der schwere Rucksack rutschte mir vom Rücken. Mit zu Schlitzen verengten Augen starrte ich auf die Anzeigetafel. Das konnte doch nicht wahr sein!

Wenn man der Fluginformation trauen durfte – und davon war auf dem Flughafen von Edinburgh ja eigentlich auszugehen – hatte die Maschine nach Detroit zwei Stunden Verspätung.

Zwei ganze Stunden. Hundertzwanzig Minuten.

Verzweifelt fuhr ich mir mit den Händen durch die roten Locken und verzog das Gesicht. Meine Hand tastete nach dem Griff des Koffers. Fehlte noch, dass der irgendwo abhandenkam.

Eine Touristengruppe drängelte sich an mir vorbei in Richtung der Shops. Ich zog den Kopf ein, um nicht noch auf irgendeinem ihrer Fotos vom *wunderschönen* Flughafen zu landen. Wild gestikulierend und sich laut unterhaltend zog die Gesellschaft weiter.

Ich setzte den Rucksack richtig auf und hielt nach einem Sitzplatz Ausschau. Schien so, als hätte ich jetzt mehr als nur ein bisschen Zeit zum Verschnaufen.

Die Rollen meines Koffers hatten sich verdreht, was auf der Stelle dazu führte, dass er sich keinen Zentimeter bewegen ließ. Entnervt trat ich dagegen – allerdings mit keinem besonders vielversprechenden Resultat. Nach einem zweiten Versuch dieser Art gab ich es auf und schleifte den Koffer hinter mir her, die verklemmten Rollen einfach ignorierend.

Ich ließ mich auf die nächstbeste Wartebank fallen und schloss für einen Moment die Augen.

In der letzten Stunde hatte ich mit Sicherheit angenommen, ich würde meinen Flug verpassen. Ich war viel zu spät von zuhause losgefahren. Eigentlich wie immer. Dad hatte mir versprochen, mich zum Flughafen zu bringen. Folglich hatte ich es überhaupt nicht für nötig gehalten, mich nach einer Busverbindung zum Airport umzuhören. Kurzfristig war meinem Vater allerdings etwas Geschäftliches dazwischengekommen.

Entgegen meiner eigentlichen Planung war ich also doch mit meinem alten Land Rover gefahren. Hatte zwischendurch noch tanken müssen und im morgendlichen Stau gestanden. Jetzt parkte der Wagen auf unbefristete Zeit am Airport von Edinburgh und wartete darauf, dass Dad sich erbarmte und ihn irgendwann abholte.

Ich schüttelte den Kopf.

Nein, darüber würde ich jetzt nicht nachdenken. Weder über das Auto noch über die Hetzjagd, die hinter mir lag, oder die Tatsache, dass mein Koffer nicht richtig rollte und ich vergessen hatte, eine Haarbürste einzupacken.

Edinburgh, die Stadt, aus der ich Zeit meines Lebens nie richtig rausgekommen war, lag hinter mir. Genauso wie die Fahrzeit zum Flughafen, die ganzen, lästigen Packvorbereitungen … und meine Schulzeit. Vor mir lag eine herrlich entspannte Zeit in South Dakota. Eine Zeit, die ich mit meiner ehemaligen Austauschschülerin Shani verbringen würde. Und in der ich keinen Gedanken an mein Zuhause verschwenden würde.

Ich atmete tief durch und machte die Augen wieder auf.

Langsam füllte sich der Flughafen. Ich überbrückte die Wartezeit, indem ich Shani haufenweise Nachrichten schrieb und mich bei ihr darüber ausheulte, dass der Flug Verspätung hatte. Leider reagierte sie auf keinen meiner verzweifelten Versuche, mit ihr Kontakt aufzunehmen.

Shani Martinéz hatte mit fünfzehn ein ganzes Jahr bei uns verbracht. Damals hatte sie noch bei ihrem Vater in Äquatorial Guinea gewohnt. Ein ziemlich schräges Herkunftsland, von dem ich, bevor Shani kam, um ehrlich zu sein, noch kein Wort gehört hatte.

Die Tatsache, dass Shani überhaupt hatte anreisen dürfen, verdankte sie den Einflüssen ihres Dads, der einen Aufenthalt in Europa für sehr sinnvoll erachtet und deshalb alle Hebel in Bewegung gesetzt hatte, um sein Kind zu *verschiffen.*

Die Mutter meiner Freundin war eine ziemliche erfolgreiche Architektin aus South Dakota und hatte Shanis Vater, der in Afrika Erdöl förderte, vier Jahre nach der Geburt von Shanis jüngerem Bruder verlassen. Die Geschwister hatten erst eine Weile beim Vater gewohnt und waren vor zwei Jahren zu ihrer Mutter gezogen.

Ich persönlich hatte mit fünfzehn eigentlich weder ins Ausland gewollt noch den Wunsch verspürt, ein Mädchen aus Äquatorial

Guinea ein Jahr bei uns zu Hause aufzunehmen. Doch meine Eltern und meine übermotivierte Spanischlehrerin hatten es schließlich geschafft, mich zu überreden. Zwar nicht zum Selbstweggehen. Aber dazu, dass Shani, die zur selben Zeit eine Gastfamilie suchte, kommen dufte. Und ganz ehrlich: Ich hatte meine Austauschschülerin nicht bereut. Im Gegenteil!

Ein kurzer Blick auf die Uhr bewies mir, dass es immer noch eine gute Stunde dauerte, bis ich den Koffer abgeben und die Kontrollen passieren konnte. Also versuchte ich, die Zeit totzuschlagen, indem ich den Inhalt meines Rucksacks checkte. Nachdem ich damit fertig war, schlenderte ich an den Eingängen der Flughafengeschäfte vorbei und kaufte eine Haarbürste. Als ich endlich in der Schlange zur Gepäckabgabe stand, war ich beinahe euphorisch. Leider sollte mein Enthusiasmus nicht lange anhalten.

Das Dilemma begann damit, dass mein Koffer zu schwer war. Die freundlich lächelnde Dame, die mein Gepäck gewogen hatte, eröffnete mir zwei Möglichkeiten.

Erstens: Irgendetwas auspacken und hierlassen, beziehungsweise ins Handgepäck verladen. Das kam nicht infrage, weil mein Rucksack bis oben hin voll war. Selbst wenn ich gewollt hätte: Da passte nichts mehr rein.

Möglichkeit Nummer zwei: Mich in die meterlange Schlange der Leute mit Riesenkoffern einsortieren und mehr bezahlen. Stöhnend wählte ich diese Option. Was in meinem Koffer war, musste mit. Da führte kein Weg drum herum!

Nachdem ich noch zwanzig Minuten in einer ewig langen Reihe gestanden und gewartet hatte, konnte ich meinen Koffer endlich abgeben und mich auf den Weg zu den Personen- und Handgepäck-Kontrollen machen.

Zur erfreulichen Abwechslung passierte mein Rucksack die Kontrolle, ohne extra durchsucht zu werden. Ich selbst musste Schuhe und Jacke ausziehen. Eigentlich wie immer.

Als ich eine Weile später endlich im Flugzeug saß und auf den Start wartete, war ich so erschöpft, dass ich auf der Stelle einschlief.

Wir machten einen Zwischenstopp in Amsterdam, den ich allerdings so gut wie verschlief. Bei der Landung wurde ich kurz wach. Ein paar Leute stiegen aus und ich sank zurück in Morpheus' Arme.

Meine Ruhe sollte allerdings nicht mehr besonders lange währen.

Spätestens, als der junge Mann, der wohl in Amsterdam zugestiegen war und jetzt auf dem freien Platz neben mir saß, die Musik seines Handys unerträglich laut drehte, war es mit der Erholung zu Ende. Wir hatten gerade wieder unsere Flughöhe erreicht. Herrje! Kopfhörer waren normalerweise dafür da, dass nicht alle mithörten! Aber das hatte der dunkelhaarige Typ neben mir offensichtlich noch nicht verstanden.

Meine Müdigkeit wurde von dumpfen Kopfschmerzen abgelöst, die sich in den nächsten Minuten verschlimmerten.

Ich benutzte geschlagene vier Mal die Bordtoilette, einfach, um dem Hardrock neben mir zu entgehen. Dass sich keiner der anderen Fluggäste beschwerte, grenzte an ein Wunder. Erst, als die Stewardess kam und den Typen freundlich darauf hinwies, er möge seine Musik leiser drehen, wurde es besser.

Ich bestellte mir ein Brötchen und eine Tasse Kaffee. Der war unglücklicherweise so stark, dass ich davon Herzrasen bekam. Die Kopfschmerzen verschwanden, aber mein Gesamtzustand verschlechterte sich. Ich versuchte, das Koffein mit einer Flasche Wasser und dem Brötchen zu verdünnen. Leider ohne großen Erfolg. Anstelle des Brötchens hätte ich ebenso gut versuchen können, meinen Stiefel zu frühstücken.

Geschmacklich bestand da kein großer Unterschied. Oder bildete ich mir das nach dem viel zu starken Kaffee nur ein?

Obwohl ich von der Musik des vielleicht fünfundzwanzigjährigen jungen Mannes neben mir nichts mehr mitbekam, konnte ich nicht einschlafen. Alle zehn Sekunden warf ich einen Blick auf den Bildschirm vor mir, der die verbleibende Flugdauer anzeigte.

Im Gegensatz zu mir konnte der Typ mit den Kopfhörern offensichtlich herrlich einschlafen. Trotz Hardrock auf den Ohren. Sein Kopf sackte zur Seite weg … leider in meine Richtung.

Ich verbrachte den Rest des Fluges damit, mich gegen das Fenster zu drücken, während er über der rechten Hälfte meines Sitzes hing. Prima!

Nichts wollte ich lieber, als endlich anzukommen.

Bei der Landung gab es allerdings noch einmal heftige Turbulenzen. Mein Magen rebellierte, als wir Detroit fast erreicht hatten. Auf dem Flughafen angekommen, war es so schlimm, dass ich mich fast übergeben hätte.

Eigentlich war eingeplant gewesen, dass ich vor meinem Weiterflug nach Pierre in South Dakota knappe drei Stunden Zeit hatte. Dadurch, dass mein Flugzeug so viel Verspätung gehabt hatte, wurde es jetzt aber knapp.

Zum Glück hatte ich überhaupt keine Lust, noch etwas zu essen. Ich hetzte über den Flughafen, verlief mich mehrere Male, rempelte eine Touristin an, entschuldigte mich und rannte weiter. Für eine Verschnaufpause blieb keine Sekunde. Offensichtlich schien der Typ, der neben mir im Flugzeug Hardrock-Musik gehört hatte und dann eingeschlafen war, das gleiche Problem zu haben.

Obwohl auf dem Airport von Detroit eine ganze Menge los war, erkannte ich ihn sofort wieder, als er ein älteres Ehepaar nach dem Flug nach Pierre, South Dakota, fragte.

Die Frau antwortete ihm leider so leise, dass ich kein Wort verstand. Mist! Jetzt blieb mir nichts anderes übrig, als dem jungen Mann hinterherzurennen.

Zur Abwechslung sollte ich aber mal Glück haben. Zielstrebig eilte der Typ in eine Richtung, in die ich ihm unauffällig folgte. Schon ein paar Minuten später und gerade noch rechtzeitig erreichten wir den Terminal.

Gemeinsam zeigten wir unsere Bordkarten vor und stiegen in die Maschine ein. »Na?«, erkundigte sich der Fremde, während wir durch die Gangway eilten. »Auch nach Pierre?«

Ich nickte, nicht ganz sicher, ob ich erfreut oder genervt darüber sein sollte, dass wir wohl noch ein Weilchen länger im gleichen Flugzeug sitzen würden.

»Cool!« Er streckte mir die Hand entgegen. »Ethan Moterri! Und du?«

»Reagan! Reagan Cowans!«, stellte ich mich vor und überlegte einen Moment, ob ich ein *Sehr erfreut* hinzufügen sollte. Dann entschied ich mich dagegen.

Zum Glück saß Ethan auf diesem Flug nicht neben mir, sondern ein paar Reihen weiter vorne. Ich lehnte meinen Kopf gegen die Rückenlehne und schloss die Augen. Nur noch knappe drei Stunden. Dann würde ich in ein paar wundervolle, entspannte Wochen mit Shani starten!

Als wir in Pierre landeten, sprühte ich nur so vor Euphorie. Hier war es erst kurz vor neunzehn Uhr, was hieß, dass Shani und ich noch ein bisschen quatschen oder irgendwo essen gehen konnten. Während ich mich vom Flugzeug in Richtung der Rollbänder mit den Koffern darauf bewegte, um mein Gepäck abzuholen, hielt ich nach meiner Austauschschülerin Ausschau. Vergeblich!

Statt Shani zu finden, traf ich Ethan, der ebenfalls seine Tasche suchte.

»So sieht man sich wieder«, kommentierte er mit einem Grinsen, während ich verzweifelt versuchte, meinen Koffer vom Rollband zu ziehen. »Warte!« Ehe ich protestieren konnte, half er mir.

»Äh ... danke!«, sagte ich.

Ethan nickte nur. »Und? Wohin musst du?« Sein Lächeln vertiefte sich.

Ich legte skeptisch die Stirn in Falten. »Warum willst du das wissen?«

»Nicht, dass wir zwei auch noch im selben Hotel wohnen.«

»Das wäre ja ... ähm ... lustig«, sagte ich, wenig begeistert. »Aber nein, das glaube ich nicht. Ich besuche eine Freundin.«

»Ach so!« Er nickte. »Wenn's dich interessiert, ich besuche meinen Vater.«

Ich unterdrückte ein genervtes Seufzen. *Super spannend, wirklich.* »Aha«, sagte ich. Ich kam nicht drum herum, mir die Frage zu stellen, warum er dann in einem Hotel wohnte. Ich biss mir auf die Lippe, schüttelte den Kopf und griff nach meinem Koffer. Danach würde ich mich jetzt sicher nicht erkundigen. Immerhin sah ich diesen Typen im Leben nie wieder.

»Dann«, murmelte ich, »dir viel Spaß in South Dakota!«

»Jo, dir auch.« Er griff nach seiner eigenen Tasche, während ich mich umdrehte und in Richtung Eingangshalle lief. Irgendwo hier würde ich Shani schon finden.

Ich brauchte sie nicht lange zu suchen. Mit ihrem schwarzen Lockenkopf und der dunklen Haut fiel meine Freundin mir sofort auf, obwohl ich sie seit vorletztem Jahr im Sommer nicht mehr gesehen hatte.

»Hey, Shani!« Begeistert begann ich zu winken, während ich meinen Koffer weiter in ihre Richtung schleifte. Meine Freundin stand in einer Schlange vor einem Stand, an dem offensichtlich Hamburger verkauft wurden. Sie war gerade dabei, ihre Bestellung aufzugeben.

Als sie mich bemerkte, schien sie die Frau hinter dem Tresen allerdings vollkommen zu vergessen. Ihre Augen weiteten sich, sie schlug sich die Hand vor den Mund und kam mir entgegengerannt. Einen Augenblick später lagen wir einander in den Armen.

»Oh Reag!«, begrüßte sie mich und senkte den Blick. »Ich bin 'ne echte Raben-Freundin!« Ihr schlechtes Gewissen war ihr an der Nasenspitze anzusehen.

»Wieso?«, lachte ich. »Weil du nicht am Terminal standst? Quatsch!«

»Die Schlange war so lang«, beklagte sich Shani. Die Verkäuferin warf ihr einen irritierten Blick zu. »Oh … und ich muss …«, stotterte meine Freundin.

»Komm, lauf!« Ich schubste sie in Richtung ihrer Hamburger. »Sonst musst du dich wieder hinten anstellen.« Shani grinste, dann liefen wir gemeinsam zum Stand zurück. Die blondgefärbte Frau hinterm Tresen schob gerade zwei riesige Tüten mit warmem Essen über die Theke. »Wow!«, stieß ich hervor. »Sind die echt alle für uns?«

Meine Austauschschülerin verzog peinlich berührt das Gesicht und schüttelte dann den Kopf. »Nein. Eine Freundin von mir kriegt die meisten …«

»Okaay!«, lachte ich. »Dann bin ich ja beruhigt.«

»Hör mal, Reag …« Der seltsame Unterton in ihrer Stimme sorgte auf der Stelle dafür, dass mir Übles schwante. Doch Shani vollendete ihren Satz nicht. Stattdessen griff sie nach meinem Koffer. »Komm! Den nehme ich.«

»Nope! Kommt nicht infrage.« Ich schleifte mein Gepäck allein weiter. Jetzt immer in Richtung Ausgang. »Wo steht dein Auto?«, wollte ich wissen.

»Ähm …«, sagte Shani. Ich blieb stehen und sah ihr in die Augen. Sie wich entschuldigend meinem Blick aus. »Also Reag … bei uns zu Hause ist im Moment echt die Hölle los.« Meine Überraschung schlug in Besorgnis um. Shani trat unruhig von einem Bein aufs andere und starrte die Fliesen an. »Ja … also … weißt du …«

Hilfesuchend sah sie zu mir auf, als wünschte sie, ich würde den Satz für sie beenden. Was ich aber natürlich nicht konnte. »Wir … mussten aus unserer Wohnung raus«, erklärte sie schließlich mit brüchiger Stimme. »Der Vermieter hat gekündigt. Total plötzlich.«

»So ein … Arschloch!«, rutschte es mir heraus.

»Tja!« Shani nickte unsicher. »Mom muss sich jetzt halt nach was Neuem umsehen. Und sie hat fürs Erste schon was in Aussicht.«

»Das klingt doch … gar nicht so schlecht«, versuchte ich sie aufzumuntern.

»Hm«, machte meine Freundin, wenig überzeugt. »Sie hat was in Iowa in Aussicht.«

»Oh!« Mehr fiel mir dazu nicht ein.

»Na ja. Man muss nehmen, was man kriegen kann. Die Wohnung in Iowa gehört Moms neuem Freund. Oder so. Er lebt allein. Und seine Wohnung ist winzig.«

»Aber wieso hast du das denn nicht …« *geschrieben.* Wollte ich fragen. *Oder mich angerufen.* Shani antwortete nicht. »Mom hat Krach mit Jamal!«, fügte sie stattdessen hinzu.

»Was macht der Kleine denn?«, erkundigte ich mich. Der jüngere Bruder meiner Freundin war inzwischen sechzehn. Und nicht immer ganz einfach, wenn ich das richtig verstanden hatte. Wir liefen jetzt quer über den Parkplatz, ein paar hupende Autos einfach ignorierend. Shani schien nicht erpicht darauf, mir auf diese Frage eine Antwort zu geben. »Der Stress zwischen den beiden ist echt übel«, meinte sie nur. »Und da davon auszugehen ist, dass wir ab Mitte der nächsten Woche in Iowa bei Moms neuem Schwarm auf 45 Quadratmetern leben werden … steht wohl nicht zu erwarten, dass Mom schnell dazu übergeht, Jamal zu ignorieren.« Sie seufzte leise. Es entstand eine lange Pause, in der ich vor lauter Unaufmerksamkeit beinahe auf der Kühlerhaube eines urplötzlich ausparkenden Autos gelandet wäre.

»Willst du auch noch 'ne gute Neuigkeit hören?«, fragte Shani irgendwann.

Ich nickte, obwohl ich eigentlich für heute schon genug hatte.

»Ich hab' einen Platz an der University of South Dakota bekommen«, erklärte sie mir.

»Wow … das ist … cool«, sagte ich und versuchte, meiner Stimme einen begeisterten Klang zu geben. Und mir nicht anmerken zu lassen, dass meine wunderschönen, entspannten Urlaubspläne gerade wie eine dumme Seifenblase zerplatzten.

»Ja«, erklärte sie lächelnd. »Von daher … ziehe ich in nächster Zeit aus. Nach Vermillion. Ich habe da echt noch viel zu regeln.«

»Kann ich mir vorstellen.« Glücklicherweise klang meine Stimme kein bisschen brüchig. Und auch nicht ganz so patzig, wie ich befürchtet hatte. »Na ja …«, stotterte Shani und startete noch einen vergeblichen Versuch, mir den Koffer abzunehmen. »Deshalb ist es im Moment echt … hektisch bei uns«, fuhr sie fort.

»Kann ich mir vorstellen!«, sagte ich noch einmal und gab mir alle Mühe, nicht mit der zugegeben recht direkten Frage herauszuplatzen, warum sie das verdammt noch mal nicht angekündigt hatte.

»Reag …«, Shani war stehengeblieben und musterte mich unglücklich. »Du kannst im Moment nicht mit in die Wohnung von Moms neuem Freund.«

»Kann ich mir vorstellen«, sagte ich zum dritten Mal innerhalb von ein paar Minuten. »Aber ich helfe euch natürlich beim Umzug«, fügte ich schnell hinzu. Klang zwar nicht gerade entspannt, aber da war wohl nichts zu machen.

»Lieber nicht«, murmelte meine Freundin. »Du … bist doch ein paar Wochen hier, oder?«

»Vermutlich«, erklärte ich vage. Ich hatte vorerst ein Rückflugticket für Anfang Januar gebucht, in der Hoffnung, drei entspannte Monate mit meiner ehemaligen Austauschschülerin verbringen zu können.

Aber, tröstete ich mich, der Flug ließ sich ja umbuchen. Am besten auf morgen früh.

»Ich glaube«, sagte Shani und irgendwo in meinem Magen verkrampfte sich etwas, »es wäre besser, wenn du ein paar Nächte im

Hotel wohnen könntest. Bis wir … ein paar unserer familiären Probleme aus der Welt geräumt haben.«

Ich war sprachlos. »Ähm …«, stotterte ich.

Shani legte einen Arm um mich. »Sorry, Reag …« Sie knirschte verdrießlich mit den Zähnen. »Ich verspreche dir, nächste Woche haben wir irgendeine – vorläufige – bessere Lösung für die Sache mit unserer Wohnung gefunden. Und dann machen wir uns eine schöne Zeit.«

Ja. Nächste Woche. Oder übernächste. Oder über-übernächste. Oder zwei Tage, bevor ich wieder abreiste. Meine Finger schlossen sich automatisch fester um den Griff meines Koffers. »Okay«, gab ich tapfer zu – was blieb mir auch anderes übrig? – »dann buche ich erstmal irgendwo ein Zimmer. Und du meldest dich, wenn du soweit bist, ja?«

»Du brauchst kein Zimmer buchen!« Shani lächelte müde. »Das hab' ich schon übernommen.«

Na. Da war ich ja erleichtert. »Aha?«, brachte ich mühsam hervor.

»Ich hab' dich in dem Hotel von einer guten Freundin untergebracht.«

Was hieß das denn jetzt? Ihrer Freundin gehörte ein Hotel? Oder arbeitete ihre Freundin nur dort? Oder was? Ich hatte weder Lust und Kraft, sie ausgerechnet jetzt danach zu fragen. Im Grunde genommen war es mir auch egal. Ich hatte kein Interesse daran, in irgendeinem Hotel bei irgendeiner von Shanis Freundinnen zu wohnen. Die ich gar nicht kannte.

»Aha!«, machte ich noch einmal, wenig begeistert.

»Du wirst Maka lieben. Und die White River Ranch auch«, versicherte Shani. Ich kämpfte gegen den Kloß in meinem Hals an. »Sicher«, bestätigte ich. *White River Ranch*. Das klang wie eine dumme Touristenattraktion. Ich verkniff mir einen gemeinen Kommentar.

Shani hatte es echt nicht leicht im Moment. Es fehlte gerade noch, dass ihre Freundin ihr auch noch Stress machte. »Klingt … nett«, sagte ich also, statt sie darauf hinzuweisen, dass ich mir meinen Urlaub ganz anders vorgestellt hatte. »Soll ich mir … ein Taxi rufen?«, bot ich an. »Dann kannst du gleich nach Hause zurück.«

»Nein, nein!« Sie schüttelte entschieden den Kopf. »Es gibt einen Shuttlebus zum Hotel.«

Prima. Ich biss mir auf die Lippe, um nicht abgrundtief zu seufzen. Shani hatte mich also schon untergebracht. Im Kinderclub des Touristenparks »*White River Ranch*«. Hervorragend.

»Wo liegt denn diese *Ranch*?«, fragte ich.

»In der Nähe von Pine Ridge«, erklärte sie willig. Ich nickte, musste aber ganz ehrlich zugeben, dass ich von Pine Ridge – war das eine Stadt, ein Nationalpark, ein anderes Hotel oder einfach nur ein Hügel? – noch nie etwas gehört hatte.

»Da steht schon der Bus.« Shani deutete mit dem Finger in eine Richtung. Erst, als wir uns weiter näherten, sah ich, was sie meinte. Da stand ein unauffälliger, kleiner Autobus, den irgendjemand in eine beinahe winzige Parklücke hineinmanövriert hatte.

Das Ding sah nicht gerade wie ein durchschnittlicher Touristen-shuttle aus. Ich hatte eher mit einem großen Bus mit kitschigem Aufdruck oder etwas Ähnlichem gerechnet. Anscheinend hier aber Fehlanzeige!

Schlussfolgerung: Die White River Ranch konnte weder ein riesig großes noch ein besonders bekanntes oder teures Hotel sein. Also keine Fünf-Sterne-Suite für mich.

Wie mir ein Blick in den Wagen hinein verriet, waren auch noch nicht wirklich viele Touristen eingestiegen. Aber na ja. Was hatte ich erwartet? Im Oktober!

Shani klopfte an das Fenster der Beifahrertür, hinter der ein junger Mann mit kurzen, pechschwarzen Haaren saß. Seine Gesichtszüge verrieten indianische Herkunft. Wie ich durch die Autoglasscheibe sehen konnte, trug er eine verwaschene Jeans und ein kariertes Hemd, dessen oberste Knöpfe offenstanden. Seine Haut war deutlich dunkler als meine, seine Schultern durchtrainiert, er sah sportlich aus. Die Wangenknochen standen leicht hervor, seine Augen wirkten hell und wach. Jetzt strahlte er in Shanis Richtung und kurbelte seine Scheibe runter.

Ich verschränkte die Arme und beobachtete die Begrüßung der beiden aus ein paar Metern Entfernung. »Die hier«, meine Freundin deutete auf die Hamburger-Tüten in ihrer Hand, »sind für die Familie. Mit ganz lieben Grüßen!«

»Oh prima.« Der junge Mann auf dem Beifahrersitz nickte grinsend und nahm die Tüten entgegen. »Mal schauen, ob von denen noch was zu Hause ankommt.«

»So war das nicht gemeint.« Freundschaftlich schlug Shani nach der Schulter des Jungen, der nicht älter sein konnte als sie.

»Schon gut, schon gut! Ich reiße mich zusammen und kämpfe gegen den Heißhunger«, beendete der Beifahrer lachend das kurze Gespräch. Seine Blicke wanderten in meine Richtung. »Und das ist deine Freundin?«

»Genau! Das ist Reagan. Und Reag … das ist Koda.« Der junge Mann im Wagen winkte mir, näherzukommen. Leider saß der Schock der letzten Minuten noch so tief, dass ich eine Weile brauchte, bevor ich einen langsamen Schritt in die Richtung des ominösen Busses machte.

»Hi Reagan!« Der junge Mann streckte mir die Hand entgegen, machte aber keine Anstalten, auszusteigen. Als ich die freundliche Geste des Fremden – Koda – erwiderte und seine Hand schüttelte, sahen meine Finger überdurchschnittlich blass und schmal in seinen aus. Und sie zitterten. Wie ich schockiert feststellen musste.

»Koda Evans ist Makas jüngerer Bruder«, flüsterte mir Shani in Bühnenlautstärke zu. Aha. Viel helfen tat mir diese Aussage zwar auch nicht, aber egal.

»Genau.« Der junge Mann verzog das Gesicht. »Aber meine Geschwister arbeiten mehr im Hotel als ich. Ich bin nur …«, er zwinkerte in meine Richtung, »der Showmaster. Oder so.« Er grinste schon wieder. »Na ja. Wenn du ein paar Tage auf der White River Ranch verbringst, werden wir uns ja öfter sehen.«

»Vermutlich!«, sagte ich und konnte nicht anders, als sein offenes Lächeln zu erwidern. »Mr. Evans, können Sie mir vielleicht sagen …«

»Koda«, verbesserte er sofort. »Du kannst einfach Koda sagen. Ich bin siebzehn.«

»Oh…kay!«, dehnte ich. Irgendwie hätte ich ihn älter geschätzt. »Gut. Kannst du mir sagen, wo ich mein Gepäck verstauen kann?«

»Ähm …«, murmelte Koda. »Im Kofferraum.« Er machte immer noch keine Anstalten, den Wagen zu verlassen. Stattdessen sprang der Fahrer, ein Mann geschätzt Anfang fünfzig mit Jeans, einem alten Pullover und langen, schwarzen Haaren, aus dem Bus und winkte mir, ihm zu folgen. Ein wenig irritiert zerrte ich meinen Koffer in die richtige Richtung.

Keine Minute später hatten wir mein Gepäck verstaut. »Tut mir so leid«, hörte ich Shani zu Koda sagen. »Diese ganze Sache …«

»Das geht schon«, erwiderte er. Ich spitzte unwillkürlich die Ohren. »Wir passen auf sie auf.« Als wäre ich drei, oder so. Enttäuscht biss ich mir auf die Unterlippe.

»Ach Koda, wenn ich nur …«

»Pssst! Es ist am besten so.«

»Wie geht's Maka?« Shani klang wirklich besorgt.

»Beschissen. Sie hat sich hingelegt. Hat er wirklich gesagt, dass sie … na ja. Du weißt schon?«

»Ja. Wenn es einen Ort gibt, an dem die beiden in Sicherheit sind, dann im Hotel.«

Sicher? Wieso sicher? Dieses Gespräch klang so seltsam, dass ich die Stirn in Falten legte. Der Busfahrer musterte mich nachdenklich, sagte aber nichts. Entweder, er war ein enorm schweigsamer Mann. Oder er sprach kein Englisch. Ich tippte auf das zweite oder auf eine Mischung aus beidem. Schnell tat ich so, als wolle ich noch etwas in meinem Handgepäck suchen.

»Und du vertraust ihm?« Das war wieder Kodas gedämpfte Stimme.

»Nein!« Shani lachte freudlos. »Er ist ein riesengroßes Arschloch. Aber er klang … überzeugend.«

Wer war ER? Die ganze Sache wurde mir langsam, aber sicher zu bunt. »Und selbst, wenn an seiner Story nichts dran ist«, fügte meine Freundin hinzu, »dann ist sie trotzdem gut bei euch aufgehoben. Vorerst jedenfalls.«

»Was machst du jetzt?«

»Ich muss mich wohl erstmal um meinen eigenen Scheiß kümmern. Wenn ich damit fertig bin … tja. Wetten, dann sind wieder genug andere Probleme aufgetaucht?« Es entstand eine kurze Pause, bevor Shani flüsterte: »Jetzt seht erstmal zu, dass ihr von hier wegkommt. Vielleicht haben wir ja Glück, und die ganze Sache ist in ein paar Tagen überstanden.«

»Ja!« Koda klang wenig überzeugt. »Womöglich.«

Der Busfahrer gab mir durch Handzeichen zu verstehen, dass ich zu Shani und Koda zurückgehen sollte. Und da die beiden anscheinend nichts mehr zu besprechen hatten, tat ich das auch. Mit einem ziemlich üblen Gefühl im Bauch. Fest stand nämlich, dass dieses Gespräch mich verunsichert hatte. »Oh Reag …«, seufzte Shani, als ich sie wieder erreicht hatte. »Die ganze Sache tut mir so leid.«

»Ach Quatsch. Das ist doch kein Problem«, versicherte ich. Was hatte ich für eine andere Möglichkeit? »Wir telefonieren, okay?«, fügte ich hinzu.

Shani sah echt fertig aus, nickte aber dankbar. »Dann … fahr ich jetzt wohl mal.«

»Mach das!« Koda lächelte in ihre Richtung. »Und wir müssen auch los.« Er winkte mir, auf einen der Sitze zu klettern. Shani nickte mir noch einmal traurig zu, dann verschwand sie zwischen den anderen Autos. Ich biss mir auf die Lippe. Irgendwie musste ich jetzt wohl mit der Situation klarkommen.

Ich öffnete also die Wagentür und wollte mich setzen. »Guten Tag«, murmelte ich in Richtung des älteren Ehepaars, das eine Reihe vor mir saß. Dann erstarrte ich. Weiter hinten im Bus hockte nämlich noch jemand. Und dieser Jemand war niemand anderes als Ethan Moterri. Der Typ, der im Flugzeug mit Hardrock-Musik auf den Ohren eingeschlafen war. Und dem ich auf dem Airport in Detroit nachgelaufen war. Gerade zwinkerte er mir aufmunternd zu.

»So sieht man sich wieder. Hi Reagan!«

Prima. Er hatte sich also meinen Namen gemerkt. Ich seufzte abgrundtief. »Hi.«

»Hat ja nicht lange gedauert, das mit dem Wiedersehen.« Mit dem Zeigefinger deutete er auf den Sitz neben sich. »Setz dich doch!« Koda drehte sich zu uns um. »Ihr kennt euch schon?«

»Vom Flug«, bestätigte Ethan. »Wir saßen in derselben Maschine.«

»Hmhm«, machte ich und nahm neben meinem Mitreisenden Platz. Meine Urlaubsträume konnte ich dann wohl begraben. Stattdessen war ich auf dem Weg … tja. Wohin eigentlich? Ich ließ es, darüber jetzt schon nachzudenken. In den nächsten Minuten würde es unausweichlich werden, dass ich herausfand, wohin es ging.

Stattdessen begannen meine Gedanken wie automatisch um das seltsame Gespräch zwischen Shani und Koda zu kreisen. *»Wenn es einen Ort gibt, an dem die beiden sicher sind, dann im Hotel.«* Was zum Teufel war damit gemeint?

Der Bus schlingerte auf der einsamen Straße hin und her, während wir um eine scharfe Kurve fuhren. Inzwischen waren wir schon seit einer ganzen Weile unterwegs.

Die Landschaft draußen war kahl geworden. Sandig. Staubig. Der Busfahrer heizte in halsbrecherischem Tempo durch die Gegend, er schien sich gut auszukennen. Zu gut. Meine Finger schlossen sich fester um meinen Rucksack, während Ethan interessiert aus dem Fenster blickte. »Das ist ja mal 'ne … interessante Straße!«, stellte er fest.

Koda – der den übermotivierten Reiseführer raushängen ließ und mit seinen witzigen Sprüchen das ältere Ehepaar begeisterte – grinste. »Um ehrlich zu sein, ist das gar keine Straße. Der nächste Highway liegt ein ganzes Stück entfernt.«

»Hm«, machte Ethan. »Das fällt auf.«

Koda zuckte mit den Schultern. »Der Boden ist für die Oglala Sioux geschaffen. Unendliche Wildnis, wenn ihr es so wollt. Das Land der Häuptlinge Red Cloud, Black Elk und Crazy Horse! Hier gehört kein Highway hin. Obwohl er dem Tourismus vermutlich guttun würde.« Wieder ein Augenzwinkern. »Die meisten Besucher verfahren sich auf dem Weg zum Hotel und sind dann ganz irritiert, weil ihnen nicht mal klar ist, wo sie vom Weg abgekommen sind.«

Ethan schien ins Staunen geraten zu sein. »Es ist atemberaubend.«

Ja. Da stimmte ich ihm zu. Atemberaubend nichtssagend. Atemberaubend weit. Und atemberaubend kahl. Zusätzlich wurde es langsam dunkel. Alles andere als gemütlich.

Ich warf einen kurzen Blick auf die Uhr. Fast acht. Tja. Wie lange waren wir schon unterwegs? Lange auf jeden Fall. Lag diese White River Ranch denn wirklich so weit vom Flughafen entfernt? Und wenn ja, wieso hatte Shani kein Hotel buchen können, das direkt in der Stadt lag?

Seufz. Weil ich auf der Ranch *in Sicherheit war*. Was auch immer das verdammt noch mal bedeutete. Aus den Augenwinkeln musterte ich Ethan. Bei dem, was hier im Moment abging, wirkte er beinahe entspannend normal.

Nachdenklich starrte ich aus dem Fenster. Ich hatte kein Auto, hier in Amerika. Keine Ahnung, wo ich überhaupt war. Schnell fischte ich mein Handy aus der Jackentasche, eigentlich mit der Absicht, den Begriff Pine Ridge zu googeln. Leider musste ich feststellen, dass ich keinen Empfang hatte. Große Klasse!

Ich saß fest. Mitten in der Wildnis.

»Das Reservat erstreckt sich über eine Fläche von 11.000 Quadratkilometern!«, setzte Koda Evans seine Touristenführung fort. Anscheinend ging er davon aus, dass Ethan und ich grundlegend darüber unterrichtet waren, wo es eigentlich hinging. Womit er bei mir leider total an der falschen Adresse war.

Ein Reservat? Super. Hätte man mich nicht auch in der Stadt unterbringen können? Was zum Teufel hatte Shani sich dabei gedacht? Unruhig knetete ich meine Finger. Wieso war ich hier gelandet? Wieso ausgerechnet hier? Und wo war dieses *Hier* überhaupt?

Aufmerksam scannte ich das Businnere. Sand auf dem Boden und den Scheiben. Wo auch immer unser Ziel lag, in einer Stadt war es jedenfalls nicht. Eher irgendwo auf dem Land. In einer trockenen Gegend. Obwohl … eine Wunder-Ermittlung war das nicht. Immerhin kurvten wir seit gefühlten Stunden durch menschenleeres Gebiet. Also weiter. Unauffällig sah ich mich um.

Die Gäste. Ethan, der hier war, um seinen Vater zu treffen. Und ein älteres Ehepaar. Offensichtlich Rentner. Natürlich. Im Moment war keine direkte Ferienzeit. Zusätzlich schien mir diese Ranch kein Ausflugsziel für Jugendliche zu sein.

»Ihr Hotel liegt in der Nähe von Pine Ridge«, erklärte Koda Evans in diesem Moment. Pine Ridge … das hatte Shani auch schon gesagt. Aus der Wortwahl des Beifahrers schloss ich, dass es sich um eine Stadt handelte.

Ich konnte ein kleines, triumphierendes Lächeln nicht unterdrücken. Stadt … das bedeutete Infos über das Gebiet, in dem ich mich befand. Infos über das, was hier vor sich ging. Denn irgendetwas ging vor sich. »Pine Ridge selbst war einst der Wohnort des berühmten Häuptlings Crazy Horse. Ihr Hotel liegt nur ein paar Kilometer von der Stadt entfernt.«

»Die Ranch ist sehr schön«, meldete sich die ältere Dame zu Wort. »Wirklich ausgesprochen schön. Und auf so einem ruhigen Fleckchen Erde gelegen.«

Ich zog die Augenbrauen hoch. Genau, wie ich schon vermutet hatte, also. Einer dieser Outdoor-Spielparks für Touristen. Mit Ausritten und Kultur-Trip. So etwas für übermotivierte Familien. Oder eben für Rentner.

Im Affenzahn rasten wir an einem Schild vorbei. Leider schaltete ich nicht schnell genug, um in der Dunkelheit mehr als die ersten zwei Zeilen lesen zu können.

Entering

Pine Ridge Indian Reservation

Ethan nahm es mir glücklicherweise ab, die Frage nach den letzten beiden Zeilen zu stellen. »Mr. Evans?«

»Ja?« Koda drehte den Kopf und nickte in Ethans Richtung, während ich ihn aufmerksam musterte. Irgendetwas stimmte nicht. Koda bewegte sich zu… wenig. Oder kam mir das nur so vor, weil Ethan offensichtlich nicht der Typ war, der gerne länger als zwei Sekunden stillsaß?

»Was steht auf dem Schild, an dem wir gerade vorbei gefahren sind?«, erkundigte sich Ethan.

»Land of the Oglala Sioux Chiefs Red Cloud, Black Elk, Crazy Horse

No hunting without tribal permits«, erklärte Koda willig.

Oh, super! Klang genau nach dem Ort, an dem ich schon immer mal hatte Urlaub machen wollen. Ich schnalzte verärgert mit der Zunge und verdrehte die Augen.

Unser Busfahrer schien eine besondere Vorliebe für das Betätigen des Gaspedals zu haben. Selbst die dauernden Kurven hielten ihn nicht von seinem anscheinenden Wunsch ab, den Bus auf Lichtgeschwindigkeit zu beschleunigen. Wieder begann das Gefährt zu schlingern. Dieses Mal heftiger. Wir kamen von der Straße ab und holperten über den kahlen, sandigen Boden weiter.

Mr. Evans warf dem Fahrer einen wütenden Blick zu, dann stieß er ein paar leise Worte in einer Sprache hervor, die ich noch nie gehört hatte. Dass es sich dabei um die Mundart der Oglala Sioux handelte, erklärte sich wohl von selbst.

Der Typ hinterm Lenkrad fuhr jedenfalls endlich vorsichtiger. Ethan grinste in meine Richtung, verzog das Gesicht und fuhr sich – als wolle er Erleichterung demonstrieren – mit der einen Hand über die Stirn. »Puh!«, flüsterte er. Mein ausschließliches Interesse galt allerdings nicht ihm, sondern Koda, dessen Handy in diesem Moment zu klingeln begann. Der junge Mann warf uns einen entschuldigenden Blick zu, kramte in seiner Hosentasche und beförderte einen Moment später das Gerät ans Tageslicht.

Altes Tastenhandy, Hülle stark zerkratzt, Tasten abgenutzt, die Zahlen waren kaum noch zu erkennen. Das Display hatte einen Sprung. Trotz Dunkelheit war zu erkennen, wie alt das Ding war. Uralt.

Koda nahm den Anruf nur zögerlich entgegen. »Ja, guten Abend!« Er meldete sich nicht mit seinem Namen. Das ließ mich vermuten, dass der Anrufer als Kontakt eingespeichert war. Mr. Evans war also klar, von wem er angerufen wurde. Und der Anrufer kannte ihn.

Eine Weile lang lauschte er dem Sprecher am anderen Ende der Leitung. Dann stieß er ein paar Worte in der seltsamen, fremden Sprache hervor. Ich brauchte einen Moment, um zu kapieren, dass Koda wieder mit dem Busfahrer sprach. Dieser bremste. Ein paar Sekunden später hielt der Bus. Der Mann hinterm Steuer sprang aus dem Wagen und öffnete uns die Türen.

»Aussteigen!«, erklärte er in gebrochenem Englisch.

»Wie bitte?« Meine Blicke flackerten in Kodas Richtung.

»Gegend anschauen!«

»Gedulden Sie sich einen Moment, bitte!«, wandte sich Koda vorne an das Ehepaar.

»Gibt es ein Problem?«, wollte die ältere Dame wissen. Sie stützte sich beim Aussteigen auf ihren Mann, folgte der Aufforderung aber. Der Busfahrer verstand ihre Frage offensichtlich nicht, er zuckte nur fragend mit den Schultern. »Spazieren!«, erklärte er dann. »Spaziergang!«

Er ließ mir keine andere Wahl, als den Bus ebenfalls zu verlassen. Draußen landete ich auf einem vertrockneten Büschel Gras. Eiskalter Wind pfiff mir um die Ohren und zerzauste meine wilden, roten Locken. Ich warf einen Blick hinauf zum Himmel, während ich scharf in Richtung Bus lauschte. »Entschuldigen Sie!«, murmelte Koda drinnen.

Die beiden – Koda und die Person am anderen Ende der Leitung – klangen nicht wie Schulfreunde, so viel stand fest. Es hörte sich eher an, als sollte über etwas Geschäftliches geredet werden.

Graue Wolken zogen über das dunkle Firmament. Am Horizont waren die Konturen einiger Berge zu sehen. Beeindruckend, diese kantigen Formationen. Ich drehte mich einmal um mich selbst, um mir einen Überblick zu verschaffen. Der Busfahrer schloss die Türen und ließ Koda allein im Wagen zurück. Wie ich durch die Fenster sehen konnte, redete er jetzt aufgebracht in sein Telefon.

Ethan war mir bis jetzt nicht von der Seite gewichen. »Irgendetwas geht hier vor«, murmelte ich und warf einen letzten Blick in Richtung des Busses. Dann winkte ich Ethan, mir zu folgen.

»Was machst du überhaupt hier?«, wollte er wissen, als wir uns ein paar Schritte entfernt hatten. »Ich dachte, du wohnst bei deiner Freundin.«

»Dachte ich bis vor einer Weile auch«, erklärte ich mit tonloser Stimme.

»Und jetzt? Gibt es eine Planänderung?«

»Offensichtlich.« Verdrießlich knirschte ich mit den Zähnen.

Ethan ignorierte meine Reaktion einfach und wechselte das Thema. »Kann dieser Koda nicht selbst aussteigen, wenn er so dringend ungestört telefonieren will?«

»Kann er nicht«, erklärte ich. Das war die einzig sinnvolle Erklärung. »Er ist nicht ausgestiegen, als er mich begrüßt hat. Er bewegt sich kaum, dreht sich nur manchmal in unsere Richtung. Jetzt lässt er uns alle aussteigen, statt selbst den Bus zu verlassen. Ich sehe kein Gipsbein. Also Rollstuhl.«

Einen Moment lang sah Ethan überrascht aus. Dann zog er anerkennend eine Augenbraue in die Höhe. »Nicht schlecht kombiniert. Erklärt aber das seltsame Telefonat nicht.« Da hatte er leider Recht. Genauso, wie diese Feststellung nicht erklärte, warum ich überhaupt hier war. Und wieso Shani das Gefühl hatte, mich *in Sicherheit* bringen zu müssen.

»Wo sind wir überhaupt genau?«, erkundigte ich mich bei Ethan.

»Pine Ridge Reservation, hast du doch mitgekriegt.«

»Super, danke!«, sagte ich sarkastisch. »Das hat mir mega geholfen.«

»Südwest South Dakota!«, fügte er hinzu. »Schon mal vom Mount Rushmore National Memorial gehört?«

»Klar! Da …«

»Genau!«, unterbrach er mich. »Die Präsidentenköpfe! George Washington, Theodore keine Ahnung was und Abraham Lincoln!«

»Roosevelt«, vervollständigte ich seine Aufzählung. »Theodore Roosevelt. Und du hast Thomas Jefferson vergessen.«

»Schon gut!« Er rollte mit den Augen. »Immer diese Streber! Was ich eigentlich sagen wollte: Die Ranch liegt gar nicht so weit vom National Memorial entfernt.«

»Gut«, sagte ich, mit den Gedanken schon wieder bei Shani und dem komischen Gespräch zwischen ihr und Koda. »Warst du schon mal in diesem Hotel?«

»Auf der White River Ranch?« Ethan schüttelte den Kopf. »Nein. Hab' mich da nur eingebucht, weil Dad wollte, dass ich komme. Und weil ich keinen Bock hatte, in seinem Wohnwagen ...«

»Ja, ja, schon gut!« Ich warf einen Blick hinüber zum Bus. Koda telefonierte noch immer. Offensichtlich war eine heiße Diskussion zwischen ihm und der Person am anderen Ende der Leitung im Gange. Eine Diskussion, die keiner von uns hier draußen mit anhören sollte. »Langsam«, hörte ich Ethan sagen, »wird mir das hier zu bunt.«

»Schreib's auf den Hotelbewertungsbogen!«, schlug ich vor und brachte ihn damit zum Lachen. »Aber mal ehrlich«, grinste er. »Dieser Koda ist schon schräg, oder?«

»Ich weiß nicht.«

»Wie, du weißt nicht?« Irritiert runzelte er die Stirn.

»Er war sehr nett zu mir. Am Anfang. Kam ... sympathisch rüber. Und nimm zum Beispiel Shani – meine Freundin«, ergänzte ich, als ich seinen fragenden Gesichtsausdruck sah, »sie ist normalerweise ganz anders. Viel offener zu mir.«

»Und?« Seine Miene verfinsterte sich. »Was willst du dagegen tun, dass alle sich komisch verhalten? Eine Verschwörungstheorie entwickeln? Behaupten, irgendjemand würde deine Freundin unter Drogen setzen?«

Ich beschloss, Ethan erstmal nichts von dem seltsamen Gespräch zu erzählen, das ich belauscht hatte. Stattdessen behielt ich für mich, dass Shani und Koda irgendwie unter einer Decke steckten. Dass sie ein Geheimnis vor mir verbargen.

Na ja. Ich würde schon noch herausfinden, worum es bei der ganzen Sache wirklich ging. So viel stand fest.

»Wo kommst du eigentlich her?«, wollte Ethan neugierig wissen.

»Aus Edinburgh!«, erklärte ich. Eigentlich sprach ich nicht gern über meine Herkunft. Oder über meine Vergangenheit. Aber da ich jetzt wohl dazu gezwungen war, ein paar Stunden auf einer Ranch mit diesem Typen zu verbringen, konnte es nicht schaden, ein paar grundlegende Infos auszutauschen.

Ethan schien erstaunlich normal. Was auch immer im Augenblick im Gange war – was auch immer Shani und Koda und all die anderen zu verbergen hatten – er steckte nicht mit ihnen unter einer Decke. Ich würde mir also die Option, ihn als Verbündeten beziehungsweise als Ansprechpartner zu wählen, offenhalten. Wer wusste schon, wann ich seine Hilfe brauchen würde? »Cool!« Ethan zwinkerte mir zu. »Ich war die letzten Monate über in Indien. Hab' einen Zwischenstopp in Amsterdam gemacht und mir die Stadt angeguckt.« Er lachte. »Mein Dad arbeitet seit ein paar Jahren in Hot Springs. Er hat da seine eigene, kleine Apotheke. Ich hab' ihn immer ermuntert, sich eine Wohnung zu mieten. Aber nein … er bevorzugt seinen alten Wohnwagen.«

»Dein Dad lebt in einem Wohnwagen?«

»Ganz genau! Und ja … du bist nicht die Einzige, die das sonderbar findet. Setz meinen Dad auf die Liste der Leute, die in den letzten Jahren total durchgeknallt sind! Ich glaube, er fühlt sich in der Wildnis sicherer als in der Stadt.«

»Hm …«, machte ich nachdenklich. Da war es wieder gewesen, dieses Wort. Sicherheit. Ethans Dad fühlte sich in der Wildnis sicherer als in der Stadt. Und genau das war es gewesen, was Shani auch zu Koda gesagt hatte.

»Dein Dad hat dich gebeten, herzukommen?«, wollte ich wissen.

»Genau. Er hat auch das Zimmer gebucht.« Interessant. Oder auch nicht. Im Grunde genommen konnte es sich dabei auch um einen Zufall handeln. Klang aber irgendwie nicht so.

Ich wurde aus meinen Gedanken gerissen, weil der Busfahrer uns winkte, wieder einzusteigen. Koda hatte sein Telefonat beendet und entschuldigte sich, als wir einstiegen. »Es ging um etwas Geschäftliches. Und die Sache hatte Priorität. Entschuldigen Sie bitte die Unterbrechung!« Er lachte. »Aber das ist halt manchmal so, wenn man in einem Hotel arbeitet.«

Wir fuhren noch eine ganze Weile durchs Nirgendwo. Irgendwann bogen wir ganz von der Straße ab und huckelten über einen kleinen Weg weiter. Vor dem westlichen (glaubte ich wenigstens) Horizont ragten die dunklen Konturen der Berge in die Höhe.

Das Gelände war uneben. Es ging über ein paar Hügel, bis wir in ein kleines Tal hinabfuhren. In diesem und auf den Anhöhen drumherum lag die White River Ranch. »Willkommen«, begrüßte uns Koda, »im schönsten Westernhotel der Welt!«

Leider war es viel zu dunkel, um viele Details der drei Gebäudekomplexe auszumachen. Fest stand nur, dass das Hotel tatsächlich auf unheimliche Art und Weise an eine Szene aus einem Western erinnerte.

Es sah aus, als seien wir gerade in der Zeit gesprungen. Das Hauptgebäude lag in dem kleinen Tal. Ich konnte erkennen, dass es ein Eingangsschild mit der Aufschrift *White River Ranch* und ein großes, hölzernes Bogentor, durch das unser Wagen huckelte, gab. Auf dem anliegenden Hügel befand sich eine Art Saloon mit großen Flügeltüren und einer schmalen, vorgebauten Terrasse. Durch den Spalt der Tür fiel gelbliches Licht, Schatten bewegten sich, offensichtlich war dort noch etwas los. Unter den flachen Dächern des Hotels schienen sich auf allen Seiten mehrere Zimmer zu befinden. Ich entdeckte zahlreiche Holzbalkone, von starken Pfählen getragen, die teilweise mit farbig bemalten Schnitzereien verziert waren. Einige Laternen säumten den Bereich vor den Gebäuden. Ein kleiner Schotterweg führte von den drei Treppenstufen nahe der Eingangstür über das ganze staubige Gelände. In der Mitte des Tals gab es einen ziemlich echt aussehenden Zugbrunnen mit Kette und Eimer. Sogar ein hölzerner Planwagen mit großen Reifen stand halb hinter einem der Häuser versteckt. Es fehlten nur noch Schienen und eine Kirche, um das vollkommene Bild einer echten Westernstadt zu schaffen.

Ich betrachtete die Touristenattraktion mit gemischten Gefühlen. Ethan neben mir murmelte irgendetwas von einer beeindruckenden Filmkulisse. Und er hatte nicht ganz Unrecht.

Wir hielten vor dem größten Gebäude. Dort parkten schon mehrere PKW. Unser Fahrer manövrierte den kleinen Bus in eine der Lücken.

Da ich wusste, dass Shanis Mutter die Architektin des Hotels war, ließ ich mich ein bisschen von der Begeisterung der anderen Gäste mitreißen. Der Baustil verfehlte seine Wirkung nicht, so viel stand fest. Da hatte die Mutter meiner Freundin echt gute Arbeit geleistet.

Der Busfahrer trat auf den weitläufigen Platz vor dem Hotel und begann, die Koffer auszuladen. Ethan half ihm dabei. Es dauerte nicht lange, bis ein paar Leute kamen, die uns in Empfang nahmen.

Als erstes fiel mir ein junger Mann ins Auge. Er war hager und nicht viel größer als ich. Ich konnte jede Sehne an seinen Fingern erkennen, sah auf den ersten Blick mehrere Narben auf seinen Unterarmen. Seine zu Schlitzen verengten Augen waren von dunklen Ringen umgeben. Die schwarzen, halblangen Haare hingen strähnig auf seine Schultern. Das an den Ärmeln bis zum Ellenbogen hochgeschobene Hemd sah aus, als hätte er es noch nie gewaschen, und über seine Stirn zog sich eine schmutzige Spur aus Dreck. Unter den Fingernägeln klebte Schmutz, die Hosenbeine der alten Jeans waren zerrissen. Er rauchte, machte keine Anstalten, einen der Koffer anzupacken und fuhr stattdessen nur mit seiner Schuhspitze durch den Staub. Der Typ sah aus wie ein Zombie, unheimlich, und ich beschloss, ihm besser nicht allein im Dunkeln zu begegnen. Zusammen mit ihm waren eine Frau – vielleicht Ende vierzig, mit halblangen, schwarzen Haaren und einer bunten Bluse – und ein mittelgroßes Mädchen in einer Jeansjacke und mit geflochtenen Zöpfen gekommen.

Neben ihnen stand eine sehr hübsche, junge Frau, die ihre langen, schwarzen Haare mit einem Band aus der Stirn hielt. Sie trug einen hellbraunen Poncho mit Fransen und hohe Stiefel, die Gesichtszüge waren ähnlich wie die von Koda. Ihre Augen strahlten Ruhe aus, Sicherheit, obwohl sich ein erwachsener, sehr nachdenklicher Zug auf ihr Gesicht gelegt hatte. Sie war ein Stück kleiner als ich, schmaler, aber sportlich und durchtrainiert, ähnlich wie Koda. Die leicht hervortretenden Wangenknochen und die hohe Stirn unterstrichen das schöne Gesicht und die dunklen, samtweichen Augen. Ganz offensichtlich war sie auch eine der Native Americans, Kodas ältere Schwester Maka, wie ich aufgrund der Ähnlichkeit vermutete.

»Guten Tag, Mrs. Hanson!« Die junge Frau drückte die Hand der älteren Dame. »Mr. Hanson! Wie schön, dass Sie dieses Jahr wieder zu uns kommen!«

»Mit Vergnügen«, lachte die ältere Dame und ihr Ehemann sagte: »Weil meine Frau doch so begeistert ist.«

»Sie haben das Eckzimmer mit dem schönen Ausblick auf die Hügel«, erklärte die Frau, von der ich annahm, dass es sich um die Maka handelte, von der Shani geredet hatte. »Wie letztes Jahr auch, das hatten wir ja schon so besprochen. Wir bieten im Frühstücksraum seit diesem Jahr den ganzen Tag über Kaffee und kalte Getränke an, kommen Sie also ruhig jederzeit vorbei, auf dem Balkon kann man auch herrlich die Zeit genießen. Ihre Zimmer sind schon fertig, Sie können es sich also sofort bequem machen. Wir freuen uns, dass wir Sie wieder verwöhnen dürfen!«

»Oh ja, wir werden's uns schön machen!«, versicherte Mrs. Hanson. Der junge Mann, der mit der Frau aus dem Hotel gekommen war, half Koda in einen Rollstuhl. Ich hatte also Recht gehabt mit meiner Vermutung. »Mum, Clem«, wandte sich Maka an die beiden, die mit ihr gekommen waren, »bringt ihr die Hansons auf ihr Zimmer?« Mrs. Evans – Makas Mutter – verwickelte das Ehepaar sofort in ein Gespräch über die Reise und das letzte Jahr, während das Mädchen – anscheinend Makas jüngere Schwester Clem – nach einer der Taschen griff. Gemeinsam verschwanden die vier durch die Eingangstür und ließen Ethan und mich mit Maka, Koda und dem unheimlichen Zombi-Typen allein.

Ich nahm an, dass sie alle irgendwie miteinander verwandt waren, bei der White River Ranch musste es sich um eine Art Familienunternehmen handeln, in dem mehrere Generationen arbeiteten. Dabei schien Maka deutlich mehr in das Management des Hotels involviert zu sein als ihre Mutter. Oder der erste Schein täuschte einfach nur.

Koda rollte auf mich zu, bewegte sich trotz der körperlichen Einschränkung sehr flüssig. Seine Arme waren durchtrainiert, sportlich. Er hatte trotz des unebenen Geländes keinerlei Schwierigkeiten mit der Fortbewegung. »Na, alles okay bei dir?« Seine Stimme klang freundlich. Zu freundlich.

»Ja«, log ich und nahm Ethan meinen Koffer ab.

»Interessieren dich Details über das Hotel?« Er zwinkerte mir zu. »Es ist absolut cool hier. Wir versorgen uns über Solarenergie und die Wasserkraft eines kleinen Flusses in der Nähe, erzeugen unseren Strom also selbst. Außerdem gibt es unter der Ranch ein paar Gärten, in denen wir frisches Gemüse anbauen. Draußen geht das leider nicht ... das Land hier ist viel zu trocken. Wir haben auch ein paar Rinder, mehrere Pferde und Hühner, aber die leben nicht hier, sondern auf einer Farm ein ganzes Stück entfernt.«

Na super, ich machte Urlaub auf einem Bauernhof. »Klingt spannend«, versicherte ich ihm und nickte, während meine Gedanken abschweiften.

»Leider gibt's hier den größten Teil der Zeit über kein Netz ... das hat was mit der Lage der Ranch zu tun. Ich hoffe, das stört dich nicht. Telefonieren kannst du bei uns – immer zu bestimmten Zeiten. Melde dich einfach, wenn du was brauchst!«

»Okay«, murmelte ich und dachte an das, was Shani gesagt hatte: Ich war im Hotel *in Sicherheit.* Hatten ihre seltsamen Worte etwas damit zu tun, dass ich hier im Nirgendwo, mitten in der Wildnis untergebracht war? Irgendwie fühlte ich mich ohne Handyempfang nicht gerade besser, aber meine Freundin schien das warum auch immer ganz anders zu sehen.

»Meine Schwester Maka zeigt dir gleich dein Zimmer!«, versprach Koda mir augenzwinkernd. »Frühstück gibt's von sieben bis zehn und zum Abendessen können wir Snacks anbieten. Sonst kann ich noch ein paar tolle Restaurants in näherer Umgebung empfehlen, von deren Speisekarte du in den nächsten Tagen unbedingt mal probieren solltest. Wir bieten auch Ausritte an.«

Maka war jetzt wieder zu uns getreten. »Gefällt euch die Ranch?«, wollte sie wissen, nachdem sie uns freundlich begrüßt hatte. Ich machte dem Hotel zwei, drei Komplimente und Ethan machte Makas Augen und ihrem Poncho zwei, drei Komplimente, bevor er begann, ungehemmt mit ihr zu flirten. Das konnte ich ihm nicht wirklich verübeln, immerhin war sie wirklich ausgesprochen hübsch, aber es nervte mich trotzdem ungemein.

»Ich gehe dann mal auf mein Zimmer«, sagte ich irgendwann in der Hoffnung, die Unterhaltung dadurch zu beenden. Maka wimmelte Ethan tatsächlich ab und nickte. »Ich zeig dir den Weg!«

Die eine Rolle meines Koffers klemmte immer noch, weshalb ich ihn durch den Staub schleifen musste. Shanis Worte geisterten mir wieder durch den Kopf. *Meine Freundin hat ein Hotel. Du wirst Maka lieben.*

Mal von den anderen Verrücktheiten dieses Tages abgesehen, bereitete mir etwas, das meine Austauschschülerin zu Koda gesagt hatte, ganz besonders Kopfzerbrechen. Maka sah alles andere als krank aus. Dabei hatte Shani doch behauptet, es ginge ihr beschissen und sie habe sich hingelegt. Oder hatte ich mir das nur eingebildet?

Ich musterte die junge Frau genauer. Sie wirkte freundlich. Routiniert. Von kränklicher Blässe oder anderen Zeichen des Unwohlseins war keine Spur.

»Keine Sorge«, versicherte sie, während ich meinen Koffer durch die Empfangshalle des Hotels schleifte. Die großen Spiegel an den Wänden, den hölzernen Tresen, die Bänke und den langen Teppich nahm ich nur aus den Augenwinkeln wahr. »Das Hotel liegt nicht mitten in der Wildnis. Wenn du von hier aus der Straße folgst, bist du ziemlich schnell in Hot Springs!«

Ich dachte darüber nach, ob ich in der Nähe der Ranch eine wie auch immer geartete Straße gesehen hatte. Natürlich nicht. Da war nur die Huckelpiste gewesen, über die wir gekommen waren. Meinte sie die? Ich hatte keine Lust nachzufragen. Spätestens morgen früh würde ich das wohl sowieso herausfinden.

»Richtung Süden geht's zur Grenze nach Nebraska!«, setzte Koda hinzu. Ethan und er waren uns gefolgt. »Und natürlich kannst du dich jederzeit von uns fahren lassen, wenn du mal irgendwo hinmöchtest.« Na. Da war ich ja beruhigt. Ich bedankte mich und ließ mir von Maka mein Zimmer im ersten Stock zeigen. Es ging über eine lange Treppe. Vom Gang oben hatte man einen wunderbaren Blick hinunter in die geräumige Empfangshalle. Mein Zimmer lag am Ende des Korridors. Der kleine Raum wirkte erstaunlich normal.

Und das Bett sah sehr gemütlich aus. Erst jetzt bemerkte ich, wie müde ich eigentlich war. Die Zeitumstellung machte mir zu schaffen.

»Warmes Essen gibt es bei uns abends im Saloon, nicht im Speisesaal!«, erklärte Maka, ganz die junge Hotelmanagerin. »Heute Abend kann ich dir aber auch gerne was aufs Zimmer bringen. Oder vor die Tür stellen!« Das klang wirklich verlockend. Ich nickte erschöpft, bedankte mich und verabschiedete mich dann in der Hoffnung, sie würde mich endlich in Frieden lassen. Vergebens! Shanis Freundin bestand noch auf ein wenig Smalltalk. Ein paar höfliche Worte über meine Austauschschülerin, das Hotel, meine Familie.

Die Lust aufs Quatschen war mir gehörig vergangen, also wimmelte ich Maka irgendwie ab. Keine Ahnung, ob ich sie sympathisch gefunden hätte, wenn ich nicht so enttäuscht von Shani gewesen wäre. Und so irritiert. Aber im Augenblick wollte ich einfach nur meinen Gedanken nachhängen. Daher war ich erleichtert, als Maka die Unterhaltung endlich beendete. Nachdem sie die Tür hinter sich geschlossen hatte, musste ich mich erst mal setzen.

Das Gespräch zwischen Shani und Koda gab mir ordentlich Stoff zum Nachdenken. Aber mein Gehirn wollte nicht mehr und schaltete irgendwann einfach ab. Ich gab es auf, mir weiter Fragen zu stellen, auf die ich keine Antwort hatte.

Stöhnend ließ ich mich auf die weiche Decke sinken, schubste die gefalteten Handtücher vom Bett und vergrub meinen Kopf im weichen Kopfkissen.

Ich würde nur ganz kurz die Augen zu machen, bevor ich ins Bad ging … Mühsam streifte ich mir die Schuhe von den Füßen, schlüpfte aus der Jacke und krabbelte richtig unter die Decke.

Nur für zwei Minuten …

2. Kapitel

Anfang Februar 1861, Dragoon Mountains, nicht weit vom Lager der Apachen entfernt:

Es war eiskalt. So kalt. Sie ließ sich zu Boden sinken, grub ihre Hände knöcheltief in den Schnee und schrie, bis sie keine Stimme mehr hat-

te. Ihre Finger krallten sich in den frostigen Untergrund, bebten. Kraftlos sackte sie in sich zusammen, spürte die Leere tief in ihrem Herzen.

Sie hatte ihn verloren. Verloren, verloren … hallten die Worte wie höhnisches Gelächter durch ihren Kopf. Er kam nie wieder zu ihr zurück.

Erstaunlich, musste sie irgendwann denken, dass sie es nicht im Moment seines Todes gespürt hatte. Dass sie nicht zusammengebrochen, dass ihr Herz nicht ebenfalls stehengeblieben war. Also gab es sie wohl doch nicht, diese besondere, diese magische Verbindung zwischen zwei Menschen. Dass man immer wusste, wie es dem anderen gerade ging. Damals hatte Chukada daran geglaubt. Jetzt wusste sie es besser.

Taza war tot, und sie hatte es nicht gespürt. Hatte es durch Cochise erfahren müssen. Sie war nicht bei ihm gewesen. Und jetzt würde sie ihn nie wiedersehen.

Es fühlte sich an, als müsse ihr Herz wie ein Tonkrug zerbrechen und in tausend winzige, spitze Scherben zerspringen, die sie von innen verbluten ließen.

Der Hass anderer Menschen hatte ihr Taza geraubt. Und, dachte sie, der Hass Leutnant Bascoms würde ihr ihr Kind rauben, denn das Kopfgeld, das er auf alle Verwandten Cochises ausgesetzt hatte, riss ihre Familie in einen reißenden Strudel aus Angst und Verzweiflung.

Sie schlang die halb erfrorenen Hände um sich. Besser, sie starb hier und jetzt. Das würde ihnen allen viel Schmerz ersparen. »Chukada!« Taza schlang seine Arme um sie, zog sie in seine Wärme, hielt sie ganz fest. »Komm her! Komm her!«, flüsterte er, hob sie hoch, trug sie. Ihr Kopf sackte gegen seine Schulter.

Nein, dachte sie noch. Das konnte nicht sein. Taza war tot.

Doch sie spürte sein Herz schlagen, als er sie in eines der Zelte trug. Chukada lachte, schmiegte sich an ihn, fand seine Lippen mit ihren und küsste ihn, weil sie endlich wieder atmen konnte. Weil sie so unendlich glücklich war. »Hör auf!«, bat er sie gequält. Es war nicht Tazas Stimme.

Jähe Enttäuschung durchzuckte sie. Schoka-Tonga.

Warum hatte er sie nicht sterben lassen? Irgendwo tief in ihr flackerte eine Erinnerung auf. Und da wusste sie, warum er nach ihr gesucht hatte. Warum er zu ihr gekommen war. Schoka-Tonga hatte Gefühle für sie. Gefühle, die er nicht haben durfte, weil sie Tazas Frau war.

Weil sie den Häuptlingssohn geheiratet hatte. Und weil sie ein Kind von Taza erwartete.

Sanft strichen seine Hände über ihre Wangen, wischten die Tränen weg. »Wir müssen euer Kind in Sicherheit bringen«, flüsterte er. »Die Bleichgesichter werden es jagen. Bascoms Kopfgeld soll Cochises Familie zerstören. Aber das werden wir nicht zulassen.« Sie war so einsam. So erschöpft, dass sie sich nur noch nach seiner Nähe sehnte. Zitternd klammerte sie sich an ihn, stammelte etwas, das für sie selbst unverständlich klang.

»Was hast du vor?«, wisperte sie. Er legte eine Decke um ihre Schultern und schürte das Feuer im Zelt, dann erzählte er es ihr.

Als ich erwachte, war es, weil mein Wecker behauptete, es sei zehn Uhr morgens. Gähnend schlug ich die Augen auf und musste feststellen, dass ich nicht in meinem eigenen, gemütlichen Bett lag. Wo war ich nochmal? Ach ja. Irgendwo bei Pine Ridge.

Draußen war es stockdunkel. Als ich aufstand, um einen Blick aus dem Fenster zu werfen, stellte ich fest, dass ich komplett angezogen war. Mein Magen knurrte unheimlich laut in der Stille. Ich hatte so einen Hunger!

Orientierungslos suchte ich in der Finsternis nach einem Lichtschalter. Verdammt! Warum war es denn so dunkel? Tobte draußen ein Orkan? Eigentlich musste es doch schon lange hell sein. Oder? Dann fiel es mir plötzlich wie Schuppen von den Augen. Oh nein! Die Zeitumstellung! Als ich meinen Wecker gestellt hatte, hatte ich die überhaupt nicht beachtet.

In Edinburgh war es zehn Uhr morgens. Hier war es … tja. In welcher von South Dakotas Zeitzonen befand ich mich eigentlich? Es gab zwei, so viel hatte ich dem Reiseführer entnommen. Nur wo endete die Central Standard Time? Befand ich mich in der gleichen Zeitzone wie der Flughafen? Oder ging meine Armbanduhr eine Stunde falsch?

Na ja. Auch egal. Hier war es so oder so mitten in der Nacht. Mein Kopf sank zurück aufs Kopfkissen. Dummer Wecker! Ich schloss die Augen und versuchte, das rebellische Knurren meines Magens – der mich darauf hinwies, dass ich kein Abendbrot gehabt hatte und jetzt dringend Frühstück brauchte – zu ignorieren.

Bis ich hier etwas zu essen bekam, würde es wohl noch ein Weilchen dauern. Leider war mein Versuch einzuschlafen nicht von Erfolg gekrönt. Eine knappe halbe Stunde später stand ich wieder auf und tappte ins Bad, während ich verzweifelt darüber nachgrübelte, wo ich um diese Zeit und in dieser Gegend ein provisorisches Frühstück herbekommen konnte. Mein Zimmer bestand nur aus meinem Bett, einem kleinen Nachttischchen und einem ziemlich geräumigen Schrank. Dazu ein Stuhl, der vor den schweren Vorhängen am Fenster stand. Es gab weder einen Fernseher noch einen Kühlschrank oder ein Telefon im Raum. Also würde ich hier wohl auch nichts zu essen finden.

Die Türen auf der Ranch konnten nicht mit einer Karte verschlossen und geöffnet werden, sondern dadurch, dass ein ziemlich hübscher, gebogener Retro-Schlüssel mit langem Bart in einem Schloss herumgedreht wurde.

Ich warf einen hoffnungsvollen Blick vor die Tür, erspähte sofort die große Tüte, die mir jemand von außen an die Klinke gehängt hatte. Darin fanden sich zwei herrlich weiche Brötchen, die ich verschlang, als hätte ich seit drei Tagen nichts mehr gegessen. Als ich etwas im Bauch hatte, ging es mir sofort besser. Unglücklicherweise behauptete meine innere Uhr immer noch mit voller Überzeugung, jetzt sei Zeit zum Aufstehen.

Seufzend kramte ich nach meinem Handy, schaltete es ein und hoffte auf Netz. Während ich wartete, suchte ich in meinen Dokumenten nach der Karte mit den Zeitzonen. Sieben Stunden Zeitverschiebung nach Hause, rechnete ich mir aus. Ich stellte meine Uhr und meinen Wecker richtig und musste dann feststellen, dass ich immer noch nicht ins Internet kam.

Es war genauso, wie Koda und Maka gesagt hatten.

Ich gab den Versuch auf, schob das Handy auf meinen Nachttisch und zog die Decke bis zum Hals. Vor mich hin grummelnd löschte ich die Nachttischlampe. Ich musste nachdenken. Dringend …

Hier war ich in Sicherheit. Das hatte Shani gesagt. Die ultimative Frage lautete nur: *Wovor* in Sicherheit? Und warum musste ich überhaupt in Sicherheit gebracht werden? Meine Freundin und dieser Koda steckten irgendwie unter einer Decke. Aber was verheimlichten sie mir? Was war hier im Gange?

Irgendwann sank ich dann in einen unruhigen Schlaf, schreckte jedoch nach einer Weile schweißgebadet wieder hoch.

Mein Unterbewusstsein hatte mich durch die Straßen Edinburghs geführt, durch dunkle Gänge und Türen, die man lieber nicht öffnen sollte. Shani hatte mich in ein riesiges, unterirdisches Kellergewölbe mit tausenden von verzerrten Spiegeln gesperrt, mit der Begründung, hier sei ich *in Sicherheit*. Dann war Matt aufgetaucht, hatte meine Hand gehalten und ich hatte gesehen, wie er mich in einem Spiegel küsste und mir im anderen von hinten ein Messer in den Rücken rammte. Über allem lag eine klirrende Kälte, die durch Mark und Bein ging. Es tauchten immer und immer mehr Spiegel auf, immer mehr und mehr Bilder. Erlebnisse mit Matt, Umarmungen, Gespräche, alles wirbelte ineinander, bis sich schließlich Ashlyns überhebliches Grinsen ins Bild schob. Das war der Moment gewesen, in dem ich erwacht war.

Ich brauchte mehrere Sekunden, um zu merken, dass es nur ein finsterer Traum gewesen war. Nur ein Albtraum, nicht mehr.

Was hatte ich nach der anstrengenden Reise und dem verwirrenden Tag denn auch erwartet? Dass ich mich im Schlaf auf einer Blümchenwiese wiederfinden und Schmetterlinge zählen würde? Eher nicht! Ich warf einen kurzen Blick auf die Uhr. Acht! Okay, also gab es unten schon Frühstück.

In Windeseile machte ich mich fertig, duschte, zog mich an und bändigte so gut es ging meine Locken. Ich wäre fast über die Schnürsenkel meiner Chucks gestolpert, fing mich aber gerade rechtzeitig noch.

Wo der Frühstückssaal lag, hatte Maka mir gestern Abend eigentlich gesagt. Aber da ich alles andere als aufnahmebereit gewesen war, musste ich jetzt feststellen, dass ich absolut keine Ahnung mehr hatte. Also orientierte ich mich in Richtung Eingang. Das konnte ja nicht schaden! Außerdem würde ich da bestimmt ein paar Leute finden, die mir helfen konnten. Dachte ich zumindest.

Tatsächlich fand ich in der Eingangshalle nur den hageren Zombi-Typen mit den ungewaschenen Haaren, der gestern bei Maka und Koda gestanden hatte. Na große Klasse! Wenn sie den hier immer als Aushängeschild präsentierten, würde das Hotel in ein bis zwei Jahren Bankrott gehen, so viel stand schon mal fest.

»Guten Morgen!«, grüßte ich freundlich und lächelte.

Der Typ konnte nicht viel älter sein als ich, vielleicht zwei, drei Jahre. Er stützte sich an der Wand ab. »Morgen!« Es klang alles andere als freundlich.

Seine markanten Gesichtszüge ähnelten denen von Koda, nur wirkte er ausgezehrter und nicht ganz so sportlich und durchtrainiert. Er trug dasselbe alte Hemd und die zerrissene, verwaschene Jeans wie gestern. Der Blick aus seinen schwarzen Augen fraß mich, jagte ein angespanntes Zittern durch meinen Körper.

»Sie sind also Reagan, hm? Ich an Ihrer Stelle würde mich in Acht nehmen, wenn ich das Gelände der Ranch verlasse!« Mehr sagte er nicht.

Ich zwang mich, ruhig zu bleiben und tief durchzuatmen. *Ich an Ihrer Stelle würde mich in Acht nehmen.* Dieser Typ schien ebenfalls mehr zu wissen als ich. »Wieso?«, fragte ich neugierig. Und als er nicht antwortete, setzte ich hinzu: »Wer sind Sie überhaupt?«

»Yahto Evans.« Er verschränkte die Arme, sah mich fragend an. »Hat Ihnen das meine Schwester nicht schon erzählt?«

»Was?« Ich streckte ihm die Hand entgegen. Mehr ein stummer Deal als eine Begrüßung … Er ergriff sie und ich spürte den Druck seiner kalten Finger. Schnell zog ich meine Hand zurück.

Unruhig fuhr ich mir durch die Haare. Yahtos Anwesenheit und sein durchdringender Blick machten mich irgendwie nervös.

»Da draußen hat es jemand auf Sie abgesehen«, erklärte er todernst. »Unser Hotel verfügt über besondere Sicherheitsvorkehrungen. Hier kommt so schnell zum Glück keiner an Sie ran. Aber ich an Ihrer Stelle würde nirgendwo allein hinfahren … oder irgendwelche geheimen Touren unternehmen. Das könnte Sie das Leben kosten!«

Er war durchgeknallt. Genauso wie seine Geschwister und meine Austauschschülerin. Das war die einzige logische Erklärung für die Situation, in der ich mich gerade befand. Befremdet schüttelte ich den Kopf. »Entschuldigen Sie«, murmelte ich und wollte gehen, doch Yahto stellte sich mir in den Weg.

»Könnten Sie mir denn bitte wenigstens sagen, wie man von hier in die nächste Stadt kommt?«, erkundigte ich mich übertrieben höflich und drängte die Angst vor diesem unheimlichen Typen weg. »Ich muss ja nicht allein fahren …«

»Wir werden Sie begleiten.«

Na super. Wenn ich mir bei einem sicher war, dann dabei, dass ich ihn nicht als Bodyguard brauchte. Wer sollte es denn aber auch bitte in einem Land wie South Dakota auf eine neunzehnjährige Ex-Schülerin aus Edinburgh abgesehen haben?

»Es … gibt nicht zufällig eine Busverbindung?« Das war eher eine rhetorische Frage. Und eine letzte Hoffnung.

»Nein!« Es entstand eine Pause, in der Yahto Evans sich wieder an der Wand abstützte. Nachdem wir uns eine ganze Weile lang mit Blicken duelliert hatten, fügte er hinzu: »Wohin wollen Sie denn?«

»Keine Ahnung.« Ich musste mir ein Flugticket zurück nach Hause buchen, so viel stand ja wohl mal fest. Und mit meinen Eltern telefonieren. Vielleicht konnten sie mich bei der Organisation meiner Abreise von hier unterstützen.

Damit ich so schnell es nur ging aus diesem Irrenhaus herauskam.

»Hot Springs würde sich anbieten«, schlug Yahto vor. »Ich spreche mal mit meiner Schwester.«

Seufz. Dieses Hotel wieder zu verlassen schien eine echte Herausforderung zu werden. Ein mulmiges Gefühl machte sich in mir breit. Ich sah mich in der Eingangshalle um, entdeckte aber niemanden. Das zum Thema *andere Touristen.* Hier war kaum jemand.

»Dankeschön!«, sagte ich, einfach der Höflichkeit halber. In diesem Moment bemerkte ich das Schild, das den Raum, der rechts von der Empfangshalle abging, als Frühstücksraum auswies. Ich verabschiedete mich schnell und sah dann zu, dass ich von hier wegkam.

Vielleicht konnte ich ja auch Ethan fragen, ob er oder sein Vater mich nach Hot Springs mitnehmen würden. Schätzungsweise kannten sich die beiden in der Gegend aus.

Zögerlich schob ich die große Flügeltür auseinander, durch die es zum Speiseraum ging, und sah mich neugierig um. Mal von mir selbst abgesehen war der Raum menschenleer. Mehrere Türen führten hinaus auf kleine Balkone und rustikale Holztische mit Stühlen standen im Zimmer. Draußen war ebenfalls gedeckt, man konnte also auch dort essen.

Die Einsamkeit raubte dem Saal einen Teil seines Flairs. Fast schon unheimlich, dass niemand hier war. An der hinteren Wand erspähte ich ein Büfett, auf dem ich ein paar mir unbekannte Sachen, aber auch Brötchen, Nutella und Müsli erblickte.

Ich beschloss, mir nicht allzu viel aus der Tatsache, dass ich hier offensichtlich die Einzige war, zu machen. Mein Magen knurrte und behauptete felsenfest, seit Monaten keinen Haps mehr bekommen zu haben. Undankbarer Bauch! Aber wenigstens den konnte ich jetzt zufriedenstellen.

Ich hatte mich gerade auf einen Platz nahe dem Balkon fallengelassen, als Maka den Raum betrat. Sie trug eine weiße Bluse und sah mit ihren langen, dunklen Haaren und der gebräunten Haut beneidenswert gut aus. Wenn auch nicht unbedingt ausgeschlafen.

»Guten Morgen!« Sie lächelte und gesellte sich kurz zu mir. Nach dem Gespräch mit ihrem Bruder Yahto gerade auf dem Flur hatte ich zugegeben wenig Lust, mich mit ihr zu unterhalten. Während ich mir Kaffee einschenkte und mit dem Essen begann, wechselten wir trotzdem ein paar höfliche Worte. Mal davon abgesehen, dass die Floskeln recht unpersönlich blieben, wirkte Maka freundlich und aufgeschlossen. »Hast du denn wenigstens gut geschlafen?«, wollte sie irgendwann wissen.

Ich behauptete das Gegenteil von dem, was der Wahrheit entsprochen hätte (»Ja, danke, sehr gut!«) und ließ mich von ihr in eine Konversation über Gästezahlen im Oktober verwickeln (es kamen kaum Touristen, und das war ein echtes Problem für die Hotels).

»Shani hat schon eine Menge von dir erzählt«, gestand Maka, als das Gespräch auf meine Freundin kam. »Sie schwärmt ab und zu mal von ihrem Jahr in Edinburgh.« Ich beschloss, die günstige Gelegenheit jetzt doch zu nutzen, um ihr ein paar Fragen vorzulegen. »Woher kennt ihr beide euch denn so gut?«

Maka musterte mich in Gedanken versunken. »Von der Highschool. Shani ist das letzte Jahr mit mir zusammen zur Schule gegangen!«

Interessiert nickte ich. Von meinem augenblicklichen Erfolg – ich war auf dem besten Weg, Maka ein paar Informationen zu entlocken – beflügelt, stellte ich ein paar weitere Fragen. Wie es bei

Shani aussah. Ob Maka und sie in Kontakt standen. Was genau vor meiner Ankunft passiert war.

Die Antworten zu konkreteren Themen blieben rar. Ganz offensichtlich wich sie mir aus, wollte über die augenblickliche Situation nicht sprechen. »Was ist denn nun mit Shani?«, fragte ich irgendwann nachdrücklicher. »Ich kann sie nicht anrufen, mein Handy hat keinen Empfang …«

Maka machte Anstalten, den Raum wieder zu verlassen. »Sie meldet sich bei dir«, behauptete sie, bevor sie in den Flur trat und kurz darauf nicht mehr zu sehen war. Leicht irritiert blieb ich allein im Speisesaal zurück und starrte ihr hinterher. Okay, entschied ich irgendwann. An dieser Stelle würde ich nicht weiterkommen. Also schaltete ich mein Handy an und hoffte auf besseres Internet als heute Nacht.

Leider brauchte mein Smartphone eine Viertelstunde, bis es eine äußerst wackelige Netzverbindung gefunden hatte. Inzwischen war mein Teller leer und zwei Tassen Kaffee hatten ebenfalls dran glauben müssen.

In der verzweifelten Hoffnung, Ethan würde noch auftauchen, blieb ich einfach im Frühstückssaal sitzen. Wenn er kam, konnte er mir nicht entkommen. So viel stand fest.

Ich freute mich gerade, dass ich irgendwie ins Netz gekommen war, als mir die Internetverbindung wieder durch die Lappen rutschte. Erst ein paar Minuten später kam sie wieder. Gerade wollte ich die White River Ranch googeln, als mein Smartphone einen Virus meldete. Erst einen, dann mehrere. »Das darf doch nicht wahr sein!«, stöhnte ich und vergrub das Gesicht in den Händen. Ich schenkte mir noch einen Kaffee ein, während ich verzweifelt versuchte, eine weitere Anti-Viren-Software zu installieren. Leider vergeblich! Warum auch immer.

Je länger ich das Gerät anhatte, desto mehr Fehlermeldungen traten auf. Wut machte sich in mir breit. Ich brauchte das Handy! Ich brauchte es verdammt dringend, um Kontakt zur Außenwelt aufnehmen zu können. Und wenn das dumme Ding … Nein. Nicht darüber nachdenken. Hektisch klickte ich die Meldungen weg und versuchte, meine Eltern anzurufen. Das hatte jetzt wohl Priorität.

Doch gerade, als ich auf den Telefonhörer drückte, wurde der Bildschirm schwarz und das Gerät verabschiedete sich mit einem unheimlichen Brummen. »Oh nein!«

»Was ›*oh nein*‹?« Entsetzt fuhr ich herum. Ethan! Ach du meine Güte! Den hatte ich ja vollkommen vergessen. Gerade sah er aus, als wäre er vor einer halben Sekunde aus dem Bett gefallen. Zerzauste Haare, zerknittertes T-Shirt, Trainingshose. Furchtbar!

»Hier!« Ich schob ihm das tote Handy rüber. »Das hat sich verabschiedet. Kennst du dich mit Technik aus?« Ein leichtes Kopfschütteln raubte mir die letzten Hoffnungen. »Mist«, murmelte ich verdrießlich.

Maka betrat den Speisesaal und wechselte drei Worte mit Ethan. Ich versuchte, ihr meine augenblickliche Situation irgendwie zu schildern. »Mach dir keine Sorgen!«, beruhigte sie mich. »Das mit dem Internet ist hier so eine Sache. Haben wir doch schon gesagt. Dass es hier kein Netz gibt, ist eher der Normalfall.«

Na klar. Schlechte Verbindung. Ich presste die Lippen zusammen. Der Grund für mein schwarzes Display war nicht, dass wir hier kein Internet hatten. Nein, mein Handy war abgestürzt. Grund für diese Überzeugung waren die Virus-Meldungen, die ich in meiner Panik einfach weggeklickt hatte.

Ein verdammter, mysteriöser Virus! Aber woher war der so plötzlich gekommen? Und wieso kam er ausgerechnet jetzt? Dumme Zufälle? Eher nicht, oder? Ich saß hier fest. Mitten in der Wildnis. Niemand war bereit, mich irgendwo anders hinzubringen. Und jetzt war auch noch mein Handy Opfer eines mysteriösen Angriffs geworden.

›*Irgendwer will mich loswerden!*‹, schoss es mir durch den Kopf. ›*Mich von der Außenwelt abschneiden. Weit weg von allem …*‹

Wieder musste ich an Shani und ihre Worte denken. Dass ich auf der White River Ranch *in Sicherheit* war. *Sicherheit*? Pah. Im Moment hatte ich ein ganz gegenteiliges Gefühl. Ich schluckte schwer.

Nachdem Maka wieder gegangen war, setzte Ethan sich zu mir. »Erstaunlich, dass sie das mit deinem Handy überhaupt nicht zu interessieren scheint, oder?«, fragte er leise. Ich nickte gedankenverloren. »Zeig mal her!« Mit allen zur Verfügung stehenden Mitteln nahm er sich meines Handys an. Leider erfolglos. Er drückte, schüttelte, schimpfte … tat also genau das, was ich auch schon versucht hatte.

»Na warte!«, grummelte er irgendwann und zog sein eigenes Smartphone aus der Tasche. Es dauerte ein Weilchen, dann runzelte er die Stirn. »Also meines funktioniert wenigstens noch. Hat aber auch kein Netz.«

Ein letzter Blick auf sein Display … dann schob er es zurück in die Hosentasche. »Das ist wirklich abgefahren! Jetzt auch noch dein Handy: Armer Pechvogel!«

»Kannst du wohl laut sagen!« Genervt verzog ich das Gesicht. Ich sollte zusehen, dass ich so schnell wie möglich einen Flieger nach Hause bekam. Allerdings … ganz offensichtlich war hier irgendetwas im Gange. Machte es da nicht Sinn, erstmal herauszufinden, warum alle so komisch waren? Warum mein Handy sich verabschiedet hatte? Dieses Gespräch zwischen Shani und Koda schrie nach einer Erklärung, und auch Yahto und Maka wussten Bescheid. »Das ist alles sehr mysteriös«, gestand ich Ethan.

Er musste lachen. »Aha! Dich locken also ungelöste Rätsel. Na dann, viel Spaß mit einem Haufen Verschwörungstheorien. Sollte das da«, er deutete auf den kleinen Elektroschrotthaufen vor mir auf dem Tisch, »wirklich ein Virus gewesen sein, dann hätte der von überall kommen können.«

»Klar«, murmelte ich. »Höchstwahrscheinlich ist das alles nur ein dummer Zufall. Und morgen lache ich schon über die blöde Geschichte. Aber gerade kommt es mir echt so vor, als würde man mich total isolieren.«

»Scharf kombiniert, Watson! Aber warum? Was könnte man für einen Grund haben, dir …«

»Das wüsste ich selbst gern!«

»Hör' mal, Reagan …«, murmelte er. »Glaubst du nicht, dass das ein bisschen weit hergeholt klingt?«

»Hm …«, machte ich widerwillig.

»Außerdem«, ergänzte er, das Gesicht in einer riesigen Kaffeetasse, »ist es gar nicht so leicht, ein Handy abstürzen zu lassen. Die ganzen Filme vermitteln da ein vollkommen falsches Bild.«

»Hm«, wiederholte ich. »Sag mal, Ethan, wenn du von hier nach Hot Springs wolltest … wie würdest du hinkommen?«

Er überlegte einen Moment. »Meinen Dad anrufen?«

»Und wenn du ich wärst?«

»Ethan fragen! Mein Dad kann dich mitnehmen, wenn er mich abholt.« Genau darauf hatte ich hinausgewollt.

»Oh«, sagte ich und tat so, als käme diese Antwort überraschend. »Das wäre ja super!«

»Willst du abhauen?«

Nein. Nicht mehr. Ich wollte ermitteln. Ich musste mir ganz dringend ein paar Informationen besorgen. Und ungestört telefonieren. Abhauen würde ich erst, wenn ich herausgefunden hatte, was hier eigentlich los war. Denn irgendetwas war los. So viel stand fest. Ich schüttelte also den Kopf. »Muss nur ein paar Sachen klären.«

»Du schaltest aber nicht die Polizei ein, weil dein Handy abgestürzt ist?«

»Quatsch!«, beruhigte ich ihn. Ethan schien mir zu glauben und wandte seine volle Aufmerksamkeit wieder dem Frühstück zu. »Dad kommt Freitag«, erklärte er mir zwischen zwei Bissen. »Das ist morgen«, überlegte ich. Klang ja gar nicht schlecht.

»Mein Vater arbeitet in der Stadt. Also würde er uns morgens mitnehmen und irgendwann gegen Abend zurückfahren.« Nachdenklich kratzte er sich am Kopf. »Wenn das für dich okay wäre …«

»Na klar«, beeilte ich mich zu sagen. »Das ist super.«

Vielleicht hatte ich ja Glück und fand auf diesem Wege etwas über die Gegend heraus. War es hier tatsächlich *gefährlich*? Wüteten Serienmörder? Wilde Bestien, die mich nachts zerfleischten? Werwölfe?

Weshalb hätte Shani mich sonst *in Sicherheit* bringen wollen? Je länger ich darüber nachdachte, desto seltsamer kam mir die ganze Sache vor. Na ja. In Hot Springs gab es sicher ein paar Geschäfte, in denen man Reiseführer und andere Informationen bekam. Und wenn mir die ganze Sache in den nächsten Tagen zu heiß wurde, würde ich eben einfach verduften.

»Gibt es eigentlich irgendwo ein Hoteltelefon?«, wollte ich wissen. »In meinem Zimmer hängt nämlich keines.«

Ethan biss ein großes Stück von seinem vierten Brötchen ab. »Mtschen andscher Rescheptschom«, erklärte er mir mit vollem Mund. »Unschglaub wenndu vom Schalooon dschi Treppe hoscheshst, ischtdanochnsch!«

»Ähm …« Ich zog verständnislos die Augenbrauen in die Höhe. »Ich spreche leider kein Frühstückisch.«

Ethan schluckte und wiederholte dann, was er mir soeben zu verklickern versucht hatte: »Klar gibt's ein Hoteltelefon! Schau mal unten bei der Rezeption nach! Und vom Saloon aus kannst du auch telefonieren. Du gehst einfach die Treppe hoch, dann kommst du in eine Billardbar. Und da hängt eins.«

Ich musterte ihn irritiert. »Warst du schon öfter hier?«

»Nein!« Er schüttelte den Kopf. »Aber ich habe das Hotel gestern Abend gecheckt. Es gibt hier ein paar echt coole Ecken. Geh mal hoch in die Billardbar! Egal ob zum Telefonieren oder einfach nur so … das ist echt der Hammer.«

»Ich werd's mir merken«, grinste ich. Die Infos übers Telefon reichten fürs Erste, um meiner Familie Bescheid zu geben. Und sie bewiesen, dass ich nicht komplett von der Außenwelt abgeschnitten war.

»Hi Ellie!« Himmel, war ich froh, dass bei uns jemand abgenommen hatte. Auch wenn es nur die Freundin meiner jüngeren Schwester Jackie war. Aber wenigstens konnte ich jetzt kundtun, dass ich noch am Leben war.

»Bist du's, Reagan?«

»Jap!« Unruhig trat ich von einem Bein aufs andere. Das Telefon oben in der Billardbar hatte sich als Steinzeitapparat mit Kabel im hinteren Teil des weiträumigen Saals herausgestellt.

Ich warf einen Blick über die samtig grün bezogenen Billardtische, den Holzfußboden und die kleine Bar mit Sitzhockern davor, in der haufenweise Getränke standen, von denen ich lieber nicht kosten wollte. Hinter der Bar standen mehrere Schränke mit unterschiedlichsten Gläsern in allen möglichen Formationen darin. Die Atmosphäre hier war unheimlich. Der Leuchter, der von der Decke hing, war mit echten Kerzen bestückt. Ob es noch irgendwo anderes Licht gab, vermochte ich nicht zu sagen. Ich hatte auf den ersten

Blick keines entdeckt, aber auch nicht weiter danach gesucht. Das Tageslicht warf schmale, helle Streifen durch zwei kleine Fenster. Das genügte. Mehrere große Billardtische standen zwischen dicken Holzpfeilern, die die Decke zu stützen schienen. In einer Ecke des Raumes stand ein großer Spiegel, dessen Glas nicht mehr ganz sauber war. Der bräunliche Schimmer darauf und die paar Kratzer verliehen ihm ein fast schon antikes Aussehen. An der einen Wandseite gab es ein langes Sofa mit Kissen darauf, von denen einige mit Stickereien, andere mit Lederfransen verziert waren. Darüber hing ein Bild in einem alten, schlichten Holzrahmen, das mehrere Indianerhäuptlinge mit ernsten Gesichtern in traditioneller Kleidung zeigte.

Ich war hochgekommen, in der Hoffnung, hier in Ruhe telefonieren zu können. An der Rezeption war mir die Gefahr, dass Yahto, Maka oder Koda wieder auftauchten, zu groß. Von den Geschwistern hatte ich – verständlicherweise – erstmal genug. Kein Wunder also, dass ich mich lieber nach hier oben verkrochen hatte. Der große Raum war menschenleer.

Die Tür der Billardbar hatte zwar offen gestanden – ein klares Zeichen dafür, dass man hineingehen durfte, oder? – aber die Stille war trotzdem irgendwie beklemmend.

»Du rufst aber von einer komischen Nummer an«, stellte Ellie fest. »Habt ihr Shanis Nummer nicht eingespeichert?«

»Doch!«, grummelte ich vor mich hin. »Hör mal, Ellie … ist Mum vielleicht da?«

»Ja, klar doch. Alles okay bei dir?«

»Schon, aber ich möchte mit Mum …«

»Funktioniert dein Handy nicht? Ich glaub', Jackie hat versucht, dich anzurufen.«

»Hm«, machte ich. Eine Wolke musste sich vor die Sonne geschoben haben, denn sofort verschwanden die hellen Streifen auf dem Fußboden und den Tischen. Die Farben des Raumes änderten sich um Nuancen.

»Was hm?«, wollte Ellie wissen.

»Kannst du mir bitte meine Mum geben?« Doch die Freundin meiner Schwester Jennifer, oder Jackie, wie wir sie oft genug nannten, dachte gar nicht daran.

»Ist dein Handy kaputt?«

»Ja!«, stöhnte ich. »Und jetzt gib mir endlich Mum!« Keine Ahnung, wie lange ich hier noch ungestört sein würde.

»Warte kurz … Jackie kommt gerade«, verkündete sie.

»Ellie, verdammt!«

Ich hörte, wie sie sich irgendetwas in den Mund schob und darauf herumzukauen begann. »Elliiiiiiiiiieee?«

»Hmhm?« Das war nicht Ellies Stimme, sondern die meiner kleinen Schwester. Zum Glück! »Ah!«, stieß ich begeistert hervor. »Jackie!« Irgendetwas knirschte und ich fürchtete schon, die Verbindung würde abbrechen. So lange jedenfalls, bis ich registrierte, dass es nur meine Schwester und ihre Freundin waren, die am anderen Ende der Leitung auf irgendetwas herumknabberten. »Was macht ihr?«

»Chüps …«, mümmelte Jackie. Ich fuhr mir erschöpft mit dem Handrücken über die Stirn. Die aus dem Telefon kommenden Hintergrundgeräusche wurden lauter. »Jackie?«

»Ja, was?«, brüllte meine Schwester.

»Boa …« Schnell hielt ich das Telefon so weit von meinem Ohr weg, wie es nur ging.

»Wo ist Mum?«, schrie ich wenig freundlich in Richtung des Hörers.

»Oben! Ellie und ich gucken einen Film.« Okay. Das erklärte die Hintergrundgeräusche. »Ich muss mit ihr reden!«, erklärte ich eindringlich.

»Warte kurz …« Oh nein.

»Ich geh' gleich hoch, wenn James Bond …«

»Untersteh dich, Fräulein!«, patzte ich.

»Was ist los? Erzähl's mir! Ich bin multitaskingfähig! Außerdem hab' ich Skyfall schon dreimal gesehen.«

»Gut!«, stieß ich zwischen zusammengebissenen Zähnen hervor. »Kurze Zusammenfassung: Ich bin nicht bei Shani, sondern in einem Hotel. Bei ihrer Familie ist momentan der Teufel los, deshalb hat sie mich bei einer Freundin auf der White River Ranch untergebracht. Mein Handy hat leider heute früh den Geist aufgegeben, also könnt ihr mich dort nicht erreichen. Macht euch aber keine Sorgen, ich komm' klar!« Während die Worte über meine Lippen purzelten, verfluchte ich mich schon dafür. Ich hätte sie bitten sollen, mir einen Flug nach Hause zu buchen. Warum tat ich das also nicht?

»Oh, heftig!« Ich hörte, wie meine Schwester durch die Zähne pfiff. *›Nur ein paar Tage‹*, nahm ich mir währenddessen selbst ein Versprechen ab. *›Nur schnell herausfinden, warum Shani so komisch ist. Dann fliegst du sofort zurück nach Edinburgh!‹*

»Hör zu, Jackie!«, forderte ich meine kleine Schwester auf. »Ich werde ein paar Tage hierbleiben. Muss noch was mit Shani klären.«

Warum nur zogen mich ungelöste Rätsel immer noch so magisch an? Warum nur war ich dermaßen neugierig … und unvorsichtig? Vermutlich, weil ich im Augenblick nicht viel zu verlieren hatte. Was konnte schon groß passieren?

»Sag Mum und Dad, dass ich nach Hause komme, sobald hier alles geregelt ist!« Damit verabschiedete ich mich von ihr und legte auf. Meine Hand lag noch auf dem Telefon, als ich Schritte die Holztreppe hinaufkommen hörte. Dann gedämpfte Stimmen. Zwei Männer kamen …

Wie schon erwähnt, hatte ich kein Licht angemacht, war also von den Ankommenden noch nicht bemerkt worden. Einem spontanen Reflex folgend, ging ich hinter einem Schrank mit Gläsern in Deckung.

Die Schritte näherten sich, betraten den Raum. Die Tür fiel zu.

Jetzt war es wirklich schummrig hier drinnen. Ich kauerte im Halbdunkeln, verborgen hinter dem massiven Holz des Schrankes. Von meinem Versteck aus konnte ich weder sehen, wer da gekommen war, noch, wohin die Personen jetzt gingen.

Stattdessen hielt ich nur die Luft an. Es war nicht verboten, hier oben zu sein. Natürlich nicht. Also hätte ich mich auch nicht verstecken müssen. Warum ich es trotzdem tat? Tja. Nur ein Reflex eben.

Ich hörte, wie der Korken irgendeiner Flasche aufsprang. Dann aufgebrachte Worte in einer Sprache, die ich nicht verstand. Zwei tiefe Stimmen, die sich ernst und sehr eindringlich unterhielten. Eine Diskussion, die sich zuspitzte. Einer der beiden Kontrahenten blieb ruhiger als der andere. Es entspann sich ein Hin und Her, doch die Worte klangen so fremd, dass ich absolut nicht auf den Inhalt des Gesprächs schließen konnte. Stattdessen kauerte ich hinter meinem Schrank, bewegungslos, und atmete flach, um nicht entdeckt zu werden.

Kurz darauf wieder Schritte auf der Treppe, die Tür knarrte, ging auf, fiel wieder zu. »Immerhin«, sagte die Stimme eines jungen Mannes auf Englisch, »funktioniert dein System perfekt, Yahto. Hier kommt so schnell keiner rein. Der Ring um die Ranch steht, alle sind wachsam, sämtliche Wege hermetisch abgeriegelt. Jeder, der auch nur den Versuch unternimmt, sich zu nähern, wird sofort entdeckt.« Es wurden noch mehr Flaschen geöffnet, Glas klirrte.

»Großartig«, vernahm ich die Stimme eines anderen, der nun auch ins Englische gewechselt war. Yahto. »Hätte aber gerne drauf verzichtet.«

»Wie sieht es mit dem Hotel aus?«, fragte der dritte Sprecher.

»Wir sind vollkommen unabhängig von der Außenwelt.« Das war wieder Yahto. »Die Stromversorgung funktioniert, Wasser ist auch genug vorhanden. In den Gärten unter der Ranch bauen wir genug an, um alle hier eine Weile lang zu versorgen. Und in den Räumen dort unten hat niemand auch nur die Chance auf ein Mobilfunknetz. Internet haben wir hier sowieso so gut wie nie.«

»Was haltet ihr von diesem Typen?«, fragte einer.

»Wahnsinnig«, antwortete ein anderer. Dann wieder Yahto: »Nein, das ist er nicht. Er hat Recht. Die Bedrohung, von der er spricht, ist real. Diese Mails. Der Anschlag. Es hängt alles zusammen. Aber da ist noch mehr, etwas … Irrationales, das ich mir einfach nicht erklären kann.«

»Was?«

»Sie erscheinen mir alle zu ahnungslos. Maka. Diese Reagan Cowans.« Ich zuckte zusammen, als ich meinen Namen hörte, zwang mich aber, bewegungslos in meiner Ecke zu bleiben. »Und selbst die Mails. Wer auch immer da agiert, scheint von *uns* Informationen zu brauchen. Da setzt uns jemand auf eine Sache an, über die der Verschicker der Mails selbst nicht genug weiß. Es klingt, als sollten wir aufklären, wohin unser Vater verschwunden ist.«

»Aber Maka hat doch behauptet, sie hätten ihn entführt und wollten ihn jetzt als Geisel gegen irgendetwas eintauschen, das sich in eurem Besitz befindet. Eine Art Erbstück oder so.«

»Sie ist ja auch der Meinung, wir sollten der Aufforderung nachkommen«, grummelte Yahto. »Aber die ganze Sache stinkt verdammt nochmal zum Himmel.«

»Er hat Recht«, stimmte ein anderer zu. »Da ist irgendetwas faul. Dieser Typ weiß zu viel. Was hat er mit der Vergangenheit eurer Familie zu tun? Was hat diese Reagan Cowans damit zu tun? Warum seid ihr alle angeblich in so großer Gefahr?«

Es entstand eine Pause, in der auf einmal Totenstille herrschte. »Wir sind alle ahnungslos«, wiederholte Yahto dann eindringlich. »Nur er nicht. Um ihn verzerrt sich das Bild, dort tut sich eine Lücke auf. Dieser Mann ist die Lösung des Rätsels und gleichzeitig ist er dessen Sklave geworden. Seine Worte passen nicht zueinander. Er sagt die Wahrheit und lügt im selben Moment. Deshalb sollten wir vorsichtig sein. Dass mein System auf der Ranch funktioniert, darf uns nicht in Sicherheit wiegen. Wir müssen achtsam bleiben. Ich werde mit Koda und den anderen beraten, wie wir weiter vorgehen.«

»Der Typ hat euch Informationen über euren Vater versprochen, oder?«, wollte ein anderer wissen.

»Das hat er.«

»Und in den Mails wurde auch ein Hinweis auf dessen Aufenthaltsort geliefert. Was werdet ihr also tun?«

»Maka hat für sich entschieden. Sie will die Orte von den Fotos aufsuchen, um seine Spur zu verfolgen. Aber ich bin nicht ihrer Meinung. Wir sollten hierbleiben – in Sicherheit. Ich bin mir ziemlich sicher, dass bald ein Sturm losbricht.«

»Deine Schwester ist stur.«

»Deshalb muss ich sie begleiten.« Widerwillen schwang in Yahtos Stimme mit.

»Wenn du glaubst, du könntest sie beschützen, belügst du dich selbst, Yahto! Du kannst sie genauso wenig vor ihren eigenen Entschlüssen bewahren wie Koda. Wie irgendjemanden hier. Wenn Maka sich entschieden hat, dann musst du sie gehen lassen. Und wenn sie den Schutz der Ranch verlässt, geschieht das auf ihr eigenes Risiko. Du bist nicht verantwortlich.«

Mit diesen Worten wandte sich einer der Sprecher zum Gehen, die Tür wurde geöffnet, schlug dann zu. Die zwei Männer, die noch im Raum waren, unterhielten sich wieder in der fremden Sprache. Dann ein heftiger Wortwechsel, bis schließlich einer der beiden ebenfalls ging.

Es wurde wieder still. In meinem Versteck dehnten sich die Sekunden zur Ewigkeit. Als ich endlich wieder Schritte hörte, hoffte ich, das ganze dumme Spiel sei überstanden. Leider täuschte ich mich da gewaltig.

Das ohrenbetäubende, grauenhafte Klirren kam so unerwartet, dass ich heftig zusammenzuckte. Und fast gegen den Schrank gerempelt wäre, hinter dem ich mich versteckt hielt. Das Geräusch ließ mir das Blut in den Adern gefrieren.

Auf der anderen Seite des Raumes hörte ich ein unterdrücktes Stöhnen. Dann schlug ein schwerer Gegenstand mit einem Knall auf den Boden auf. Es hörte sich so an, als zerberste irgendetwas aus Glas in tausende von kleinen Scherben. Noch ein dumpfes Geräusch, das ich nicht wirklich zuordnen konnte.

Meine Arme überzogen sich mit Gänsehaut. Um nicht laut zu schreien, biss ich mir auf die Lippe. Was ging hier vor?

Irgendjemand – entweder Yahto oder derjenige, mit dem er geredet hatte – warf einen Gegenstand – eine leere Glasflasche? – gegen die Wand. Noch mehr klirrende Splitter und heftiges Einatmen. Ein paar Sekunden herrschte Stille. Dann ein Geräusch, als lehne sich jemand mit dem Rücken gegen die Wand, rutsche daran hinab. Stille, nur unterbrochen von schweren Atemzügen.

Ich kauerte unschlüssig in meinem Versteck, die Augen so groß wie Wagenräder. Wartete. Eine Minute. Zwei. Drei.

Der Schock saß irgendwo tief in meinen Knochen. Verdammt! Hatte Shani nicht behauptet, hier in diesem beschissenen Hotel sei ich in Sicherheit? Irgendwie konnte ich da nicht wirklich zustimmen. Es fühlte sich an, als stünden wir kurz vor dem Weltuntergang. Weder das Gespräch der drei Männer noch die Geräusche von eben luden dazu ein, hier ein paar entspannte, freie Tage zu genießen.

Mit klopfendem Herzen lauschte ich in die Stille. Nichts.

Irgendetwas war hier im Gange. Irgendetwas richtig Abgefahrenes. Und Gefährliches.

Jemand rappelte sich vom Boden auf, stöhnte leise. Dann entfernten sich Schritte. Das Geräusch der sich öffnenden Tür war eine Erleichterung, meine zum Zerreißen gespannten Nerven gaben wieder nach, ließen mir Freiraum zum Atmen. Ich wartete noch einen Augenblick. Dann streckte ich vorsichtig, ganz vorsichtig meinen Kopf hinter dem Schrank hervor. Was ich sah, verschlug mir die Sprache.

Der riesige Spiegel, der in einer der Ecken gestanden hatte, war zu Bruch gegangen. Scherben verteilten sich über den gesamten Fußboden. Das, was noch von dem Spiegel übrig war (ein großes Stück Glas und ein Rahmen), lag vor beziehungsweise auf einem der Billardtische. Die restlichen Bruchstücke verteilten sich darum herum.

Mit meiner Flaschen-Vermutung hatte ich übrigens richtig gelegen. Zwischen den Spiegelscherben fanden sich dünnere, die – wie eine Fühlprobe ergab – von innen klebten und zusätzlich nach irgendeinem alkoholischen Getränk rochen.

Ich erschauderte, als ich sah, dass an einigen der größeren Scherben sowie an dem Rahmen Blut klebte. Würg …

Nichts wie weg hier! Der Fluchtreflex drängte jede andere Überlegung aus meinem Gehirn. Das *Schlachtfeld* hinter mir lassend, eilte auch ich die Treppe hinab, gegen die immer stärker werdende Übelkeit ankämpfend. Einmal stolperte ich über meine eigenen Füße. Mein Herz klopfte bis zum Hals. Im Affenzahn raste ich über den Vorplatz des Hotels und in das Hauptgebäude hinein. Als ich endlich in meinem Zimmer ankam, verriegelte ich die Tür hinter mir. Erst dann fühlte ich mich etwas besser.

Eine Weile lang hockte ich einfach nur auf meinem Bett und zitterte vor mich hin. Dann fasste ich mich wieder und machte mir meine Gedanken über das Geschehene.

Zumindest bewies das belauschte Gespräch zwischen den drei Männern eindeutig, dass hier irgendetwas vor sich ging. Ich hatte mich also nicht getäuscht. Shani und Koda waren eingeweiht, Yahto und Maka ebenfalls … und noch einige andere. Überhaupt machte das alles den Anschein einer ziemlich großen Sache.

Ich suchte nach einer Erklärung, doch keine meiner Vermutungen erschien mir realistisch.

Diese Ranch, das ganze Hotel, musste unabhängig von der Außenwelt funktionieren. Wir waren also vom Mobilfunknetz abgeschottet, hatten kein Internet, konnten uns hier aber selbst mit allem versorgen. Außerdem schien es eine Art Sicherheitsring um die Ranch zu geben, sodass sich niemand unbemerkt nähern oder von hier verschwinden konnte.

Sicher fühlte ich mich deswegen leider trotzdem nicht.

Was war da oben in der Billardbar losgewesen? Wer hatte dort mehrere Drinks genommen, einen Spiegel zertrümmert, eine Flasche gegen die Wand geschmissen und war dann einfach wieder verschwunden? Wer war der Unbekannte, von dem die drei Männer geredet hatten? Und was hatte ich damit zu tun?

Ich versank in wilde Grübeleien und traute mich nicht mehr vor die Zimmertür, bis es draußen längst dunkel geworden war.

Irgendwann zwang mich mein knurrender Magen, doch noch einmal einen Blick auf den Flur zu werfen. Wenn ich Ethan da richtig verstanden hatte, war im Saloon abends eine Menge los. Ob ich dort noch etwas zu essen bekommen würde? Einen Versuch war es wert!

Also schlich ich, mit einer Taschenlampe und einer Nagelschere bewaffnet, hinaus auf den Flur. Die Schere hatte ich in die Jackentasche geschoben. Nur zur Sicherheit, weil ich kein Messer im Koffer gehabt hatte, aber zur Not bewaffnet sein wollte. Wer wusste schon.

Der Bewegungsmelder sprang an, während ich die Treppe hinunter, in Richtung Tür und dann nach draußen eilte.

Während ich durch den frischen Wind lief, zog ich meine dünne Jacke enger um mich. Das mulmige Gefühl irgendwo in meinem Inneren verstärkte sich. Vielleicht hätte ich doch lieber auf meinem Zimmer bleiben sollen?

Irgendwo zwischen Hauptgebäude und Saloon blieb ich in der Dunkelheit stehen.

Nur ab und zu verursachte der Wind ein mir fremdes Geräusch auf dem sandigen Boden. Ich starrte in die Ferne, wusste, dass dort irgendwo die Berge lagen. In der Finsternis konnte man keine zehn Meter weit sehen, vor allem, da es hier draußen, ein ganzes Stück vom Hauptgebäude entfernt, kaum Laternen gab.

Nur eine einzige, flackernde Lampe brannte und leuchtete den Weg. Am Firmament konnte ich auffällig viele Sterne erkennen. Ein bisschen ehrfurchtsvoll schlich ich weiter bis zu den Flügeltüren des Saloons. Als ich die aufdrückte, nahm die Ruhe ein schlagartiges Ende. Es war tatsächlich eine Menge los.

Country-Musik tönte mir entgegen. Ein paar altmodisch aussehende Lampen leuchteten den großen Raum aus. Die Decke war erstaunlich hoch, an den Wänden hingen mehrere Felle, ein Geweih und ein Hirschkopf. Gelächter und Stimmengewirr vermischten sich mit der schallenden Musik, an der Wand hingen Bilder und Plakate aus früherer Zeit. An mehreren der rustikalen Holztische saßen Leute.

Auf den ersten Blick sah ich zwei ältere Ehepaare, eine Familie mit drei kleinen Kindern, eine Gruppe von fünf älteren Herren und Ethan, der mir fröhlich zuwinkte und auf den Stuhl gegenüber von sich deutete. Da ich dieses Angebot ja schlecht ignorieren konnte und das eigentlich auch gar nicht wollte, gesellte ich mich zu ihm.

»Na, gar nicht müde?«, wollte er wissen.

Ich bestellte einen Kaffee und verneinte. Nach den Ereignissen der letzten Stunden war an Schlaf gar nicht zu denken. Ich war in einen Zustand aufgeregter Ruhelosigkeit gestürzt. Alles schien durcheinander. »Offensichtlich nicht«, beantwortete ich Ethans Frage ausführlicher. »Du denn?«

Er gähnte. »Um ehrlich zu sein, ja. Und hungrig!«

Ich verzog das Gesicht. »Ja. Ich auch.« Von dem Vorfall in der Billardbar erzählte ich nichts. Stattdessen erkundigte ich mich: »Miss Evans hat gesagt, hier gäbe es Snacks?«

»Genau! Aber denk dabei bitte nicht an Sushi, irgendwelche Häppchen, Muscheln oder sonst was!« Er grinste.

Um ehrlich zu sein, dachte ich nicht an sonst was. Nach einer Menge Scherben (im wahrsten Sinne des Wortes) und anderer Unheimlichkeiten war mir egal, was es gab. Ich hatte einfach Hunger.

Das Steak, das knappe fünf Minuten später vor Ethan auf dem Teller landete, sah allerdings irgendwie auch nicht wirklich wie ein *Snack* aus.

Koda rollte hinter einem Tresen hervor und strahlte, als wäre gerade die Sonne aufgegangen. Er kam zu uns, fragte, was ich bestellen wollte, und machte Scherze. Ich bestellte die *Empfehlung des Abends*, die er hoch anpries, ohne richtig mitzubekommen, was ich da essen würde. Stattdessen wanderten meine Gedanken wieder und wieder zu dem Belauschten oben in der Billardbar. Denn auch Koda wusste Bescheid. Was er mit Shani besprochen hatte, machte ihn verdächtig.

»Ich habe gelesen«, erzählte Ethan, als Koda wieder hinter dem Tresen verschwunden war, »dass es morgen Nachmittag einen kunsthandwerklichen Markt in Hot Springs gibt. Bist du an traditionellem indianischem Handwerk interessiert? Mein Vater könnte uns beide hinfahren.«

»Na ja …« Mein Kopf fühlte sich an, als nistete ein Schwarm wilder Bienen darin. Und wenn ich auf etwas überhaupt keine Lust hatte, dann waren das Touristenattraktionen und ein irgendein Markt, auf dem man Kunstgegenstände erwerben konnte. »Hm«, murmelte ich, entschied dann aber, dass ich ja sowieso nach Hot Springs musste. Wo es einen Markt gab, waren auch Leute. Vielleicht konnte ich ja so an ein paar Informationen kommen. Außerdem interessierte es mich, was Maka, Yahto, Koda und Shani unternahmen, wenn ich die Ranch einfach mal für einen kurzen Trip verließ. Und da ich ja zusammen mit Ethan unterwegs sein würde, konnte es nicht so gefährlich werden.

»Ja, ist eine gute Idee«, sagte ich also. »Ich komme morgen gerne mit.«

Wir aßen beide etwas, bestellten noch ein Getränk. Dann flirtete Ethan mit einer jungen Kellnerin und bestellte ein Bier. Ich hatte keine große Lust, auf mein Zimmer zu gehen. Der heutige Tag hatte seine Spuren hinterlassen. Also blieben wir lange, bis wir irgendwann die Einzigen waren, die noch im Saloon saßen. Einige Minuten später entschlossen wir uns zu gehen.

Draußen frischte der Wind auf – morgen versprach, ein stürmischer Tag zu werden. Gemeinsam eilten wir durch die Dunkelheit und durchs Treppenhaus. Im ersten Stock trennten wir uns dann.

Ich schloss mich in meinem Zimmer ein, warf einen Blick auf mein Handy. Es war immer noch tot. Besorgt schüttelte ich den Kopf. Morgen in Hot Springs würde ich mir wohl einen Ersatz besorgen müssen. Mit diesem Gedanken legte ich mich ins Bett und versuchte zu schlafen.

In der Nacht blieb alles ruhig. Zu ruhig, wie ich fand. Nach allem, was schon geschehen war, hätte ich fast damit gerechnet, dass noch irgendetwas Gefährliches passierte. Ich wartete quasi darauf, erwachte einmal um halb zwei Uhr nachts, einmal um drei und dann wieder Viertel vor vier.

Um vier fühlte ich mich so hellwach, als hätte ich zehn Tassen Kaffee getrunken. Deshalb verbrachte ich die nächsten Stunden am Fenster, den Blick hinab auf den großen Platz vor dem Hotel gerichtet …

… und wartete auf dunkle Gestalten, die unten herumschlichen.

Mir war klar, dass sie früher oder später kommen mussten. Es passte einfach zu der ganzen Situation. Oder ich hatte nur eine Menge abgedrehter Filme gesehen. Draußen blieb es nämlich außergewöhnlich still. Ich schob mir einen Stuhl ans Fenster, um die Situation weiter im Blick zu behalten. Irgendwann wurde ich doch wieder müde. Das andauernde Hinausstarren machte schläfrig und als sich draußen tatsächlich etwas regte, hätte ich es fast nicht mehr mitbekommen.

Erschrocken rappelte ich mich hoch. Sah genauer hin. Unten lief jemand herum. Er kam aus dem Hotel und ging einige Runden über den freien Platz. Dann blieb er stehen und sah in Richtung Saloon. Der Teil von mir, der unbedingt und unter allen Umständen herausfinden wollte, was hier los war, wurde von einer seltsamen Aufregung gepackt.

Ein anderer Teil – der, dem das alles hier fürchterliche Angst machte – hätte am liebsten nur den Kopf eingezogen und wäre so schnell es ging wieder abgereist. Aber er war nicht stark genug.

Also öffnete ich – ganz leise natürlich – meine Zimmertür und schlich den Gang entlang und dann die Treppe hinunter. Dass mein Vorhaben total dämlich war, wusste ich selbst. Die Eingangstür des Hotels war nicht abgeschlossen.

Normalerweise hätte mich das nicht verunsichert – diese Ranch lag mitten in der Wildnis, in der Nacht würde wohl niemand herfahren, um einzubrechen – doch das belauschte Gespräch in der Billardbar und das Auftauchen der dunklen Gestalt hier ließen die Sache anders aussehen.

In der Eingangshalle war es stockdunkel, es gab keine Bewegungsmelder. Gut für mich! So fiel es nicht auf, dass ich meinen Kopf aus der Tür hinaus ins Freie streckte und nach dem Unbekannten draußen Ausschau hielt.

Handelte es sich um diesen Yahto oder seine Schwester Maka? Konnte ich womöglich noch ein Gespräch zwischen Leuten belauschen, die mehr von all dem hier wussten als ich?

Der Platz vor dem Hotel lag verlassen da. Kein Mensch weit und breit. Und keine Spur von der seltsamen Gestalt. Begann ich etwa, mir schattenhafte, herumschleichende Personen einzubilden?

Entschieden schüttelte ich den Kopf und trat nach draußen. Brrrr … Der Wind fegte über die kahle Landschaft hinweg und wirbelte den staubigen Boden auf. Wenn es hier – unten im Tal – schon unangenehm war, dann musste oben auf den Hügeln ein Orkan toben.

Ich fröstelte. Hätte ich mir doch nur eine Jacke mitgenommen! Tja. Dafür war es jetzt zu spät.

Nun stand ich mit zerzausten Haaren und nur im Pullover draußen. Und dachte nach. Der Unbekannte hatte in Richtung Saloon geschaut, als ich ihn das letzte Mal gesehen hatte. Vielleicht war er ja in diese Richtung verschwunden? Einen Versuch war es wert! Ich setzte mich in Bewegung, begann zu rennen und erreichte schließlich das dunkle Gebäude.

Auch hier war weit und breit niemand zu sehen. Ich hetzte um die Ecke. Vielleicht würde ich den Unbekannten ja doch noch zu Gesicht bekommen …

»Ah!«, schrie ich, versuchte zu bremsen, verlor das Gleichgewicht und fing mich nur mit Mühe wieder auf. Irgendjemand – mein Phantom – hatte direkt hinter der Ecke gestanden und in die andere Richtung geschaut. »Ah!«, schrie der Fremde ebenfalls, zuckte zusammen und wirbelte zu mir herum. Das Gesicht, das unter einer schwarzen Kapuze steckte, gehörte Ethan. Mit dem ich, um ehrlich zu sein, um ein Haar zusammengerannt wäre.

»Was …«, keuchte er jetzt. »Wer … oh … du …!«

Ich stand nur wie angewurzelt da und starrte ihn an. *Das* zum Thema dunkle Gestalt. Ich musste zugeben, ich war ein bisschen enttäuscht. »Ach, du bist es.« Das *nur* konnte ich mir gerade noch rechtzeitig verkneifen.

»Ja, ich.« Ethan war blass geworden und warf mir einen besorgten Blick zu. »Wen hast du denn bitte erwartet?«

Einen Einbrecher. Die Person, die den Spiegel zerschlagen hatte. Oben in der Billardbar. Jemanden, der mir Antworten auf meine gefühlten tausend Fragen geben konnte. Yahto oder Maka, die ein geheimes Gespräch mit anderen führten. Aber ganz bestimmt nicht ihn.

»Was machst du überhaupt hier?«, wollte er wissen.

»Och … ähm … Was machst du denn hier?«, wich ich seiner Frage aus.

»Einen Spaziergang.«

»Bitte?«

»Einen Spaziergang.«

»Ähm … okay!« Nachdenklich runzelte ich die Stirn.

»Der Jetlag«, erklärte er. »Ich kann nicht schlafen.«

»Ach so.«

»Du ja anscheinend auch nicht.« Er grinste schief.

»Nö …« Das lag aber längst nicht nur am Jetlag, so viel stand ja wohl mal fest.

»Und da ich hier mal wieder kein Internet habe«, fuhr Ethan fort, »blieb nur die Option, rauszugehen.« Er knirschte verdrießlich mit den Zähnen. »Du hast mich ganz schön erschreckt.«

»Tut mir leid«, sagte ich.

»Was machst du denn nun hier draußen?«, ließ er nicht locker. »Gespensterjagd?« Wir schlenderten zurück in Richtung Hotel. »Komm schon«, nervte er. »So dumm bin ich nun auch wieder nicht. Hier läuft doch irgendwas.« Er machte den Eindruck, als sei er nicht in die ganze Sache verstrickt. Also beschloss ich, es ihm zu erzählen. Von Anfang an.

Irgendwann blieb Ethan stehen und hörte mir nur noch zu. Das ging so lange gut, bis ich zu bibbern anfing, weil es hier draußen so kalt war. »Wir sollten drinnen weiterreden!«, schlug er vor. In der Empfangshalle gab es ein paar Stühle. Ich vergrub das Gesicht in den Händen. Da wir nicht Gefahr laufen wollten, gehört zu werden, vervollständigte ich meinen Bericht flüsternd. Die Tatsache, dass es keinen Bewegungsmelder gab, führte dazu, dass wir im Dunkeln sitzenblieben. Was allerdings nicht weiter schlimm war, immerhin fielen wir so deutlich weniger auf.

»Und wenn du dich – was deinen Namen angeht – einfach nur verhört hast?«, fragte er.

»Habe ich nicht. Es ging auf jeden Fall um mich.«

Ethan machte ein Geräusch, das ich nur schlecht zuordnen konnte (eine Mischung aus Seufzen und Zähneknirschen), sagte aber nichts. »Was«, fragte ich ihn, nachdem ich mit der ganzen Geschichte fertig war, »glaubst du, ist es, vor dem ich *in Sicherheit* gebracht werden soll?«

»Ein Serienkiller?« Ethan lehnte sich zurück und verschränkte die Arme.

»Haha, sehr witzig!«

»Was weiß ich?«, schnauzte er. »Dieser Typ, von dem Yahto und die anderen geredet haben, könnte ein Serienkiller sein. Das würde auch zu den Anschlägen passen.«

»Warum sollte ein Serienkiller hinter mir her sein?«, flüsterte ich.

»Keine Ahnung. Macht eigentlich auch keinen Sinn. Mein Dad wohnt seit Jahren hier … und ich glaube mich erinnern zu können, dass South Dakota normalerweise kein allzu gefährliches Pflaster ist. Da gibt's andere Orte.«

Wo er Recht hatte, hatte er Recht. Dann fiel mir auf einmal noch etwas ein. »Du hast doch gesagt, dein Dad fühle sich in der Wildnis sicherer?«

Ethan seufzte. »Ganz ehrlich, Reagan: Mein Dad ist ein ziemlich schräger Typ. Was der denkt oder behauptet, sollte man lieber nicht gleich auf die Goldwaage legen.«

»Wieso nicht? Wenn er sagt, er fühlt sich in Hot Springs nicht sicher … vielleicht hat er dann einen triftigen Grund dafür!«

»Nach dem Motto: Die Ratten verlassen das sinkende Schiff?«

»Vielleicht?« Die Vermutung wollte mir nicht aus dem Kopf.

Er seufzte leise. »Vielleicht aber auch nicht! Reagan … wir wundern doch nur rum. Was wissen wir wirklich? Gar nichts!«

»Das stimmt auch wieder nicht. Shani steckt mit Koda und dieser Maka, mit Yahto und den anderen unter einer Decke. Ich soll *in Sicherheit* gebracht werden. Aber ausgerechnet in dem Hotel, in dem man mich parkt, stürzt erst mein Handy ab …«, ich schluckte, »und dann passiert mir das in der Billardbar. Dein Dad verhält sich auch seltsam. Definitiv ein paar Zufälle zu viel!«

»Mein Dad ist ein komischer Kauz. Und das ist nichts Neues.« Ethan sah mich eindringlich an, doch ich schüttelte den Kopf. »Wann hat dein Dad gesagt, er fühle sich in Hot Springs nicht sicher?«

Er stöhnte und rollte mit den Augen. »Echt … Keine Ahnung …«

»Denk drüber nach!«, drängte ich.

»Diese Nachfragerei geht mir so was von auf den Senkel!«, grummelte er. »Und für Miss Ich-brauche-es-ganz-genau: Wenn ich's mir recht überlege, hat mein Dad nie gesagt, dass Hot Springs kein sicheres Pflaster sei. Er meinte nur – vor einem halben Jahr oder so, als ich ihn danach fragte – er fühle sich in seinem Wohnwagen außerhalb der Stadt *sehr sicher*!«

»Ja … und im Umkehrschluss bedeutet das dann …«

»Halt die Klappe!«, regte Ethan sich auf. »Ich kann's nicht mehr hören!« Er stand auf und machte ein paar schnelle Schritte in Richtung der Treppe.

»Wo gehst du hin?«, wollte ich mit gedämpfter Stimme wissen.

»Auf mein Zimmer. In zwei Stunden sehen wir uns zum Frühstück!« Er drehte sich um und sah mich schief an. »Das klingt alles reichlich seltsam, Reagan!«, stellte er ernst fest. »Aber ich glaube dir das mit deiner Freundin und der Billardbar. Nur wenn du behauptest, mein Dad hätte was mit der Sache zu tun, dann wird's mir zu abwegig, okay? Das ist nämlich Schwachsinn!«

Damit verschwand er. Vollkommen irritiert über diese plötzliche, krasse Abfuhr starrte ich ihm hinterher.

3. Kapitel

Februar 1861, Dragoon Mountains, Lager der Apachen:

Der grausame Tod seines Sohnes, seines Bruders und Neffen ging ihm durch Mark und Bein. Bascom hatte sie dahingemeuchelt, gehängt, und ein Feuer in Häuptling Cochise entfacht, das bereit war, alles zu vernichten.

In ihm wütete ein wildes Tier, das gegen die Ketten kämpfte. Der Hass auf die Weißen erhob sich, durchflutete ihn, riss ihn mit sich.

Sie hatten seine Verwandten getötet. Seinen jüngsten Sohn Taza. In dem jungen Mann hatte so viel Potential geschlummert. Er wäre ein guter Häuptling geworden, da war sich Cochise sicher. Aber Taza war tot.

Angefangen hatte alles mit der Entführung eines zwölfjährigen Farmerssohnes, verübt durch eine umherziehende Gruppe von Apachen, die nicht zu seinen Leuten gehörte. Es waren keine Chiricahuas gewesen. Seine Stammesgruppe traf keine Schuld.

Das hatte er Bascom erklärt, hatte alles versucht, um eine friedliche Lösung zu finden, um den Weißen klarzumachen, dass er das Kind nicht verschleppt hatte. Doch Bascom, ein karrieresüchtiger Leutnant, heißspornig und wütend, hatte die Kontrolle verloren.

Nur gerade so war Cochise selbst entkommen, hatte mit ansehen müssen, wie man seine Familie gefangen nahm.

Es war notwendig gewesen, weiße Geiseln zu nehmen, denn er hatte mit Bascom verhandeln wollen. Doch der hätte nur gegen Freilassung des Farmerknabens mit sich reden lassen. Und diesen Jungen hatte Cochise nicht entführt, also waren ihm die Hände gebunden gewesen.

Aus Wut auf den weißen Leutnant Bascom hatte Cochise die Geiseln töten lassen. Die Reaktion der Weißen war nicht ausgeblieben – Bascom hatte seine Verwandten ermordet und auf alle Familienangehörigen des Häuptlings ein hohes Kopfgeld ausgesetzt. Sie alle schwebten in Gefahr.

Jetzt lähmte grenzenloses Entsetzen über den Tod seiner Verwandten und seines Sohnes das Herz des Häuptlings. Er hatte Taza verloren.

Rache. Rache. Rache.

Nur dieses eine Wort. Cochise zwang sich, an die Zukunft zu denken. An Chukada, Tazas junge Frau, die jetzt alles verloren hatte. Die Weißen würden sie jagen. Dabei waren sie alle unschuldig.

Wut nagte an ihm wie Feuer, die Flammen fraßen sich in ihn hinein, verbrannten jeden klaren Gedanken. Die Weißen hatten ihm alles genommen. Jetzt war es Zeit, etwas zu ändern. Alles zu ändern.

Die Entscheidung schlug wie eine Kugel in sein Herz. Krieg.

Zum Frühstück nahm ich an einem kleinen Tisch am Fenster Platz. Graue Wolken trieben über den Himmel, von der Sonne war nichts zu sehen. Mein Stuhlbein knarrte, als ich aufstand, um mir ein Brötchen und eine Tasse Kaffee zu holen. Dann versank ich in Grübeleien.

Ethan erschien eine Viertelstunde später und setzte sich an einen größeren, runden Tisch auf der anderen Seite des Raumes.

Ich grüßte kurz, hatte aber keine Lust auf eine längere Unterhaltung. Er anscheinend auch nicht. Also blickte ich in die andere Richtung, aus dem Fenster. Draußen kam ein älteres Ehepaar vorbei. Ich sah auch ein paar Kinder herumlaufen – alle indianischer Herkunft, also wahrscheinlich keine Hotelgäste.

Noch immer wehte ein schneidender Wind, der den Sand unten auf dem Vorplatz über den Boden wirbeln ließ und heulend um das Haus pfiff. Ungemütliches Wetter!

Sowohl die Kinder als auch das ältere Ehepaar waren verschwunden, als Maka und Yahto auf dem Hof auftauchten. Automatisch beugte ich mich weiter vor, um die beiden gut im Auge behalten zu können.

Es war offensichtlich, dass sie sich heftig stritten.

Maka trug eine helle Jacke, die ihr unglaublich gut stand, Yahto immer noch das Hemd und die Jeans von gestern. Er hatte seitlich zum Fenster des Frühstücksraums gestanden, doch jetzt drehte er sich so, dass ich ihn besser sehen konnte. Mit der Hand fuhr er sich durch die halblangen, schwarzen Haare, während Maka heftig gestikulierend auf ihn einredete.

»Hey!«, hörte ich Ethan vom anderen Ende des Raumes rufen. Er war aufgesprungen. »Pass doch auf!« Ich hatte gar nicht mitbekommen, dass ich mich über den Tisch gebeugt und dabei mein Wasserglas umgestoßen hatte.

Jetzt durchtränkte dessen Inhalt die Tischdecke und tropfte von ihr hinab auf den Holzboden. »Was machst du denn da?« Ethan kam in meine Richtung geeilt, doch ich hatte weder Augen noch Ohren für ihn.

Gerade hatte Yahto draußen den Arm gehoben und irgendetwas gesagt. Um seine Hand war ein dicker, weißer Verband gewickelt, der bis hierher gut zu erkennen war. Also war er derjenige gewesen, der in der Billardbar den Spiegel zertrümmert und mit Glasflaschen um sich geworfen hatte. Dabei hatte er sich geschnitten und war jetzt an der Hand verletzt!

»Großartig!« Ethan griff nach einer Serviette und begann, damit mein Wasser vom Fußboden zu wischen. »Bist du jetzt total verrückt ge…«

»Schau mal!«, zischte ich und deutete hinab in den Hof. Ethan beugte sich vor, um ebenfalls einen Blick erhaschen zu können. Kurzzeitig schien er wirklich überrascht … dann zog er den Kopf zurück und ließ sich auf einen der Stühle sinken. »Oh, toll, die zwei von der Hotelleitung, die sich streiten. Eine fantastische Entdeckung!« Ironisch verdrehte er die Augen.

»Yahtos Hand!«, raunte ich ihm kopfschüttelnd zu. »Er hat den Spiegel zerschlagen. Wenn ich nur wüsste, worüber die beiden sich streiten!«

Leider war hier drinnen kein Wort zu hören. Ich tastete nach dem Fenstergriff, öffnete ihn leise, das Fenster schwang einen Spalt breit auf. Doch die Aktion blieb erfolglos. Erstens sprachen sie wahrscheinlich sowieso kein Englisch und zweitens heulte der Wind viel zu laut.

Ich hatte mich in die Lücke zwischen Tisch und Fenster gedrängt, mein Ohr so weit wie nur irgendwie möglich vorgeschoben. »Ich bin mir ganz sicher, dass sie gerade über diese Sache reden«, stieß ich hervor.

»Und ich bin mir ganz sicher, dass du gerade dein Wasser verkippt hast!« Okay. Mit Ethan konnte ich augenblicklich nicht viel anfangen. Er war nicht wirklich hilfreich. Also drängte ich seine aufgeregte Stimme wieder in den Hintergrund und konzentrierte mich auf das Wesentliche. Wie hypnotisiert starrte ich Yahto und Maka über den vor dem Hoteleingang liegenden, schmalen, flachdachartigen Vorbau hinweg an.

»Reagan?« Ethan rappelte sich wieder auf und ging zu einem der anderen Fenster. Ich würdigte ihn nicht mal eines Blickes. »Reagan? Siehst du den grauen Amarok dort?«

»Nein, nein, nein!« Maka und Yahto waren ein paar Schritte weitergegangen. Jetzt konnte ich sie von meinem Fenster aus nicht mehr sehen. Schnell huschte ich zum nächsten, schob einen Tisch beiseite und sah gerade noch, wie die beiden weiter gingen. Das durfte nicht ihr Ernst sein!

Nur mit einem Ohr hörte ich, wie Ethan sagte: »Das ist mein Dad.«

»Du hast ja so Recht!«, rief ich und sprang in Richtung der Tür. »So Recht! Wir müssen unbedingt da runter!«

Während ich die Treppe hinunter hastete, hörte ich, wie Ethan abgrundtief seufzte und mir dann – immer zwei Stufen auf einmal nehmend – hinterhertrampelte. »Weißt du eigentlich, wie verdammt crazy du bist, Reagan?«, rief er mir über die ganze Treppe hinweg zu.

Ich hatte keine Zeit zu antworten. Im Sprint eilte ich durch die Eingangstür und dann in die Richtung, in die Maka und Yahto verschwunden waren. »Halt!« Ethan packte unsanft meinen Ärmel. »Sie sind weg!«

Leider konnte ich ihm da nicht wirklich widersprechen. Als ich an der Hausecke ankam, waren die beiden tatsächlich längst nicht mehr zu sehen. »Mist!«, fluchte ich und ließ den Blick über das Gelände gleiten. Vergeblich.

»Reagan!« Ethan deutete in die Richtung des Amarok, der gerade vorgefahren war. »Mein Dad ist da. Und du hast jetzt zwei Möglichkeiten: Komm mit nach Hot Springs oder bleib hier!«

Ein paar Sekunden lang stand ich nur da. Blinzelte. Und versuchte mit aller mir zur Verfügung stehenden Kraft, in die Realität zurückzufinden. Irgendwie war das gerade zu schnell gegangen. Meine Überlegungen, Yahto und Maka, die verbundene Hand …

Ich hätte wirklich zu gern gewusst, was hier vorging. »Natürlich komme ich mit nach Hot Springs«, sagte ich dann. Das stand nicht zur Diskussion. Immerhin musste ich dringend in eine Stadt. Ich tastete in der Tasche meiner Jacke, die ich zum Glück dabeihatte, nach dem Portemonnaie und meinem kaputten Handy. Mehr brauchte ich nicht. »Kann schon losgehen«, fügte ich also hinzu.

Gemeinsam machten wir uns auf den Weg zum Amarok. Der Wagen stand auf einem der Parkplätze vor dem Hotel. Als wir uns näherten, stieg ein mittelgroßer Mann mit hohen Wangenknochen und kurzen, schwarzen Haaren aus. Er war vielleicht fünfzig, etwas kleiner als Ethan, die Gesichtskonturen schärfer. Unter der leicht gewölbten, hohen Stirn saßen kalte Augen, deren gestochen scharfer Blick mich sofort durchdrang. Unwillkürlich blieb ich ein Stück hinter Ethan zurück, der wenig begeistert auf seinen Vater zuging.

»Hi Dad«, begrüßte er ihn. Mr. Moterri trug eine blaue Jeans mit breitem Gürtel, darüber ein rotes Hemd und einen schwarzen Cowboyhut. Er hatte die Arme verschränkt und sich mit dem Rücken gegen den Amarok gelehnt. Als wir ihm gegenübertraten, sagte er kein Wort.

»Ja, ähm, schön dich mal wiederzusehen«, grummelte Ethan schließlich. Ansonsten hatten sich die beiden nichts zu sagen. Anscheinend war ihre Vater-Sohn-Beziehung wohl so eine Sache für sich. Weder ihr äußeres Erscheinungsbild – Ethan sah ziemlich europäisch aus, auf der Straße hätte ich ihn niemals mit seinem Vater in Verbindung gebracht – noch auf irgendeiner anderen Ebene schienen sie sich ähnlich zu sein.

»Das ist Reagan«, stellte Ethan mich vor. »Reagan, das ist mein Vater, Chaske Moterri.«

Ich streckte dem Mann die Hand entgegen. »Vielen Dank, dass Sie mich mitnehmen!« Ich wollte nicht unhöflich sein, lief damit aber auf der Stelle gegen eine undurchdringliche Wand. Chaske machte keine Anstalten, irgendetwas zu erwidern oder meine Hand zu schütteln. Also ließ ich sie wie einen nassen Sack wieder sinken.

Die Situation begann, ziemlich unangenehm zu werden. Ich steckte die Hände in die Jackentaschen, wich seinem stechenden Blick aus. Irgendwann öffnete Ethans Dad die Fahrertür, schwang sich mit einer schnellen Bewegung auf den Sitz und startete den Motor, ohne zu warten, bis wir eingestiegen waren.

»Nimm's Dad bitte nicht übel«, flüsterte Ethan in meine Richtung. »Er betreibt einfach nicht gern Konversation.«

Ach nee, dachte ich, und sagte: »Ist ja nicht schlimm.« Vermutlich brachte es sowieso nichts, mit ihm diskutieren zu wollen. Wenn ich diese Mitfahrgelegenheit wahrnehmen wollte, blieb mir wohl nichts anderes übrig, als mich in mein Schicksal zu fügen und Chaske Moterri so zu nehmen, wie er war.

Wir stiegen ein. Ethan nahm neben mir Platz und musterte mich von der Seite. »Wo sollen wir dich denn absetzten?«

»Keine Ahnung«, gab ich ehrlich zu. »Schmeißt mich einfach raus! Vielleicht gibt es irgendwo ein Internetcafé … oder etwas Ähnliches?« Es gab ein paar Dinge, bei denen ich mir felsenfest vorgenommen hatte, sie zu googeln.

Moterri warf mir einen Blick durch den Rückspiegel zu, der mir das Blut in den Adern gefrieren ließ. Himmel, hatte dieser Mann Augen! Wie ein Adler, der seine Beute musterte. Irgendwie legte ich keinen besonders gesteigerten Wert darauf, mehr Zeit mit ihm zu verbringen.

Ich rechnete ihn zu den düsteren Gestalten, denen man lieber nicht allein im Dunkeln begegnete. Aber irgendwie passte sein Verhalten ins Bild. Er machte keinen vertrauenerweckenden Eindruck. Das und die Tatsache, dass er sich außerhalb der Stadt sicherer fühlte als unter Menschen, ließen ihn leicht zum Verdächtigen werden. Was auch immer hier vor sich ging, Moterris Verhalten war eines der Puzzleteile, die ich nur noch zusammensetzen musste.

Wir huckelten über die nicht vorhandene Straße und ich überlegte kurz, gleich wieder auszusteigen. Nicht, dass ich gerade zu einem Terroristen ins Auto gestiegen war. Nicht, dass man mich am Ende noch entführte. Wer wusste denn, ob mich dieser Mann tatsächlich nach Hot Springs fuhr?

Andererseits war der Typ Ethans Dad. Und Ethan schien von sämtlichen Verschwörungstheorien nichts zu halten. So gefährlich konnte es also nicht werden.

Auf der Fahrt versuchte ich mir den Weg einzuprägen, scheiterte aber schon nach wenigen Minuten. Die Landschaft, durch die wir fuhren, war extrem zerklüftet. Schroffe Hügel ragten zu allen Seiten auf, dazwischen lag die Prärie, deren Weite ich nicht einmal annähernd abschätzen konnte.

In den ersten Minuten sah ich keinen einzigen Menschen, kein einziges anderes Auto. Dafür waren hier umso mehr Rinder unterwegs.

Nachdem ich meine Weg-merk-Aktion aufgegeben hatte, musterte ich Ethan neugierig und suchte in seinem Gesicht nach Ähnlichkeiten zu seinem Vater. Es dauerte lange, bis ich überhaupt eine blasse Vergleichbarkeit feststellte. Und auch die blieb gering und schlecht zu konkretisieren. Zu Ethans Glück!

Es dauerte gar nicht mehr so lange, bis wir die ersten Ausläufer einer kleinen Stadt in den Hügeln erreichten. »*Hot Springs, South Dakota, Welcome*« stand auf dem schwarzen Stadteingangsschild.

Der Ort war deutlich kleiner, als ich gedacht hatte. Kleiner, aber trotzdem nicht weniger beeindruckend. Hot Springs strahlte schon am Stadtrand eine wunderbare Kleinstadtatmosphäre aus und erlaubte einen herrlichen Blick auf die umliegenden, bewaldeten Hügel.

Ethans Vater hielt in einer schmalen Straße und deutete auf eine kleine Apotheke. »Endstation!«, sagte Ethan. Wortlos manövrierte Moterri den Wagen in eine Parklücke auf einem kleinen Hinterhof und ließ uns aussteigen.

Ich biss mir auf die Lippe, um das Zittern, das unter dem bohrenden Blick des Mannes wieder eingesetzt hatte, zu unterdrücken, und verabschiedete mich von Mr. Moterri.

»Wolltest du ihn nicht nach dieser Sicherheits-Nummer fragen?«, stichelte Ethan, als wir auf der Straße standen. »Das war dir doch so wahnsinnig wichtig. Warum er sich in seinem Wohnwagen so *sicher* fühlt? Also? Warum hast du's dir auf einmal anders überlegt?«

Ich schulterte meine Tasche und zog den Reißverschluss meiner Jacke bis zum Hals. »Wahrscheinlich dachte ich, er erschießt mich, wenn ich den Mund aufmache«, konterte ich.

»Ich werde ihn jedenfalls nicht für dich fragen.«

»Das war mir jetzt irgendwie klar. Würde ich an deiner Stelle auch nicht. Übrigens danke fürs Fahren, aber auf dem Rückweg nehme ich dann doch lieber ein Taxi.«

Ethan zuckte mit den Schultern, nickte dann aber. »Komm! Ich zeige dir, wo wir ein Internetcafé finden!« Eine Weile trabten wir schweigend nebeneinander her, dann fragte er: »Willst du mich auf der Rückfahrt im Ernst mit ihm allein lassen?«

Ich verzog das Gesicht. »Ethan! Er ist dein Dad!«

»Stimmt wohl!« Ein genervtes Augenrollen und der Anflug eines Lächelns. »Ich lege trotzdem keinen großen Wert darauf, viel mit ihm gemeinsam zu haben. Wie dir schon aufgefallen sein dürfte, verstehen wir uns auch nicht so sonderlich.«

»Da wäre ich jetzt von allein nie drauf gekommen.«

Er grinste. »Tja. Ich denke, du weißt inzwischen, warum ich im Hotel und nicht bei ihm wohnen wollte.«

»Warum bist du denn überhaupt hergekommen?«

»Keine Ahnung. Vermutlich, weil er die letzten Monate so besorgt klang, am Telefon. Er hat mich tatsächlich mehrmals angerufen, sich nach mir erkundigt, als könne es das letzte Mal sein, dass wir uns sprechen. Ich dachte schon, vielleicht ist er krank und will nur nicht darüber reden. Aber anscheinend geht es ihm gesundheitlich ja gut. Unkraut vergeht eben nicht.«

Er zuckte mit den Schultern und schob die Gedanken dann mit einer Handbewegung beiseite. »Genug davon! Sehen wir zu, dass wir irgendwo ein Café finden.« Fröhlich schlenderte er die Straße entlang.

»Ich dachte, du weißt, wo eins sein könnte«, beschwerte ich mich. Na, das konnte ja heiter werden. Ein bisschen ziellos ging es weiter die Straße entlang, während Ethan auf seinem Smartphone herumtippte. Irgendwann begann er breit zu grinsen »Was ist los?«, wollte ich wissen.

»Falsche Richtung!« Triumphierend deutete er auf sein Display. »GoogleMaps kennt sich aus.«

»Na dann …«, ich machte eine auffordernde Handbewegung, »sag du, wo es langgeht!« Und das tat er auch, während ich ihm brav folgte. Durch schmale Gassen, an rotbraunen Hügelhängen vorbei und durch ein kleines Waldstück. Bald sah ich ein riesiges Hotel, von dessen Fenstern man einen hervorragenden Blick auf die umliegenden Berge hatte.

Unser Spaziergang dauerte nur ein paar Minuten. Dann erreichten wir eine Art Internetcafé – eine Mischung aus einer Raststätte, einer Bar, einem Restaurant und einem Computerraum.

Ethan sah sich neugierig in dem nur mittelgut beleuchteten Raum um. Die Rechner wirkten allesamt nicht gerade wie die neuesten

Modelle. Hier drinnen roch es nach einer seltsamen Mischung aus Holz, Kuchen, Kaffee … und alkoholischen Getränken. Ein paar Hocker vor den Computern, einige kleine Tische auf wackeligen Holzbeinen. Ein Tresen, hinter dem ein Typ mit Rastalocken und in Hippiekleidung stand, der mich mit einem anzüglichen Grinsen bedachte, das bis nach Australien reichte. Außerdem gab es ein paar Regale, in die von Zigaretten bis Süßigkeitentüten alles eingeräumt worden war.

»Was … wollen wir denn googeln?«, erkundigte Ethan sich mit gerümpfter Nase.

»*Wir* wollen gar nichts googeln«, konterte ich. »*Ich* bestelle jetzt erstmal in Ruhe einen Kaffee, dann informiere ich mich über die Gegend.«

»Kannst du das nicht auch mit meinem Handy?«

Konnte ich natürlich. Aber dann hatte ich weder genug Zeit noch die nötige Ruhe, um nach allem zu suchen, was ich für wichtig hielt. Außerdem … war ein beliebiger Computer in einem Internetcafé immer ein bisschen anonymer als Ethans Handy.

Dieser schien inzwischen bemerkt zu haben, dass ich seine letzte Frage nicht, oder nur mit nein, beantworten würde. Folglich stellte er eine neue. »Was soll diese Recherche-Sache überhaupt bringen? Du hast doch gar nichts Konkretes, nach dem du suchen könntest.«

»Wer weiß!« Ich zuckte mit den Schultern. »Vielleicht finde ich ja irgendetwas über diese Sache heraus. Alles ist besser als nichts zu tun.«

Ethan gähnte und ließ sich auf einen Barhocker fallen, während ich mir einen Platz am Computer sicherte und einen Kaffee bestellte. Langsam füllte sich das Café – oder wie auch immer man diesen Ort hier nennen mochte. Ein paar Leute kamen, kauften etwas oder nahmen an einem der Tische Platz.

»Vielleicht schlafe ich dabei ein, wenn ich mir deine abwegigen Verschwörungstheorien auch noch anhören muss«, überlegte Ethan jetzt. »Wenn du mich fragst: Der Tag war lang genug!«

Ich goss Milch in meinen Kaffee. Es war noch nicht mal zwölf Uhr. »Vielleicht«, ich verdrehte die Augen, während ich Zucker in den Kaffee schaufelte, »solltest du mich lieber mit meiner ach so langweiligen Recherche allein lassen. Und dir ein bisschen frische

Luft um die Ohren wehen lassen.« Wenn er hierblieb, würde er mich sowieso nur nerven.

»Das … wär eine Maßnahme«, gab er schließlich zu und stand in Zeitlupe wieder auf. »Okay, Reagan! Melde dich, solltest du Hilfe brauchen! Wenn nicht … siehst du mich in spätestens zwei Stunden wieder. Dann hab ich mir die Stadt angeschaut und mir meinen Espresso verdient.« Mit diesen Worten verschwand er. Ich verfolgte seinen Weg bis zur Tür mit genervtem Blick, beobachtete ihn, wie er draußen vor dem Fenster vorbeiging und schließlich verschwand.

Dann begann ich mit meiner Suche nach – nichts Bestimmtem. Zuerst einmal fing ich bei der White River Ranch an und versuchte, mehr über das Hotel herauszufinden. Leider Fehlanzeige. Es gab keine offizielle Website, keine Bewertungen, wirklich gar nichts. Das alles vermittelte den Anschein, als würde das Hotel im Internet überhaupt nicht existieren. Dort gab es einfach keine White River Ranch. Noch nicht mal eine Telefonnummer oder ein paar Fotos von den Zimmern, kein einziger, winzig kleiner Hinweis.

Das konnte doch gar nicht sein, dachte ich zuerst jedenfalls. Wie wollte ein modernes Hotel in heutiger Zeit denn komplett ohne Internetauftritt existieren? Allerdings hatte das früher ja auch irgendwie funktioniert. Außerdem kamen hier wahrscheinlich sowieso nur ein paar Rentner oder Familien aus der Gegend mit kleinen Kindern hin. Da waren eine Hotelwebsite und schöne Bilder der unterschiedlichen Gebäude anscheinend nicht so wichtig.

Und wer vom Hotelpersonal sollte sich auch um die Gestaltung einer Seite kümmern? Yahto und Maka Evans? Dass ich nicht lachte!

Auf diesem Weg kam ich also nicht weiter. Folglich beschloss ich eine Viertelstunde später, meine Strategie zu ändern. Ich googelte also Pine Ridge, weil es bei Koda so geklungen hatte, als sei das hier in der Nähe.

Tatsächlich gab es einen Ort dieses Namens und ein Reservat, die Pine Ridge Reservation. An der Grenze zu dieser befand sich auch das Hotel, in dem Shani mich untergebracht hatte. Auf der Suche nach Informationen über das Reservat stieß ich auf schockierende Fakten. 85 Prozent der Bevölkerung sind arbeitslos, fast die Hälfte der Menschen hat kaum genug Geld zum Überleben, das durchschnittliche Jahreseinkommen liegt bei rund 3000 Dollar. Pine Ridge ist das achtgrößte und ärmste Reservat der USA, in vielen Haushalten gibt es weder Strom noch einen Telefonanschluss. Zahlreiche Bewohner des Reservats ernähren sich durch die Jagd auf kleinere Tiere oder das Sammeln von Früchten, ab und zu wird auch etwas Gartenbau oder Landwirtschaft betrieben. Die Lebenserwartung liegt unter fünfzig Jahren.

Die Selbstmordrate ist viel zu hoch, im Schnitt acht von zehn Familien haben Probleme mit Alkoholabhängigkeit.

Betroffen klickte ich mich weiter durch die Artikel über die trostlose, wirtschaftliche Lage und eine wenig effiziente Verwaltungsstruktur der Gegend. All das hätte ich nicht erwartet. Nicht hier, ein paar Meilen von der White River Ranch entfernt.

Die Pine Ridge Reservation hatte ursprünglich zur Great Sioux Reservation gehört, die nach dem Vertrag von Fort Laramie 1868 240.000 Quadratkilometer Land umfasste. Der Vertrag wurde jedoch wieder und wieder verletzt, später teilte man das Land in kleinere Reservate, von denen eines die Pine Ridge Reservation wurde, die man immer weiter verkleinerte. In den 1970er Jahren herrschten im Reservat Zustände, die einem Bürgerkrieg ähnelten.

Heutzutage haben sich zwar einige Unternehmen gebildet, die versuchen, regionale Produkte und traditionell indianische Kunsthandwerkswaren zu verkaufen. Allerdings verdienen nur die wenigsten der rund 40.000 Bewohner des Reservats ihr Geld durch eine richtige Arbeit. Es gibt zwar das Prairie Wind Casino, das in den letzten Jahren rund 250 Arbeitsplätze geschaffen hat, doch ansonsten ist die wirtschaftliche Lage mehr als nur trostlos. Durch den nahegelegenen Mount Rushmore und den *Badlands National Park* wird wenigstens etwas Tourismus ins Reservat gespült. Trotzdem gibt es weder wirklichen Einzelhandel noch eine Bank.

Selbst ein funktionierendes Abwassersystem und fließendes Wasser gibt es in den meisten Haushalten nicht.

Das alles waren Zustände, für die ich keine Worte finden konnte.

Pine Ridge Reservation … *ein trauriger Ausdruck der Schattenseiten des Lebens vieler amerikanischer Ureinwohner*. Diese Formulierung las ich auf einer der Internetseiten. Hier, mitten in den reichen USA, häuften sich die Probleme.

Für einen Moment wandte ich den Blick vom Bildschirm und blinzelte. Das alles klang ziemlich heftig, ziemlich schlimm.

Ich rief eine Karte auf, die die Lage der Reservation zeigte, und entdeckte den White River, einen Fluss, der sich fast durch das gesamte Gebiet schlängelte, von der Grenze zu Nebraska im Süden bis hin zu den östlichen Ausläufern des Reservats.

Dem Namen nach zu schließen musste die White River Ranch wohl irgendwo in der Nähe dieses Flusses liegen, schätzungsweise nahe der Grenze. Ich fand das Hotel allerdings auf keiner der Karten.

Irgendwann flimmerte es vor meinen Augen, ich bestellte noch ein Glas Wasser und sah mich neugierig in dem Raum um. Das Café-Imbiss-Restaurant hatte sich jetzt ziemlich gefüllt. Die Leute drängten sich um die Rechnerplätze, Stühle wurden gerückt, mehrere Jugendliche, die sich in eine Ecke verzogen hatten, lachten.

Ein junger Mann, schlaksig, mit langen schwarzen Haaren, hatte den PC neben meinem besetzt. Vor ihm stand ein großes Bier. Der Typ konzentrierte sich ganz offenkundig mehr auf das Getränk als auf den Computer … und warf mir von Zeit zu Zeit einen – seiner Meinung nach offensichtlich unauffälligen – Seitenblick zu.

Ich musterte ihn genauer, zerrissene Jeans, verwaschenes, graues T-Shirt, die langen Haare fielen ihm ins Gesicht. Ich konnte mich nicht mehr daran erinnern, wann er sich neben mich gesetzt hatte.

Mit einem Mausklick schloss ich die Seite, auf der ich die Karte des Reservats gefunden hatte und googelte schnell die Lage des nächsten Phoneshops – ich musste mich auf jeden Fall noch um ein neues Handy kümmern – und ein paar Flugverbindungen. Die galt es für den Notfall zu kennen, immerhin wusste ich ja nicht, wie die Sache weiterging. Wenn es mir hier doch zu unheimlich wurde, wollte ich mir sicher sein, dass ich schnell und ohne viel fremde Hilfe abhauen konnte.

Ich war vollkommen in Gedanken vertieft, als plötzlich ein zweiter Mann hinter den Typen am PC neben mir trat und diesem Worte in einer fremden Sprache zuraunte. Erschrocken wirbelte ich herum und starrte in das emotionslose Gesicht von Yahto Evans, Makas gruseligem Bruder, den ich in der Billardbar belauscht hatte.

Ein verschorfter Kratzer, auf der einen Seite wieder aufgeplatzt, zog sich quer über seine kantige Wange. Die rechte Hand hatte er immer noch in einem Verband, der inzwischen ziemlich dreckig aussah. In der linken hielt er ein Bier, das er jetzt allerdings demonstrativ direkt vor meiner Nase abstellte.

»Ein Freund von Ihnen?«, fragte Yahto Evans. Es klang nach bitterem Sarkasmus. Seine rauchige Stimme ließ mich erschaudern. Ich sah ihn direkt an, erwiderte diesen Blick verständnislos. »Wie bitte?«

»Dieser Typ schaut in Ihre Richtung! Schon die ganze Zeit. Bemerken Sie das nicht?«

Er klang nicht besoffen, aber er sah zerfetzt aus und krank. Ich drängte die Angst weg, kämpfte gegen die Gänsehaut auf meinen Unterarmen. Einen winzigen Augenblick lang dachte ich darüber nach, dass Yahtos Familie vermutlich aus dem Reservat kam. Dass es ihnen schlecht ging.

Dann begann zu mir durchzusickern, was er gerade zu mir gesagt hatte. »Ähm …«, stotterte ich, weil ich immer noch absolut keinen Plan hatte, wovon er sprach. »Wovon reden Sie?«

»Das hat keinen Sinn«, wandte sich Yahto an den Typen auf dem Stuhl neben mir. »Wir bringen sie jetzt zurück zur Ranch. Alles andere würde sie nur unnötiger Gefahr aussetzen.«

»Hey«, protestierte ich, weil mir klar war, dass er von mir redete. »Kommt gar nicht infrage! Was soll das überhaupt? Spionieren Sie mir nach?«

»Wir?«, lachte der Typ neben Yahto Evans. »Wir sollen dir nachspionieren, Mädchen?« Er sprach mit einem seltsamen Akzent Englisch. »Nein, nein, wir sind nur deine Bodyguards, wir passen nur auf, kleine Miss.«

Er hätte mir einen furchtbaren Schrecken einjagen können, doch ich fasste mich rechtzeitig wieder und machte mir bewusst, dass das hier ein öffentliches Lokal war. Sie konnten mich ja schlecht vor diesen ganzen Leuten entführen oder hier drinnen erschießen.

»Was wollen Sie überhaupt von mir?«, fragte ich also forsch, funkelte Yahto Evans an und verschränkte die Arme, während ich demonstrativ auf meinem Platz sitzenblieb. »Weshalb behaupten auf einmal alle, sie müssten mich in Sicherheit bringen?« Ich erinnerte mich noch zu gut an mein erstes Gespräch mit ihm, seine Andeutungen auf eine Gefahr, die mir drohte. Dass ich nirgendwo allein hingehen sollte. »Wer hat es denn angeblich auf mich abgesehen?«

»Es reicht«, grummelte Yahto Evans. »Wir fahren zurück zur Ranch.«

»Dieser Typ am Telefon hat von dir geredet und behauptet, dass man hinter dir her wäre«, setzte der Junge am Computer neben mir an. Er war aufgestanden, hatte sich neben Yahto gestellt. Ich war mir nicht sicher, glaubte aber eine der Stimmen zu erkennen, die mit Yahto in der Billardbar geredet hatten. Also war er auch dort oben gewesen und gehörte zu den *Freunden* der Familie Evans. Und er war Teil der Verschwörung.

»Er hat uns eine Menge Geld versprochen, wenn wir dich nicht aus den Augen lassen und von Menschenmengen, Hauptverkehrsadern und größeren Gebäudekomplexen sowie aus allen gefährlicheren Gegenden der Stadt fernhalten.«

»Was?« Meine Stimme überschlug sich fast.

»Als wenn ich deswegen hinter ihr herrenne, verdammt«, fluchte Yahto.

»Ach nee«, grinste der Typ. »Dir geht es nur darum …«

Yahto unterbrach ihn, packte mich am Arm und drehte mich unsanft halb zu sich herum. Ich wollte schon aufschreien. Inzwischen waren ein paar Leute auf uns drei hier aufmerksam geworden, man schien zu bemerken, dass mir nicht gefiel, was diese beiden Männer gerade trieben, und mehrere Blicke richteten sich auf uns.

Doch dann überlegte ich mir das mit dem Schreien anders. Offensichtlich meinten diese Leute, mich beschützen zu müssen. Vielleicht konnte ich ihnen, wenn ich mich nicht ganz querstellte, schnell doch noch ein paar Infos entlocken. Im Gegensatz zu Yahto war sein Kumpel ja ganz gesprächig. »Mit wem habt ihr telefoniert? Wer bezahlt euch?«, stieß ich leise hervor.

»Schauen Sie mal in die Richtung da!« Yahto ging gar nicht auf meine Frage ein. »Sehen Sie den Typen, der an der Bar sitzt und jetzt gerade aufsteht?« Erst da fiel mir ein, dass Yahto eben schon behauptet hatte, da sei noch jemand, der mich beobachte. Und zwar nicht gerade unauffällig.

»Habe ich einen Stalker?«, fragte ich gerade heraus. »Warum sind auf einmal alle hinter mir her?« In meinen Augen ergab es absolut keinen Sinn, mich zu verfolgen. Ich war weder prominent noch besonders reich, warum sollte ich also in Gefahr sein?

Ich folgte seinem Blick. Hier drinnen war viel zu viel los, auf einmal schien jeder verdächtig, vor allem, da inzwischen eine Menge Leute in unsere Richtung starrten.

»Er beobachtet Sie!«, wiederholte Yahto ruhig und wandte sich wieder seinem Bier zu. »Anscheinend kennt er Sie von früher!«

»Was?«, fragte ich noch einmal und registrierte zu spät, dass das unhöflich, dämlich und unterbelichtet zugleich klang. Mein Blick wanderte suchend die Theke entlang, während ich im selben Atemzug fragte: »Wie kommen Sie darauf, dass er mich von früher kennt?«

»Auffällige Blicke, freundschaftlich und sehr vertraut. Fürsorglich. Er wird keinen angreifen! Hat im Übrigen auch keine Waffe. Das macht ihn aber gerade verdächtig, irgendwas ist da nicht in Ordnung. Ich schlage vor, wir verschwinden von hier, das erspart uns eine Menge Ärger!«

»Aber wer …«

»Im Streit von Ihnen getrennt, der Typ ist unruhig, Nerven bis zum Zerreißen gespannt. Er glaubt, wir packen Sie zu heftig an. Gleich kommt er rüber. Er passt auch auf Sie auf.«

»Er … *passt auf mich auf?*«, fragte ich ungläubig. Yahtos Worte klangen wie sinnloses Geschwafel, keinen Funken Logik dahinter. In diesem Moment fanden meine Augen den Mann, dessen Anblick mein Sichtfeld verzerrte wie ein gebogener Spiegel. Der alles war und nichts, kein Serienkiller mit einer Waffe, kein Agent im dunklen Anzug.

Es fühlte sich an, als zerreiße irgendetwas, alles, in mir, Realität war auf einmal nicht mehr das, wofür ich sie gehalten hatte. Man hatte mir ein Seil mehrmals um den Hals geschlungen und fest daran gezogen. Ich bekam keine Luft mehr, und das, obwohl ich mir so sicher gewesen war, es endlich, endlich unter Kontrolle zu haben.

Matthew Nolan hatte mich gebrochen, aber er besaß mein Herz. Immer. Diese Gewissheit überrollte mich wie eine brechende Welle. Und ich kam nicht damit klar, dass er auf einmal hier stand.

In Hot Springs.

In einem Internetcafé.

Keine zehn Meter von mir entfernt.

Dabei hatte ich gedacht, ich würde ihn nie, wirklich nie wiedersehen.

Ich musste mich am Tisch abstützen, um nicht sofort wieder auf meinen Sitz zurückzusinken.

Matt trommelte unruhig mit den Knöcheln auf die Theke, unsere Blicke trafen sich. Er fuhr sich mit den Fingern durch die Haare, die jetzt ein Stückchen länger waren als damals, lächelte unsicher. Dass er wieder da war, änderte alles. In meinem Inneren brannte eine Leitung durch, elektrische Funken stoben.

Während ich wegsah und konzentriert eines der Tischgedecke anstarrte, raste mein Herz bis zum Hals. Denn dieser Mann war nicht, was ich erwartet hätte. Und ich wusste auf der Stelle, dass sein Auftauchen richtig Ärger bedeuten würde. Denn das unsichtbare Band, das uns aneinander kettete, existierte noch immer.

Und es würde mich wieder in seine Realität zurückreißen. In diese seltsame, zwielichtige Umgebung voller Mysterien und Verrücktheiten, aus der ich geflohen war.

Ihm hier zu begegnen war eine abgefahrene Mischung aus einem Albtraum und der Situation, die ich mir am dringendsten herbeisehnte. Von der einen auf die andere Sekunde ging alles durcheinander. Der dunkle Teufelskreis aus Erinnerungen und Ängsten schloss sich von neuem um mich.

Es ging alles wieder von vorne los.

Matt warf einen leicht hilflosen Blick in meine Richtung. »Er bereut, was er getan hat und würde gern mit Ihnen darüber reden, kann aber nicht«, setzte Yahto Evans hinzu. Keine Ahnung, wie er das alles, was er hier erzählte, herausgefunden hatte. Aber im Augenblick war mir das auch egal.

Ich sah nur Matt. Und das reichte, um den Verstand zu verlieren.

Denn Matthew Nolan war sicher nicht zufällig hier. Sein Auftauchen hatte einen Grund. Es bedeutete, dass wir das Spiel weiterspielen würden, das ich eigentlich längst verloren hatte. Dass er mit seinen hirnrissigen Projekten weitermachte. Und dass ich in verdammter Lebensgefahr war.

Matt winkte, machte einen Schritt auf mich zu, an ein paar Leuten vorbei. Der Fluchtreflex übermannte jegliche Vernunft. Ich konnte nicht mehr klar denken, wusste nur noch eins: Ich musste hier weg!

Schön und gut, dass Shani mich in diesem bizarren Hotel geparkt hatte. Schön und gut, dass hier seltsame Dinge vor sich gingen. Schön und gut, dass diese Ranch ein ach so sicherer Ort sein sollte. Dass Chaske Moterri womöglich auch etwas über die ganze Sache wusste. Aber dass jetzt auch noch Matt hier auftauchte, das war zu viel. Ich hatte soeben beschlossen abzureisen. Und zwar jetzt sofort.

Ein Ruck ging durch meinen Körper. Die panische Angst, die mich wie ein Tier im Nacken gepackt hatte, wollte nicht nachlassen. Ich spürte kalten Schweiß auf der Haut.

Den Kaffee ließ ich einfach stehen. Ohne darüber nachzudenken, was ich eigentlich tat, eilte ich zwischen den Tischen hindurch und aus der Tür hinaus ins Freie. Bahnte mir einen Weg zwischen den starrenden Leuten hindurch, drückte die Klinke runter und stolperte auf den Bürgersteig. Es war, als würde ich endlich wieder Luft bekommen. Als hätte man mich die ganze Zeit vorher in einen fensterlosen Kerker gesperrt. Ich atmete ganz tief durch… und rannte los.

Ohne mich noch einmal umzudrehen, hetzte ich die Straße entlang. Ich bemerkte gar nicht, dass ich auf dem Fahrradweg unterwegs war. Beinahe wäre ich mit einem Radfahrer zusammengestoßen. Der konnte nur gerade so ausweichen. Ein Auto hupte, als ich unaufmerksam über eine rote Ampel rannte.

Wie ein kurzer Blick über die Schulter bewies, machte niemand Anstalten, mich zu verfolgen. Weder Yahto noch sein Kumpel oder Matt. Vermutlich waren sie alle erstmal mit sich selbst oder mit dem jeweils anderen beschäftigt.

Es war Zufall, dass ein Taxi in meine Richtung kam. Ein Reflex, dass ich ihm entgegensprang und wie wild zu winken begann. Darüber nachgedacht hatte ich jedenfalls nicht. Ich wollte nur weg von hier. Weit weg!

Ich dachte nicht an Yahto und Matt, die meine Flucht lächerlich finden würden, oder an Ethan, der sich sicher fragen würde, wo ich abgeblieben war. Ich wollte nur einsteigen und wegfahren. Weg von dieser Verschwörung. Von all dem, was passiert war.

»Entschuldigen Sie mal!« Der Mann in dem leeren Taxi musterte mich pikiert. »Aber ich bin momentan nicht …« … *im Dienst.* Wollte er wohl sagen. Doch das war nicht mein Problem. Er kam nicht weiter. Ohne ihn ausreden zu lassen, fragte ich: »Wohin fahren Sie?« Offensichtlich verwirrte ich den guten Mann so sehr, dass er mir mit entsetztem Blick eine Antwort gab. »Omaha, in Nebras…«

»Gut«, nickte ich, ein wenig kurzatmig. »Ich muss in dieselbe Richtung. Nehmen Sie mich ein Stück weit mit!« Ich betonte es absichtlich nicht als Frage. Immerhin hatte ich eh nicht vor, mich wieder abwimmeln zu lassen.

»Äh …«, machte der Mann hinter dem Lenkrad und streckte den Arm abwehrend in meine Richtung. Als wollte er mich anflehen, draußen zu bleiben. »Miss …« Aber auch er schien schnell zu bemerken, dass ich nicht gewillt war, von meiner Idee abzuweichen. »Also …«, stotterte er schließlich, »können Sie denn bezahlen?«

Das konnte ich zum Glück. Eine Tatsache, die den Fahrer eindeutig beruhigte. Merklich weniger abweisend erkundigte er sich: »Wohin wollen Sie denn?«

»White River Ranch. In der Nähe von Pine Ridge«, erklärte ich und ließ mich auf einen der hinteren Sitze fallen, den Rucksack immer noch geschultert. Wenn ich nach Hause wollte, war es nur vernünftig, meinen Koffer mitzunehmen. Außerdem würde ich schneller als Yahto oder irgendwer anders im Hotel ankommen, weil ich jetzt sofort losfuhr. Die Gefahr, einem von ihnen nochmal zu begegnen, bestand von daher nicht.

Gut. Also so schnell wie möglich den Koffer holen und dann von hier weg!

Ich hatte Edinburgh nicht verlassen, um Matt wiederzutreffen. Eher im Gegenteil. Ich war gegangen, um eine Sache zu begraben. Um sie hinter mir zu lassen. Und jetzt stand ich wieder genau da, wo ich schon vor Jahren gestanden hatte: Nämlich in seiner Nähe. Und das konnte nur schief gehen.

Nicht, dass ich unbedingt davon ausging, dass es tatsächlich wieder so schlimm werden würde. Aber ich wollte den Teufel doch auch nicht an die Wand malen.

Erschöpft ließ ich den Kopf gegen die Rückenlehne des Taxis sinken.

Ich kannte Matt, seit ich neun war. Er hatte mehrere Jahre mit seiner Familie in Edinburgh gelebt. Sein Dad war Biologieprofessor. Forschte mal hier, mal dort. Er hatte zwei Doktortitel und eine Zeit lang an der Uni in Edinburgh gearbeitet. Matt war ein paar Jahre lang mit mir zur Schule gegangen. Wenn er nicht gerade in irgendwelche exotischen Gegenden gereist war, um zu tauchen, hatte man ihn kaum von seinem Computer wegbewegen können.

Mal ganz sachlich betrachtet: Wir waren nie wirklich befreundet gewesen, oder so. Wenn ich heute beschreiben müsste, was uns damals trotzdem verband, dann würde ich wahrscheinlich mit einer Menge Respekt anfangen. Jedenfalls von meiner Seite. Respekt, Anerkennung und von Anfang an die ganz seltsame Gewissheit, dass der andere nicht irgendwer war.

Um Matts Familie rankten sich Legenden. Ich wusste nur durch ein paar Gerüchte, wie groß der Einfluss seiner Eltern war. Diese Art von reichen Leuten eben, die sich idiotisch verhalten und mit denen man sich doch nicht anlegen durfte. Weil man immer, egal, was man tat, unterlegen war.

Fest stand jedenfalls: Wenn man keinen Ärger wollte, hielt man sich von Matthew Nolan fern.

Keine Ahnung, was seine Familie für höchst vertrauliche Staatsgeheimnisse hütete. Keine Ahnung, was für Beziehungen sein Dad zum englischen Königshaus, zum britischen Geheimdienst oder dem internationalen Finanzmarkt hatte. Keine Ahnung, wie viel Geld seine Eltern in die ehrgeizigen Projekte ihres Sohnes pumpten und wie erfolgreich er mit seinen Programmierereien inzwischen wirklich war.

Im Grunde genommen war es ja auch egal. Auf diese Fragen würde mir sowieso niemand eine Antwort geben.

Persönlich hatte ich allerdings schon eine sehr deutliche Erfahrung gemacht: Kam man Matt zu nahe, ohne dass er ausdrücklich seine Zustimmung erteilt hatte, handelte man sich Schwierigkeiten ein. Und ehe man's sich versah, hatte man nicht nur seine unausstehliche Arroganz, sondern auch weitaus größere Probleme am Hals.

Matt war schwer zu durchschauen. Und ich muss ehrlich gestehen, dass mich diese Tatsache immer fasziniert hatte.

Ich liebe Geheimnisse, liebe diesen Punkt, an dem man nicht mehr ganz genau weiß, was man sich einbildet und was real ist. All das zieht mich aus irgendeinem unerfindlichen Grund magisch an. Und mit Matt hatte ich mich immer irgendwie schwerelos gefühlt. Seine geheimen Projekte, seine Art, nicht mit mir darüber zu reden, und das Gefühl, dass da etwas Großes im Gange war. Es hatte mir gefallen. Er hatte mir gefallen.

Doch das Ganze hatte auch seine Schattenseiten. Und die brauchte ich nicht noch einmal.

Ich war sechzehn gewesen, als seine Familie Edinburgh verlassen hatte und weitergezogen war. Matt hatte ein Jahr auf den Bahamas verbracht, danach unterrichtete sein Vater ein Weilchen an einer Uni in Südamerika.

Wenn das, was ich gehört hatte, stimmte, war Matt nach seinem Abschluss nach Kalifornien gegangen und hatte dort ein Medizinstudium begonnen. Was er jetzt, drei Jahre, nachdem ich ihn das letzte Mal gesehen hatte, in Hot Springs machte, war mir allerdings ein Rätsel. Eines, das ich nicht lösen würde.

Matts Auftauchen musste etwas mit den Vorkommnissen in der Gegend zu tun haben. Womöglich war er der Anrufer, der Yahto und seinen Kumpel aufgefordert hatte, mich im Blick zu behalten. Und vielleicht war er auch der geheimnisvolle Fremde, der auch schon in dem Gespräch der Männer in der Billardbar erwähnt wurde.

Vielleicht war ich nur seinetwegen auf der Ranch.

Doch das brauchte mich ja jetzt nicht mehr zu interessieren. Ich würde abreisen. »Machen Sie Urlaub hier?«, wollte der Taxifahrer wissen. Offensichtlich war er darum bemüht, Konversation zu betreiben.

»Ja genau, auf der Ranch«, behauptete ich und setzte hinzu: »Aber ich reise heute schon wieder ab.« Die Fahrt zum Hotel verstrich wie in Zeitlupe. Da ich den Taxifahrer nicht bitten wollte, mir in seinem Auto ein Telefon zur Verfügung zu stellen oder mich noch weiter mitzunehmen, stieg ich in Pine Ridge aus und ließ ihn allein nach Nebraska fahren.

Der Mann war nicht im Dienst. Ihn zu fragen, ob er mich nach Pierre zum Flughafen fuhr, hätte wohl wenig Erfolg gehabt. Stattdessen beschloss ich, mir vom Hotel aus ein neues Taxi zu rufen.

Und einen Flug zu buchen. Leider hatte ich damit keinen Erfolg. Wegen schlechter Wetterlage – der Wind hatte in den letzten Stunden noch mehr aufgefrischt und auf der Fahrt begann starker Regen gegen die Fensterscheiben zu peitschen – waren einige Flüge annulliert worden oder starteten mit Verspätung. In anderen Maschinen bekam ich keinen Platz mehr.

Es stellte sich schnell heraus, dass der nächste mögliche Flug vom Airport in Pierre in drei Tagen ging. Was angesichts der momentanen Umstände drei Tage zu spät war.

So lange würde ich nicht warten!

Ich hatte immer noch kein Handy hier, um zu googeln, von wo man nach Europa fliegen konnte. Also musste ich mir irgendetwas anderes überlegen.

Zum Telefonieren hatte ich mich wieder nach oben in die Billardbar geschlichen. Ich warf einen Blick auf die Amerikakarte, die jetzt an der Wand hing, an der früher der Spiegel gestanden hatte.

Beinahe augenblicklich fand ich, was ich suchte. Auf dem Hinflug hatte ich darüber nachgedacht, erst nach Reykjavik und von dort nach Edmonton in Kanada zu fliegen.

Letztendlich hatte ich mich dagegen entschieden. Ich hatte zu Shani gewollt. Nicht den ganzen Kontinent erkunden. Und wenn das Reiseziel in der Nähe von Pierre lag, bot es sich nicht an, auf einem Flughafen zu landen, der fast zwanzig Autofahrstunden von der Stadt entfernt lag.

Obwohl ich sowohl nach Kanada im Allgemeinen, und nach Edmonton im Speziellen schon immer mal gewollt hatte.

Tja. Und jetzt? Jetzt war alles anders. Mein primäres Ziel war, so schnell es ging von hier wegzukommen. Möglichst weit weg. Ich wollte keine drei Tage vertrödeln, weil sonst die Gefahr bestand, dass Matt oder Yahto mich wiederfanden. Also musste ich irgendetwas unternehmen, mit dem niemand rechnen würde.

Also beschloss ich, jetzt sofort nach Edmonton aufzubrechen. Um kein Taxiunternehmen zu überfordern, buchte ich erstmal eine Strecke bis Williston, im Nordwesten von North Dakota.

Es war überhaupt kein Problem, dort in einem Motel eine Übernachtung zu reservieren. Morgen früh – dachte ich mir – würde ich mich um die Weiterreise kümmern.

Bis das Taxi kam, dauerte es noch eine halbe Stunde. Ich nutzte die Wartezeit, um meine letzten Sachen in den Koffer zu stopfen. Trotz bebender Finger war ich nach ein paar Minuten fertig. Was vermutlich daran lag, dass ich sowieso nicht sonderlich viel ausgepackt hatte.

Am längsten dauerte es folglich, den Koffer mit der verklemmten Rolle die Treppe hinabzuhieven. Stöhnend und mit den Kräften vollkommen am Ende kam ich schließlich unten an.

Das Herzrasen, das nach den Erlebnissen in Hot Springs eingesetzt hatte, ließ nur langsam wieder nach. Ich drängte das ungute Gefühl in den Hintergrund, biss mir heftig auf die Lippe und versuchte das Zittern meiner Knie zu unterdrücken.

Matt hatte sich verändert. Er sah … erwachsener aus. Und hatte ich mir das nur eingebildet, oder war dieses überhebliche Funkeln von damals aus seinem Blick verschwunden?

Wütend schüttelte ich den Kopf. Ich würde keinen einzigen Gedanken mehr an diesen Menschen verschwenden. Ganz sicher nicht. Nur weg von hier! Leider gestaltete sich das gar nicht so einfach.

Koda saß an der Rezeption und musterte mich kritisch, während ich meinen Koffer über die Holzdielen zerrte. »Kann ich dir behilflich sein?« In seinem Rollstuhl kam er in meine Richtung gerollt. »Ich könnte …«

»… meine Rechnung fertig machen!«, unterbrach ich ihn.

Kodas dunkelbraune Augen wurden rund. »Alles in Ordnung bei dir?« Er fuhr jetzt rückwärts, immer ein paar Schritt vor mir, sodass er mich ansehen konnte.

»Ja«, murmelte ich. »Ja, alles in bester …«

Unvermittelt blieb er stehen. Versperrte mir den Weg zur Tür. »Deine Rechnung?«, hakte er nach. Irgendetwas flackerte in seinem

Blick. Etwas, das ich nicht zuordnen konnte. »Du willst aber noch nicht abreisen, oder?«

»Doch«, informierte ich ihn. »Ich werde abreisen.« Eine Rolle von meinem Koffer verhakte sich in einem der Holzbretter und ließ sich nicht mehr von der Stelle bewegen. Ich zog und zerrte. Vergeblich.

»Gefällt dir die White River Ranch nicht?« Koda machte immer noch keine Anstalten, mir aus dem Weg zu gehen.

»Natürlich gefällt sie mir«, stellte ich klar. Na ja. Mal von Shani, meinem abgestürzten Handy, dem unheimlichen Vorfall in der Billardbar, der Abgeschiedenheit, Ethans Dad, den ganzen seltsamen Andeutungen und Matts Auftauchen abgesehen. »Es ist cool hier«, fügte ich der Glaubhaftigkeit wegen hinzu.

»Dann verstehe ich nicht, warum du auf einmal so dringend weg willst.«

»Das hat … andere Gründe. *Private* Gründe.« Ich hatte kein Interesse, diese Aussage noch zu konkretisieren.

»Und dann?« Koda zog gekonnt eine Augenbraue in die Höhe und legte den Kopf schief. »Fährst du nach Hause?«

»Mal schauen«, murmelte ich. Ich hatte nicht vor, ihm zu sagen, wo ich als Erstes hinwollte. Immerhin konnte er es Yahto erzählen, oder sogar Matt, wenn der auf der Ranch auftauchte.

Ich erinnerte mich noch zu gut an Kodas Unterhaltung mit Shani und das darauffolgende Telefonat, für das wir alle hatten aussteigen müssen. Mit hundertprozentiger Sicherheit steckte dieser Koda auch irgendwie mit drin. Mein Misstrauen war geweckt. Ich hielt meine Klappe. »Sag mir einfach, wie viel ich bezahlen soll!«, forderte ich ihn auf. Ich ließ den Koffer vorerst Koffer sein und kramte in meiner Jackentasche nach dem Portemonnaie.

»Hast du mit Shani gesprochen?«, wollte Koda, jetzt ein bisschen eindringlicher, wissen. Mich beschlich langsam, aber sicher das ungute Gefühl, dass er mich nicht weglassen wollte.

»Ich ruf sie an!«, versprach ich ihm. »Also?« Fragend wedelte ich mit dem Geldbeutel. Er nannte einen Preis – was blieb ihm auch anderes übrig, immerhin konnte er mich ja nicht in meinem Zimmer einsperren – und ich bezahlte.

»Gut …«, murmelte er, nachdem ich ihm die Scheine über den Tresen geschoben hatte. »Dann … ähm …« Koda machte sich nicht die Mühe zu lächeln. Stattdessen knirschte er hörbar mit den Zähnen. Dass ihm nicht in den Kram passte, was ich hier tat, war mehr als offensichtlich. Hinter seinen Schläfen schien es zu arbeiten. »Gute Rückreise!«, knurrte er schließlich. Ich ließ es, ihn darauf hinzuweisen, dass er klang wie ein bockiges Kleinkind.

»Danke!«, nickte ich und nahm den Kampf mit dem Koffer wieder auf. Nach ein paar Sekunden hatte ich ihn wenigstens so weit, dass er nicht mehr im Holz festklemmte. Ich erklärte die Rollen offiziell für verloren und wuchtete ihn auf den Hof. Koda folgte mir im Abstand von ein paar Metern.

»Wie kommst du zum Flughafen?« Offensichtlich nahm er an, ich würde auf direktem Weg nach Hause fahren.

»Mein Taxi müsste jeden Moment hier sein.« Auch ohne mich umzudrehen, wusste ich, dass Koda das Gesicht verzog.

»Und dann geht's gleich nach Pierre?«, fragte er mich aus.

Ich unterließ es wohl lieber, ihm eine Lüge aufzutischen, hatte aber auch keine Lust, die Wahrheit zu erzählen. Also schwieg ich einfach. Draußen regnete es immer noch. Ich setzte meine Kapuze auf und ärgerte mich über den Wind, der mir die feinen Tropfen, vermischt mit unangenehm harten Sandkörnern, ins Gesicht blies.

Über die schroffen Hügel der Umgebung hatte sich ein neblig, nasser Schleier gelegt. Ich schlang die Arme um den Körper und versuchte mein Bibbern vor Koda zu verstecken. Der hatte seinen Rollstuhl inzwischen neben mich gefahren und warf mir von Zeit zu Zeit einen fragenden Seitenblick zu.

Wir standen noch unter der Überdachung des Hotels. Leider brachte das gar nichts. Um uns zu schützen, hätten wir wieder reingehen müssen. Hier draußen fegte uns der Sturm um die Ohren.

Egal. Mein Taxi musste in ein paar Minuten eintreffen. Und dann ging es weg von hier! Das war alles, was ich momentan wollte.

Koda schien diese Einstellung zu spüren, sagte aber nichts dazu. Selbst, als mein *persönlicher Shuttle* ein Weilchen später vorfuhr, machte er keine Anstalten mehr, mich von meinem Vorhaben abzuhalten. Er wünschte nur noch einmal eine gute Rückreise und verschwand schließlich wieder im Gebäude. Ich lud meine Tasche in den Kofferraum und hüpfte dann selbst in den Wagen.

Die Musik, die aus dem Radio dröhnte, beruhigte meine Nerven nur bedingt. Aber immerhin lenkte sie mich von den Geschehnissen der letzten Stunden ab.

Der Taxifahrer eröffnete mir, dass wir es vor dem Dunkelwerden wohl nicht mehr bis nach Williston schaffen würden, dann schwieg er und konzentrierte sich nur noch auf den Verkehr. Leise seufzend schlang ich meine Arme enger um meinen Rucksack und schloss die Augen.

Sofort tauchte das Bild von Matt in meinen Gedanken auf. Matt …

Ich schluckte schwer und öffnete die Augen wieder. Nachdenklich kaute ich auf meiner Unterlippe herum. Ich würde mich von ihm fernhalten. Es war richtig gewesen abzuhauen.

Der Taxifahrer lenkte den Wagen auf einen größeren Highway, immer unter dem Vorhang von fallendem Regen hindurch. Unsere Scheinwerfer leuchteten die endlos erscheinende Straße entlang. Fröstelnd rubbelte ich über meine Unterarme, in dem erfolglosen Versuch, die Gänsehaut loszuwerden.

Was hätte ich jetzt für einen warmen Tee oder Kaffee gegeben? Als meine erste Tat in Williston nahm ich mir vor, etwas Warmes zu trinken zu kaufen.

Der Taxifahrer war ein schweigsamer Mann, der es nicht für nötig hielt, mit etwas Smalltalk zu beginnen. Ich war hin und her gerissen. Einerseits wäre ich gern etwas abgelenkt worden, andererseits brauchte ich definitiv Zeit, um zu verdauen, was passiert war. Und um mir meine eigenen Gedanken zu machen.

Über Matt.

Ich setzte etwas Süßes (Donuts?) auf die Liste der Sachen, die ich in Williston unbedingt brauchte. Zucker würde meine Laune heben. Hoffte ich zumindest.

An Matts intensiven, undurchschaubaren Blicken hatte sich in den letzten Jahren nichts geändert. Was er wohl in Hot Springs wollte? Zumindest machte er hier bestimmt nicht gerade zufällig Urlaub. Waren denn überhaupt Semesterferien der Unis in Kalifornien? Eigentlich auch nicht, oder?

Oh verdammt! Müsste er dann nicht eigentlich in einer Studentenwohnung hocken und für Prüfungen pauken? Ich versuchte noch einmal, die Augen zu schließen … und womöglich ein bisschen zu schlafen. Leider grenzte das an Unmöglichkeit.

Ob ich erfahren hätte, was Matt hier tat, wenn ich geblieben wäre? Sicher. Und ich wäre nicht glücklich über diese Entscheidung gewesen. Ich krallte meine Finger in den Rucksack und starrte aus dem Seitenfenster. Leider hatte sich an der Landschaft draußen noch nicht viel verändert. Alles sah grau aus, trüb, nass …

Koda hatte Recht gehabt. Wohl oder übel würde ich Shani anrufen müssen. Aber das würde ich erst tun, wenn ich weit genug weg war. Klar, dass ihr meine Entscheidung nicht gefallen würde. Immerhin hatte sie ja schon *in ein paar Tagen* wieder Zeit für mich. Aber das war mir inzwischen auch egal.

Obwohl ich es in den nächsten Stunden verzweifelt versuchte, konnte ich nicht einschlafen. Im Übrigen war dafür auch die fürchterliche Musik zu laut. Seufzend beobachtete ich die nassen Felder, zwischen denen wir unterwegs waren. Der Regen wurde stärker und der Wind heulte jetzt lauter, sodass wir langsamer fahren mussten. Der Taxifahrer stellte auf einen Wetterbericht um, der Unwetterwarnungen gab.

Klasse. Das hatte mir gerade noch gefehlt.

Langsam tuckerten wir weiter, immer auf der schmalen Straße. Nur ab und zu kam uns ein anderer Wagen entgegen. Bei diesem Wetter war nur unterwegs, wer keine andere Option hatte.

Im Auto war es kalt. Obwohl ich meine Jacke übergezogen hatte, fror ich. Trotzdem hatte ich keine Lust, den Fahrer darum zu bitten, es hier wärmer zu machen. Vielleicht bildete ich mir die Kälte ja auch nur ein. Möglich war's.

In meinem Rucksack fand ich ein paar Bonbons, die allesamt die nächste Stunde nicht überlebten. Schon jetzt freute ich mich auf ein Zimmer mit Heizung. Egal wo. Nur irgendwo in der Stadt. Weit weg von Matt. Von all den Vorfällen der letzten Tage.

Zitternd hockte ich im Wagen, den Rucksack an mich gedrückt, und fühlte mich ordentlich unwohl. *Das wird besser*, versuchte ich mir selbst einzureden, wenn ich nur erst einmal in meinem Zimmer in Williston war …

Die Kopfschmerzen, die ich in den letzten Minuten bekommen hatte, wurden immer schlimmer. Nach einer Weile hielt ich das unerträgliche Stechen hinter meinen Schläfen nicht mehr aus. Alles um mich herum drehte sich langsam, die Landschaft verschwamm vor meinen Augen. Obwohl ich immer noch fürchterlich fror, öffnete ich ein Fenster, um frische Luft in den Wagen zu lassen. Mit zusammengebissenen Zähnen presste ich mir die Hand gegen die Stirn.

Leider ging es mir dadurch nicht besser. Eher im Gegenteil. Mein Unwohlsein steigerte sich langsam. »Noch ein paar Minuten, dann sind wir in Williston!«, sagte der Taxifahrer irgendwann. Wir folgten einer breiteren Straße durch den strömenden Regen.

Bald fuhren wir an den ersten Häusern vorbei … der Stadtrand war erreicht! Ich entspannte mich ein bisschen. Gleich hatten wir es geschafft! Gott sei Dank! Wir waren in einer Stadt! Einer richtigen Stadt! Weit weg von der White River Ranch. Und von Hot Springs …

Auf der Stelle ging es mir ein wenig besser. »Können Sie kurz anhalten?«, bat ich den Fahrer aus einer spontanen Laune heraus. Ein paar Meter weiter hatte ich das Schild einer Tankstelle gesehen. Und da ich nicht annahm, dass es im Motel große Gerichte zum Abendbrot geben würde, hatte ich mir kurzfristig überlegt, noch etwas zu essen zu kaufen.

Während der Wagen abbremste, zog ich die Kapuze über meinen schmerzenden Kopf. Vielleicht würden etwas Süßes und ein Kaffee ja auch gegen die Nackenverspannung und die Kälte helfen!

Da an der Tankstelle schon mehrere Autos parkten, hielt der Taxifahrer ein paar Meter weiter am Straßenrand. »Geben Sie mir eine Minute!«, bat ich und öffnete meine Tür. Links von uns raste ein großer, schwarzer Jeep mit quietschenden Reifen und definitiv viel zu hoher Geschwindigkeit vorbei. Schlamm spritzte gegen die Scheiben meines Taxis.

»Idioten!«, hörte ich den Fahrer noch schimpfen, während ich auf einen mit Pfützen übersäten Bürgersteig sprang. »Noch schneller geht's nicht, oder was?«

Gut, dass ich erst jetzt ausgestiegen war! Der Motor des Jeeps kreischte, während der Wagen durch eine Pfütze sauste und ein paar

Passanten mehrere Meter weiter nassspritzte. Die begannen – ähnlich wie mein Fahrer – lauthals zu schimpfen.

Ich schüttelte leicht den Kopf, zuckte aber im nächsten Moment zusammen. Autsch! Mein Kopf schien etwas gegen ruckartige Bewegung zu haben. Er rebellierte mit weiteren Stichen in meine Schläfen. Stöhnend eilte ich durch den grauen Regenvorhang in Richtung der Tankstelle. Ich würde mich beeilen! Immerhin war es nicht mehr weit bis zu meinem – hoffentlich warmen – Zimmer. Diesen Luxus ließ ich mir nicht entgehen!

Das Plätschern von überfüllten Regenrinnen und Abflüssen übertönte die Schritte hinter mir. Ich eilte weiter, kam gar nicht auf die Idee, mich umzudrehen. Ich wollte zu meinem Donut und einem warmen Getränk …

… sollte aber nicht weit kommen.

Noch knappe zehn Meter von der Tankstelle entfernt packte mich jemand an der Schulter und riss mich ziemlich unsanft zurück. Einen entsetzten Schrei ausstoßend taumelte ich, das Gesicht verzerrt, die Augen vor Schreck geweitet.

In diesem Moment geschahen mehrere Dinge gleichzeitig: Aus Richtung der Tankstelle gab es einen entsetzlichen Knall. So ohrenbetäubend laut, dass ich zusammenzuckte und in den darauffolgenden Sekunden gar nichts mehr hörte. Das infernalische Krachen ließ den Boden unter meinen Füßen erbeben. Plötzlich waren überall Flammen. Sie loderten, zischten … noch ein Knall! Und noch mehr Feuer. In dem Gebäude, an den Zapfsäulen … Ruß stieg auf … Menschen rannten …

Von überall her kamen panische Schreie! Das Licht des Feuers blendete mich. Ich kniff die Augen zusammen, sah, wie schemenhafte Gestalten aus dem brennenden Gebäude stürzten. Wie einer der Passanten neben mir sein Handy zückte, vermutlich, um einen Notruf abzusetzen.

Die Flammen breiteten sich in rasender Geschwindigkeit aus. Schon ergriffen sie das Nebengebäude. Das Feuer knisterte, knirschte, sandte schon heiße Wellen in meine Richtung. Die Luft vor meinem Gesicht begann zu glühen. Ich konnte nicht mehr atmen.

Während ich vor Entsetzen kreischte, drohten die Knie, unter mir nachzugeben. Meine Augen tränten und ich sah die brennende

Tankstelle nur noch durch einen verschwommenen Vorhang. Keuchend stand ich da, gelähmt … fassungslos …

Ich war so von der Feuersbrunst gefesselt, dass ich keinen Gedanken daran verschwendete, abzuhauen. Mein Leben zu retten. Ohne mich von der Stelle zu rühren, hustend und mit einem ekelhaften, rußigen Geschmack auf der Zunge und im Hals, übermannte mich das Entsetzen.

Um mich herum ging gerade die Welt unter. Knisternd kroch das Feuer weiter, bahnte sich eine Schneise, verschlang alles, was ihm in den Weg kam. Gnadenlos …

Nur gedämpft durch die Geräusche der Flammen hörte ich das Schrillen von Feuerwehrsirenen. Die umstehenden Leute – viele waren es nicht, aber um auf sich aufmerksam zu machen reichten sie allemal – schrien immer noch aus vollem Hals. Die meisten rannten in irgendeine Richtung. Weg! Nur weg …

… und machten damit das Chaos perfekt.

Doch davon bekam ich nicht mehr viel mit. Der Ohnmacht nahe stürzte ich… wurde von starken Händen aufgefangen und unsanft unter dem Vordach, unter dem ich gestanden hatte, hervorgezogen. In den Regen, die Straße entlang. Immer weiter und weiter …

Es dauerte nur ein paar Sekunden, dann kam ich wieder zu mir. Ein Blick auf die Arme, die *jemand* um mich gelegt hatte, genügte für einen wütenden Aufschrei. Verzweifelt strampelte ich und kämpfte gegen Matts tropfend nasse aber verdammt starke Hände an.

»Lass mich … los! Idiot!«, keuchte ich. Er war stehengeblieben und warf einen Blick zurück in Richtung der Tankstelle. Dort waren Feuerwehrleute inzwischen damit beschäftigt, den Brand zu löschen. »Danke, ich mich auch!« Er biss die Zähne zusammen und schloss für einen kurzen Moment die Augen. Ich hörte ihn schwer atmen.

Nur mit Mühe konnte ich meine Hand davon abhalten, ihm eine Ohrfeige zu verpassen.

»Was zum Teufel …«, setzte ich an, brach aber ab. Matt war nicht nur klatschnass am ganzen Körper. Er sah erschöpft aus. Verschwitzt. Müde fuhr er sich mit der rechten Hand durch die zerzausten Haare.

»Hey …« Sein Lächeln wirkte brüchig.

Mir wurde wieder schwindelig, sodass ich mich an einer Hauswand abstützen musste.

»Was machst du hier?«, fragte ich und meinte damit sowohl sein unerwartetes Auftauchen in Hot Springs als auch die Tatsache, dass er mich offensichtlich verfolgt hatte. Wie sonst hätte er jetzt hier sein können? »Matt … was soll der Scheiß?« Meine Stimme zitterte heftig.

Matt sah mich eindringlich an. »Reagan!« Mehr sagte er nicht.

»Ja!« Langsam kehrten meine Kraft und meine Schlagfertigkeit zurück. »Das ist mein Name.« Patzig erwiderte ich seinen Blick. »Schön, dass du dich noch erinnern kannst.«

»Klar doch!«

»War das die Antwort auf meine Frage?«

»Nein«, erwiderte Matt, immer noch ein bisschen außer Atem. »War es nicht. Hör mal …« Aber ich hatte nicht vor zu hören. »*Warum*«, fragte ich laut und mit fester Stimme, »*bist du hier?*«

4. Kapitel

1861, Dragoon Mountains, im Lager der Apachen:

Sie sah ihn lange an, nachdenklich, und wirkte dabei so furchtbar verloren. Das Feuer knisterte und sandte heiße Strahlen durch das Zelt, die ihr Gesicht wärmten. Ihre Wangen färbten sich rot. »Das ist riskant, Schoka-Tonga«, murmelte sie schließlich. »Du spielst ein gefährliches Spiel.«

»Für dich würde ich alles tun«, gestand er ihr, nahm sie in den Arm.

»Aber den Erben des Häuptlings zu verstecken, ihn als einen anderen auszugeben, das ist keine Kleinigkeit.«

Sie hatte solche Angst. So wahnsinnige Angst, dass sich alles zu drehen begann und die Welt um sie herum zu einem riesigen Ungetüm anwuchs, das sie zu verschlingen drohte. »Auf Cochises Familie ist ein Kopfgeld ausgesetzt. Wenn unser Schwindel auffliegt…«

»Das wird er nicht. Wir standen uns schon immer nahe. Man wird glauben, dass dein Kind auch meines ist.« Tränen liefen über ihre heißen Wangen, während er das Feuer schürte und vereinzelte Funken aufstoben. »Und was ist mit dir?«, fragte sie irgendwann. »Was ist mit

deinem Leben? Niemand kann von dir erwarten, alle Freiheit für ein Spiel aufzugeben, das ich spielen muss, um mein Kind zu schützen.«

»Mein Leben gehört doch sowieso dir«, erwiderte er ernst. Sie wussten beide, dass nur ein paar Meilen weiter der Krieg tobte. Nicht auszuschließen, dass er kämpfen musste. Dass sie ihn genauso verlor, wie sie Taza verloren hatte. Schoka-Tonga blieb vielleicht nicht mehr viel Zeit für ein eigenes Leben. Aber es würde reichen, um sie und ihr Kind zu schützen. Um Cochises Erben als einen anderen auszugeben.

»Also gut«, stimmte sie zu und ließ sich erschöpft in seine Arme sinken.

Das Spiel hatte begonnen.

Matt warf noch einen Blick zurück auf die Tankstelle. Inzwischen waren wir ein ganzes Stück auf der der leicht ansteigenden Straße gelaufen. Jetzt sahen wir hinab, hatten die wütenden Flammen gut vor Augen. Aus dem Tal stiegen qualmende Rauchschwaden auf, die langsam in unsere Richtung waberten. Unten züngelten die Flammen, fraßen an den Gebäuden, die zerschmolzen wie Käse im Ofen. Panische Menschen schoben sich die Straße hinauf, weiter und weiter, hinter uns her. Noch immer waren unten Schreie zu hören.

»Wir müssen von hier weg!«, stellte Matt mit tonloser Stimme fest. Ein Griff in seine Jackentasche und er beförderte einen Autoschlüssel ans Tageslicht. »Reagan, du bist in Gefahr!«

»Ich habe so was von die Schnauze voll von diesem *Du-bist-in-Gefahr*-Kram!«, verklickerte ich ihm eindeutig. Demonstrativ verschränkte ich die Arme. »Mein Taxi wartet irgendwo da hinten.« Mit dem Kopf deutete ich in die Richtung, in der ich den Wagen vermutete. »Wiedersehen Matt!« In dem verzweifelten Versuch, ihm doch noch zu entkommen, machte ich einen Schritt in die richtige Richtung.

Matts Finger schlossen sich um meinen Jackenärmel. »Nicht so schnell!«

»Verdammt!« Ich versuchte ihn abzuschütteln. »Matt, was soll das? Willst du mich entführen?«

»In Sicherheit bringen!« Seine Stimme klang rau und für einen Moment huschte ein Ausdruck über sein Gesicht, den ich nicht recht zuordnen konnte.

»Prima! Dann schick mich in die Arktis und buch für dich einen Flieger zu den Pinguinen am Südpol!«

»So ähnlich.« Er öffnete mir die Beifahrertür eines schwarzen Jeeps – herrje, *er* war der verdammte Raser gewesen, der vorhin an uns vorbeigespritzt war! – und gab mir mit der Hand ein Zeichen, einzusteigen. »Niemals!« Ich schnaubte abfällig und drehte mich in die andere Richtung. Auch ohne ihn zu sehen, wusste ich, dass Matt die Augenbrauen hochzog. »Hast du keine Fragen?« Doch. Tausende. Hieß trotzdem nicht, dass ich zu ihm ins Auto steigen würde.

Der Geschmack von Ruß, von Verbranntem, lag noch immer auf meiner Zunge. Gerade rückte die Polizei an. Das Feuer bekamen sie nur langsam wieder unter Kontrolle. Qualm waberte durch die gesamte, regennasse Straße.

Unten an der Tankstelle war die Hölle los. Nur ein paar Meter entfernt von den Feuerwehrleuten, die gegen die Flammen kämpften, standen vier Krankenwagen. Sanitäter kümmerten sich um die Verletzten. Schaulustige hatten sich in weiterer Entfernung versammelt und betrachteten das Geschehen.

Ein paar Journalisten waren auch schon vor Ort, störten die Polizei bei den Ermittlungen und versuchten, die brandheißen News durch spektakuläre Fotos festzuhalten.

»Oh Gott!«, murmelte ich. Ob es Tote gegeben hatte? Unschuldige Menschen, die sich zur Zeit der Explosion in dem Gebäude befunden hatten? Die man nicht hatte retten können? Ich wusste es nicht.

»Komm jetzt!«, sagte Matt sanft. Ich schüttelte den Kopf, den Blick noch immer von ihm abgewandt. Seine Hand streifte meine Schulter. »Lass das!« Wütend wirbelte ich zu ihm herum und funkelte ihn an. Er funkelte zurück. »Du willst doch nicht, dass so etwas wieder passiert, oder?«, fragte er eindringlich. »Reagan, das willst du nicht!«

»Nein!«, antwortete ich und versuchte, das Zittern in meiner Stimme zu unterdrücken. »Aber das hier war … ein Unfall.« Ich deutete hinüber zur Tankstelle. »Das war … ein Öl-Leck … oder keine Ahnung, warum eine Tankstelle sonst in die Luft geht.« Noch ein kurzer Blick hinab auf das Chaos unter uns. Von dem kleinen Gebäude waren nur noch verkohlte Trümmer übrig.

»Glaubst du das wirklich?« Ein verkrampftes Lächeln huschte über sein Gesicht.

Ich vergaß vorrübergehend zu atmen. »Ja!«, behauptete ich, während irgendetwas in mir zu arbeiten begann. Langsam, aber sicher dämmerte mir, worauf Matt hinauswollte. »Das war …«, setzte ich noch einmal an. »Das hatte nichts mit mir zu tun!« Niemand hatte wissen können, dass ich hierher kommen würde. Den Entschluss, an der Tankstelle anzuhalten, hatte ich selbst vollkommen spontan gefasst.

Dass es sich um einen Anschlag auf mich handelte, war völlig unmöglich. Außerdem hätte niemand etwas davon gehabt, mich aus dem Weg zu räumen. Oder etwa doch? Unvermittelt wurde mir schlecht und ich begann zu würgen. »Meinst du«, stieß ich zwischen zusammengebissenen Zähnen hervor. »War das …?«

»Vermutlich! Tut mir leid, Reagan! Du steckst ziemlich tief in der ganzen Sache mit drin. Auf jeden Fall haben es ein paar Leute auf dich abgesehen. Die Situation spitzt sich zu, und du stehst mit im Zentrum des Ganzen.«

»Worum geht es überhaupt?« Langsam kapierte ich gar nichts mehr. Mein Gehirn verabschiedete sich. Offensichtlich hatte es registriert, dass es sowieso nicht mehr durchsteigen würde. Egal, wie sehr es sich auch anstrengte. »Das«, wieder deutete Matt auf die offene Tür des Jeeps, »erkläre ich dir auf der Fahrt!«

»Auf der Fahrt wohin?«, fragte ich verzweifelt. Und zur Abwechslung beantwortete er meine Frage.

»Zurück zur White River Ranch. Da bist du in Sicherheit.« Schon wieder dieses Wort, dachte ich. *Sicherheit.* Unbestreitbar verbunden mit dem Hotel, aus dem ich vor ein paar Stunden ausgecheckt hatte.

»Und wenn ich nicht einsteige?«, fragte ich und verschränkte die Hände. »Vielleicht will ich ja nicht mitkommen, hast du darüber schon mal nachgedacht?«

»Du hast keine andere Wahl«, sagte er ernst. »Entweder du kommst freiwillig mit, oder ich zwinge dich. Zu deinem eigenen Besten.«

Ich hätte am liebsten um Hilfe gebrüllt. Aber das würde mir ja doch nichts bringen. Mein Mund fühlte sich trocken an, als ich nickte. Irgendwo in meinem Inneren legte sich wie von allein ein

Schalter um. »Okay. Dann erzähl mir wenigstens, was wirklich los ist!«

Ein paar Minuten später hatte ich mein Taxi bezahlt und stieg – sehr widerwillig, aber was blieb mir anderes übrig, als es doch zu tun? – auf den Beifahrersitz des Jeeps.

Meine Haare waren patschnass, die Kleidung auch unter der rußigen Jacke vollkommen durchweicht. Im Wagen tropfte ich natürlich alles voll. Ich lehnte es allerdings ab, mir darüber ernsthaft Gedanken zu machen. Matts Sitzbezüge gingen mich einen feuchten Dreck an. Er konnte sich jederzeit neue leisten. Außerdem war er nicht weniger nass als ich.

Matt hatte gerade hinterm Lenkrad Platz genommen, als ich auch schon zu frösteln begann. Langsam ließ das Adrenalin nach, die Hitze des Feuers auf meiner Haut schlug in eisige Kälte um. In der Nähe der Tankstelle – die Feuerwehr hatte den Brand inzwischen gelöscht – befragten Polizisten ein paar Umstehende, alle anwesenden Augenzeugen wurden von Presseleuten interviewt. »Bevor wir auch noch verhört werden …«, Matt warf mir einen kurzen Blick zu und lächelte erschöpft, dann trat er aufs Gas, »lass uns zusehen, dass wir von hier verschwinden!« Wir waren noch keinen Kilometer gefahren, als er sachlich feststellte: »Auf der Rückbank liegen Handtücher und Decken.«

Ich ignorierte seinen Wink mit dem Zaunpfahl und biss die Zähne zusammen, um nicht so sehr zu klappern. Matt seufzte leise. »Musst du immer so stur sein?«

»Musst du immer so furchtbar arrogant gucken?«, konterte ich. Schlimm genug, dass wir zusammen in einem Auto saßen. Schlimm genug, dass er überhaupt hier aufgetaucht war. Ich hatte wahnsinnige Angst. Mein ganzer Körper fühlte sich schwer wie Blei an. Ich hatte das Gefühl, keinen Finger mehr bewegen zu können, so sehr hatten mich die letzten Tage und Nächte erschöpft. Und jetzt auch noch das.

»Ich gucke überhaupt nicht arrogant«, versuchte Matt sich zu verteidigen.

»Nee, klar!« Wenigstens half das Reden ein bisschen gegen die Kälte, die sich in mir ausbreitete. Meine durchweichte Kleidung klebte an mir und kühlte von allen Seiten. Ich würde trotzdem keine Decke nehmen. Nicht von Matt! »Habe ich das Recht, meinem Entführer ein paar Fragen zu stellen?«, wollte ich wissen. Mein Gehirn versuchte immer noch, alle Geschehnisse der letzten Tage unter einen Hut zu bringen. Vergeblich! Aber vielleicht konnte Matt ja wenigstens einmal in seinem Leben hilfreich sein und mir erklären, was hier vorging.

»Klar«, erwiderte er und lenkte den Wagen auf irgendeinen Highway. Die Reifen kreischten und Sand spritzte, als er die Kurve etwas zu schnell nahm. Ich wurde in meinem Sitz nach links gedrückt, halb gegen seinen Arm. Die Berührung brannte noch zwei Minuten später auf der Haut und breitete sich über meinen Arm bis in mein Herz aus.

»Okay!« Verzweifelt dachte ich über etwas nach, das ich ihn fragen konnte, ohne dass mich nachher CIA und FBI verfolgten. »Erste Frage:«, setzte ich schließlich an. »Woher wusstest du, wo ich hinwollte? Du warst in Hot Springs in dieser Internetcafé-Bar. Und jetzt bist du hier! Aber als ich im Taxi saß, war kein Auto hinter uns! Woher wusstest du also, wohin ich …?« Ich brach ab und sah ihn fragend an.

»Das war nicht sonderlich schwierig.«

Jetzt war ich diejenige, die abgrundtief seufzte. »Matt, bitte! Das ist keine Antwort.«

»Okay! Schon gut! Du bist abgehauen. Dieser Freund von dir …«

»Welcher Freund?«

»Der Typ neben dir.«

»Das war kein Freund. Den Typ kannte ich nicht. Vermutlich ein Freund von Yahto Evans. Der gehört zum Personal der White River Ranch. Er hat mir mit ein paar Kumpels nachspioniert, weil *jemand*«, das *Jemand* betonte ich absichtlich ganz besonders stark, »ihm viel Geld für meine Überwachung angeboten hat.«

»Jap«, murmelte Matt. »Das war ich. Sie sollten aufpassen, dass du dich nicht unnötig in Gefahr begibst. Ein paar Jungs aus dem Reservat – unter anderem dieser Yahto – haben da so ein Ding am Laufen. Die White River Ranch ist sozusagen bombensicher vor unerwünschten Besuchern geschützt und funktioniert vollkommen unabhängig von ihrer Außenwelt. Deshalb war es mir auch so wichtig, dass du dort untergebracht wirst. Leider wollten weder Yahto Evans noch seine Schwester wirklich mit mir kooperieren. Die beiden machen eine Menge Schwierigkeiten.«

»Habe ich mir schon gedacht«, sagte ich und bezog mich dabei hauptsächlich auf die Tatsache, dass er dafür gesorgt hatte, dass ich in das Hotel gekommen war.

»Jedenfalls«, setzte Matt seinen Gedankengang von vorhin fort, »wusste dieser Junge aus dem Reservat, dass dir dein Aufenthalt auf der White River Ranch zugesetzt hat und dass du abhauen wolltest. Er war eindeutig gesprächiger als die Familie Evans, hat aber genug Kontakt zu Yahto und seinen Geschwistern, um ziemlich genau über dich Bescheid zu wissen. Letztendlich hat er mir dann erzählt, dass deine Bewacher schon seit einer Weile der Meinung sind, du könntest dich jeden Augenblick aus dem Staub machen. Weil du nicht blöd bist und sicher mitbekommen hast, dass hier irgendwas im Gang ist, wusste ich also, dass du nach der Begegnung mit mir abhauen würdest.«

Ich unterließ es, ihn darauf hinzuweisen, dass meine Abreise keinesfalls etwas mit den Unannehmlichkeiten auf der Ranch, sondern ausschließlich etwas mit seinem Auftauchen hier zu tun hatte. »Schön. Und weiter?«, fragte ich stattdessen.

»Ich wusste aber auch, dass du noch deinen Koffer aus dem Hotel holen musstest. Das hat mir Zeit verschafft zu überlegen, wohin du dich wohl wenden würdest.«

»Und?«

»Meine erste Idee war, du fährst nach Pierre zum Airport. Also hab' ich die Flugdaten gecheckt. Und herausgefunden, dass in den nächsten drei Tagen kein passender Flieger startet. Du konntest also nicht sofort abreisen. Was tust du? Du orientierst dich in Richtung einer Stadt, in der es einen Flughafen gibt.«

»Ach ja?«, stellte ich ihn auf die Probe. »Und in Richtung welcher Stadt?«

»Das war nicht schwer zu erraten. Ich weiß, dass du schon immer mal nach Kanada wolltest. Alberta … du hast mehrere Male erwähnt, dass dich die Gegend interessieren würde.« Hatte ich wirklich. Unheimlich nur, dass er sich Jahre später noch ganz genau daran erinnern konnte. »Du wusstest, dass ich nach Edmonton wollen würde?«

»Die Flugverbindung von dort nach Reykjavik und dann weiter nach Edinburgh klingt vielversprechend«, nickte er. »Dir steht kein Handy zur Verfügung. Also hattest du keine Möglichkeit, dich schnell über irgendwelche Flugdaten zu informieren. Von daher lag es nahe, dass du irgendwohin fährst, wo du dich sowieso schon auskennst. In eine Gegend, mit der du dich aus persönlichem Interesse schon früher viel beschäftigt hast.«

»Woher«, fragte ich skeptisch, »weißt du, dass mein Handy nicht funktioniert?« Matt zögerte keine Sekunde mit der Antwort. »Eine wahrscheinliche Vermutung, nachdem ich dich an einem Rechner in einem Internetcafé gesehen hatte. Wieso solltest du da rumsitzen, wenn du genauso gut mit dem Handy googeln könntest? Das macht kein Mensch!«

Ich verzog das Gesicht. »Dass du gruselig bist, muss ich dir aber nicht sagen, oder?«

Er grinste schief. »Das weiß ich doch schon!« Es entstand eine Pause, in der – zusätzlich zu der unerträglichen Kälte – meine Kopfschmerzen wieder auf sich aufmerksam machten. Es fühlte sich an, als würden tausende von kleinen, eiskalten Nadeln in meinen Schädel piksen. »Und dann?«, fragte ich. Einfach, um mich von der Gänsehaut und dem Stechen hinter den Schläfen abzulenken.

»Von der Ranch aus fahren weder Bus noch Zug und ich wusste, dass du niemanden fragen würdest, ob er dich ein Stück mitnehmen kann. Maka und Koda hätten dich auch sowieso nicht gefahren. Also musstest du wohl oder übel ein Taxi nehmen.« Er warf mir einen kurzen Seitenblick zu und konzentrierte sich dann wieder auf die Straße. »Als du aufgebrochen bist, war es schon nachmittags. Mir war klar, dass du nicht die ganze Strecke in einem bewältigen konntest. Also habe ich nach Orten Ausschau gehalten, in denen du einen Zwischenstopp einlegen könntest.«

»Und wieso warst du dir mit Williston so sicher?«

»Ein Schuss ins Blaue, aber ein guter, hm? Ich habe herausgefunden, dass du im Grand View Motel ein Zimmer gebucht hast, und da war ich mir dann sicher.«

»Wie hast du das denn bitte herausgefunden?«

»Das ist jetzt nicht von Belang.« Die gestelzte Formulierung ließ mich sofort aufhorchen. »Matt!«, beschwerte ich mich.

»Das ist mein Name!« Er zuckte mit den Schultern und dieser arrogante Zug umspielte wieder seine Augen und Mundwinkel. »Schön, dass du dich noch erinnern kannst!« Er würde mir keine Antwort auf meine Frage geben, so viel stand fest. Ich blinzelte ungläubig, während Matt am Straßenrand irgendeiner Stadt hielt. Draußen war es stockdunkel geworden. Graue Wolken verdeckten den Mond und die Sterne waren kaum zu sehen. Noch immer regnete es in Strömen. Eine Straßenlaterne brachte die kleinen Wassertropfen zum Glänzen.

»Wo sind wir? Wieso hältst du?«, wollte ich wissen. Bis eben hatte ich nicht darauf geachtet, wo wir uns befanden. Jetzt sah ich mich genauer um. Auf der anderen Straßenseite lag ein kleiner Imbiss, wir schienen uns irgendwo in einer Innenstadt zu befinden. Es gab mehrere Geschäfte – momentan natürlich geschlossen – eine Eisdiele und ein paar Wohnhäuser.

Matt öffnete seine Tür und sprang auf die Straße. Wollte er zum Imbiss? Ein Adrenalinschub durchfuhr mich. Wenn er wegging … mich allein ließ … womöglich bot sich dann eine Gelegenheit zur Flucht? Vorsichtig sah ich mich um. Wenn ich einfach ein Stück rannte und an der nächstbesten Tür klingelte? Um Hilfe bat?

Matts Kopf erschien in seiner Tür. »Komm bloß nicht auf die Idee abzuhauen!«, wies er mich an. Ich schnitt eine Grimasse und gestand mir ein, dass meine Chance, ihm zu entkommen, wohl gering war. »Sonst verkürzt sich deine Lebenserwartung auf der Stelle um etwa sechzig Jahre!«, murmelte er und klang dabei verdammt ernst. Mit diesen Worten schlug er die Tür hinter sich zu.

Langsam, ganz langsam kroch eine Gänsehaut meinen Nacken hinab, über den Rücken und dann hinunter bis zu meinen Zehen. »Verstanden?«, erkundigte er sich laut durch die verschlossene Tür. Ich nickte wortlos und beobachtete durch das Fenster, wie Matt die Straße überquerte und in den Imbiss eilte. Zitternd schlang ich die Arme enger um mich und schmeckte dabei Blut. Vermutlich hatte ich mir auf die Lippe gebissen. Meine Nerven lagen blank, an Schlaf war nicht zu denken. Obwohl Matt die Heizung hatte laufen lassen, waren weder meine Jeans noch mein Pullover getrocknet. Die klatschnasse Jacke hatte ich inzwischen ausgezogen und vor mir auf den Boden gelegt. Die wärmte sowieso nicht mehr.

Matt brauchte keine fünf Minuten, dann war er wieder da, eine große Tüte in der Hand. »Oh«, sagte er, als er mich im Wagen sitzen sah. »Du bist noch da.«

»Solide Analyse!« Nach seinem Spruch von vorhin hatte ich nicht mehr an Flucht gedacht. Außerdem wusste ich aus Erfahrung, dass es vollkommen sinnlos war, Matt widersprechen oder hintergehen zu wollen. Er bekam ja doch alles mit. Ohne mich noch einmal anzusehen, öffnete er die hintere Wagentür und griff nach den Handtüchern und Decken, die auf der Rückbank lagen. »Zieh den Pulli aus und häng dir eine Decke um!«, erteilte er Befehle, während er mir von hinten mehrere Handtücher und Decken durchreichte.

»Vergiss es! Ich ziehe mich hier nicht aus!«, erklärte ich kategorisch. Matt knirschte mit den Zähnen und murmelte irgendetwas Unverständliches. »Ja«, sagte er schließlich – keine Ahnung, was *genau* er damit meinte – »dann häng dir die Decke halt nur um! Du frierst ja.« Er reichte mir noch ein Handtuch. »Und kümmer dich um deine Haare!« Aus Trotz machte ich erstmal keine Anstalten, seiner Aufforderung Folge zu leisten. Matt griff in die Tüte, die er aus dem Imbiss mitgebracht hatte, und drückte mir einen Pappbecher und einen flachen Karton, auf dem groß PIZZA zu lesen stand, in die Hände. »Ähm …«, machte ich leise und stellte fest, dass ich seltsam heiser klang.

»Keine Widerworte!« Er zwinkerte und schloss meine Tür wieder, nur um Sekunden später auf dem Fahrersitz Platz zu nehmen. »Ja … Matt … hm … danke!« Die Pizza wärmte meine Hände, und Kaffee hatte ich sowieso kaufen wollen. Erst jetzt wurde mir klar, wie hungrig ich eigentlich war. Seit dem Frühstück hatte ich nichts mehr gegessen. »Du siehst aus, als könntest du was Warmes vertragen«, erklärte er bestimmt.

»Kann ich.« Erstaunlich, dass er so nett sein konnte. Was war nur auf einmal in ihn gefahren? »Danke!«, sagte ich noch einmal und zog eine der Decken um meine Schultern. Matt startete den Motor.

»Wusste gar nicht, dass du Auto fahren kannst.« Ich öffnete den Pizzakarton und griff nach einem Stück.

»Ich bin zwanzig!« Er gab Gas und wir sausten weiter durch die Dunkelheit. »Und mir ziemlich sicher, dass du das auch kannst. Inzwischen.«

Wir schwiegen noch eine Weile, während mir langsam wärmer wurde. »Was machst du hier?«, fragte ich nach einer gefühlten Ewigkeit. Matts Blick blieb auf den Highway gerichtet. »Ich versuche ein paar Sachen in Ordnung zu bringen, die mir irgendwie aus dem Ruder gelaufen sind.«

Ich seufzte. »Kannst du reden wie normale Menschen?« Ich wartete auf eine Antwort, bekam aber keine und fügte resigniert hinzu: »Kannst du nicht. Du klingst immer so.«

»Es wäre schön«, setzte Matt an, »wenn du bei deinen Fragen ein wenig konkreter werden könntest! Sonst …«

»Sonst was?« Ich rubbelte mit den Händen über meine Oberarme. »Übrigens könntest du bei deinen Antworten auch gern etwas konkreter werden. Da hätte ich absolut nichts gegen. Fang doch einfach von vorne an zu erzählen, was eigentlich los ist!«, forderte ich ihn auf. Es war seltsam, sich ganz normal zu unterhalten. Aber es klappte erstaunlicherweise ganz gut. »Ich dachte«, gab ich zu, »du studierst Medizin, irgendwo in Kalifornien.«

»Ohne dich mit Details nerven zu wollen: Ich hab' das Studium geschmissen!«

»Oh«, machte ich wenig produktiv. »Oh. Warum?«

»Zu viele Morddrohungen?« Dem Grinsen war zu entnehmen, dass er versuchte, einen Scherz zu machen. Leider hatte er wenig Erfolg. Seine Finger trommelten unruhig auf dem Lenkrad herum. »Nein, hör mal … Reagan … das hatte private Gründe.«

»Ahhhhhh!«, dehnte ich. *Private Gründe*, von denen ich natürlich nichts wissen durfte. Weil ich mit seinem Privatleben überhaupt nichts zu tun hatte, denn wir trafen uns hier sicher nur rein geschäftlich. Deshalb hatte er mir auch Pizza gekauft und mir eine Decke um die Schultern gequatscht. Klar.

Aber von seinem Privatleben durfte ich natürlich nichts erfahren, das war strengstens geheim. Ich seufzte. Es war alles genau wie früher.

»Ich hab' mich da in so eine Sache hineingeritten«, erklärte Matt schließlich. Jetzt klang er wieder ganz ernst. »Ich weiß wirklich nicht, was ich dir dazu sagen soll. Irgendwas ist schiefgelaufen. Jetzt habe ich mich anscheinend mit einem Gegner angelegt, der ziemlich gut ist. Und ... na ja ... ich habe Informationen darüber, dass du in Gefahr bist. Einige Leute würden viel dafür geben, dich verschwinden zu sehen.« Ich war mir nicht sicher, ob ich irgendwie darauf reagieren sollte. »Es ging um ...« Wieder brach er ab. »Und wir müssen uns ...« Noch ein neuer Versuch. Ebenfalls gescheitert.

»Worum geht es?«, fragte ich eindringlich. Dass irgendetwas nicht stimmte, war mir schon seit einer Weile klar. Ein ungutes Gefühl machte sich in mir breit. Ungeduldig knetete ich meine Finger. »Sie wollen uns umbringen«, sagte er schließlich.

Mein Herz machte einen Satz. »Das kann nicht sein!« Matt war immer in irgendwelche fragwürdigen Geschäfte verstrickt. Nicht weiter verwunderlich, bei den Beziehungen, die die Familie in alle möglichen Richtungen hatte. Schon in Edinburgh war allen klar gewesen, dass es oft nicht ratsam war, seiner Familie zu nahe zu kommen.

Aber mit mir hatten diese Sachen überhaupt nichts zu tun. Ich schluckte schwer. »*Ich*«, erklärte ich mit fester Stimme, »habe keine krummen Dinger gedreht, Matt! Kein Mensch würde einen Vorteil haben, wenn ich sterbe. Das bringt überhaupt niemandem etwas! Und im Gegensatz zu gewissen anderen hier«, ich bedachte ihn mit einem anklagenden Blick, »habe ich auch keine hochbrisanten Projekte am Laufen, die die Welt ins Chaos stürzen könnten.«

»Bitte, Reag!«

»Nenn mich nicht so!«

Es entstand eine kurze Pause, bevor Matt leise sagte: »Diese ganze Sache ist kein Spiel. Ein Freund von mir ist tot. Er hat zu viel gewusst ... und das ist ihm zum Verhängnis geworden. Wenn du jetzt abhaust, könnte es dir ähnlich gehen. Du steckst zu tief in all dem drin, um einfach nach Hause fahren zu können. Und deshalb ist es so wahnsinnig wichtig, dass du mir noch ein einziges Mal vertraust! Dass du auf mich hörst!«

»Aber«, meine Stimme brach beim Sprechen, »aber … ich weiß doch gar nichts. Ich weiß noch nicht mal, was hier überhaupt los ist.« In meinen Ohren rauschte es.

»Ich kann's dir nicht erklären, Reagan. Aber ich weiß, dass man dich umbringen will. Dass du in echter Gefahr bist. Alles weist darauf hin. Ich habe die Konversationen von Leuten mitangehört, die alles tun würden, um dich aus dem Weg zu räumen. Genauso, wie sie es schon bei meinem Freund getan haben.«

»Wer hat über mich geredet?«

»Ein paar düstere Gestalten im Darknet.«

»Und was hattest du bitteschön in diesen Teilen des Internets zu suchen? Ich dachte, solche besonderen Kommunikationskanäle nutzen nur Kriminelle?«, sagte ich und dachte gleichzeitig darüber nach, warum mich dieses Geständnis seinerseits überhaupt nicht überraschte. Trotzdem. Das Darknet klang selbst für Matts Verhältnisse nach ziemlich üblem Pflaster. Ich wollte lieber nicht wissen, was er da sonst noch so getrieben hatte.

»Tatsächlich hat eines meiner Projekte diesen … Abstecher notwendig gemacht. Quasi zu Recherchezwecken. Aber mach dir keine Sorgen! Das Darknet ist nicht automatisch etwas Illegales und es geht auch längst nicht nur um Drogen- oder Waffenhandel. Zum Beispiel werden verschlüsselte Netzwerke auch von Menschenrechtsorganisationen und Journalisten genutzt, einfach gesagt von allen, die sich schützen müssen. Das Darknet bietet deutlich höhere Sicherheit bei Kommunikationen und beim Informationsaustausch, Uneingeweihte wissen oftmals noch nicht mal von dem entsprechenden Netzwerk. Überwachung kann dadurch fast gar nicht stattfinden.«

»Interessant«, sagte ich, weil mir nichts Besseres dazu einfiel.

»Was ich eigentlich sagen wollte: Ich bin nicht gleich ein Krimineller, nur weil ich vielleicht mal im Darknet unterwegs war.«

»Hm.« Seit ich ihn kannte, war Matt nicht von seinem PC wegzudenken gewesen. Ohne Laptop hatte man ihn fast nie angetroffen, immer war er mit etwas Neuem beschäftigt gewesen. Er hatte von Anfang an leidenschaftlich programmiert und Spielereien mit allen möglichen Geräten vorgenommen, bei denen man die Software irgendwie frisieren konnte. Ich war mir ziemlich sicher, dass er bereits gute Bekanntschaft mit der Grauzone zwischen legal und illegal gemacht hatte. Und genau deshalb glaubte ich ihm nicht so richtig.

»Und wenn du dich getäuscht hast?«, wollte ich wissen. »*Reagan Cowans* … so ungewöhnlich ist mein Name nicht. Sicher gibt es den auf der ganzen Welt wie Sand am Meer. Es könnte von einer ganz anderen Person die Rede gewesen sein.« Matt schüttelte den Kopf. »Ich *weiß*, dass es um dich geht.«

»Ach sooooo!«, dehnte ich ungeheuer verständnisvoll. »Wenn du dir da so sicher bist, dann ist es – denk ich – jetzt mal an der Zeit, dass du mir das alles hier erklärst! Dass ich in der Scheiße mit drinstecke, scheint ja mit dir zusammenzuhängen, oder sehe ich das falsch? Wie hast du das denn wieder hinbekommen?«

»Das willst du gar nicht wissen!«

Seufz. Das war so eine typische, egozentrische Matt-Antwort.

»Ich hasse diesen Gesichtsausdruck«, verklickerte ich ihm. »Er bedeutet Ärger.« Leider konterte Matt nur mit einem Schulterzucken. »Davon hast du eh schon genug, schätze ich.«

»Aber diese Kommunikationen, oder Chatverläufe oder was auch immer von den Leuten, die mich umbringen wollen«, hakte ich noch einmal nach, »die könntest du mir zeigen, oder?«

»Könnte ich. Werde ich aber nicht.«

Mit einem wütenden Zähneknirschen gestand ich mir ein, dass ich an dieser Stelle nicht weiterkommen würde. Worüber Matt nicht reden wollte, darüber redete er nicht. Das war seit eh und je so. Also beschloss ich kurzerhand, an einer anderen Stelle neu anzusetzen. »*Wer* will mich denn umbringen?« Vielleicht war es Mr. Wichtig ja gestattet, auf diese Frage eine Antwort zu geben.

»Die Kerle werden ja wohl kaum so blöd gewesen sein, unter ihren richtigen Namen zu schreiben«, seufzte Matt. »Für uns sind sie weniger als blasse Gestalten. Ich weiß nicht, wie sie aussehen, wie sie heißen, sie könnten überall leben. Und an jedem beliebigen Ort der Erde auftauchen.«

»Aber sie haben deinen Freund …« Ich brach ab, ein Schauer jagte über meinen Rücken. »Dein Freund ist …«

»Ja«, antwortete er leise. »Diese Leute versuchen ein dunkles Geheimnis zu verbergen und haben Angst, dass wir ihnen auf die

Schliche kommen. Sie sind bereit über Leichen zu gehen, wenn wir ihnen gefährlich werden. Und sie wollen mich unter Druck setzen.«

»Haben sie deinen Freund deshalb umgebracht?«

Matt nickte und konzentrierte sich dann wieder ganz auf die Straße. »Der offiziellen Version nach ist er beim Tauchen auf Aruba ertrunken!«

»Und du weißt, dass das nicht der Fall ist?«, brachte ich mit Mühe hervor. »Mit Sicherheit?«

»Mit Sicherheit!«, bestätigte er.

»Oh …« Mein Kopf dröhnte und ließ mir keine Möglichkeit mehr, weiter über das Gesagte nachzudenken. Ich lehnte meine Stirn gegen das Seitenfenster und schloss die Augen. »Und was machen wir jetzt?«, erkundigte ich mich leise. Dass mir offensichtlich nichts anderes übrigblieb, als Matt zu glauben, passte mir überhaupt nicht in den Kram. Meine Laune war offiziell auf minus unendlich gesunken. Hatte ich jetzt überhaupt noch irgendeine andere Wahl, als mit ihm gemeinsame Sache zu machen?

»Erstmal fahren wir zurück zur White River Ranch. In gewisser Weise ist die Familie Evans auch von der ganzen Sache betroffen. Maka ist auch nur knapp einem Anschlag entgangen. Aber durch die Vorkehrungen, die Yahto und seine Freunde dort getroffen haben, sind wir auf der Ranch vollkommen sicher. Ich muss ein paar Sachen in Erfahrung bringen und Informationen sammeln. Das wird vielleicht ein paar Tage dauern, dann sehen wir weiter.«

»Und du?«, wollte ich wissen. »Welche Rolle spielst du bei der ganzen Sache? Dich hat irgendwer unter Druck gesetzt, oder? Aber mal im Ernst: Jagen sie dich oder jagst du sie?«

Matt ließ mit der Antwort lange auf sich warten. Wir kurvten durch abgeerntete Getreidefelder, durch eine kleine, vom Licht der Straßenlaternen erleuchtete Stadt und dann weiter durch die unendlich scheinende Prärie. Irgendwann – eine gefühlte Ewigkeit später – hörte der Regen auf. Dafür pfiff der Wind unverändert stark am Jeep vorbei und blies Sand und Schmutz auf die Frontscheibe. Unter den Reifen knirschte es.

Es war fast elf Uhr, als wir das Hotel wieder erreichten. »Vertrau mir einfach!«, sagte Matt, während er den Wagen parkte. Ich war nicht ganz sicher, ob er sich auf meine Frage von vorhin bezog, oder das einfach nur so sagte.

»Ganz bestimmt nicht!«, versicherte ich und sprang aus dem Jeep.

»Pass auf!« Wieder lag seine Hand auf meiner Schulter. Ich schüttelte mich und tauchte unter seinen Fingern weg. »Reagan, bitte! Ich werde alles versuchen, um dieses … *Problem* in den Griff zu bekommen. Aber so lange musst du hierbleiben und dich still verhalten. Hast du das verstanden?«

»Ich bin keine vier mehr, verdammt!« Erst jetzt wurde mir bewusst, dass seine Decke immer noch über meinen Schultern hing. Zusätzlich hatte ich ein dummes, dunkelblaues Handtuch um den Kopf. Hektisch begann ich, meine zerzausten Haare von dem Kram zu befreien. Mich einmal um die eigene Achse drehend sammelte ich meine Jacke wieder ein. Demonstrativ drückte ich ihm Handtuch und Decke in die Hand.

Matt – den Kram noch in den Armen – schob mich in Richtung Saloon. Dort brannte Licht. Als er die Tür öffnete und mir zu verstehen gab, dass ich eintreten sollte, schmolz ich vor Unwohlsein nur so dahin.

Ethan saß an einem Tisch, beide Arme verschränkt. Als er mich erblickte, sprang er auf. Ach du liebes bisschen, ihn hatte ich über die ganze Aufregung ja vollkommen vergessen! Auf einmal tat es mir wahnsinnig leid, Ethan nicht wenigstens irgendeine Nachricht hinterlassen zu haben.

»Reagan! Meine Güte! Ich dachte, du wärst sonstwo abgeblieben. Was ist denn passiert? Wer ist …?« Er warf Matt einen bohrenden Blick zu. »Ich hab' mir wahnsinnige Sorgen gemacht! Hättest du nicht wenigstens ankündigen können, dass du weggehst? Also um ehrlich zu sein, das war absolut bescheuert von dir! Yahto hat mir erzählt, du seist abgehauen. Was war denn nur los?« Und mit sorgenvollem Gesichtsausdruck fügte er hinzu: »Du bist ja klatschnass!«

Matt musterte Ethan zutiefst abwertend und … ein klein wenig irritiert. Statt auf eine Bedienung zu warten, begab er sich sogleich in Richtung des Tresens. Die junge Frau auf der anderen Seite sah ihn erwartungsvoll an. »Oh … neue Gäste! Was darf ich Ihnen anbieten?«

»Wodka Martini – geschüttelt, nicht gerührt. Und für die Dame einen Kaffee, bitte!«

Oh. Mein. Gott. Ich schlug die Hände über dem Kopf zusammen. Die Bedienung hingegen – dieselbe, mit der auch Ethan schon geflirtet hatte – schien Matt ungeheuer witzig zu finden. Sie kicherte so laut, dass man sicher auch in Edinburgh hören konnte, für was für einen scharfen Typen sie Matt hielt. Es dauerte eine Weile, bevor sie etwas anderes als *Hmpfhiiihmrg* herausbrachte. »Zu Ihren Diensten, Mr. Bond! Nur kann ich leider nicht ...« Sie wurde von einem erneuten Kicheranfall unterbrochen.

Matt schüttelte den Kopf und grinste ebenfalls. »Na ja. Wenn Sie keinen Wodka Martini haben ... reichen mir auch zwei Kaffee.«

Ja. Haha. Ungeheuer witzig. Ich schmiss mich hier neben Ethan beinahe weg vor Lachen. »Wer«, fragte dieser gerade irritiert und reichlich abschätzig, »ist denn *der*?«

»Kenn ich nicht«, behauptete ich deprimiert und sank auf einen Stuhl.

»Wieso nur ...«

»Er heißt Matthew. Frag ihn selbst, warum er so ein arrogantes Arschloch ist!«

»Und wieso warst du nicht im Café, als ich wiederkam?« Ethan schlug mit der Faust auf den Tisch. »Dieser blöde Yahto konnte's mir nicht erklären. Warum bist du abgehauen?«

»Bin ich nicht«, murmelte ich. »Man hat mich entführt.« Ich warf einen bitterbösen Blick auf Matt, der sich lässig gegen den Tresen gelehnt hatte, um auf seinen Wodka Martini zu warten. Und um weiter mit der Bedienung zu flirten, wie es aussah.

Mir war zum Kotzen zumute. »Bähüärgh!«, machte ich. Mein Kopf sank auf die Tischplatte.

Ethan hatte die Stirn gerunzelt. »Ist das ein Irrer? Soll ich die Polizei ...?«

»Ah!« Ich hob den Kopf wieder und sah ihn an. »Ethan! Das ist die Idee! Die Polizei! Wieso habe ich an die nicht gleich gedacht!« Er war genial! Ich würde einfach die Polizei rufen! Die würden mich schon in Sicherheit bringen. Und wenn Matt Recht hatte und ich mich tatsächlich in Gefahr befand, dann konnten sie mir am besten helfen. Der beruhigende Gedanke breitete sich immer weiter in mir aus.

Als Matt mit den zwei Tassen wiederkam, hatte ich schon einen Entschluss gefasst. Meinen Kaffee schob ich mit angeekeltem Gesichtsausdruck von mir weg … in Ethans Richtung. Der nahm einen großen, hastigen Schluck – offensichtlich war er sich sicher, Koffein zu brauchen – und verbrannte sich prompt die Lippen. Unglückliche Geräusche von sich gebend sprang er vom Stuhl, stieß diesen nach hinten um, machte einen Höllenlärm und hüpfte auf und ab. Da wir die einzigen waren, die noch im Saloon saßen, störte er allerdings niemanden. »Wir müssen die Polizei rufen!«, erklärte ich Matt, Ethan einfach nicht beachtend. »Die können uns helfen.«

»Glaubst du?« Ein dunkler Schatten huschte über sein Gesicht. Er musterte mich so intensiv, dass ich schnell in Ethans Richtung sah.

»Wiescho«, wollte dieser, sich selbst kühle Luft zufächelnd, wissen, »wollt ihr die Polischei rufen? Wasch losch?« Er war stehengeblieben und musterte die Kaffeetassen auf dem Tisch mit wachsender Besorgnis.

Matt lachte grimmig. »Die Polizei wird uns nicht helfen.«

»Ach so? Und warum bitte nicht?«

»Je mehr Aufsehen wir erregen, desto größer wird die Gefahr. Wer auch immer da agiert … er ist sehr mächtig und verdammt gut.« Es klang so, als sei das längst nicht die ganze Wahrheit. Und als würde noch mehr dahinterstecken.

»Okaaaaay«, dehnte ich trotzdem. »Aber warum bist du dir so sicher, dass es keinen Sinn hat, die Polizei zu rufen?«

»Ich weiß es halt.« Es war nur ein kurzer Seitenblick, den er mir zuwarf. Aber er ließ mich auf der Stelle zusammenzucken. In Matts Augen loderte Feuer. »Schalt meinetwegen die Bullen ein. Bitte um Hilfe. Aber dann kann ich für nichts mehr garantieren.«

»Wäre schön«, Ethan hatte sich inzwischen wieder gesetzt, »wenn ihr mir endlich erzählen könntet, worum es überhaupt geht.«

»Ja«, patzte ich. »Das wüsste ich nämlich auch gern.«

»Du weißt, worum es geht.« Matt stand auf. »Und dein *Freund*«, er betonte das Wort, als wäre es eine ansteckende Seuche, »braucht es nicht zu wissen. Das bringt ihn nur in Gefahr.« Er schob seinen

Stuhl ran, den Kaffee hatte er schon ausgetrunken. »Okay, Reag! Ich werde dich keine vierundzwanzig Stunden am Tag bewachen, weil ich Wichtigeres zu tun habe. Aber ich erwarte, dass du dich im eigenen Interesse an das hältst, was wir besprochen haben. Wenn ich Erfolge zu verzeichnen habe, melde ich mich bei dir. Ich bin der Sache auf der Spur. Vielleicht gibt es morgen schon Neuigkeiten. Gute Nacht allerseits!« Mit diesen Worten stand er auf und wollte sich zum Gehen wenden.

»Matt?«, rief ich ihm hinterher und sprang ebenfalls auf. »Matt?«

»Ja?« Er drehte sich zu mir um, sah mich lange an.

»Erzähl es mir!«, forderte ich ihn auf. »Erzähl mir alles, was du herausgefunden hast!«

»Das werde ich.«

»Hör zu! Du musst mit mir reden, okay?«

Er zuckte nur mit den Schultern, dann ging er. Die Tür des Saloons fiel hinter ihm zu und ließ Ethan und mich mit lustiger Country-Musik allein. Müde strich ich mir eine strubbelige, rote Locke aus der Stirn. »Ich will jetzt nicht darüber reden«, verklickerte ich Ethan, der mich mit kugelrunden Augen anstarrte, als wäre ich klein, grün und gerade mit meinem Raumschiff hier gelandet.

»Und dabei wollte ich dich gerade fragen, wer der wahnsinnige James Bond ist, der so einen Schwachsinn faselt. Und warum du klatschnass und noch dazu total dreckig bist.«

»Ich muss ins Bett«, murmelte ich. Die Überanstrengung brannte in meinen Knochen. Dann fiel mir etwas ein. »Mist. Ich habe heute Nachmittag ausgecheckt.«

»Ach echt?« Ethans eine Augenbraue wanderte im Zeitlupen-Modus in die Höhe. »Das Zimmer auf deinen Namen ist doch aber noch gebucht!«

»Das kann nicht sein!«, behauptete ich. Ethan schüttelte den Kopf und öffnete mir die Tür. Wir kämpften uns durch den prasselnden Regen, der wieder eingesetzt hatte, bis zum Hauptgebäude. Matts Wagen stand noch auf dem Parkplatz, also übernachtete er wohl auch im Hotel. Koda saß an der Rezeption und lächelte, als ich das Gebäude betrat. »Hattest du nicht behauptet, das Zimmer wäre noch auf ihren Namen gebucht?«, wollte Ethan ohne Umschweife wissen.

»Ist es!« Koda kam über die Holzdielen in unsere Richtung gerollt. »Mr. Nolan hat deine Reservierung verlängert. Und schon bezahlt.«

»Ahhhh!«, stieß ich verzweifelt hervor. Darüber würde ich mit ihm reden müssen. Kam nicht infrage, dass er mein Hotelzimmer bezahlte. Entführung hin oder her. Aber okay. Das konnten wir auch noch morgen früh klären. Koda lächelte entschuldigend. »Ist alles okay bei dir?« Da das sowieso eine rhetorische Frage zu sein schien, unterließ ich es, eine Antwort zu geben.

Erst jetzt sah ich, dass Koda einen großen Aktenordner auf dem Schoß hatte. »Musst du so spät abends noch arbeiten?«, wollte Ethan wissen. Kodas Kopf vollführte eine Mischung aus Nicken und Kopfschütteln. Dann gab er mir meinen Zimmerschlüssel wieder.

»Du sitzt nur noch hier, weil du von der ganzen Sache wusstest, oder?«, fragte ich ihn. »Shani und du – deine ganze Familie – ihr standet schon mit Matt in Kontakt. Alles eine abgekartete Sache, hm? Ihr steckt alle unter einer Decke. Deshalb wolltest du mich vorhin auch nicht weglassen.«

Die Feststellung überraschte mich nicht einmal mehr sonderlich. Ich war viel zu erschöpft und fror viel zu sehr, als dass mich das noch aufgeregt hätte. Koda rollte ein Stückchen rückwärts und biss sich dann auf die Unterlippe. Das sagte mehr als jede Antwort. »Dann hat Matt euch also wirklich alle angeheuert?«

Er wich noch weiter zurück, bis er mit dem Rad gegen die seitliche Wand des Raumes stieß. »Er war ziemlich überzeugend. Meine Schwester wollte eigentlich nichts mit ihm zu tun haben. Aber ein paar Jungs aus der Gegend haben sich drauf eingelassen und versprochen, auf dich aufzupassen.«

»Weiß ich schon«, gab ich zu. »Ihr seid doch alle verrückt!«

»Ich bin nicht verrückt!« Ethan machte große Augen. »Und wenn ich ehrlich bin, hab' ich gerade auch nicht mehr so wirklich den Durchblick. Was geht hier eigentlich ab?«

Ich bedachte Koda mit einem letzten, todmüden Blick und kämpfte mich dann die Treppe hinauf. Ethan folgte mir schweigend über den Gang bis zu meiner Tür. Ich schloss auf und sah ihn an. Irgendwie schien er im Moment der Einzige zu sein, der nicht direkt bei Matts Verschwörung mitspielte. Das machte ihn sympathisch.

»Ich erzähle dir alles, was ich weiß«, versprach ich ihm. »Aber bitte, bitte, gedulde dich bis morgen. Ich kann heute einfach nicht mehr.«

Das war die Wahrheit. Meine Muskeln fühlten sich an, als hätte jemand mit ihnen Tauziehen gespielt. Zusätzlich zu dem fürchterlichen Stechen im Kopf fühlte ich mich leer und konnte keinen klaren Gedanken mehr fassen. Außerdem war meine Kleidung noch immer klatschnass. Ich zitterte am ganzen Körper, meine Haut fühlte sich seltsam klamm an. Mein Blick glitt an mir hinab, die Kleidung, an der noch Ruß klebte, die schlammverkrusteten Stiefel.

»Alles klar!«, sagte Ethan schließlich. »Wir sehen uns morgen um neun beim Frühstück!«

Ich nickte dankbar. Als ich die Tür hinter mir zuschloss, durchströmte mich Erleichterung. Ich streifte die nassen Stiefel von den Füßen und stellte erst jetzt fest, dass die Decke, die ich Matt eigentlich zurückgegeben hatte, auf wunderliche Weise den Weg zurück um meine Schultern gefunden hatte. Hilfe, konnte dieser Typ durchtrieben sein! Ich verbannte das Ding in die hinterste Ecke des Schrankes im Zimmer. Dem Drang, das Fleeceteil aus dem Fenster zu schmeißen, widerstand ich nur mit Mühe.

Nachdem ich eine halbe Stunde heiß geduscht hatte, ging es mir ein bisschen besser. Ich krabbelte unter meine Decke, nur um festzustellen, dass ich zwar todmüde war, aber nicht einschlafen konnte. Immer, wenn ich die Augen schloss, sah ich wieder die Bilder der explodierenden Tankstelle vor mir. Außerdem dauerte es – trotz aufgedrehter Heizung und warmer Decke – nicht lange, bis mir wieder kalt wurde.

Meine Jacke trocknete an einem der Haken und warf unheimliche Schatten durch den Raum. Beinahe unnatürliche Schwärze hing in der Luft. Nur ein blasser Lichtschimmer hatte sich seinen Weg unter der geschlossenen Tür hindurch gebahnt. Offenbar brannte auf dem Flur noch eine Lampe.

Ich zog noch einen Pulli über und deckte mich bis zum Hals zu. Dann lag ich da und lauschte auf die gedämpften Geräusche von draußen. Irgendwann musste ich wohl eingeschlafen sein.

Als ich am nächsten Morgen erwachte, fühlte ich mich wie gerädert. Ich hievte mich schwerfällig aus dem Bett und erschrak über meinen eigenen Anblick im Spiegel. Was gestern passiert war, kam mir vor wie ein übler Traum. Leider versickerte die Hoffnung, mir alles nur eingebildet zu haben, bereits beim Zähneputzen.

Die Begegnung mit Matt war bei allem das Schlimmste gewesen, weil ich keine Ahnung hatte, wie ich mich ihm gegenüber die nächsten Tage verhalten sollte. Jede Sekunde in seiner Gegenwart war so unendlich anstrengend. Und was auch immer ich ihm gegenüber tat oder sagte, es konnte nur falsch sein. Die nächste halbe Stunde brauchte ich, um aus dem Zombie im Spiegel jemanden zu machen, der zu dem, was ich gern gesehen hätte, zumindest eine gewisse Ähnlichkeit aufwies. Dann schleppte ich mich über den Gang bis in den Frühstücksraum, in dem mich Ethan schon erwartete.

Ich kam zwanzig Minuten zu spät, aber irgendwie war das gerade wirklich nicht mein primäres Problem. »Jetzt bist du dran!« Ethan saß an einem Tisch am Fenster und sah mir dabei zu, wie ich auf ihn zu getrottet kam. Um ehrlich zu sein, verspürte ich weder Hunger noch die Motivation, den Mund aufzumachen. Aber es half ja alles nichts.

»Ist Matt schon aufgetaucht?«, fragte ich ihn, während ich mir einen starken, schwarzen Kaffee bestellte. Der würde mir zwar nicht schmecken – aber das war egal. Das Koffein zählte! Und ich musste mich einigermaßen wachkriegen!

»Nope!« Ethan schüttelte den Kopf und biss in eines der Brötchen auf seinem Teller. »Sollte mich die Tatsache beunruhigen, dass er der Erste ist, nach dem du heute Morgen fragst?«

Ich setzte mich ihm gegenüber. »Ist mir so was von wurscht, was du von der ganzen Sache hältst. Dich betrifft der Scheiß ja auch nicht. Aber weißt du was: Ich hatte Recht: Shani, Koda, Yahto, Maka … sie stecken alle mit drin.«

»Darf ich jetzt neugierig sein?«, wollte er wissen.

»Du fragst doch sowieso.«

»Dieser Matt Nolan«, erkundigte er sich, ohne zu zögern, »hat dich also entführt?«

»Nicht direkt.« Ich begann ihm zu erzählen, was gestern passiert war. Als ich zu der Stelle mit der explodierenden Tankstelle kam, machte er große Augen. »Hab' das heute früh in den Nachrichten gesehen«, gab er zu. »Aber ich hätte nie gedacht … also … das ist echt …«

»Was haben sie denn in den Nachrichten gebracht?« Wir waren mal wieder die Einzigen im Frühstücksraum. Ich stützte den Ellenbogen auf den Tisch, legte mein Kinn auf der Handfläche ab und schloss die Augen.

»Na ja«, Ethan folgte mir mit den Augen. »Von explodierenden Tankstellen hört man ja ab und zu mal. Aber normalerweise aus ärmeren Regionen Afrikas, wo die Sicherheitsstandards nicht so hoch sind und sowieso ganz andere Zustände herrschen. Explosionen durch Öl-Lecks zum Beispiel, so was passiert durchaus, aber halt meistens nicht hier, direkt vor unserer Nase. Gestern gab's wohl eine Menge Verletzte, ein paar sind mit schweren Verbrennungen ins Krankenhaus gebracht worden. Soweit ich weiß aber keine Toten. Der hintere Shop, der etwas abseits lag, ist einigermaßen von den Flammen verschont geblieben. Leute, die sich dort verschanzt hatten, konnten gerettet werden.«

»Und was sagt die Polizei?« Ich warf einen ruhelosen Blick aus dem Fenster hinaus auf den Vorplatz des Hotels.

»Man geht von einem Anschlag aus. Ein Unfall ist wohl auszuschließen. Mit der Tankstelle war alles in Ordnung. Sie ist geprüft worden … all so was eben. Aber man hat bis jetzt keine Täter gefunden.«

»Hm …«, machte ich nachdenklich und erzählte ihm den Rest der Geschichte. Als ich nichts mehr zu sagen hatte, staunte er nicht schlecht. Eine Weile herrschte nachdenkliches Schweigen im Raum, dann erklärte Ethan: »Eines ist mir immer noch nicht klar! Dieser Matthew-Typ. Was hast du für ein Problem mit ihm?«

»Ähm …«, sagte ich und verzog das Gesicht. »Das ist ein wenig kompliziert.« Das war die Untertreibung des Jahrhunderts.

»Gut!« Er bestrich noch ein Brötchen mit Marmelade. »Ich habe Zeit.«

Ich knirschte mit den Zähnen. War zu erwarten gewesen, dass er so reagieren würde. »Ich habe zwar eigentlich keine Lust, darüber zu reden, aber wenn du so erpicht darauf bist, kann ich dir eine kurze Zusammenfassung geben.«

Er klatschte in die Hände. »Prima!«

»Ethan, kurz!«, erinnerte ich ihn, setzte mich auf und legte beide Hände auf den Tisch. »Also! Wir kennen uns von früher, sind zusammen zur Schule gegangen. Matt hing damals die ganze Zeit vor dem Laptop oder mit coolen Leuten ab … und ich hing an seinen Lippen, sobald er nur den Mund aufmachte. Dann ging die ganze Sache los. Ich war fünfzehn und fürchterlich naiv. Was eigentlich so richtig passiert ist, weiß ich leider selbst nicht. Matt hatte mit einer dummen Tussi irgendein abgefahrenes Projekt am Laufen, von dem er nie groß was erzählen wollte.«

»Was für ein Projekt?«, hakte er nach.

Ich zuckte mit den Schultern. »Wenn ich das wüsste! Irgend so eine Programmier-Sache, denke ich mal. Aber das war alles immer strengstens geheim und Matt hat konsequent seinen Mund gehalten. Ein paar Monate später hat mir meine Schule vorgeworfen, Sachen aus einem der Informatikräume geklaut zu haben. Ich hatte absolut nichts mit der ganzen Sache zu tun, aber das hat mir niemand geglaubt. So ging es immer weiter. Zuerst war nur die Schule betroffen, dann ein Fachgeschäft für Elektroteile. Und noch eines … Sie haben die Polizei eingeschaltet.«

»Und was hatte das mit Matt zu tun?«

»Warte!«, bat ich. »Mir wurden keine wirklich schlimmen Sachen untergeschoben, aber die Kleinigkeiten haben sich irgendwann summiert. Ich hab' Sozialarbeit aufgebrummt bekommen und eine Verwarnung von der Schule. Am Ende haben sie alle gedacht, ich wäre nicht ganz richtig im Kopf. Eine Spinnerin … und dann kam dieser Verfolgungswahn dazu. Die Konsequenz: Ich durfte zum Psychologen.«

»Hattest du keine Vermutung, wer es wirklich gewesen sein könnte?«

»Absolut keine. Aber irgendwie war ich mir von Anfang an ziemlich sicher, dass Matt es weiß.«

»Matt hat die Teile geklaut?«

»Nein, aber ich glaube, er kennt – na ja – den Täter. Leider kann ich's nicht beweisen und vermutlich würde ich ihn auch eh nicht anschwärzen. Selbst dann nicht, wenn ich's wüsste.« Ich warf einen besorgten Blick in Richtung der Tür. Nicht, dass unser Hauptgesprächsthema gleich den Raum betrat.

»Wieso?«, fragte Ethan verständnislos. Wieder ein Schulterzucken meinerseits.

»Am besten begebe ich mich nicht auf das Niveau von ihm und seinen Freunden runter, oder?«

»Hast du denn mit irgendwem darüber geredet? Mit deinen Eltern, einem Lehrer, einem Psychologen?«

»Um Gottes willen!« Ich lachte grimmig. »Natürlich habe ich versucht zu erklären, dass ich nichts gestohlen habe. Am Anfang! Aber mit wem ich auch gesprochen habe, es hat sich angefühlt, als liefe ich gegen eine Wand. Für die anderen war ich die Diebin, die Verrückte! Und aus der Sache kam ich nicht mehr raus.«

»Hast du mit Matt darüber gesprochen?«

»Ja, schon. Zuerst hat er komplett abgestritten, überhaupt etwas davon zu wissen. Natürlich mal von dem abgesehen, was er über die Schule mitbekommen hat. Ich habe den Verdacht geäußert, dass das Ganze etwas mit seinem Projekt zu tun haben könnte und ihn sozusagen angefleht, mir die Wahrheit zu sagen.«

»Und dann?«

»Er hat mich total abgeblockt und dann verraten. Am nächsten Tag wussten eine Menge Leute davon, dass ich mit ihm gesprochen hatte, man hat sich lustig gemacht und ich war wieder die Verrückte. Natürlich hatte Matt nichts mit der ganzen Sache zu tun, das stand für die Öffentlichkeit fest.«

Ethan hob die Augenbrauen und sah mich nachdenklich an. »Das macht ihn aber schon irgendwie enorm verdächtig«, stellte er dann fest.

»Er und seine Freunde sind in komische Sachen verwickelt. Aber seine Familie hat genug Einfluss und Geld, um ihren Sohn immer als Unschuldigen dastehen zu lassen. Heute kommt es mir dämlich vor, dass ich mir damals von ihm richtige Unterstützung erhofft habe. Mit Matt reden oder mich gleich von der Brücke stürzen … das läuft, was die eigene Ehre angeht, auf das Gleiche hinaus.«

»Und dann? Wie bist du aus dem Mist rausgekommen?«

»Gar nicht. Die Diebstähle, die man mir in die Schuhe schob, hörten auf. Letztendlich ist Matts Familie weggezogen und damit war der Albtraum vorbei. Klar, ich blieb die, die nicht alle Tassen im Schrank hatte. Aber irgendwann ist Gras über die ganze Sache gewachsen.«

»Klingt nach einer echten Horrorerfahrung«, gab er zu.

»Jap. Die Zeit war … unheimlich. Man hat den Schuldigen ja auch nie gefasst. Irgendwie kam mir die ganze Sache zwischendurch absolut irreal vor. Matt hat sich bei dem, was er gesagt hat, manchmal selbst widersprochen. Und vieles verstehe ich bis heute nicht. Es gibt ein paar ganz komische Details, die keinen Sinn ergeben. Irgendwo im großen Ganzen stimmt da etwas nicht. Aber ich kann's nicht beweisen. Das Einzige, was ich mit Sicherheit weiß, ist, dass Matt nur Ärger bringt. Im Grunde genommen ist es heute nicht anders als damals: Er taucht auf, und du steckst in Schwierigkeiten. Das ist bei Matthew Nolan schon aus Prinzip so.«

»Dann sollten wir ihm lieber aus dem Weg gehen.« Ethan hatte sein Frühstück beendet, schob jetzt sein Geschirr zusammen. Er stapelte die Kaffeetasse auf den Teller und legte sein Besteck dazu.

»Tja«, seufzte ich. »Das wird mir wohl in nächster Zeit schwerfallen. Wenn ich ihn da richtig verstanden habe, ist das hier jetzt so was wie mein Gefängnis. Und«, leise sog ich die Luft durch die Zähne ein, »dass er mir nicht einfach alles erzählt, gefällt mir gar nicht. Weil es wieder genauso anfängt, wie es vor ein paar Jahren aufgehört hat.«

5. Kapitel

Anfang Oktober 1869, Dragoon Mountains, Lager der Apachen:

Der Krieg fraß an ihnen wie ein hungriger Wolf. Wie ein züngelndes Feuer, das ihnen allen langsam, qualvoll die Haut verbrannte. Es war Zeit, das hier zu beenden.

Glühend rot versank die Sonne hinter den Gipfeln der schroffen Felsen. Brach nun endlich eine neue Zeit an? Jeffords straffte die Schultern und musterte den Häuptling. »General Oliver Otis Howard schickt mich«, verkündete er mit fester Stimme. »Die Regierung in Washington möchte mit euch einen Frieden schließen. Howard versprach mir, ohne militärisches Eingreifen zu verhandeln.«

Der tiefe Blick aus den Augen des Häuptlings begann, im Antlitz des weißen Mannes nach einer Zukunft, einer neuen Hoffnung zu suchen. Hinter seiner kupferbraunen Haut verschloss er jegliche Gefühlsregung, jegliche Freude oder Erleichterung. Denn der Frieden war noch so fern.

»Wir sind ein freies Volk, mein Bruder«, sagte der Häuptling schließlich. »Aber die Weißen verwehren uns das Recht zu leben. Sie zwingen uns, das Land zu verlassen, auf dem schon unsere Väter und deren Väter lebten. Wie sollen wir mit ihnen Frieden schließen?«

»Es sollen Verträge geschlossen werden, Cochise. Verträge, die euer Volk schützen, euch Territorien und Freiheiten zusichern. Ihr könnt Forderungen stellen! Denn der Präsident will unter allen Umständen den Krieg beenden. Das Ziel ist nicht, euch zu töten, Häuptling. Wir wollen Seite an Seite mit den Apachen leben!«

»Möglich, dass mein Bruder Jeffords einen solchen Frieden wünscht.« Der Blick des Häuptlings wanderte in die Ferne. »Meine Gedanken und mein Herz sind bei seinen Vorschlägen. Aber werden sich alle Weißen an eine solche Abmachung halten?«

»Cochise, du zweifelst«, stellte Jeffords fest. »Aber niemand verlangt von dir, den Weißen mit blinden Augen zu folgen. Wir beide haben jetzt, in diesem Moment, die Chance, deinem Volk eine Zukunft zu geben. Diese Chance müssen wir nutzen. Also höre auf dein Herz! Du allein bist in der Lage, die Konditionen dieses Vertrages so auszuhandeln, dass sie mehr sind als Worte auf Papier.«

Die kühnen und edlen Augen des Häuptlings verengten sich kaum merklich, dann nickte er langsam, würdevoll.

Es war wie ein Aufblitzen, eine vage Ahnung, die Jeffords dabei durchzuckte wie ein Funken: Dieser Mann würde den Krieg beenden.

Matt betrat den Speisesaal, als Ethan und ich gerade gehen wollten. Er bedachte die hintere Wand des Raumes mit einem schiefen Grinsen und sagte zu niemand Bestimmtem: »Guten Morgen!« Ich musste ihn gar nicht genauer ansehen, um festzustellen, wie schlecht er aussah. Als hätte er keine Sekunde geschlafen.

Auf dem Flur warf Ethan mir einen vielsagenden Blick zu. »Also entweder, dieser Matt leidet an Schlafstörungen, oder er war letzte Nacht noch unterwegs! Ich tippe auf das zweite.«

»Scharf kombiniert, Watson!«, sagte ich mit meiner schönsten Sherlock Holmes Stimme. »Mir gegenüber hat er behauptet, er würde sich um unser Problem kümmern. Keine Ahnung, was er da so genau macht. Aber wie ich Matt kenne, ist er ganz ehrgeizig am Arbeiten. An was auch immer.«

»Heißt was? Wir spionieren ihm hinterher? Und versuchen herauszufinden, was er wirklich weiß und von wo er seine Infos bezieht?«

»Wen spionieren Sie aus?« Es war Yahto, der wie ein Schatten hinter uns aufgetaucht war. Die dunklen Augen funkelten in seinem kantigen Gesicht und er hatte ein Feuerzeug und eine Packung Zigaretten in der Hand. Ich zuckte zusammen und wirbelte zu ihm herum. »Matthew Nolan«, beantwortete Yahto seine eigene Frage gerade vollkommen unbeeindruckt selbst. »Das würde ich an Ihrer Stelle lassen!« Yahtos eine Hand steckte noch immer in einem dicken Verband.

Ich verzog den Mund zu einer Grimasse, verdrehte die Augen. »Das brauchen Sie mir nun wirklich nicht zu sagen, weiß ich alles längst selbst.« Ich hatte mir ein Lächeln oder wenigstens ein Aufhellen der Gesichtszüge erhofft, doch seine Miene blieb versteinert.

»Darf ich Sie etwas fragen?«, erkundigte ich mich und wartete die Antwort gar nicht ab. »Sie standen mit Matt in Kontakt, oder? Was hat er Ihnen angeboten?«

»Geld und wichtige Informationen«, kam die knappe Antwort. Aber immerhin reagierte er darauf. Ethan und ich folgten Yahto durch die Empfangshalle und dann hinaus auf den Hof. Draußen war es immer noch reichlich ungemütlich, graue Wolken trieben über den Himmel und ein Windstoß heulte um die Gebäude. Trotzdem blieb der Blick fantastisch. Diese endlose Weite, in der man sich problemlos verlieren konnte, die karge Vegetation. Hügel reihten sich aneinander, es sah aus, als betrachte man die Aufnahme eines schäumenden Meeres mit Wellenbergen, bei der man die Stopptaste gedrückt und die Farben verändert hatte.

Ich zwang mich, den Blick abzuwenden und auf Yahto zu richten, der begonnen hatte zu rauchen. Unter seinen Augen lagen schwarze Ringe. Er sah schlimm aus. Keine Ahnung, was er hatte. Eine Krankheit? Oder ein anderes Problem? Aber geschlafen hatte er offensichtlich noch weniger als Matt. Die Muskeln seiner sehnigen Arme spannten sich an, als er sich an der hölzernen Außenwand des Saloons abstützte. Nachdenklich betrachtete ich seine Kleidung. Ein zerknittertes Hemd und eine Jeans, die zwar nicht so zerrissen war wie die vom Tag unserer Ankunft, aber auch keinen großartigen Eindruck machte. Seine halblangen Haare waren noch zerzauster als sowieso schon und offensichtlich nicht gewaschen. Obwohl Yahto seinem jüngeren Bruder Koda ja eigentlich sehr ähnlich sah, vermittelte er einen ganz anderen Gesamteindruck als der Siebzehnjährige.

»Hat er mit Ihnen telefoniert?«, setzte ich vorsichtig meine Erkundigungen fort.

»Er hat angerufen.«

»Wann?«, hakte ich nach.

»Vor zweieinhalb Wochen, am Dienstag, gegen vierzehn Uhr. Dann ein paar Tage später, am Freitag gegen siebzehn Uhr, wieder … und schließlich an dem Tag, als Sie angekommen sind. Sie saßen im Wagen, als er mit Koda gesprochen hat.«

Es war erstaunlich, dass er sich an all diese Anrufe so hervorragend zu erinnern schien und sogar noch den genauen Tag im Kopf hatte. »Und hat er Ihnen erzählt, warum ich in Sicherheit gebracht werden soll? Warum ich in Gefahr bin?«

»Jemand will Sie umbringen.«

»Was haben Sie mit der ganzen Sache zu tun?«

»Meine Schwester wurde von den gleichen Leuten bedroht. Nolan will mit uns kooperieren, aber wir haben sein Angebot abgelehnt.«

»Wieso?«

»Er gefällt mir nicht. Übrigens steht er gerade jetzt oben am Fenster des Frühstücksraums und beobachtet uns. Sie können ihm später gern sagen, dass das reichlich auffällig war«, fügte er hinzu, ohne auch nur aufzublicken. Ethan und ich hoben unisono den Kopf und starrten in die entsprechende Richtung. Tatsächlich! Das eben war die erste zusätzliche Information, die Yahto uns ohne Nachfrage geliefert hatte. Und eines musste man ihm lassen: Er war ziemlich gut. Matt stand hinter einer dünnen Gardine am Fenster. Und beobachtete uns.

Während Yahto seine Zigarette mit dem Fuß austrat und sich eine neue ansteckte, erkundigte ich mich: »Was hat denn diese ganze Sache mit Ihrer Schwester zu tun?« Er zuckte kaum merklich mit den Schultern. »Wüssten wir selbst gern. Ich schätze, das haben wir Nolan zu verdanken.«

»Wie ist das möglich?« Yahto schien nicht auf den Kopf gefallen zu sein. Entweder, er war wirklich hochintelligent und hatte sich eine Menge allein zusammengereimt, oder er spielte ein doppeltes Spiel und steckte doch mit Matt unter einer Decke. Aber irgendwie machten seine gestochen scharfen Feststellungen nicht den Eindruck. »Wissen Sie, ob Mr. Nolan hier im Hotel schläft?«, wollte Ethan, der uns bis jetzt nur schweigend zugehört hatte, wissen.

»Ja«, antwortete Yahto, ohne zu zögern. »Er hat ein Zimmer gebucht. Den Raum neben Ihrem, Miss Cowans.«

»Klasse«, erwiderte ich. »Jetzt werde ich nie mehr ein Auge zutun können.« Wenn Matt im Nebenraum schlief… »Und hat Matt gestern noch einmal die White River Ranch verlassen?«, versuchte ich Yahto schnell noch ein paar Infos zu entlocken. Er schüttelte den Kopf. »Er ist in sein Zimmer verschwunden und nicht wieder herausgekommen. Bis heute früh. Aber er hat die ganze Nacht am PC gearbeitet.«

»Hat er denn hier Netz?«, erkundigte ich mich erstaunt.

»Nein. Er kommt nicht ins Internet.«

»Aber was macht er dann am Laptop?« Ich erhielt keine Antwort, schob stattdessen grüblerisch ein paar Steinchen auf dem Boden von links nach rechts. »Wenn ich nur wüsste, was wirklich los ist.«

Yahto sah mich jetzt direkt an. »Mr. Nolan wird Ihnen gegenüber behaupten, selbst nicht alles zu wissen. Aber ich verspreche Ihnen: Er weiß ganz genau, was gespielt wird. Und wenn Sie bei dem Ganzen irgendeine Chance haben wollen, sollten Sie sich beeilen herauszufinden, nach welchen Spielregeln gespielt wird. Und worum es hier wirklich geht.«

In den nächsten Tagen fühlte ich mich wie im Gefängnis. Nicht, dass mich irgendjemand aufhielt, wenn ich Anstalten machte, mein Zimmer zu verlassen. Ich konnte mich frei bewegen, hätte sogar einen Spaziergang Richtung Stadt machen können.

Aber das, was ich erfahren hatte, hielt mich zurück. Die Angst, draußen tatsächlich in Gefahr zu sein, lähmte mir die Beine. Obwohl wir im selben Hotel wohnten, lief ich Matt nur ab und zu über den Weg. Er drängte sich nicht auf und machte auch keine Anstalten mehr, mit mir zu sprechen. Einerseits vermittelte das wenigstens einigermaßen das Gefühl von Normalität. Andererseits machte es mich wahnsinnig.

Ethan verbrachte eine Menge Zeit mit mir in der Empfangshalle oder draußen vor dem Hotel. Er gab sich alle Mühe, mehr über die seltsame Verschwörung herauszufinden, die im Stillen im Gange war. Am einen Tag quetschte er seinen Vater aus, am nächsten recherchierte er im Internet. Abends beschattete er Matt. Alles ohne den geringsten Erfolg. Es blieb dabei, dass mich unsichtbare Fesseln der Angst am Platze hielten.

Erst am Dienstag begegnete ich Matt auf dem Flur. Er verschloss gerade die Tür seines Zimmers, drehte den Schlüssel im altmodischen Schloss. Über seiner Schulter hing eine Jacke, er trug einen dunkelblauen Kapuzenpullover und sah immer noch ziemlich erschöpft aus. Ich senkte automatisch den Blick und betrachtete meine Türschwelle.

»Na?«, fragte er leise.

Ich biss die Zähne zusammen und kramte schweigend nach meinem eigenen Schlüssel. »Hast du deine Eltern angerufen?«, wollte er wissen. Lässig lehnte er sich gegen die Wand und verschränkte seine Arme.

Ich schüttelte den Kopf. »Sollte ich?«

»Nein. An deiner Stelle würde ich's lassen!« Langsam trat er einen Schritt näher. »Je mehr Leute wissen, wo du bist …«

»Sie wissen schon, dass ich hier bin«, unterbrach ich ihn. »Wird mich das jetzt umbringen, Matthew Nolan?« Mein sarkastischer Tonfall war nicht zu überhören.

Matt hob die Augenbrauen, seine Finger spielten mit dem Zimmerschlüssel, der leise klirrte. »Natürlich nicht!«

Ich hatte meine Tür inzwischen aufgeschlossen. »Shani weiß davon, oder? Von der ganzen Sache? Von dieser … *Bedrohung*?«

Er machte gar keinen Versuch, es abzustreiten. Stattdessen nickte er. »Wie du dir vielleicht denken kannst, war es kein Zufall, dass sie dich hier untergebracht hat!«

»Klug eingefädelt, Mr. Allwissend!« Ich schenkte ihm einen kleinen, unechten Applaus und pfiff einmal.

»Du kannst sie anrufen, wenn du willst«, sagte er leise. »Shani weiß nur das Nötigste, ich habe ihr längst nicht alles erzählt.«

»Da befindet sie sich ja in guter Gesellschaft.«

»Du erfährst alles Wichtige, wenn ich soweit bin.«

»Glaubst du doch selbst nicht, oder?« Ich krallte die Hand um die Türklinke. Warum vertraute meine Freundin Matt überhaupt? Sie kannte ihn aus einigen meiner Geschichten. Hatte ihn ein paar Mal in der Schule gesehen. Aber sonst? Ich war ihre Freundin, ihre Austauschschülerin! Matt war ein Halb-Fremder! Die ganze Sache ergab überhaupt keinen Sinn.

»Doch«, sagte Matt mit ruhiger Stimme. »Ich bin da einer Sache auf der Spur … vielleicht habe ich bald Neuigkeiten.« Er machte eine kurze Pause und sah mich direkt an. »Wenn ich irgendetwas mit Sicherheit weiß, erfährst du es sofort. In Ordnung?«

»Du hast hier kein Netz«, fauchte ich. »Wie willst du da Neuigkeiten haben?«

»Ich war zwischendurch in der Stadt«, gab er zu. Ich öffnete meine Tür. Mit ein paar schnellen Schritten stand ich im Zimmer vor dem großen Holzschrank mit Spiegel und öffnete die Tür, die wie wahnsinnig knarrte. Im Schrank roch es nach Staub und altem Holz. Ein Handgriff, und ich hatte seine Decke gepackt und aus der hintersten Ecke gezerrt. »Hier!« Ich pfefferte ihm das Ding entgegen. »Die hast du vergessen.« Reflexartig fing er es auf. »Hab' ich nicht!« Bevor er durch die Tür in mein Zimmer treten konnte, versperrte ich ihm den Weg, die Hände wie eine Absperrung zu beiden Seiten ausgestreckt. Matt blieb stehen, machte keine Anstalten noch näherzukommen. Vollkommen unvermittelt faltete er die Decke auseinander und legte sie mir unglaublich zärtlich um die Schultern. Seinen Gesichtsausdruck dabei kann ich nicht beschreiben. »Von mir aus könntest du die Decke behalten. Und das weißt du auch!«

Ich gab ein leises, undefinierbares Geräusch von mir, wagte aber aus irgendeinem unerfindlichen Grund nicht mehr, das Angebot abzuschlagen.

»Gedulde dich noch ein paar Stunden, dann reden wir.« Seine Stimme war nur noch ein Flüstern. »Bitte Reagan! Ich weiß, dass das schwer ist, aber ich verspreche dir …«

»Matt, ehrlich, du solltest mir gar nichts versprechen. Du bist den größten Teil der Zeit in deinem Zimmer. Du arbeitest nachts. Was auch immer du da machst, es hat nichts mit Aufenthalten in der Stadt oder mit vorhandener Netzverbindung zu tun.«

»Ich durchdenke da gerade etwas ziemlich Komplexes, okay? Eine Art Projekt, das ich vor einiger Zeit am Laufen hatte.«

»Und was hat das mit dem Anschlag auf mich zu tun? Matt, rede mit mir!« Er legte sich den Zeigefinger auf seine Lippen. »Gib mir nur noch ein paar Stunden, okay?«

»Aber wie willst du in der Zeit …?«

»Psssst! Kann ich mich bei dir melden, wenn ich soweit bin?«

Ich zuckte ärgerlich mit den Schultern. »Mach doch, was du willst.« Ich war nur eine Schachfigur in einem bescheuerten Spiel. Ein Zwerg, der unter den Machtkomplexen von kämpfenden Giganten zu leiden hatte. Matt schien augenblicklich jedenfalls keine Veranlassung zu sehen, mich auch nur teilweise in das einzuweihen, was hier abging. Mit gerümpfter Nase ließ ich ihn stehen und schlug meine Zimmertür hinter mir zu. Sollte er doch mit seinen ach-so-geheimen *Projekten* weitermachen.

Eine halbe Stunde saß ich auf meiner Bettkante, den Kopf in den Händen vergraben, und versank in düsteren Horrorphantasien. Dann riss ich mich zusammen und beschloss, wenigstens irgendetwas zu unternehmen. Da der große *Herrscher über das Universum* mir gestattet hatte, mit meiner Austauschschülerin in Kontakt zu treten, versuchte ich in den nächsten zwei Stunden, sie von der Billardbar aus anzurufen. Nicht, weil ich nach allem, was passiert war, Lust auf ein Telefonat gehabt hätte. Ehrlich: Shani hatte mit Matt gemeinsame Sache gemacht. Mich hintergangen. Irgendwie.

Normalerweise erzählten wir uns keine Lügen. Parkten die Freundin nicht in einem Hotel, nur weil ein Wildfremder behauptete, sie wäre dort in Sicherheit. Ich hatte mir von Shani mehr erhofft! Und würde daraus ganz sicher keinen Hehl machen.

Der Versuch, meine Freundin zu erreichen, hatte also nicht den Grund, einfach mal mit ihr quatschen zu wollen. Das würde kein netter kleiner Plausch werden. Nein. Aber anscheinend konnte meine ehemalige Austauschschülerin mir Informationen geben. Wenn Matt Recht hatte, war sie über ein paar grundlegende Dinge informiert worden. Und würde vielleicht mit mir sprechen …

Leider blieben meine Anstrengungen, sie zu erreichen, erfolglos. Ihr Handy war ausgeschaltet. Und eine neue Festnetznummer von ihr hatte ich nicht. Haha, Mr. Superschlau! Shani anrufen! Irre witzig! Abgrundtief seufzend begab ich mich zurück in mein Zimmer. Dort hatte ich gerade den Kopf im Kopfkissen vergraben und beschlossen, dass das Leben erstens viel zu kompliziert und zweitens ziemlich ungerecht war, als es an der Tür klopfte.

Ich hatte keine Schritte im Flur gehört, was mich verwunderte. Normalerweise bekam ich es mit, wenn Ethan erst die Treppe hinauf und dann durch den ersten Stock getrampelt kam. Überrascht schlüpfte ich in meine Schuhe. Um noch etwas mit meinen Haaren zu machen, war es längst zu spät. Ich hatte zwar keinen Spiegel am Bett, konnte mir aber vorstellen, dass sie – nach ihrem Aufenthalt zwischen den Federn des Kopfkissens – zu allen Seiten abstanden und sich wild kringelten.

Eine Sekunde lang hüpfte ich durchs Zimmer, die Schleife zubindend. Dann öffnete ich die Tür. »Ja?«

»Sorry!« Es war Matt, der draußen auf dem Flur stand. Ich betrachtete ihn mit gerunzelter Stirn. Ehe ich richtig darüber nachgedacht hatte, fragte ich: »Alles in Ordnung mit dir?« Sein Gesicht war leichenblass, die inzwischen roten Ringe unter seinen Augen zeugten von absoluter Überanstrengung. Wie nach übertrieben langem Fernsehen oder stundenlangem Arbeiten vor dem Computer. Was hatte er nur ohne Internet vor dem Laptop gemacht? Es musste wahnsinnig anstrengend gewesen sein! Matt ging gar nicht auf meine Frage ein. »Ich bin's nur.«

»Was für eine Enttäuschung!«, erklärte ich mit schief gelegtem Kopf.

»Wie immer, ja!« Sein Grinsen wirkte erschöpft. »Kommst du mit? Ich würde dir gern etwas zeigen. Und einiges erklären.« Er klopfte auf eine mittelgroße, flache Tasche.

»Okaaaay!«, dehnte ich und griff nach meiner Fleecejacke. Anscheinend rückte Matt endlich mit dem heraus, was ich schon seit Tagen wissen wollte! Aufruhr packte mich, mein Herz begann, ein bisschen schneller zu schlagen. »Ich komme.«

Ich folgte ihm die Treppe hinab und durch die einbrechende Dämmerung bis zum Saloon. Dort suchte er einen Tisch in einer düsteren Ecke, die mir absolut nicht behagen wollte. Einen Vorteil hatte sie allerdings: Sie lag Meter von der Theke und der Familie mit den drei kleinen Kindern entfernt, die auf der gegenüberliegenden Seite des großen Raumes lachte und Karten spielte.

»So!« Erwartungsvoll nahm ich gegenüber von Matt Platz. »Dann leg mal los.« Sein Gesicht lag im Schatten, sodass ich ihn nicht gut erkennen konnte. Was die Sache nicht gerade einfacher machte.

»Möchtest du was essen?« Es klang unsicher.

Was essen? Wollte ich natürlich nicht. Irritiert schüttelte ich den Kopf. »Ähm …«

»Okay«, sagte er schnell. Matt stellte die Tasche auf dem Tisch ab und beförderte tatsächlich ein Laptop zutage. Während er den Bildschirm aufklappte und das Ding startete, saß ich auf heißen Kohlen.

»Du hast etwas herausgefunden?«, fragte ich in die eintretende Stille hinein. »Über die ganze Sache?«

»So ähnlich.«

»Und was musstest du ohne Internetverbindung am Laptop so lange bearbeiten, dass es dich schlaflose Nächte gekostet hat?«

»Wie gesagt: Musste eines meiner Projekte durchdenken.«

»Aha«, murmelte ich. »Welches denn?«

»Ich hab' dir doch erzählt, dass man mich sozusagen unter Druck gesetzt hat. Das scheint mit einem meiner Konzepte zusammenzuhängen. Eine recht komplexe Sache …«

»Du willst nicht darüber reden, oder?« In meinem Herzen spürte ich, dass es so war.

»Nein.«

»Warum sitze ich dann noch hier?« Meine Stimme klang monoton und mir selbst vollständig fremd. Es war, als betrachte ich die Szenerie von oben, als sei ich gar nicht diejenige, die hier mit Matt am Tisch saß. Als sei das hier gar nicht mein Leben.

»Ich bin den Leuten, die uns umbringen wollen, auf der Spur«, versicherte er mir. »Weißt du, Maka hat ein ähnliches Problem wie du. Auch sie ist nur knapp einem Anschlag entgangen.« Das wusste ich ja schon, daher war ich nicht überrascht. »Ich habe fürs Erste alles in die Wege geleitet, was irgendwie möglich war«, erklärte er.

Eine Bedienung kam und fragte, was wir bestellen wollten. »Ich lade dich ein«, flüsterte Matt und zwinkerte mir über den Tisch hinweg zu. Ich biss mir heftig auf die Lippe. Er bemerkte meinen Gesichtsausdruck und nickte. »Das ist schon okay«, versuchte er mich zu überreden. Leider gefiel mir die Sache dadurch um keinen Deut besser. Aus Ermangelung einer wirklichen Alternative schloss ich mich Matts Bestellung an und hatte ein paar Minuten später einen riesigen Milchshake mit Strohhalm vor mir stehen.

»Ich habe die letzten Nächte kein Auge zugetan«, wiederholte er.

»Das sieht man«, murmelte ich. »Vielleicht hättest du dir lieber …«

»… einen Kaffee bestellen sollen? Keine gute Idee. Ich bestehe nur noch aus Espresso!« Er schob das Laptop so, dass ich den Bildschirm sehen konnte, und zeigte mir ein verschwommenes Landschaftsfoto. »Kennst du diesen Ort?« Ich betrachtete das Bild genauer. Zu sehen waren ein paar schroffe Bergspitzen. An manchen Stellen wuchs Gestrüpp, ich sah einen kleinen, vertrockneten Busch und haufenweise Felsen. Der Himmel war blau, nur einige Wolken zogen darüber. Mit gerunzelter Stirn verneinte ich. »Du bist nicht … mal dort gewesen, oder so?«

Wieder ein Kopfschütteln meinerseits. »Das könnte überall sein.« Ich zuckte mit den Schultern und fragte dann: »Woher ist das Foto?«

»Der *Undertaker* – so einer seiner Decknamen im Darknet – hat diese Datei verbreitet und ein paar Leute gefragt, ob sie bereits an diesem Ort waren. Er sucht offensichtlich nach Hinweisen über die Berglandschaft.«

»Undertaker?« Nur mit Mühe konnte ich mir ein Grinsen verkneifen. »Bestatter? Ist das einer von denen, die uns unter die Erde bringen wollen?« Ich stützte den Ellenbogen auf dem Tisch ab und musterte das Foto von der Seite.

»Genau«, stimmte Matt zu. »Stell' dich schon mal darauf ein, dass das Foto für die ganze Sache wichtig ist! Und … hm …wie sieht's hiermit aus?« Er hatte ein paar Tasten gedrückt und ein zweites Foto aufgerufen. Ich sah einen Fluss mit glasklarem Wasser, umsäumt von Bäumen, die ihre Schatten auf das felsige Flussbett warfen. Ein umgekippter Baumstamm lag im Vordergrund, Moosteppiche erstreckten sich das Ufer entlang.

»Tut mir leid«, sagte ich. »Da bin ich noch nie gewesen. Ich könnte das Bild nicht mal einem Kontinent zuordnen.«

»Nordamerika«, murmelte Matt und drehte das Laptop wieder so, dass er daran arbeiten konnte. Ganz ehrlich: Ich war erstaunt, dass er eine Antwort auf meine Frage gab. Ich nickte, während Matt das Gesicht verzog. »Gut. Oder auch nicht. Letzter Versuch!« Es erschien ein neues Foto, das ich mir ebenfalls ansehen musste. Das Bild war uralt. Schwarz-weiß und vergilbt, sodass die weißen Stellen hellbraun und die dunkleren nicht mehr richtig schwarz wirkten. Das Foto, offensichtlich nicht in diesem Jahrhundert aufgenommen, zeigte eine Menge Häuser. Der Baustil der Gebäude ließ auf eine Westernstadt schließen. Eine Kirche, ein Marktplatz mit Brunnen in der Mitte, kaum befestigte Straßen. Der Hintergrund des Bildes verschwamm. Allerdings lag das wohl eher an der schlechten Bildqualität als an der Wetterlage. Über der Stadt schien die Sonne. Der Himmel war wolkenlos.

»Hm«, machte ich. »Ich habe keinen Plan, wo das sein soll.«

»Okay, schade.« Nachdenklich runzelte er die Stirn.

Ich imitierte seinen grüblerischen Gesichtsausdruck. »Und?«, wollte ich wissen. »Was haben uns diese Fotos jetzt gebracht?« Ich legte eine kurze Kunstpause ein, nur, um ein wenig später herablassend hinzuzufügen: »Sie haben keine meiner Fragen beantwortet.«

Matt sah mich wieder direkt an. »Nein. Diese Orte sind den Leuten, die uns umbringen wollen – also zum Beispiel dem *Undertaker* – wichtig, weil sie nach etwas suchen und die Hoffnung haben, es dort zu finden.«

Ich warf einen weiteren Blick auf sein Laptop. »Bist du an diesen *Orten* gewesen?«, erkundigte ich mich. Irgendwie fühlte es sich seltsam an, ihn schon so lange zu kennen und diese Frage trotzdem stellen zu müssen.

»Ich war hier.« Er deutete auf das Bild von der alten Stadt. »Leider im falschen Jahrhundert.« Unangenehm berührt knetete ich meine Hände unter dem Tisch.

»Das ist El Paso! In Texas«, erklärte Matt leise. »Kaum wiederzuerkennen … Das Foto stammt von 1880. Sicher kein Zufall, dass man kein neueres Exemplar gewählt hat! Reagan? Reagan, alles okay?«

»Hm … ja! Wann warst du dort?«

»Ich war zwölf … glaube ich.«

Okay. Ich hätte also wissen können – wissen müssen –, dass er nach Amerika gereist war. Immerhin hatte ich ihn damals schon drei Jahre gekannt. »Und die anderen Fotos?«, lenkte ich mich ab.

»Das erste zeigt die Dragoon Mountains in Arizona. Das zweite war der Sonoita Creek, ein Fluss im Süden des gleichen Bundesstaats. Hat mich fünf Stunden gekostet, das herauszufinden.«

»Und die Bilder sagen dir genauso wenig wie mir?«

»Die Dragoon Mountains hätte ich erkannt, El Paso auch. Aber den Sonoita Creek im Leben nicht!«

»Schon mal darüber nachgedacht, dass diese Fotos überhaupt nichts mit uns zu tun haben könnten?«

»Ein paar der Codes und Andeutungen, die ich zusätzlich gelesen habe, beweisen das Gegenteil!«

»Prima! *Ein paar Codes und Andeutungen*!«, äffte ich seinen Tonfall nach und rollte demonstrativ mit den Augen. »Wieso zeigst du mir verdammt noch mal nicht endlich alles!« Er reagierte nur mit einem leichten Kopfschütteln, das mich beinahe in den Wahnsinn trieb. Ich machte Anstalten aufzustehen. »Gut! Meinetwegen! Du willst anscheinend doch nicht ehrlich mit mir reden.« Wut begann, durch meine Adern zu rauschen. »Dann halt nicht!«

»Warte!« Matts Kopf ruckte nach oben. »Reagan! Warte!« Seufz. Ich drehte mich noch einmal auf dem Absatz um.

»Wenn du nichts Interessanteres zu bieten hast, kannst du die Sache vergessen!«

Langsam stand er auf, klappte demonstrativ sein Laptop zusammen und verstaute es in der Tasche. »Hab' ich nicht!« Ohne zu fragen, folgte er mir in Richtung Ausgang. »Ich bin noch nicht ganz so weit! Aber ich dachte, ich halte dich auf dem Laufenden!« Mit der einen Hand hielt er mir die Tür des Saloons auf. »Ich muss noch einmal nach Hot Springs, ein paar Sachen recherchieren.«

»Darum geht's doch nicht!«, sagte ich.

»Ach nein? Und worum dann?« Er machte ein paar schnelle Schritte, kam so nahe, dass ich seine Wärme spüren konnte. Erschrocken nach Luft schnappend wich ich zurück, rauschte durch die Tür und trat die Flucht an. »Du verschweigst mir was. Eine Menge!«, warf ich ihm über meine Schulter hinweg vor. »Und glaub nicht, dass ich das nicht weiß!« Er verfolgte mich, machte aber keine Anstalten zu widersprechen. »Warum verdammt soll ich dir überhaupt glauben?«, keifte ich weiter. »Du könntest mich genauso gut anlügen. Vielleicht bin ich gar nicht in Gefahr!«

»Warum wäre ich sonst wohl hier?« Aufgebracht gestikulierend versperrte er mir den Weg zum Hotel. »Weil ich es auf der White River Ranch ach so toll finde?«

Ich blieb notgedrungen stehen und funkelte ihn an. »Wenn mich wer umbringen will, wieso lässt du mich dann nicht einfach krepieren?« Meine Stimme war nur noch ein zorniges Fauchen. »Ein altes Problem weniger! Wär das nicht was?«

»Reagan!« Von der einen Sekunde auf die andere wich die Wut aus seinem Gesicht und machte einer anderen Emotion Platz. Bestürzung. »Sag so was nicht!« Vorsichtig trat er einen Schritt zur Seite. Machte den Weg ins Hotel frei. Wie eine Aufforderung, der ich allerdings nicht folgte. Weil ich mich – um ehrlich zu sein – gerade nicht von der Stelle rühren konnte.

»Was ist wirklich los?«, fragte ich. »Klar, Matt, du redest mit mir. Über diesen *Undertaker*, über irgendwelche Fotos, über Maka. Du erzählst mir von Leuten, die mich umbringen wollen. Von irgendwelchen Anschlägen. Du hast irgendwelche Andeutungen hinsichtlich eines Projekts gemacht. Und du fütterst mich mit ein paar Details aber verschweigst mir das große Ganze. Ich komme damit nicht klar!«

»Was hast du mit Yahto besprochen?«, wich er sofort wieder vom Thema ab. »Er will nichts mit mir zu tun haben. Aber vielleicht kannst du ihn überreden, seine Meinung zu ändern. Das würde die Sache erleichtern.«

»Klar, und wovon träumst du nachts?«, fragte ich, aber es klang seltsam müde. »Matt, was ist Maka passiert? Was verbindet uns?«

»Sie ist – wie schon erwähnt – nur knapp einem Anschlag entgangen«, antwortete er. »Und sie bekommt Drohmails vom *Undertaker*. Damit ist sie die Einzige von uns, die bis jetzt direkten Kontakt zu unseren Gegnern hat. Ihr wurde wohl so etwas wie ein Angebot gemacht. Wie sie sich jetzt weiter verhält, bleibt abzuwarten. Mein Gegenangebot hat sie zumindest abgelehnt. Sie wollte nicht kooperieren. Mal schauen, ob sie stattdessen auf die Drohmails reagiert.«

»Woher weißt du das?« Mich überkam auf einmal ein richtig schlechtes Gewissen. Unvermittelt griff Matt nach meiner Hand. Seine Finger streiften meine.

»Das verrate ich dir, wenn ich weiß, wie Maka sich weiter verhält«, flüsterte er mit rauer Stimme. Verunsichert machte ich einen schnellen Schritt rückwärts. Unterbrach den Kontakt, brachte einen Sicherheitsabstand zwischen uns. Mir schoss das Blut ins Gesicht. Matt räusperte sich, entfernte sich noch ein Stück weiter von mir. »Reag … ich will weder Maka noch Yahto etwas Böses, glaub mir bitte!«

»Ach nein? Dann haben die beiden mehr Glück als ich. Wie schön für sie!«

»Scheiße, Reag … ich will dich in Sicherheit bringen. Beschützen … Niemals würde ich wollen, dass dir was Schlimmes passiert.« Er verstummte abrupt.

»Okaaay …«, murmelte ich und wollte plötzlich nur noch ins Bett. Dabei war es alles andere als spät.

Matt sah mich an, als zerbräche seine Welt in tausende von Scherben. Dann wandte er den Blick ab und setzte sich mit schnellen Schritten in Bewegung. Zügig durchquerte er die Eingangshalle und eilte dann, immer zwei Stufen nehmend, die Treppe hinauf. Und ich folgte ihm. An meiner Zimmertür angekommen, blieb Matt so ruckartig stehen, dass ich fast in ihn hineingelaufen wäre. »Sehen wir uns morgen beim Frühstück?«, fragte er.

»Womöglich?« Mein Blick blieb auf den Teppich zu unseren Füßen gerichtet.

»Ich finde heraus, wie Maka sich verhält, und dann erzähle ich es dir, in Ordnung?« Es klang wie ein Versprechen.

»Matt!«, knirschte ich. »Lass die blöden Versprechungen einfach!« Aber es war klar, dass er das nicht tun würde. Natürlich nicht.

»Gute Nacht, Reagan!« Er seufzte, sah mich eindringlich an.

»Gute … Nacht …?«, echote ich wenig einfallsreich.

Matt grinste ein bisschen schief. »Mach dir keine Sorgen!« Leere Worte, mit denen er in seinem Zimmer verschwand. Ich ging ebenfalls in meine Wohnung, stand einen Moment lang einfach nur hilflos hinter der Tür, bevor ich mich endlich wieder zusammenriss. Draußen hatte es wieder zu regnen begonnen. Ich drehte die Heizung höher und beschloss, gleich ins Bett zu gehen und vielleicht noch ein bisschen zu lesen. Einfach, um mich abzulenken. Keine Viertelstunde später hörte ich, wie Matt sein Zimmer noch einmal verließ. Ach ja, er wollte ja noch in die Stadt.

Ich nahm ein Buch zur Hand, legte es aber wenig später wieder weg. Um mich auf einen Roman zu konzentrieren, war ich viel zu aufgewühlt. Meine Gedanken rasten, kreisten um die Geschehnisse der letzten Stunden. Was wusste Matt? Er hatte ganz offensichtlich versucht, nett zu mir zu sein. Im Saloon. Und auf der Fahrt zurück zur White River Ranch. Aber das ergab keinen Sinn. Oder? Nach allem, was passiert war, verstand ich die Welt nicht mehr.

Okay. Matt behauptete, man wolle uns umbringen. Irgendwie ging es auch um diese Orte auf den Fotos. Dem Gespräch von Yahto und seinen Kumpels aus der Billardbar konnte ich entnehmen, dass die ganze Familie Evans in der Sache mit drinhing. Anscheinend waren sowohl Maka, als auch Yahto, Koda und der Vater der Familie betroffen. Matt selbst war bedroht worden und tüftelte mal wieder an einem seiner Projekte. So weit, so schlecht. Nur: wie hing das alles zusammen? Und warum sollten wir überhaupt umgebracht werden?

Irgendetwas war ja wohl mit Matts Freund passiert, aber auch darüber wollte er nicht sprechen. Ich war hin- und hergerissen zwischen meiner Angst vor alldem und dem Wunsch, endlich die ganze Wahrheit zu erfahren. Vor lauter Grübeleien lag ich so lange wach, bis wieder Schritte auf dem Flur erklangen. Ich erkannte

Matt an seinem Auftreten, an dem leisen Knirschen des Schlüssels im Schloss eine Tür weiter. Er war aus der Stadt zurück!

Ein paar Minuten lang hörte ich noch Geräusche aus dem Zimmer neben meinem, dann erneut Schritte auf dem Flur. Matt war wieder gegangen. Aber wohin? Ich war immer noch hellwach, konnte absolut nicht einschlafen und hörte nur zu, wie der Wind draußen heulte. Es war bereits ein Uhr nachts, als die Nachttischlampe plötzlich leise knirschte und dann erlosch. Rabenschwarze Finsternis breitete sich im Zimmer aus und auch durch das Fenster fiel kein einziger Lichtstrahl mehr. Die Heizung, die bis eben noch leise gluckernde Töne von sich gegeben hatte, verstummte.

Obwohl ich die Hand nicht mehr vor Augen sah, tastete ich mich in Richtung des Hauptlichtschalters. Den fand ich allerdings erst nach einigem Suchen. Ein Fingerdruck … nichts geschah. Mein Magen zog sich zusammen, während ich den Schalter ein zweites Mal betätigte. Wieder vergeblich. Im Zimmer blieb es dunkel. Stromausfall.

Nur langsam gewöhnten sich meine Augen an die Finsternis. Im ganzen Gebäude war es totenstill. Normalerweise wäre das kein Grund gewesen, mir Angst zu machen. Normalerweise sagte mir allerdings auch niemand, dass mein Leben in Gefahr sei.

Das panische Zittern unterdrückend kroch ich mit wackligen Knien zurück ins Bett. Die Leuchtziffern meines Weckers bewegten sich langsam. Eine Viertelstunde verstrich … dann eine halbe … und schließlich eine ganze. Im Zimmer wurde es zunehmend kälter. Irgendwann stieg ich aus dem Bett und befühlte die Heizung. Eisig … In den nächsten Minuten holte ich alles zu mir ins Bett, das einigermaßen wärmen konnte. Der halbe Inhalt meines Koffers (Pullis, Jacken, Tücher) wanderte unter die Decke. Leider ohne den gewünschten Erfolg. Die Gänsehaut verschwand nicht. Genauso wenig wie das ungute Gefühl im Bauch.

War dieser Stromausfall womöglich kein Zufall? Die White River Ranch versorgte sich doch selbst mit allem, oder? Ob jemand den Strom einfach ausschalten konnte? Aber warum sollte man das tun? Aus Verzweiflung griff ich nach Matts Decke, die auf dem kleinen Abstelltisch neben dem Bett gelegen hatte. Mit den Fingern fuhr ich langsam über den weichen Fleece. Kurz war ich in Versuchung, das Zimmer zu verlassen und mit irgendjemandem Kontakt aufzunehmen.

Leider wusste ich nicht, welchen Raum Ethan bewohnte. Und bei Matt – an der Nebentür – wollte ich nicht klopfen. Außerdem … war er überhaupt schon wiedergekommen? Ich hatte nichts gehört. Aber wo sollte er um diese Uhrzeit noch sein? Ich überlegte, ob er womöglich etwas mit dem Stromausfall zu tun haben könnte. Vielleicht war er deshalb nicht wiedergekommen. Aber das konnte doch gar nicht sein, oder?

Ich begann mir Sorgen zu machen. Wo blieb Matt denn nur? Vielleicht war ihm etwas passiert. Aber auch dann war es eigentlich nicht meine Aufgabe, nach ihn zu suchen. Zwang ich mich jedenfalls zu denken. Wobei – wessen Aufgabe, wenn nicht meine, war es denn dann?

Wütend schüttelte ich den Kopf. Ich musste mich einfach davon freimachen, immer auf Matt aufpassen zu wollen. Und endlich, endlich aufhören, mir während seiner nächtlichen Ausflüge Sorgen um ihn zu machen. Er würde schon allein auf sich aufpassen.

Also blieb ich im Bett liegen, kam aber nicht umhin, aufmerksam in Richtung des Flurs zu lauschen. Auf dem blieb es allerdings still. Irgendwann zwischen drei und halb vier war ich so erschöpft, dass ich die Augen nicht mehr offenhalten konnte. Mit all den Pullis, Jacken und Matts Decke wurde es langsam wärmer. Unglücklicherweise führte das unvermeidlich dazu, dass meine Müdigkeit mich übermannte. Ohne es zu wollen, schlief ich ein und erwachte erst am nächsten Morgen wieder.

»Oh, oh, oh!«, murmelte Ethan, der auf dem Flur auf mich gewartet hatte. Gemeinsam waren wir in Richtung des Frühstücksraums geschlendert und hatten uns dort auf unseren Platz am Fenster gesetzt. »Soll uns der Zombie da hinten Angst machen?« Er deutete auf Matt, der auf einer kleinen Bank am anderen Ende des Saals Platz genommen hatte. Irgendwann in der letzten Nacht musste er wohl wieder aufgetaucht sein. Ob er zwischendurch überhaupt in seinem Zimmer gewesen war, konnte ich allerdings nicht sagen.

Vielleicht war er nach was auch immer auch gleich zum Frühstück gegangen. Ich riskierte einen Blick in seine Richtung. Zu behaupten, Matt sähe schlecht aus, wäre die Untertreibung des Jahrhunderts gewesen. Er sah richtig schlecht aus. Hob noch nicht einmal den Kopf, um uns anzusehen.

Ich musterte Ethan, der offensichtlich wunderbar geschlafen hatte. »Na ja«, nuschelte ich, »nach einer Nacht des Grauens war eigentlich mit Zombies zu rechnen, oder?«

»Nacht des Grauens?« Ethans Blick wanderte in Richtung des Büffets. Im Gegensatz zu mir schien er mal wieder großen Appetit zu haben. Keine Ahnung, wieso er nicht rund war wie eine Kugel. Bei der Anzahl von Marmeladen-Brötchen, die jeden Morgen in seinen Bauch wanderten. Matt brütete über einer kleinen Espresso-Tasse. Allein.

»Was war denn so schlimm an der letzten Nacht?«, wollte Ethan gerade wissen. Mit den Gedanken nicht ganz (beziehungsweise überhaupt nicht) bei der Sache stützte ich die eine Hand auf einem der Tische ab.

»Stromausfall!« Ich blinzelte und überlegte, ob es an dem Licht hier drinnen lag, dass Matt so fürchterlich mitgenommen aussah. Nein, tat es nicht. Er sah wirklich nicht gut aus.

»Warte«, murmelte ich in Ethans Richtung. »Ich muss …« Ich machte ein paar unsichere Schritte und blieb dann vor Matt stehen.

»Setz dich!«, murmelte er und schaute noch nicht einmal auf, hypnotisierte stattdessen seine Tasse. Als wolle er irgendetwas aus dem Kaffeesatz herauslesen. Ich zögerte.

»Angst, ich könnte dich fressen?«, fragte er und sein überheblicher Tonfall ließ mich sofort wieder auf den Boden der Tatsachen zurückkommen.

»Das Raubtier ist verwundet und schwach«, konterte ich. »Ich schätze, die Gefahr ist nicht so groß.«

»Momentan nicht!« Matts Kopf versank wieder in der kleinen Tasse. »Aber sieh dich vor! Nach dem dritten Espresso könnte sich das wieder ändern.«

»Na. Wenn deine Kraft noch für diese Art von miesem Humor reicht, kann's nicht so schlimm sein!« Ich legte den Kopf schief und musterte ihn. »Bist du krank?«, wollte ich sachlich wissen.

»Im Kopf? Klar. Aber das ist doch nichts Neues!«

»Ob du krank bist?«, wiederholte ich genervt. Genauso gut hätte ich mit einem Parkautomaten reden können. Zu dem wäre sicher ähnlich viel von meinen Worten durchgedrungen. Matt simulierte einen Hustenanfall. »Ja. Ich bin ganz furchtbar krank.«

»Erzähl das der Bedienung aus dem Saloon.« Ich machte Anstalten aufzustehen. »Die hat vielleicht Mitleid mit dir.« Während ich meinen Stuhl zurückschob, fügte ich noch hinzu: »Vielleicht aber auch nicht!« Matt hob den Kopf und ich erschauderte. Seine Augen waren schwarze Löcher. Tief und erschreckend unergründlich. Einer dieser Momente, in denen er mir wirklich Angst machte.

Ethan betrachtete uns mit verzogenem Gesicht von der Seite. Er zwinkerte ein bisschen zu häufig, wie ich aus den Augenwinkeln mitbekam. »Hast du gestern Abend noch etwas«, fragte ich mit brüchiger Stimme, »herausgefunden?«

»Hmhm«, machte er zustimmend, erhob sich ebenfalls und griff nach meiner Hand. Ich schüttelte seine Finger ab. »Hey!«

»Schon gut. Tut mir leid.«

»Hast du den Stromausfall gestern Nacht mitbekommen?«, fragte ich, während sich meine Ahnung verstärkte.

»Jap«, nickte er. »Ich war noch unterwegs.« Wenigstens stritt er es nicht ab.

»Und?«, hakte ich nach. »Hattest du was damit zu tun?«

Matt stand langsam auf, streckte sich, gab aber keine Antwort. »Komm mit!«, sagte er stattdessen. »Das sollten wir nicht hier drinnen besprechen!« Mit den Zähnen knirschend folgte ich ihm auf den Flur.

»Ich habe eine Menge Infos für dich. Die letzte Nacht war … aufschlussreich.« Matt warf mir einen Blick über die Schulter zu und stützte sich an einem Türrahmen ab. Beim Laufen schwankte er ein bisschen. Ethan blieb wie angewurzelt im Frühstücksraum sitzen.

»Ähm … Leute …«, hörte ich ihn sagen, während Matt mich in Richtung der Treppe lotste. »Leute?«

»Willst du deinen Freund nicht bitten, den Bodyguard zu spielen?« Matt hatte spöttisch die Augenbrauen gehoben. Während ich den Kopf schüttelte, hatte ich ein ganz ungutes Gefühl im Bauch.

Natürlich hätte ich Ethan lieber mitgenommen. Egal, wohin wir gingen. Doch mich umzudrehen und ihn vor Matt um Hilfe *anzuflehen*, verbat mir mein gekränkter Stolz.

Ich riss mich also zusammen und nickte Ethan nur kurz beruhigend zu. »Wir sehen uns nachher, in Ordnung?« Vollkommen ruhig zu klingen, erwies sich als nicht so einfach, weil mein eigenes Herz bis zum Hals klopfte.

Matt eilte in die obere Etage, ohne mich noch einmal eines Blickes zu würdigen. Ich folgte ihm bis zu seiner Tür, die er ohne Umschweife aufschloss. Während Matt den Raum durchquerte, sich seelenruhig auf die Bettkante setzte und sein Laptop hochfuhr, blieb ich unentschlossen auf der Schwelle stehen. »Komm her!« Mit der Hand klopfte er neben sich auf die Decke. Ich machte keine Anstalten, mich zu bewegen. »Oder halt nicht«, fügte er hinzu.

Ich blinzelte ungläubig. »Erde an Mr. Arrogant? Ich bin keine von diesen süßen Bedienungen, die du …«

»Wie wär's«, unterbrach er mich, »wenn du mal für einen Moment den Mund hältst? Ich hab' revolutionäre Neuigkeiten!« Das saß. Auf der Stelle wurde ich still. »Ich war unterwegs … in den letzten Stunden!«, erklärte er.

»Und wo?« Ich hätte nur zu gern gewusst, was das mit dem Stromausfall auf sich hatte. War das nur ein seltsamer Zufall gewesen, oder steckte doch mehr dahinter? Matt schien meine unausgesprochene Frage zu erraten, denn er grinste erschöpft. »Zuerst war ich in Hot Springs, weil ich einige Sachen im Internet zu tun hatte. Dann habe ich mich auf der White River Ranch näher umgesehen. Auf das Hotel aufmerksam geworden bin ich schon vor einer Weile, aber ich war bis jetzt noch nie hier. Ich habe ja schon von den Besonderheiten der Ranch geredet … die selbstständige Stromversorgung über Solarzellen, die Abgeschiedenheit, der fehlende Internetauftritt.«

»Warum ist der so wichtig?« Da es mir blöd vorkam, in der halb geöffneten Tür stehenzubleiben, schloss ich diese und setzte mich nun doch zu Matt auf die Bettkante. Mit gebührendem Sicherheitsabstand, natürlich.

Ein seltsames Funkeln huschte durch Matts müde Augen und erhellte für einen kurzen Moment sein Gesicht. »Das Hotel existiert im Internet quasi gar nicht, und das macht es deutlich unangreifbarer. Dadurch …« Er verstummte und rieb sich mit den Händen über die Stirn, massierte seine Schläfen. »Wenn es keinen Internetauftritt hat, kann dieser auch von niemandem verfälscht oder manipuliert werden, verstehst du?«, setzte er schnell hinzu. Ich sah, wie er unter seinen eigenen Worten litt und wusste nicht, warum.

»Matt, hör auf damit!«, befahl ich ihm. Es brachte mich vollkommen aus der Fassung, ihn dermaßen aufgelöst zu sehen.

»Jedenfalls«, wechselte er jetzt schnell das Thema, »gibt es zusätzlich eine Art Bunker unter der Ranch, wusstest du das? Dort unten sind Gärten angelegt, in denen ich gestern Nacht ein Weilchen rumgeschlichen bin. Die Räume sind strahlensicher … dort unten kommt kein Mobilfunknetz hin. Mal davon abgesehen, dass das Hotel sowieso in einer Art weißen Zone liegt.«

»Klingt unheimlich«, sagte ich. »Das sieht man dem Hotel gar nicht an. Wo, hm, geht es denn runter?«

»Man kommt sowohl vom Hauptgebäude als auch vom Saloon aus in den Bunker. Durch ein Nebenzimmer geht es eine Treppe runter und dann in einen Gang. Ist aber nicht zwingend einen Ausflugstrip wert, glaub's mir!«

»Da darf man aber als ganz normaler Touri eigentlich nicht runter, oder?« Meine Augenbrauen wanderten herausfordernd in die Höhe. »Nö«, gab Matt zu. »Aber als ich aus der Stadt kam, wollte ich unbedingt checken, wie gut Yahtos Sicherheitssystem wirklich ist. Was die Ranch aushält und was nicht.« Ich setzte mich auf der Bettkante zurecht, richtete den Blick zu Boden. »Und? Was hast du herausgefunden?«

»Es ist richtig gut. Fast noch besser, als ich angenommen habe.«

»Okay, okay«, unterbrach ich ihn. »Und wofür ist das Ganze wichtig? Wappnen wir uns schon für den Weltuntergang, oder was soll das?«

»Ich will ja nur auf Nummer sicher gehen«, rechtfertigte er sich. »Das mit der Stromversorgung habe ich auch schon unter die Lupe genommen. Die wird zentral vom Keller aus gesteuert. Wenn man die Anlage findet, kann man den Strom in allen Gebäuden und im Bunker kontrollieren.«

»Du hast damit herumexperimentiert«, stellte ich sachlich fest. »Deshalb der Stromausfall mitten in der Nacht!«

»Außer Yahto und dir ist das niemandem aufgefallen«, stimmte er zu. »Und wenn ich gut genug war, denkt Yahto jetzt, dass der Strom zufällig ausgefallen ist. Ein kurzer Defekt, nichts Schlimmes.«

»Und?«, fragte ich. »Was hast du noch in der Stadt zu suchen gehabt?«

»Ich wollte Maka genauer unter die Lupe nehmen und ein paar Infos sammeln.« Mit dem Handrücken fuhr er sich über die geröteten, angestrengten Augen. Matt ließ sich zurücksinken und verschränkte die Arme hinter dem Kopf. Sein Laptop in meine Richtung schiebend, schloss er die Augen.

»Was«, setzte ich mit brüchiger Stimme an, »hast du gemacht?«

»Wenn du's liest«, beantwortete er meine Frage, »verstehst du es!« Ich beugte mich vor und warf einen Blick auf das Bildschirmfenster, das er mir geöffnet hatte. Vorübergehend verschlug es mir die Sprache. Meine Augen huschten zwischen Matts Laptop und ihm selbst hin und her, immer in der Hoffnung, er würde sich vielleicht erklären. Würde mich davon überzeugen, dass das, was ich glaubte zu sehen, nicht das war, was wirklich dort stand.

»Das. Ist. Ein. Posteingang.«

»Für E-Mails. Scharf kombiniert!« Matt öffnete das eine Auge und musterte mich. Offensichtlich gab er sich alle Mühe, ruhig und lässig rüberzukommen. Doch das leichte Zucken seiner Finger verriet ihn. Ich kannte ihn. Und ich wusste, dass er alles andere als ruhig war. Sein Gesicht war leichenblass geworden. »

Das ist nicht dein E-Mail-Account!«, murmelte ich. »Das ist …«

»… Makas!«, vervollständigte er. »Im Grunde genommen sind es sozusagen Screenshots ihres Posteingangs und der wichtigsten Mails. Es besteht also augenblicklich keine Gefahr, entdeckt zu werden. Ich bin – wie gesagt – noch nicht mal im Internet. Die Bilder solltest du dir ansehen!«

»Oh!« Das war das Einzige, das mir dazu einfiel.

»Oh.« Matt seufzte leise. »Ich weiß.«

Im Raum breitete sich tödliches Schweigen aus. Matt öffnete das andere Auge auch noch und drehte den Kopf so, dass er mich über das Kissen hinweg ansehen konnte. Ich war hin- und hergerissen zwischen dem Wunsch, schreiend vor ihm davonzulaufen und dem, ihm eine Ohrfeige zu verpassen. Ein komischer, kleiner Laut entrang sich meiner Kehle. »Machst du so was öfter?«

Er versuchte gar nicht, es abzustreiten. »Wenn nötig, ja. Wie glaubst du, bin ich an die ganzen Informationen gekommen? In nicht alle Diskussionsforen im Netz kommt man so leicht rein. Besonders das im Darknet war kniffelig, weil man eigentlich sozusagen eingeladen werden muss, um da überhaupt reinzukommen. Na ja … um es weniger kompliziert zu halten: Manchmal ist es eben hilfreich, Zugriff auf die PCs anderer Leute zu haben.«

Ein fester Kloß hatte sich in meinem Hals gebildet. Verzweifelt schluckte ich gegen das üble Gefühl an. »Hacken ist illegal.«

Er fuhr sich mit den Fingern durch die Haare, während ich ihn fassungslos anstarrte und mich total überfordert fühlte. Ja, ich hatte gewusst, dass Matt sich für Informatik, für Technik, Computer, Quellcodes, fürs Programmieren und all so etwas interessierte. Aber *davon* hatte ich nichts gewusst. Vielleicht hatte ich vermutet, dass er keine ganz weiße Weste hatte, dass da irgendwas lief. Aber das kam mir dann doch irgendwie krass vor.

Tja. Um zu kapieren, dass es nicht erlaubt war, sich in anderer Leute Posteingang einzuschleichen, brauchte man kein Computerprofi zu sein. »Du kannst also wirklich«, die Worte hinterließen einen bitteren Geschmack auf meiner Zunge, »E-Mail-Accounts hacken?« Wohl eher eine rhetorische Frage.

»Ja!« Es klang nicht glücklich. Nur erschöpft. Unfassbar erschöpft.

Ungläubig schüttelte ich den Kopf, musste darum kämpfen, nicht völlig den Verstand zu verlieren. »Wie«, brachte ich mit Mühe hervor, »*gut* bist du?«

»Na ja …« Er zwang sich zu einem Lächeln. »Ich bin der Beste.«

»Angeber!«, stieß ich zwischen zusammengebissenen Zähnen hervor. Nach einer ganzen Weile setzte ich leiser hinzu: »Also kannst du auch … sagen wir … den Server einer größeren Firma hacken?«

»Hm«, machte Matt. »Klar.«

»Dafür wird man dich einsperren! Und ich komm dich nicht besuchen … im Knast!« Der Blick aus seinen müden Augen jagte eine Woge von Mitleid durch meinen Körper.

»Keine Sorge!«, erklärte er. »In den neun Jahren, die ich das jetzt schon mache …«

»Du hackst, seit du *zehn* Jahre alt bist? Und gestern Abend hast du dir Makas E-Mail-Account vorgenommen und ihre Nachrichten gelesen!«

»… habe ich keine derart schlimmen Dinger gedreht, dass ich dafür hinter Gitter müsste«, beendete er unbeeindruckt seinen Satz.

»Schön!«, patzte ich.

»Wir … sollten uns jetzt auf das konzentrieren, was ich alles über sie herausgefunden habe!« Als ich sah, wie ihm die Augen zufielen, musste ich mir auf die Unterlippe beißen. »Auf Makas PC befand sich eine Menge aufschlussreiches Zeug. Das sollten wir lesen und …« Seine Stimme ging in ein Nuscheln über.

In einer seltsamen Mischung aus Besorgnis, Verunsicherung und Mitleid stupste ich seine Schulter an. Er sah so gebrochen aus. »Hey …« Warum auch immer konnte ich ihm weder böse sein noch Angst vor ihm haben.

Erleichterung entspannte seine Züge, während ich mit der einen Seite des Kissens freundschaftlich nach ihm schlug. »Du bist verrückt! Matt! Du bist total verrückt! Du hackst E-Mail-Accounts!« Dass ich plötzlich haltlos zu lachen begann, war wohl der Überanstrengung der letzten Tage geschuldet. Ich konnte nicht mehr. Und irgendwie bahnten sich all meine Emotionen jetzt durch das Kichern einen Weg an die Oberfläche.

Matt lächelte und warf mir dann einen warmen Blick zu. Ehe ich's mich versah, hatte er sich aufgesetzt und die Arme um mich geschlungen. In seinen Augen flackerte etwas, während er mich näher an sich zog und mir einen sanften Kuss aufs Haar hauchte. »Danke Reag!«

Das Lachen blieb in meiner Kehle stecken. »Danke wofür?« Meine Stimme bebte, während ich ihn vorsichtig aber entschieden von mir schob. »Matt! Du bist total …«

»… komisch. Verrückt. Todmüde.« Er räusperte sich und brachte noch ein paar Zentimeter zwischen uns. »Oder vielleicht einfach genial?«, grinste er dann. Offensichtlich hatte er seine Fassung wiedergefunden. Und seine Überheblichkeit.

Wenn ich ehrlich war, nahm ich diese Tatsache mit Erleichterung zur Kenntnis.

»Wir sollten uns auf die Mails konzentrieren.« Vom einen auf den anderen Moment wurde mir klar, dass er sich doch nicht geändert hatte. Matt hatte schon mit tausenden Mädchen geflirtet. Schulkameradinnen. Bedienungen. Austauschschülerinnen. Fremden. Womöglich stand ich seit gestern auch mit auf seiner Liste. Was auch immer er da eben getan hatte ... Was er eigentlich schon die ganze Zeit tat ...

... es war nichts Ernstes. Und es würde nichts bringen, ihn darauf anzusprechen oder ihn zu bitten, es zu lassen. Mit Matt konnte man in dieser Hinsicht kein vernünftiges Gespräch führen. Irgendwo tief in meinem Magen verkrampfte sich etwas. »Hier!« Matt klickte sich durch die Screenshots unterschiedlicher Mails und schob mir dann das Laptop wieder hin.

»Schön!«, murmelte ich. Er ignorierte die Tatsache, dass meine Finger zitterten, als ich das Laptop weiter aufklappte. Was ich da las, war unübersehbar eine Buchungsbestätigung. »Sie hat ein Zimmer in einem Motel gebucht? In Phoenix?«

»Richtig!« Matt klickte eine zweite Mail an und zeigte sie mir ebenfalls. »Deshalb!«

Diese Nachricht stammte von einer unbekannten Adresse. Es waren drei Fotos gesendet worden, dazu hatte jemand ein paar Sätze geschrieben.

»*Ich hoffe, der Angriff war Ihnen Warnung genug. Wir erwarten, dass Sie uns alle Informationen liefern, die Sie bezogen auf die Dokumente besitzen. Händigen Sie uns das gewünschte Erbstück schnellstmöglich aus! Ansonsten sind wir bereit, kurzen Prozess mit Ihnen und Ihrem Vater zu machen!*«, las ich leise vor. »Kein Name ...«

»Seltsam, nicht?« Matt stand auf, ging zum Fenster und warf einen Blick nach draußen. »Bei den Bilddateien handelt es sich um genau dieselben Fotos, die ich dir schon gezeigt habe. Die aus dem Forum im Darknet!«

»Echt?« Die Bilder befanden sich in einer extra Datei, die ich noch nicht angesehen hatte. »Ja. Echt.« Matt drehte sich zu mir um. »Offenbar ist dieser Drohbrief allerdings nicht der erste Versuch, sie unter Druck zu setzten! Vor dieser Mail hat sie schon eine Menge Nachrichten bekommen. Jeden Tag eine.«

»Und?«, wollte ich gespannt wissen. »Was stand drin?«

»Genau das Gleiche wie in der, die du gerade gelesen hast. Und dazu immer und immer wieder diese drei Fotos. Offensichtlich haben unsere Gegner das Gefühl, dass die drei Orte mit der Verschwörung zusammenhängen. Genauso wie das Erbstück, von dem in der Mail die Rede war.«

Auf einmal fiel mir etwas ein, das Yahto oben in der Billardbar erwähnt hatte.

»Sag mal, Matt«, überlegte ich, »irgendwie klingt es so, als wüssten die Leute, die diese Mail verschickt haben und die im Darknet die Fotos verbreiten, selbst nicht so genau, was eigentlich los ist. Oder meinst du nicht?«

»Interessante Theorie«, meinte Matt. »Vielleicht hast du Recht. Heißt aber nicht, dass wir denjenigen, der da agiert, unterschätzen dürfen. Auch wenn unsere Gegner selbst nicht alles wissen … hier sind ziemlich mächtige Leute am Ruder. Leute, bei denen es absolut tödlich ist, sie in irgendeiner Weise zu unterschätzen.«

»Und?«, wollte ich wissen, nachdem ich den Bildschirm eine Weile lang angestarrt hatte. »Hast du herauskriegen können, wem diese E-Mail-Adresse gehört? Oder wenigstens grob, woher die Nachricht kam?« Matt schüttelte den Kopf, sagte aber nichts. »Dann bist du also doch kein so superschlauer Hacker!« Ein triumphierendes Grinsen huschte über mein Gesicht.

Als würde das alle meine Fragen beantworten, erklärte Matt sachlich: »Er ist gut geschützt.«

»Und das heißt?«

»Ich hab' versucht, ihn durchs Netz zu verfolgen. Vergeblich! Über den Versender der Nachricht ist nichts bekannt. An jedes Regierungsmitglied ist leichter ranzukommen. Aber der Versender dieser Nachrichten …« Er ließ seinen Satz unvollendet.

»Vielleicht bist du einfach nicht gut genug?«, rieb ich ihm die Tatsachen schadenfroh unter die Nase.

Matt verzog genervt das Gesicht, während ich mein unschuldigstes Lächeln aufsetzte.

»Lehn dich nicht so weit aus dem Fenster!«, stieß er zwischen zusammengebissenen Zähnen hervor. »Im Gegensatz zu unseren anonymen Gegnern ist dein Handy nämlich gar nicht geschützt.«

Meine Augen wurden groß wie Wagenräder. »Mein Handy ist abgestürzt.« Ein bedrohlicher Unterton schwang in meiner Stimme mit.

»Ja!« In seinen Augen funkelte es. »Dein Glück! Wäre es das nicht, könnte jeder einigermaßen gute Hacker innerhalb von ein paar Sekunden an alle deine Infos kommen. Und dich orten!«

»Sag mir bitte, dass du nichts mit dem Absturz meines Handys zu tun hast!«, flehte ich. »Matt, bitte! Sag mir, dass du *nicht* alle meine Fotos und Kontakte und Mails und Chatverläufe mitverfolgt hast!« Das spöttische Funkeln in seinen Augen gestand mehr als tausend Worte.

»Hat dir eigentlich schon mal jemand gesagt, dass du ein riesengroßes Arschloch bist?« Richtig schockieren tat mich seine wortlose Antwort allerdings nicht, ehrlich. Mein Handy war relativ neu gewesen. Kaum Fotos. Keine wirklich aussagekräftigen Chats. Und nur ein paar Mails ohne richtigen Inhalt. Keine wirklich brisanten Konversationen, die für irgendwen von Bedeutung sein könnten. Dass er mein Handy hatte abstürzen lassen, war trotzdem nicht in Ordnung.

Matt stand auf und lief ruhelos durch den Raum, dann lehnte er sich mit dem Rücken gegen die Fensterbank. Die vereinzelten Sonnenstrahlen – es hatte aufgehört zu regnen und die Wolken verzogen sich langsam – blendeten mich. Ich konnte nur noch seine schemenhafte Gestalt ausmachen. Seine Silhouette hob sich dunkel vom hellen Himmel ab.

»Wir werden schon herausfinden, wer der anonyme Versender dieser Mails war«, erläuterte Matt, ohne auf meine Aussage einzugehen.

»Bist du dumm?«, erkundigte ich mich. »Reparier mein Handy! Sofort! Das Ding hat mich eine Menge gekostet!«

Er sah noch immer in meine Richtung. »Wir müssen herausfinden, was Maka jetzt vorhat. Offensichtlich hat man ihr und ihrem Vater gedroht. Einen Anschlag auf sie verübt. Die Frage ist, wie sie jetzt damit umgeht. Kommt sie den Forderungen aus der Mail nach? Und wie viel weiß sie wirklich? Offensichtlich will sie eine Reise unternehmen, sonst hätte sie das Zimmer im Hotel in Phoenix nicht gebucht. Aber was will sie dort?«

»Um welches Erbstück geht es und was verbindet sie und uns?«, fügte ich hinzu und meinte dann: »Übrigens schön, dass du mich mal wieder wie Luft behandelst! Also extra noch mal für Matt: Bring mein Handy in Ordnung!«

Aber natürlich ging er nicht darauf ein. Ich konnte hören, wie er grinste. »Und um dich zu beruhigen: Dein Handy kriegen wir schon wieder hin … wenn diese ganze Sache überstanden ist.«

Eindringlich schüttelte ich den Kopf. »*Jetzt*, Matt! Oder du hast gewaltigen Ärger am Hals!«

»Besser, das Ding bleibt tot, bis diese Sache ausgestanden ist«, erklärte er.

»Du … du …« Mir fehlten die Worte.

»Andere Sachen haben Priorität! Wir müssen erfahren, worum es unseren Gegnern überhaupt geht und warum sie uns so dringend umbringen wollen. Und natürlich, was wir dagegen unternehmen können.«

»Viel Spaß bei den Ermittlungen, altkluger Super-Hacker!«

Matt tat mal wieder, als habe er mich nicht gehört. »Stell dich auf eine weite Reise ein!«, sagte er. »Ich weiß nicht, ob Maka den Zug nimmt oder selbst fährt. Einen Flug hat sie nicht gebucht, so viel habe ich in Erfahrung gebracht.« Seine Stimme klang jetzt leise und eindringlich. »Wir nehmen jedenfalls den Jeep. So fällt es schwerer, uns zu verfolgen.« Nur mit Mühe konnte er ein Gähnen unterdrücken. »Vermutlich … muss ich allerdings ein paar Stunden schlafen, bevor es losgeht.«

»Matt … wohin …?«

»Wir verfolgen sie.« Er nickte zustimmend. »Nach Arizona! Maka wollte nicht mit mir kooperieren, stattdessen besteht die Gefahr, dass sie auf die Forderungen unserer Gegner eingeht. Vielleicht hat sie Informationen, die wichtig für uns sind. Also lassen wir sie nicht aus den Augen.«

Ungeachtet der Tatsache, dass ich mich noch im Zimmer befand, kam Matt zurück zu mir und ließ sich wieder aufs Bett fallen. Er schloss die Augen. Kopfschüttelnd stand ich zwischen ihm und der Tür. »Du willst, dass ich mitkomme?«

»Das ist kein Wunsch, Reagan!« Der Klang seiner Stimme verursachte mir heftige Bauchschmerzen. »Mein Freund ist tot. Ich muss herausfinden, wer ihn umgebracht hat und warum. Du schwebst augenblicklich in der gleichen Gefahr. Und solange ich nicht dafür garantieren kann, dass dich keiner angreift, lasse ich dich nicht allein!«

»Soll das eine Drohung sein?«, stieß ich leise hervor. »Ich kenne … kannte«, verbesserte ich mich, »deinen Freund überhaupt nicht. Ich weiß ja nicht mal, wie der Typ hieß! Du könntest mich anlügen. Um mir Angst zu machen!«

Matt hielt die Augen geschlossen. Trotzdem wirkte sein Gesicht verspannt. »Er hieß Jake«, murmelte er. »Ich hab' ihn auf den Bahamas kennengelernt. Wir sind oft zusammen tauchen gegangen. Wir haben uns gut verstanden. Ein paar Monate, bevor es passiert ist, wurde ich bedroht und unter Druck gesetzt. Dann waren Jake und ich zusammen auf Aruba, und auf einmal …«

»Was genau ist passiert?«, flüsterte ich, doch Matt gab keine Antwort. Ich dachte schon, er sei eingeschlafen, als er leise sagte: »Reag, es ist alles gelogen. Was auch immer du für die Realität hältst – so etwas gibt es nicht. Nicht mehr.«

»Matt?«, fragte ich, weil ich kein Wort verstand. »Was ist denn los?« Worüber redete er überhaupt? »Ich werde nicht zulassen, dass sie dich umbringen«, flüsterte er erschöpft. »Das verspreche ich dir!«

»Auf dein Versprechen gebe ich keinen Dollar«, lächelte ich und berührte mit der Hand kurz seine Schulter. »Du kennst mich doch!« Und als er mein Lächeln nicht erwiderte, fügte ich ernst hinzu: »Hast du nicht behauptet, ich wäre auf der White River Ranch sicher?«

»Das bist du ja auch. Aber um dir gegenüber ehrlich zu sein: Ich weiß dich lieber in meiner Nähe! Deshalb nehme ich dich mit.«

»Prima«, sagte ich augenzwinkernd. »Aber da ich dich lieber am anderen Ende der Welt weiß, werde ich nicht mitkommen!« Dabei spürte ich, dass mein Widerstand schon zerbröckelt war … ich hatte längst aufgegeben, war längst eingeknickt und wusste, dass ich mit ihm gehen würde. Weil es eben doch Matt war. Und weil er so fertig aussah. Aber das musste ich ihm ja nicht sofort unter die Nase binden.

»Reag! Wir beide haben nur zwei Möglichkeiten!«, erklärte er, aber ich konnte ihm anhören, dass auch er diese Diskussion nur noch aus Prinzip führte und dass ihm klar war, dass ich sehr wohl mitkommen würde.

»Und die wären?«

»Erstens: Du kommst freiwillig mit mir nach Arizona! Und zweitens: Ich entführe dich und nehme dich zu deiner eigenen Sicherheit mit!«

»Verdammte Scheiße! Die Situation hatten wir doch neulich schon.«

Er nickte und drehte sich auf die andere Seite. »Ich muss jetzt schlafen, und das solltest du am besten auch tun.« Ich stand auf griff mit der Hand nach der Türklinke, in der Hoffnung, sie würde mir Halt geben. »Ich erzähl dir auf der Fahrt, was ich noch so alles über Maka herausgefunden habe«, sagte Matt gerade. »Pack deine Sachen, Reagan! Wir haben über 2000 km Fahrt vor uns.«

6. Kapitel

16. Oktober 1869, in einem Talkessel zwischen der Gila-Wüste und der Sierra Catarina, nahe Fort Tucson:

Die Verhandlungen wurden von feierlichem Ernst begleitet. Hier kamen Häuptlinge unterschiedlichster Stämme zusammen, Menschen, die immer und immer wieder verraten worden waren. Der Krieg hatte sie verbittert, Hass und Hinterhältigkeit schlugen Narben in ihre Haut. Konnte man von diesen Menschen wirklich erwarten, neues Vertrauen zu fassen? Zu hoffen?

Der Wunsch nach einer Zukunft für das eigene Volk einte sie alle, schloss einen unsichtbaren Bund zwischen Menschen, die sich kaum kannten. Ebenso wie der General in seiner dunkelblauen Uniform hatten auch die Häuptlinge ihre Waffen abgelegt. Nur Cochise trug einen einzigen, gefiederten Pfeil in seinem Köcher.

Zwanzigtausend Quadratmeilen Land hatte Washington Cochise zugesichert. Aber die Weißen hatten schon unzählige Verträge mit den Eingeborenen unterzeichnet … und kurz darauf wieder gebrochen. In den vom Kampf zerfurchten Gesichtern der Häuptlinge flackerte Misstrauen.

Tom Jeffords vermochte zwischen den verschiedenen Parteien zu vermitteln, aber er gab keinem von ihnen die Sicherheit auf einen tatsächlichen Frieden. Fragen wurden hin und her geworfen, Konditionen ausgehandelt.

Die Häuptlinge baten darum, sich ohne die beiden Weißen beraten zu dürfen. Der General und Jeffords gewährten ihnen diesen Wunsch. »Der Hass macht uns blind«, wandte sich Cochise an seine Brüder. »Unser Volk wird untergehen, wenn wir keinen Frieden mit den Weißen schließen. Wir können kämpfend sterben – aber ist es das, was wir für unsere Kinder wollen? Nein. Stattdessen will ich hier ein Zeichen setzen, eines, das unser Volk ehrt.« Er zog den gefiederten Pfeil aus seinem Köcher und zerbrach ihn. Die Hälfte mit der kalt im Licht aufblitzenden Spitze – Tod und Vernichtung – ließ er in den Staub fallen. Dann stand er regungslos, das Ende mit den bunten Federn – ein samtiges Symbol für den Frieden – fest in den Händen.

»Wer gegen die Verhandlungen mit den Weißen ist, der möge jetzt gehen«, sagte er zu den Häuptlingen, die sich gegen ihn aussprachen. »Wir werden keine Brüder mehr sein. Denn ich werde mein Volk, werde unsere Frauen und Kinder nicht durch falschen Stolz und Heldenmut in den Tod treiben. Es gibt eine andere Möglichkeit.«

»Ich hab' immer noch nicht so ganz verstanden, warum wir mitkommen sollen!« Ethans Blick huschte zwischen Matt und mir hin und her. Ich kämpfte mal wieder mit meinem Koffer. Wegen dieser dummen, verklemmten Rolle ließ er sich auf dem unebenen Grund kaum bewegen.

»*Ihr* sollt überhaupt nirgendwohin mitkommen!«, stellte Matt klar. Er hatte sich – die Arme verschränkt und eine Sonnenbrille auf der Nase – mit dem Rücken gegen den Jeep gelehnt. »Reagan wird mich begleiten! Du bleibst hier!«

»Das werde ich nicht!« Demonstrativ tätschelte er seinen eigenen Koffer. »Reagan hat mich um Hilfe gebeten, und …«

»Ach, sie hat dich um Hilfe gebeten!« Matts Lippen kräuselten sich unter dem Anflug eines gehässigen Lächelns.

»Ich an ihrer Stelle würde auch nicht mit Gevatter Tods kleinem Handlanger allein durch die Weltgeschichte reisen«, erklärte Ethan und verlud seelenruhig sein Gepäck im Kofferraum des Jeeps.

»Hast du nichts Besseres zu tun?« Matt warf einen durchdringenden Blick über die Gläser seiner Sonnenbrille hinweg. »Immerhin wird dein Dad…«

»Mit dem habe ich schon gesprochen«, winkte mein *Retter in der Not* ab. »Er hatte weniger dagegen einzuwenden, als ich vermutet hätte.«

»Ich hoffe, du hast ihn in all unsere Geheimnisse eingeweiht«, grummelte Matt, ohne den Kopf dabei in meine Richtung zu drehen. »Und ihm haargenau erzählt, was wir vorhaben.«

»Wenn du gewollt hättest, dass diese Mission top secret bleibt, hättest du mich fesseln, knebeln und in den Kofferraum sperren müssen«, konterte ich. Es war mir klar gewesen, dass Matt nicht einverstanden sein würde. Aber im Grunde genommen interessierte er sich ja auch nicht dafür, ob ich mit seinen Entscheidungen zufrieden war oder nicht. Also würde ich jetzt ganz sicher nicht anfangen, ein schlechtes Gewissen zu haben, weil Ethan mitkommen wollte.

»Sie hat mir nur das Nötigste erzählt«, fügte der gerade hinzu.

»Mir wär's lieber, wenn sie überhaupt nicht mit dir geredet hätte.« Seufzend ließ Matt sich auf den Fahrersitz fallen. »Aber gut … da ist wohl nichts mehr zu machen.« Ohne zu fragen, nahm Ethan auf dem Beifahrersitz Platz und machte es sich dort häuslich bequem. Grinsend kletterte ich auf die Rückbank. Sollten sich die beiden da vorne nur rumärgern! Dann ließen sie mich wenigstens in Ruhe.

Während Matt vorhin geschlafen hatte, hatte ich noch einmal versucht, Shani anzurufen. Leider wieder erfolglos. Von dieser Seite waren wohl keine neuen Infos zu erwarten. Also hatte ich mit Ethan gesprochen … und ihm mein Leid geklagt. Das Resultat der Unterhaltung saß jetzt auf Matts Beifahrersitz und trieb ihn mit schlechten Witzen in den Wahnsinn. Übrigens war es nicht wirklich meine Schuld, dass Ethan so unbedingt hatte mitkommen wollen. Als ich ihm von all dem erzählt hatte, hatte er von sich aus beschlossen, dass er mich nicht allein ließ. Was ja irgendwie auch wieder ziemlich nett von ihm gewesen war.

»Also hattest du doch Recht mit deiner Verschwörungstheorie«, hatte er mir zugestanden und dann behauptet, er müsse mal mit seinem Vater klären, ob er mir irgendwie helfen könne. Erstaunlicherweise hatte er mir eine gute Stunde später verkündet, dass er auf jeden Fall und unter allen Umständen mitkommen würde. Und so saßen wir nun hier, alle zusammen.

Wir waren gerade über die Grenze nach Nebraska, als Matt meinte, er bräuchte dringend eine Pause. Ethan verzichtete darauf auszusteigen, und blieb mit mir im Wagen sitzen, während Matt ein paar Schritte auf der kleinen, unbefahrenen Straße hin und her lief. Offensichtlich war ihm alles andere als wohl zumute.

Nach einer ganzen Weile hielt ich es nicht mehr im Jeep aus. Ich sprang aus dem Wagen, ließ Ethan mit der Musik, die er voll aufgedreht hatte, allein und folgte unserem Hacker-Entführer. Wir hatten uns circa zwanzig Meter vom Jeep entfernt, als Matt unvermittelt auf dem Grünstreifen stehenblieb.

»Der Typ ist die Hölle!«, erklärte er, ohne sich zu mir umzudrehen.

Ich ging nicht auf diesen Einwand ein, zuckte nur mit den Schultern. »Dein Pech!«

Matt grummelte etwas Unverständliches, es war klar, dass er sich die Reise anders vorgestellt hatte.

»Maka ist noch nicht mal aufgebrochen«, stellte ich fest. »Bist du dir wirklich sicher, dass sie nach Phoenix will?«

»Ja«, seufzte er und verdrehte die Augen. »Hundertprozentig sicher. Sie hat schon ihre Sachen gepackt und verladen. Auf jeden Fall nimmt sie das Auto. Wahrscheinlich fährt sie in der nächsten Stunde los.« Nachdem Matt zum Aufbruch geblasen hatte, hatten wir die Ranch mehr oder weniger überstürzt verlassen. Was das sollte, begriff ich immer noch nicht so ganz.

»Ich dachte, du wolltest auf der Fahrt mit mir über Maka reden!«, wandte ich mich an Matt. »Ein paar mehr Infos … wären vielleicht nicht schlecht!«

»Nicht vor Ethan!«, schloss Matt kategorisch aus. »Ich hab' gesagt, ich rede mit dir. Nicht mit deinem Bewacher! Was soll das überhaupt?« Er rückte seine Sonnenbrille zurecht und fuhr sich mit den Fingern durchs Haar. Ich schwieg. Als Matt registrierte, dass von meiner Seite mit keiner Antwort mehr zu rechnen war, gab er nach. »Okay.« Er nickte. »Ich hab' ein paar Dinge über Maka Evans in Erfahrung gebracht. Sie ist neunzehn Jahre alt. Yahto und Koda, ihre beiden Brüder, hast du ja schon kennengelernt. Keine Ahnung, ob du wusstest, dass da noch mehr Geschwister sind!«

Doch Matt wartete gar nicht auf eine Antwort. »Clementine ist vierzehn, außerdem sind da noch Dylan, Jillian und Rachel – Zwillinge – und schließlich Joshua. Der Kleine ist inzwischen fast sechs.«

»Oh …«, machte ich. »Das sind eine Menge!«

Jetzt drehte Matt sich doch zu mir um. »Fällt dir etwas auf?«

»Ähm …«, machte ich. »Klar!« Es war offensichtlich, dass er mich ein bisschen auf die Probe stellen wollte. Tja. Das konnte er haben. Ich richtete den Blick in die endlose Ferne und spürte die Weite dieses riesigen Landes. »Maka, Yahto, Koda … alles indianische Namen. Die der fünf anderen klingen eher englisch! Das könnte ein Zufall sein … aber da du so fragst, nehme ich an, dass die Namensgebung einen bestimmten Grund hat!«

»Richtig«, nickte er. »Makas Mutter, Mapiya Evans, ist inzwischen zum zweiten Mal verheiratet.«

»Also haben Maka, Yahto, Koda und die anderen nicht alle denselben Vater?!«

»Stimmt ebenfalls. Logan Evans – Makas leiblicher Vater – ist auf unbekanntem Wege an eine Menge Geld gekommen … und ein paar Jahre später spurlos verschwunden! Ich habe Shani ausgehorcht und von ihr erfahren, dass Koda damals gerade erst geboren war, Maka war zwei Jahre alt, Yahto vier. Die Kinder können sich an ihren leiblichen Vater nicht mehr erinnern.«

»Oh!« Die Sache begann, spannend zu werden. Ich trat von einem Bein aufs andere und wirbelte mit der Schuhspitze etwas Sand auf, den der Wind gegen unsere Hosenbeine trieb. »Also hat dieser Logan Evans das Hotel gebaut! Durch sein Geld konnte die Ranch entstehen! Nur wohin ist er verschwunden?« Nachdenklich starrte ich wieder in die Ferne. Matt lief ein paar Schritte hin und her. Ein Auto raste auf der Straße an uns vorbei und wir machten einen Schritt zur Seite.

»Der Vater der anderen Kinder – Taylor Evans – ist Logans Zwillingsbruder!«, fügte er schließlich hinzu.

»Also Makas Onkel? Echt jetzt?«, erkundigte ich mich mit gerunzelter Stirn.

Matt nickte wieder und kickte einen kleinen Stein vor sich her. »Wenn ich Shani da richtig verstanden habe, wussten Maka, Yahto und Koda zuerst gar nicht, dass sie nicht Taylors leibliche Kinder sind. Ihre Mutter hat ihnen erst vor etwa drei Jahren vom Verschwinden ihres Vaters erzählt. Shani sagt, dass diese Offenbarung die drei geprägt hat. Kurz nachdem sie die Wahrheit erfahren hatten, ist Koda verunfallt. Er ist seit drei Jahren querschnittsgelähmt. Yahto hat mit dem Trinken und dem Rauchen angefangen und zieht sich vollkommen aus der Welt zurück. Und Maka managt mit ihrer Mutter sozusagen allein das Hotel.«

»Was ist mit Taylor Evans?«, fragte ich. »Müsste der neue Mann ihrer Mutter nicht eigentlich helfen?«

»Er hat ähnliche Probleme wie Yahto und spricht außerdem kaum. Logan und Taylor sind zwar Zwillinge, vom Charakter aber wohl grundverschieden. Im Gegensatz zu Logan, der das Hotel erbaut und sich sehr dafür eingesetzt hat, ist Taylor quasi gar nicht interessiert. Die Familie Evans hat zuerst im Reservat gewohnt«, erklärte er. »Pine Ridge … warst du da schon mal?«

Ich verneinte. »Bin beim Googeln in Hot Springs auf ein paar schockierende Fakten gestoßen. Aber sonst …«

»Im Reservat genießt die Familie hohes Ansehen. Logan – also Makas leiblicher Vater – hat das Hotel gebaut, um die furchtbare Lage der Einwohner zu verbessern. Leider konnten die zum größten Teil gespendeten Einnahmen im Endeffekt nicht viel erreichen. Bei einer Arbeitslosenquote von 85 Prozent, einer enorm hohen Suizidrate, einer Lebenserwartung unter 50 Jahren und häufiger Alkoholabhängigkeit kannst du dir ausrechnen, wie wenig *ein* Hotel an der Gesamtsituation verbessern kann. Vor allem, da im Reservat über 28.000 Menschen leben.«

Ich schluckte schwer. »Das ist ja schrecklich …«

Eine Weile lang herrschte Stille. Der Wind fegte über die Prärie und heulte in meinen Ohren. »Du warst dort?«, wollte ich schließlich mit belegter Stimme wissen. »Also im Reservat?«

»Ja. Nachdem ich gestern Abend aus der Stadt kam, habe ich kurz dort angehalten. Ich brauchte ein paar Fakten über Maka. Die Sache mit Logan erschien mir vielversprechend, vor allem, da in der Mail etwas von ihrem Vater und einem Erbstück steht. Leider konnte ich im Reservat nicht mehr erfahren als das, was ich schon von Shani wusste. Irgendwie scheint es so, als wäre in der Mail nicht Taylor, sondern der verschwundene Logan gemeint. Heißt im Klartext, die Leute, die Maka und uns umbringen wollen, die uns bedrohen, haben etwas mit dem Verschwinden ihres Vaters zu tun. Wahrscheinlich ist das auch der Grund, aus dem Maka nicht mit mir kooperieren will. Sie erhofft sich von der gegnerischen Seite Infos über ihren Vater und denkt, sie könnte ihn wiederfinden.«

In diesem Moment fiel mir wieder etwas ein, das Yahto in der Billardbar gesagt hatte. »Ähm«, überlegte ich. »Matt? Ich habe Yahto dabei belauscht, wie er mit Kumpels über die Sache geredet hat. Er hat dabei behauptet, du hättest Maka ebenfalls Infos über ihren Vater angeboten. Aber wie kann das sein, wenn du gar nichts darüber weißt?«

Schweigen. Die Luft zwischen uns schien sich aufzuladen. Es knisterte bedrohlich. Dann sagte er: »Ja.« Keine Ahnung, worauf er sich damit bezog. »Maka denkt, ich hätte längst nicht so viele Informationen wie unsere Gegner. Von denen erhofft sie sich mehr, weil sie denkt, diese Leute könnten Logan damals entführt haben.«

»Okay«, antwortete ich und meine Stimme klang kratzig. »Aber was ist mit dir? Bist du auf Logan Evans erst durch diese Mail gestoßen, oder war da vorher schon was? Wieso konntest du Maka überhaupt Infos anbieten? Matt, was weißt du wirklich?«

»Reag, ich …« Wir wurden unterbrochen, weil Ethan den Jeep verlassen hatte und uns jetzt entgegen kam.

»Geht's langsam mal wieder los? Oder wollt ihr beiden weiter die gemütliche Zweisamkeit genießen?«

Matt drehte sich mit einer Mischung aus Zähneknirschen und erleichtertem Aufatmen zu ihm um. Dass das Gespräch zwischen uns beiden damit beendet war, verriet seine verschlossene Miene. »Gut, Mr. Ungeduldig. Dann geht es jetzt weiter!«

In Gedanken versunken trottete ich zum Wagen zurück. Würde ich jetzt noch erfahren, was Matt wirklich wusste? Gerade war er ein bisschen gesprächig geworden. Vielleicht hätte er mir ja doch noch mehr erzählt … wenn Ethan uns nicht unterbrochen hätte. Auf einmal war ich mir ziemlich sicher, dass ich – was Makas Vater anging – auf einer heißen Spur war. Matt wusste da irgendetwas. Irgendetwas, das er mir fast erzählt hätte, bevor wir unterbrochen wurden.

Und es war verdammt wichtig gewesen. Aber ihm diese Info jetzt noch zu entlocken, war denkbar unwahrscheinlich. Diese Chance hatte ich jetzt erstmal vertan.

Zwei Stunden später kurvten wir immer noch durch Nebraska. Ich hatte längst aufgehört, jeden Ort zu betrachten, durch den wir fuhren. Die meiste Zeit sahen wir sowieso nur kahles Land. Es ging über unterschiedlichste Straßen. Manche waren richtige Highways, andere nur staubige Wege, auf denen Sand unter unseren Reifen knirschte und Dreck gegen die Scheiben geschleudert wurde. Graue Wolken bedeckten den Himmel. Ethan hatte es irgendwie geschafft, das eingebaute Navi von Matts Wagen so zu verstellen, dass es nicht mehr zu gebrauchen war. Matt selbst hatte eine Weile lang lautstark geflucht (Ethan zog noch immer den Kopf ein) und dann behauptet, er würde sich später um das Problem kümmern.

Dann hatte er Ethan aufgefordert, mit dem Handy zu navigieren. Darin war unser Beifahrer allerdings nicht wirklich gut. Inzwischen hatten wir uns das dritte Mal verfahren. »Wir hätten da vorne vom Highway runter gemusst«, erklärte Ethan gerade kleinlaut.

»Oh, großartig!« Wie ich durch den Rückspiegel erkennen konnte, war Matts Mund zu einem schmalen Strich geworden. »Ich bin begeistert.«

»Tut mir echt leid!«, versuchte Ethan sich zu verteidigen. Er vergrub das Gesicht in den Händen. »Wenn du hier gleich links abbiegst …«

»… verfahren wir uns noch schlimmer«, murmelte Matt grimmig und blinkte rechts. »Im Moment sind wir Richtung Osten unterwegs. Wenn wir die linke Abfahrt nehmen, geht's wieder nach Norden! Wieder zurück! Willst du das etwa? Nein. Wir wollen nämlich nach Arizona. Dahin, wo Maka auch hinwill. Und wenn wir dort nicht erst in drei Jahren ankommen wollen, solltest du wenigstens ganz grob in die richtige Richtung navigieren!«

Ethan fauchte etwas Unverständliches – »Zur Hölle mit dir, du scheiß Idiot!«, oder so ähnlich – und fügte dann etwas lauter hinzu: »Hier steht aber ganz klar und deutlich, dass man …«

»... jedenfalls nicht links abbiegen soll!« Matt rollte mit den Augen und warf mir einen vielsagenden Blick durch den Rückspiegel zu. Rechts und links von uns zischte die Landschaft vorbei, die Farben verschwammen vor meinen Augen.

»Schau dir die Karte doch an, du ... du ...«, beschwerte sich Ethan. Matt bremste. Die Reifen quietschten und der Jeep schlingerte ein bisschen auf der Straße hin und her, während wir zum Stehen kamen, die Vorderreifen bedenklich nahe am Straßengraben. »Aussteigen!«, patzte Matt und deutete in Richtung der Beifahrertür. »Von jetzt an sagt Reagan, wo's lang geht!«

»Oh, traust du mir das wirklich zu?«, fragte ich gespielt erstaunt.

»Ja, tue ich. Und jetzt quatsch nicht rum, setz dich! Bald wird's dunkel und ich will bis dahin noch ein bisschen fahren!« Ethan und ich tauschen also die Plätze. Während Matt wieder anfuhr, öffnete er das Seitenfenster, stützte sich mit dem Ellenbogen lässig ab und rückte seine Sonnenbrille zurecht.

»Du bist so ein Angeber«, stieß ich hervor. »Wir haben Oktober. Du brauchst überhaupt keine Sonnenbrille, oder? Du willst nur cool sein.«

Ethan auf der Rückbank schnaubte. »Tja. Das gelingt ihm leider überhaupt nicht.«

»Die Sonne steht tief«, erklärte Matt und schaffte es, dabei ruhig und sachlich zu klingen. »Wenn ihr nicht im Krankenhaus oder auf dem Friedhof landen wollt, dann hört auf, meine Sonnenbrille zu kommentieren.«

»Pffff!«, machte Ethan abwertend. »Wir halten uns ja schon zurück.«

Ich unterdrückte nur mit Mühe ein Grinsen. Seit wir heute früh losgefahren waren, hatten vielleicht drei vereinzelte Sonnenstrahlen die dichte, graue Wolkendecke durchbrochen. Von wegen *die Sonne steht tief*. Der Himmel war bedeckt, es stürmte um uns herum und der Wind zerzauste das endlose Land. Tatsache war und blieb allerdings, dass Matt mit der Sonnenbrille im Jeep tatsächlich ganz cool aussah. Nur, dass der Fahrtwind ihm jetzt auch noch die Haare aus der Stirn blies, wirkte ein bisschen übertrieben.

»Kannst du das Fenster wieder zu machen?«, patzte Ethan. »Hier hinten zieht es fürchterlich!«

»Vielleicht liegt das einfach an Matts kühler Ausstrahlung?«, spekulierte ich.

»Na warte!« Er warf mir einen Seitenblick zu. »Du bekommst von jetzt an nichts mehr zu essen!«

Ich grinste ihn an. Von da an fuhren wir schweigend weiter. Bald wurde es dunkel. Matt schaltete die Scheinwerfer ein und schloss sein Fenster tatsächlich wieder. Ethan war inzwischen auf der Rückbank eingepennt. Die Finsternis senkte sich über die Straße, über die Landschaft und den Horizont.

»Einen lustigen Verehrer hast du dir da angelacht«, flüsterte Matt, klang aber nicht mehr besonders wütend.

»Hm«, machte ich und starrte auf das Display des Handys. »Wir müssen da hinten weiter geradeaus.« Tatsächlich waren wir in den letzten Stunden nicht mehr falsch gefahren. Und ganz gut vorangekommen. Wir hatten ein Motel ausgemacht, irgendwo in der Nähe von Cheyenne in Wyoming. Dort hofften wir, noch ein Zimmer für die Nacht finden zu können. Inzwischen ging es durch bergige Landschaft. Zerklüftete Felsen, steile Hänge, die Straße führte in Serpentinen auf und ab. Wir hatten die Ausläufer der Rocky Mountains erreicht.

Matt schien sich von dem Gesprächsthema *Ethan* allerdings nicht ablenken lassen zu wollen. »Ist er zu deiner Klette mutiert? Oder führst du ihn einfach aus Spaß an der Leine?«

Arrogantes Arschloch! Ich knirschte verdrießlich mit den Zähnen. »Ethan ist mein Kumpel!«, erklärte ich entschieden. »Und im Gegensatz zu dir ist er höflich, freundlich und zuvorkommend! Er würde nie …«

Ich brach ab, als ich Matts zerknirschten Blick sah. »Hast ja Recht«, sagte er leise, und ich fragte im selben Moment: »Alles okay bei dir?« Obwohl er vor unserem Aufbruch ein paar Stunden geschlafen hatte, schien die Erholung nicht lange vorgehalten zu haben. Ich spürte, dass er seine Erschöpfung durch Überheblichkeit vertuschte. Offensichtlich versuchte er mit aller Kraft wachzubleiben. Ich warf einen kurzen Blick auf das Display seines IPhones. »Noch vierundzwanzig Minuten bis Cheyenne! Soll ich das letzte Stück fahren?«

»Geht schon. Hast du große Angst?«, erkundigte er sich unvermittelt.

»Angst wovor? Davor, umgebracht zu werden? Vor dir? Vor der Ungewissheit? Vor dem, was wir herausfinden wollen?« Ich richtete den Blick wieder auf die Straße. Der Asphalt sauste unter uns hinweg.

Er zuckte nur mit den Schultern und gestand dann leiser: »Ist okay, dass du Ethan mitgenommen hast.«

»Nicht dein Ernst, dass du das jetzt zugibst!« Ich versetzte ihm einen leichten Knuff gegen die Schulter. »Wer bist du? Ein Klon? Ein Doppelgänger? Und was hast du mit dem Matt gemacht, den ich kenne?«

Er lachte und warf mir dann einen so langen und intensiven Blick zu, dass wir fast einen Unfall gebaut hätten. Ein anderer Wagen hupte, während der Jeep über einen Bordstein huckelte, Ethan beinahe vom Sitz gefallen wäre und ich einen erschrockenen Laut von mir gab. Matt zuckte entsetzt zusammen, konzentrierte sich dann aber wieder ganz auf die Straße. Als wir das Ortseingangsschild von Wyoming erreichten, war es bereits stockdunkel. Laternen erleuchten die Wege und die umstehenden Häuser, die nur als dunkle Schatten zu erkennen waren.

»Hm …«, machte ich nachdenklich und verglich die modernen Gebäude und am Straßenrand parkenden Autos mit einem Bild, das ich im Internet gefunden hatte. »Sieht so … modern aus.«

Aus irgendeinem unerfindlichen Grund hatte ich mit Autos von 1960 gerechnet, auf einer Straße, umsäumt von alten, flachen Steinhäusern im Western-Stil. Wie auf einem der bunten Fotos, eben. Mit über die nur mehr oder weniger befestigte Straße gespannten Stromkabeln, bunten Fähnchen und Tafeln an und vor den Gebäuden. Ich begutachtete ein Bild, auf dem man die ersten Ausläufer der Berge sehen konnte, wenn man die Straße entlangblickte. Außerdem waren Leute mit alten, verwaschenen, blassblauen Jeans und Cowboyhüten auf den Köpfen abgebildet. Und haufenweise am Straßenrand parkende Jeeps in allen möglichen Farben. Eine Abbildung, so farbenfroh und einladend, dass die Aussicht, die sich mir in Realität bot, richtig enttäuschend wirkte.

Matt lachte leise. »Das Bild stammt aus dem letzten Jahrhundert«, erklärte er. »Jetzt guck bitte nicht so geknickt!« Er bremste und wartete, bis eine vollkommen durchschnittliche Ampel auf Grün umsprang. Außer ein paar Bäumen am Straßenrand war draußen nichts zu sehen, das auch nur im Entferntesten etwas mit Natur zu tun hatte. Die Ausläufer der Berge konnte ich zumindest gerade nirgendwo sehen.

Matt hielt den Wagen vor einem Gebäude mit der großen Aufschrift *Motel* und öffnete seine Tür. »Vielleicht sollte lieber ich reingehen und nach Zimmern fragen«, schlug ich vor.

»Wieso?« Überrascht zog er die Augenbrauen in die Höhe.

»Na ja!« Ich spürte, wie meine Mundwinkel in Richtung meiner Ohren wanderten. »Dir würde ich ganz sicher keine Zimmer vermieten. Wir haben also bessere Chancen, wenn ich ...«

»Untersteh' dich!« Lachend schlug er seine Tür wieder zu und ließ mich im Wagen sitzen. Draußen drehte er sich noch einmal um und drohte mir – immer noch prustend – mit dem Zeigefinger. »Super witzig!« Ethan war offensichtlich wieder wachgeworden und streckte seinen Kopf zwischen der Lehne des Fahrersitzes und der des Beifahrersitzes hindurch. In dieser Position wartete er, bis Matt in dem Motel verschwunden war.

»Aber mal Spaß beiseite. Das ist doch alles wirklich ziemlich unheimlich«, flüsterte er dann, und seine Miene schwang von belustigt zu beinahe ängstlich um. »Dieser Typ gefällt mir so gar nicht. Er weiß bestimmt viel mehr, als er zu wissen vorgibt.« Ja, der Meinung war ich allerdings auch.

»Ganz ehrlich, Reagan«, murmelte Ethan dann. »Irgendwer will euch umbringen! Das an der Tankstelle ... ist dir klar, dass es jeden Moment wieder passieren könnte? Wenn Matt die Wahrheit erzählt – worauf wir wohl oder übel vertrauen müssen – dann sind diejenigen, die es auf euch abgesehen haben, ausgesprochen gut organisiert. Er hat behauptet, der Versender der Mails wäre im Netz gut geschützt gewesen. Zu gut für einen durchschnittlichen Attentäter. Ich sag das ja nur ungern, aber da steckt was Großes hinter. Eine Verschwörung oder etwas Ähnliches! Und wer auch immer eure Gegner sein mögen – ihr habt ihnen rein gar nichts entgegenzusetzen. Sie könnten euch jetzt, in diesem Augenblick, von der anderen Straßenseite beobachten. Jetzt auf euch schießen. Und wir wüssten nicht mal, *warum*!«

Ich war wirklich überrascht darüber, dass gerade er die Geschehnisse der letzten Tage jetzt so zusammenfasste. Auf der Stelle wurde ich wieder todernst. Ethan hatte ja Recht. »Hm«, machte ich nachdenklich und knetete meine Finger. »Wieso glaubst du eigentlich seit heute Mittag an diese Verschwörung, Ethan? Die Tage davor hast du dich doch immer nur drüber amüsiert. Und jetzt kommst du auf einmal mit auf diese Fahrt und nimmst die ganze Sache so super ernst.«

Einen Moment herrschte Stille, dann erklärte er: »Liegt – glaube ich – an meinem Dad. Als ich ihm von der Sache erzählt habe, ist er ganz unruhig geworden und hat mich eine Stunde bequatscht, damit ich mitkomme. Okay, er ist ein komischer Kauz, aber irgendwie habe ich dann gedacht, du könntest doch Recht haben und an dem Ganzen ist was dran. Das mit Maka hat meinen Dad ziemlich mitgenommen. Er kennt ihre Eltern, weißt du? Und nach allem, was ich von dir und von ihm gehört habe, liegt die Vermutung nahe, dass er vielleicht doch etwas von dieser Gefahr weiß. Und dass da was Reales im Gange ist.« Er legte eine kurze Pause ein, sah mich an. »Ich denke nur, wir sollten uns Matt gegenüber nicht anmerken lassen, dass wir besorgt sind.«

»Warum?«, fragte ich leise.

»Ist er auch nur eine Spielfigur … oder am Ende der Drahtzieher? Wir müssen vorsichtig sein, besonders, solange er nicht vollkommen ehrlich zu uns ist.«

»Und was hältst du von Maka, Yahto und Koda?«

»Wir sollten mit Maka reden, statt ihr hinterher zu spionieren. Meiner Meinung nach.« Ich senkte den Kopf und nickte dann vorsichtig. »Klingt vernünftig. Aber ich glaube, mit ihr zu reden hat Matt schon versucht.«

»Hat er gesagt, oder was?«

»Ja, hat er«, erwiderte ich auf der Stelle. »Er meinte, dass sie nicht kooperieren wollte. Ich weiß aber nicht, ob das jetzt für ihn heißt, dass sie eine Gegnerin ist. Oder ob er trotzdem noch mit ihr zusammenarbeiten will. Ich glaube, er möchte auch nicht über das reden, was er denkt. Niemand weiß so richtig, was in seinem Kopf vorgeht.«

Ethans Mundwinkel zuckte. »Dann müssen wir's herausfinden. Du kennst ihn doch! Irgendwelche schlauen Ideen?«

»*Du kennst ihn doch*«, echote ich. »Na ja. Ich weiß, dass es verdammt schwer wird, ihm irgendwas zu entlocken, über das er nicht sprechen will. Wenn nicht sogar unmöglich!« Immerhin hatte ich mit Matthew Nolan schon so meine Erfahrungen gemacht. Und ich wusste, dass Ethan mit seinem Plan, an Matts Infos zu kommen, keinen Erfolg haben würde. Da konnte man scharfsinnig sein, wie man wollte. Konnte die besten Ermittlungen anstellen. An Matt biss man sich die Zähne aus.

»Ich werde ihn noch mal fragen, was er vorhat«, versprach ich Ethan. »Entweder, er erzählt es mir von sich aus … oder wir können uns eh sämtliche Anstrengungen sparen und müssen einfach abwarten.«

»Das erscheint mir jetzt nicht gerade verlockend«, knurrte er.

Matt war vor die Tür des Motels getreten und winkte. Schnellen Schrittes kam er uns entgegen. Offensichtlich hatte er mit den Zimmern Erfolg gehabt, denn er grinste, während er wieder auf den Fahrersitz kletterte. »Jap«, sagte er. »Ich habe drei Zimmer. Gegen meinen Charme kann man eben einfach nichts machen.«

»Du bist in etwa so charmant wie ein Hai mit Zahnschmerzen«, kritisierte Ethan. Matt grinste und lenkte den Wagen auf einen Parkplatz. »Danke, gleichfalls!« Wir luden nur das Nötigste aus und schleppten die Sachen hoch in den dritten Stock, in dem Matt uns jeweils einen Zimmerschlüssel überreichte.

»Mein Zimmer ist hier. Ihr seid ein Stockwerk höher. Also! In einer halben Stunde treffen wir uns bei Reag«, gab er Anweisungen. »Ich besorge uns solange was zu essen.« Ich schleppte mich die letzte Treppe hoch, schloss meine Tür auf und fiel quasi auf das Bett. Die Federn gaben ein kreischendes Geräusch von sich. Mein Kopf sank ins Kissen, die nächste halbe Stunde verbrachte ich damit, die nicht mehr ganz weiße Decke anzustarren. In mir hatte sich eine vollkommene Leere ausgebreitet. Der Tag überforderte mich, ich brauchte ganz dringend mal Ruhe.

Matt, Maka, Ethan, unsere Gegner … da waren einfach zu viele Parteien, die alle etwas von mir wollten.

Mein Zimmer war spartanisch eingerichtet. Die uralte Deckenlampe sah so aus, als fiele sie mir gleich auf den Kopf. An der Wand stand ein alter Holzschrank mit einem Spiegel, in dem man sich selbst nicht erkennen konnte, weil er so milchig verschwommen war. Die Tapete war alles andere als neu und schwankte in ihrer Farbgebung irgendwo zwischen weiß, grau und blassgelb. Neben dem Bett stand ein kleiner Tisch, ohne Deckchen oder andere Deko, der in der Mitte eine Art Riss im Holz hatte. Es gab zwei Hocker und einen Stuhl. In der oberen, rechten Ecke des Zimmers krabbelten zwei Spinnen, die fröhlich ihre Netze spannen. Und das Bad hatte ich mir noch nicht angesehen.

Aber im Grunde genommen war es mir an diesem Abend egal, wie das Zimmer eingerichtet war.

Nach einer halben Stunde kamen erst Ethan und dann Matt. Dieser hatte chinesische Nudeln in Plastik-Assietten mitgebracht, die es am Imbiss gegenüber gab. Etwas anderes hatte er auf die Schnelle und zu dieser Uhrzeit nicht mehr gefunden. »Sorry, das ist kein Drei-Gänge-Menü«, sagte er und nahm auf einem der Hocker Platz. Aber keiner von uns hatte ernsthaft vor, sich über das Essen zu beschweren.

Ethan begann sofort, mit einer Gabel auf die Mahlzeit einzudreschen. Matt schob mir den Stuhl hin. Auf dem winzigen Tisch, der wie verrückt wackelte, weil das eine Bein kürzer war als die anderen, legte Matt das Besteck und sein Essen ab. Die andere Portion drückte er mir in die Hand. Er klappte sein Laptop, das auf seinen Knien Platz genommen hatte, auf und richtete den Blick auf den Bildschirm. Ohne mich auch nur anzusehen, schob er mir sein Handy rüber. »Könntest du mal kurz die indianischen Namen von Maka, Yahto und Koda googeln?«

Das Licht der uralten Lampe über uns reichte nicht aus, um den ganzen Raum zu beleuchten. Es flackerte fürchterlich.

»Großartig hier!«, beschwerte sich Ethan. »Wirklich großartig. Die Betten brechen beinahe zusammen, im Bad bekommen wir kein warmes Wasser, einen Mülleimer gibt es nicht …«

»… und die Fenster brechen beim Öffnen aus den Angeln«, vollendete Matt. »Tut mir leid, wenn ich gewusst hätte, wie übel es hier aussieht, hätte ich was anderes gebucht. Das nächste Mal suche ich ein richtig nettes Hotel.«

»Wieso soll ich ausgerechnet Makas Namen googeln?«, wollte ich wissen. »Geht es dir um noch mehr Fakten?«

»Eher um die Namensbedeutung!«, erklärte Matt. »Indianische Namen haben doch oft einen Sinn. Vielleicht führt uns ihr Name zu ihrem Vater? Oder man kann wenigstens auf Logan schließen. Man weiß ja nie.«

Ich zuckte nur mit den Schultern und befolgte seine Anweisungen. »Maka«, las ich aus dem Internet vor, »entstammt der Sprache der Sioux – welch Wunder! – und bedeutet so viel wie Erde. Obwohl ich mir nicht sicher bin, wie uns das weiterhelfen soll.«

»Hm«, machte Matt, während Ethan mit den Nudeln kämpfte. »Und die anderen Namen?«

»Jetzt hetz mich nicht!«, forderte ich ihn auf. »Also: Koda bedeutet Freund oder Verbündeter, der Name ist vom indianischen Volk der Dakota abgeleitet! Und Yahto … Yahto ist auch ein Wort aus der Sprache der Sioux. Blau oder traurig in der Übersetzung.«

»Na dschanke auch!«, schmatzte Ethan. »Alscho isch würd' meinen Namen ändschern!«

Matt runzelte die Stirn. »Ein seltsamer Name, oder?«

»Ich finde«, begann ich mit einer halbherzigen Verteidigung, »dass *Yahto* gar nicht schlecht klingt!«

Ethan zuckte mit den Schultern, während Matt sagte: »Man würde trotzdem niemanden so nennen.«

»Stimmt. Komisch, oder?«, stellte ich fest und starrte auf das seltsame Karomuster in der Tapete. »Dabei war Logan doch derjenige der beiden Brüder, der sich so um das Hotel gekümmert hatte. Sein Kind *Yahto* zu nennen, würde nach allem, was du erzählt hast, eher zu Taylor passen. Was ist da eigentlich so spannend?«, fragte ich und deutete auf den Bildschirm. »Du starrst seit einer halben Stunde drauf, ohne das Display ein einziges Mal richtig aus den Augen zu lassen.«

»Sie ist losgefahren!«, erklärte er leise.

»Wie bitte?« Ich reckte mich und versuchte, einen kurzen Blick auf sein Laptop zu werfen. Matt zog das Gerät weg und legte die

Arme darum, als wolle er es vor mir abschirmen. »Hey!«, beschwerte ich mich lautstark. »Was soll das?«

Ethan fackelte nicht lange und riss Matt das Laptop aus den Händen. Es entstand eine kurze Rangelei, aus der Ethan als Sieger hervorging. »Was zur Hölle ist das?«, stieß er entsetzt hervor. »Ist das … eine Kamera?« Matt sah aus, als hätte man ihn gerade geschlagen.

»Du lässt Maka … beobachten?«, regte Ethan sich auf. »Das ist der Wahnsinn! Bist du total durchgeknallt? Sie hat dir doch nichts getan! Wieso sprichst du nicht einfach mit ihr? Nein, dafür fühlt sich der hohe Herr natürlich zu gut! Stattdessen setzt er lieber auf lückenlose Überwachung! Oder ist das, was ich hier sehe, etwa nur eine optische Täuschung?«

»Es ist eine Drohne«, gab Matt zu. Auf der Stelle blieb mir die Luft weg. »Was?«, stieß ich keuchend hervor. Ich startete einen neuen Versuch, den Bildschirm in mein Blickfeld zu ziehen. »Eine Drohne«, widerholte Matt und klang dabei nicht ganz so seelenruhig, wie er es vermutlich beabsichtigt hatte. »Sie heißt Gargoyle.«

»Ah, klar«, stieß ich geschockt hervor. »Wenn man keine Freunde hat, muss man seinen bösartigen Maschinen eben Namen geben.« Irgendwie steckte mir der Schock noch ein bisschen in den Knochen. Hacken, okay. An den Gedanken gewöhnte ich mich langsam. Aber jetzt auch noch eine Drohne … Matt wurde richtig unheimlich. Obwohl, eigentlich war er das ja schon immer gewesen.

»Du verfolgst Maka mit einer Drohne«, murmelte Ethan kraftlos. »Und du hast ihr einen verdammten Namen und ein Geschlecht verpasst.« Offensichtlich konnte er es immer noch nicht fassen.

»Ein Gargoyle ist eigentlich ein Wasserspeier aus der Mythologie«, erklärte Matt. Er sah jetzt alles andere als cool aus. Eher wieder überanstrengt. Und auch nicht besonders glücklich. »Das Wesen sitzt auf Dächern von wichtigen Bauten und beschützt sie – und natürlich die Menschen – vor Dämonen. Tagsüber ist sein Körper aus Stein, aber nachts erwacht es zum Leben. Ich fand den Namen irgendwie … passend, aber meine Gargoyle ist ein Mädchen. Und sie beschützt auch eigentlich eher die Menschen als alte Gebäude.« Es klang wie eine Erklärung dafür, dass er Maka mit einer Drohne hinterherspionierte. War es aber natürlich nicht.

Endlich, endlich drehte Matt das Laptop so, dass ich es sehen konnte. Was mir aber auch nicht viel half. Ich sah ein paar Lichter, konnte mit Mühe eine Straße und mehrere Autos darauf ausmachen. »Und das filmst du?«, erkundigte ich mich, noch immer ein bisschen entsetzt. »Jetzt gerade? In diesem Moment?«

»Hm …«, brummte Matt und machte den Eindruck eines gequälten, altersschwachen Raubtiers. »Da unten«, er deutete auf ein winziges Licht, »fährt Maka.«

Bei Ethan lief das Fass gerade über. »Sie hat dir nichts getan! Aber du spionierst sie aus! Du verletzt ihre Privatsphäre! Was zum Teufel hat sie dir getan, du kranker, herzloser …« Er brach ab, weil ich mit einem Seitenblick auf Matt einen Finger auf meine Lippen presste.

»Ethan … lass, bitte!«

»Warum, verdammt?«, fluchte dieser ungehalten, mich einfach ignorierend. »Warum tust du so etwas Grausames?«

»Liegt das nicht auf der Hand?«, fragte Matt mit erstaunlich fester Stimme. Mir fiel erst bei genauem Hinsehen auf, dass er gegen den Reflex ankämpfte, den Kopf einzuziehen. »Sie ist angegriffen worden. Nur knapp einem Anschlag entgangen. Und sie ist auf dem besten Wege, mit Leuten zu kooperieren, die gefährlich sind. Wirklich gefährlich. Vielleicht wird ihr wieder etwas passieren. Und wenn das der Fall ist …«

»… dann willst du es aufzeichnen?«, schnaubte Ethan.

»Nein!«, verteidigte Matt sich. »Dann will ich ihr helfen können. Ich hätte das Problem gern anders gelöst und mit ihr zusammengearbeitet. Aber wenn sie sich dagegen sträubt, kann ich's nur auf die harte Tour versuchen.«

»Jaha! Natürlich! Der barmherzige Matt sieht vom Himmel auf seine Schützlinge hinab, um ihnen im Notfall beistehen zu können. Ich glaub dir jedes Wort.«

Matt schob das Essen, das er – genau wie ich – nicht angerührt hatte, noch ein Stück weiter von sich. »Es ist wichtig, dass wir ein paar Dinge über sie herausfinden.«

»Du willst nicht *ein paar Dinge über sie herausfinden*«, äffte Ethan Matts Tonfall nach. »Du stalkst sie, du Arsch!«

»Gut!«, stöhnte Matt. »Es reicht!« Er stand auf, sein Laptop links liegen lassend, und schob den Hocker, auf dem er gesessen hatte, ran. Dann machte er ein paar schnelle Schritte in Richtung Tür. »Gute Nacht!«, sagte er über seine Schulter hinweg und drückte die Klinke hinunter. »Wir sehen uns morgen!«

»Matt!«, stieß ich leise hervor. Während die Tür hinter ihm zuknallte, erkundigte sich Ethan: »Hast du eine Ahnung, wie man das Ding abstürzen lässt?« Er tastete nach dem Laptop. »Diese Drohne lässt sich doch bestimmt von hier aus steuern. Wenn wir rauskriegen, wie …«

Ich riss ihm den Computer aus der Hand und deutete mit dem Finger in Richtung Tür. »Am besten gehst du jetzt auch schlafen!«, zischte ich und versuchte dabei, so überzeugt und ruhig wie möglich zu klingen. »Wir haben einen langen Tag hinter uns. Morgen reden wir weiter.« Etwas zu hastig schob ich den protestierenden Ethan über die Schwelle und verriegelte hinter mir.

Seufzend lehnte ich mich gegen den Holzrahmen des Eingangs und schloss für einen Moment die Augen. Hilfe! Als ich blinzelte, huschte mein Blick in Richtung der restlichen Nudeln. Auf dem kleinen, wackeligen Tischchen stand noch immer das Laptop. Die Drohne – Matts Gargoyle – verfolgte Makas Wagen über irgendeine schmale Straße. Wie Matt gesagt hatte. Ein kleiner Beschützer vor Dämonen …

Am Rande meines Blickfelds begannen schwarze Punkte zu flackern und mir wurde schwindelig. Ich musste mich setzen und erstmal durchatmen. Es dauerte ein Weilchen, bis ich mich wieder beruhigt hatte. Dann fasste ich einen Entschluss. Ich klemmte mir das Laptop unter den Arm und griff nach den zwei letzten Portionen Nudeln. In dickem Pulli und mit dem ganzen Kram bewaffnet, huschte ich die Treppe hinunter. Kurz darauf stand ich vor der winzigen Tür zu Matts Zimmer.

Beinahe wären mir die Nudeln aus der Hand gerutscht. Ich wollte klopfen, traute mich aber nicht. Vielleicht schlief Matt ja schon? Gerade eben hatte es so ausgesehen, als hätte er das furchtbar nötig. Hilflos sah ich mich auf dem schmalen Gang um. Die Deckenbeleuchtung hier spendete noch weniger Licht als die in meinem Zimmer … und die stand schon kurz vorm Ausfallen!

Mit bis zum Hals pochendem Herzen und einem total flauen Gefühl im Magen überwand ich mich schließlich. Vorsichtig… erst nur ganz leise, dann ein bisschen lauter, trafen meine Fingerknöchel auf das Holz.

Aus der Geschwindigkeit, in der auf der anderen Seite der Schlüssel herumgedreht wurde, entnahm ich, dass Matt nicht geschlafen hatte. Keine drei Sekunden, dann stand er vor mir, die Haare zerzaust, als hätte er seine Finger hineingegraben. Die Ringe unter seinen Augen wirkten unnatürlich rot. Er musste unbedingt ins Bett!

»Hi!«, murmelte ich mit gesenktem Kopf, während er mich mit einer einladenden Geste durch die Tür wies. Ich stellte die Nudeln auf seinem Nachttisch ab.

»Alles klar bei dir?«, erkundigte er sich erstaunlich sanft. »Brauchst du Hilfe?«

»Ich … ähm … nein«, stotterte ich. »Nein, alles gut! Ich wollte nur …« Ja, was eigentlich? Ihm noch etwas zu essen vorbeibringen? Mit ihm reden? Hilfesuchend sah ich Matt an. »Ich habe tausend Fragen«, gestand ich dann.

Seine Aufgeschlossenheit schlug auf der Stelle wieder um. »Kann ich verstehen. Ist aber besser für dich, wenn du die Antworten nie hörst«, erklärte er. Sein drohender Tonfall jagte mir eine Gänsehaut über den Rücken.

»Jetzt sag das nicht so!«, beschwerte ich mich. »Du machst mir keine Angst!« Eine Lüge, definitiv. Aber das brauchte ich ihm ja nicht unter die Nase zu binden. Ein bisschen anklagend deutete ich auf sein Laptop.

»Musst du deine … Drohne«, das Wort verursachte einen bitteren Geschmack auf meiner Zunge, aber ich riss mich zusammen und versuchte, mir nichts anmerken zu lassen, »nicht steuern?«

Matt schüttelte den Kopf. Er hatte sich mit dem Rücken gegen die eine Wand gelehnt und starrte ins Leere. »Nicht nötig.« Und erstaunlicherweise hielt er es für angebracht, sich noch etwas ausführlicher zu erklären. »Ich hab' eine Art … kleinen Sender auf dem Dach von Makas Auto platziert. Gargoyle folgt ihm!«

»Und das ist nicht zu auffällig?«

»Gargoyle dreht von Zeit zu Zeit ein paar Kreise, bleibt ein bisschen zurück … fliegt ein Stück in die falsche Richtung. Die Drohne dürfte also keinem auffallen.«

»Clever!«, sagte ich. Etwas Positiveres fiel mir gerade nicht ein. Matt biss sich auf die Lippe und presste eine Hand gegen die Schläfe. Ungeachtet der Tatsache, dass ich anwesend war, marschierte er in Richtung Bett, zog die Decke bis zum Hals hoch und drehte sich auf die mir abgewandte Seite. Klares Zeichen! Er legte keinen Wert auf meine Gesellschaft.

»Okaaay«, murmelte ich. »Matt …« Beim Klang seines Namens zuckte er leicht zusammen.

»Geh jetzt, Reagan!«

»Nicht ohne die Antworten auf meine Fragen!«, stellte ich klar und stützte die Arme in die Seiten. Über meinen scharfen Tonfall war ich selbst überrascht. Ich hatte gar nicht so hart zu ihm sein wollen.

»Willst du mich die ganze Nacht quälen?«, stöhnte Matt, eine Hand in seinen Nacken gelegt.

»Wenn's sein muss.« Aus Mangel an einer Alternative – hier stand ja noch nicht mal ein Hocker im Zimmer – nahm ich auf seiner Bettkante Platz. Die Decke war erstaunlich weich und ich registrierte es mit einem unangenehmen Gefühl im Magen.

Ohne mich richtig anzusehen, stieß Matt einen undefinierbaren Laut aus. »Du sitzt da, als wäre ich giftig.«

»Wer weiß …«, konterte ich spitz. Ich hatte keine Lust auf seine dummen Sprüche. Aufstehen würde ich aber auch nicht. Dann hatte er nur wieder das Gefühl, gewonnen zu haben. Und die Genugtuung, dass ich von hier verschwand, würde ich ihm nicht gönnen. »Wie lange hast du dieses Drohnen-Teil schon?«, erkundigte ich mich erbarmungslos.

»Seit drei Jahren!«

»Was haben wir morgen vor?«, setzte ich das Verhör fort.

»Wir behalten Maka im Auge und sehen zu, dass wir in Richtung Arizona kommen.«

»Sicher gefällt ihr nicht, was du da momentan abziehst. Das mit der Drohne … wer will das schon.«

»Nicht mein Problem!« Ich hörte ihm an, dass er die Unwahrheit sagte. Und auch wenn das bewies, dass er nicht offen zu mir war, beruhigte es mich doch ein bisschen. Es interessierte ihn also schon, was Maka dachte. Diese Welt war ihm nicht scheißegal. Welch Wunder!

»Hast du dein Studium wegen deines Freundes abgebrochen?«, wechselte ich neugierig das Thema. »Wegen … na ja. Du weißt schon?«

»Nein.«

»Und?« Ich konnte nicht anders als nachzuhaken. »Warum dann?« Auf diese Frage sollte ich keine Antwort mehr bekommen. Matt versank wieder in Schweigen.

Irgendwann war ich mir nicht mehr sicher, ob er überhaupt noch wach war. Tief im Herzen hoffte ich darauf, dass er noch einmal anfangen würde, mit mir zu reden. »Was wolltest du mir vorhin noch über Makas Vater erzählen?«, fragte ich schließlich. Das war es, worauf ich die ganze Zeit hinausgewollt hatte. Doch meine Bemühungen blieben vergeblich. Statt noch ein Wort von Matt zu hören, saß ich nur da und starrte auf seinen Rücken, seinen Hinterkopf, seine Decke. »Okaaaay …«, riss ich mich nach einer gefühlten Ewigkeit zusammen. »Dann gehe ich mal.«

»Von mir aus kannst du gern noch bleiben«, bot Matt unvermittelt an. Er war hellwach! Alles in mir zog sich krampfhaft zusammen und ich schnappte leise nach Luft. Er seufzte leise. »Du solltest was essen!«, forderte er mich auf. Er drehte sich im Bett zu mir um, verschränkte die Arme hinterm Kopf. »Oder magst du die Nudeln nicht?«

»Doch«, murmelte ich. »Und du? Hast du gar keinen Hunger?«

»Nein!« Das leise Knurren seines Magens strafte ihn Lügen.

»Komm!« Ich griff nach dem Essen und schob seine Gabel hinein. »Einen Haps für deine Drohne Gargoyle …«

Er lachte gedämpft. »Du bist unmöglich!«, verkündete er, während er mir die Gabel aus den Händen nahm.

»Ich weiß«, murmelte ich. »Du aber auch. Mit dieser Drohne …« Sein Grinsen wirkte ansteckend und sorgte dafür, dass mir auf der Stelle warm wurde. »Hast du noch irgendwelche schockierenden Geheimnisse zu beichten?«, fuhr ich schmunzelnd fort. »Irgendwelche Dinosaurier gezüchtet, so in letzter Zeit?«

»Den Tyrannosaurus Rex habe ich in Kalifornien gelassen.« Jetzt stützte er den Ellenbogen ins Kissen und hob den Kopf ein Stück.

»Okay«, flüsterte ich. »Dann bin ich ja beruhigt.« Gemeinsam aßen wir die Nudeln, die inzwischen kalt geworden waren. Aber zusammen mit Matt schmeckten sie irgendwie trotzdem.

»Hör zu, Reag«, seine Hand wanderte über die Decke und strich über meine, »ich beantworte dir alle deine Fragen, okay?« Dass sich unsere Finger berührten, war kein Zufall, und ich wollte meine Hand nicht wegziehen, obwohl mein Verstand danach schrie, genau das zu tun. »Das ist nur alles so wahnsinnig kompliziert und ich weiß nicht, wie ich's dir erklären soll«, gestand er und klang fast überfordert dabei. Das verunsicherte mich jetzt vollkommen. »Ich brauche einfach noch mehr Zeit, um das wieder in den Griff zu bekommen«, flüsterte er und streichelte mich sanft.

Ich bekam keine Luft mehr und zog meine Hand weg. Ruckartig. »Ich bin müde, Matt«, sagte ich, und es entsprach der Wahrheit. Ich war todmüde, weil mich das zwischen uns so anstrengte. Und weil ich absolut nicht wusste, wie ich mich verhalten sollte.

»Ich auch«, antwortete er. Es klang ehrlich.

»Gute Nacht, Matt!« Ich rappelte mich auf, stellte entsetzt fest, dass meine Beine fast unter mir nachgaben. Mit zittrigen Knien kämpfte ich mich zur Tür, trat über die Schwelle.

»Gute Nacht, Reag!«, hörte ich ihn sagen, bevor die Holztür hinter mir ins Schloss fiel.

7. Kapitel

November 1869, nahe des Sonoita Creek, Arizona:

Ein Waldstreifen umsäumte das Bett des schmalen Flusses, der sich wie eine einsame Schlange durch die kahle Gegend wand. Zu dieser Jahreszeit hatten die Bäume einen großen Teil ihrer saftig grünen Farbe eingebüßt. Über den Bergen, die sich im Hintergrund erstreckten, lag ein bläulicher Schimmer, die kahlen Gipfel der Hügel verschwammen vor dem Auge des Betrachters.

Jeffords zügelte sein Pferd und ließ den Blick schweifen. Gedanken an sein bisheriges Leben gingen ihm durch den Kopf, Fahrten mit Dampfschiffen auf dem Mississippi und Missouri, der Sezessionskrieg, seine Zeit als Fahrer der Postlinie zwischen Fort Bowie und Tucson. Er hatte bereits so viele Menschen kennengelernt, so viele Erfahrungen gesammelt und eine Menge gesehen. Doch nichts ließ sich auch nur annähernd mit der aufrichtigen, ehrlichen Freundschaft zu Cochise, dem Häuptling der Chiricahua-Apachen, vergleichen. Keine Worte dieser Welt beschrieben den Scharfsinn und die weise Voraussicht dieses Mannes.

Von hier aus konnte er das zerstörte Fort Buchanan sehen, das im Krieg mit den Indianern dem Erdboden gleichgemacht worden war. Die Trümmer, die bis jetzt noch niemand beseitigt hatte, zeugten von den Gräueltaten, die in diesem Krieg geschehen waren.

Und sie hatten ihn beendet. Hatten dem Land endlich, endlich einen Frieden gebracht. Doch von Euphorie war auf beiden Seiten wenig zu spüren.

Jeffords traf Cochise am Ufer des Sonoita Creek. Ein umgekippter, kahler Baumstamm lag im dahinsprudelnden Wasser, doch dieses bahnte sich einen Weg an dem Hindernis vorbei. Moosteppiche umsäumten den Creek und die Schatten der Wolken am Himmel irrten darüber wie Geister.

»Cochise«, begrüßte er seinen Freund und streckte ihm die Hand entgegen. »Du wolltest mit mir sprechen!«

»Mein Bruder!« Mit leichtem Kopfnicken erwiderte der Häuptling die Geste und reichte Jeffords dann wortlos eine Reihe von Schriftstücken. Dieser verstand sofort, vertiefte sich in die Unterlagen. Karten, Vereinbarungen, Unterschriften, Konditionen. Cochise hatte gründliche Arbeit geleistet. Die verschiedenen Dokumente hatte Jeffords bereits gelesen und teilweise selbst mit beeinflusst, als sie den Frieden geschlossen hatten. Und doch dauerte es lange, bis er begriff, worauf Cochise hinauswollte. Die gestellten Bedingungen griffen geschickt ineinander und waren bis ins kleinste Detail miteinander verflochten. Ein zweiter Teil des Vertrags würde nicht sofort in Kraft treten, sondern erst zu ganz bestimmten Zeitpunkten in der Zukunft gültig werden. Außerdem schloss Cochise unterschiedliche Gebiete im Osten mit in seine Bedingungen ein.

»Cochise«, fragte Jeffords überrascht, »Warum diese Territorien? In Texas bauen die Weißen bereits ihre Städte, dort ist kein Platz für ein Reservat. Was bringt es euch, Ansprüche auf die unterschiedlichsten Regionen zu erheben?«

Ein kaum merkliches Lächeln erhellte für einen kurzen Moment das Gesicht des sonst so ernsten Häuptlings. »Unser Frieden und diese Schriftstücke sollen nicht nur für uns, sondern auch für unsere Nachkommen von Wert sein«, erklärte er. »Deshalb gibt es etwas, das ich den Erben unseres Volkes hinterlassen möchte. Aber dafür brauche ich die Hilfe meines Bruders …«

»Check' ich dieses System nicht, oder befindet sich Maka nur ein paar Kilometer von uns entfernt?«

Ich starrte auf das Display des Laptops. Wie gestern saß ich auf dem Beifahrersitz des Jeeps. Matt kurvte schon seit ein paar Stunden mit uns durch die oft menschenleere Gegend. Mein Blick huschte zwischen dem Handy in meiner Hand und der Anzeige auf dem Laptop hin und her.

»Sicher nicht!«, beantwortete Matt meine Frage. »Drück mal bitte auf das kleine Feld oben rechts in der Ecke!«

»*Entfernung berechnen …*?«, las ich mit gerunzelter Stirn die Anzeige vor, die jetzt in der Mitte des Bildschirms zu sehen war.

»Zeigt er einen Zahlenwert an?«, wollte Matt wissen, die Augen weiter auf den Verkehr gerichtet.

»Jap. Etwa zehn Kilometer.« Inzwischen ging es wirklich durch die Berge. Steinige Gipfel ragten rechts und links, vor und hinter uns auf, Bäume wuchsen auf den Hängen, immerfort ging es auf und ab. Der wolkenverhangene Himmel schien die höchsten der kargen Gipfel zu streifen. Dem Handy nach zu urteilen bewegten wir uns in Richtung Los Alamos.

»Heißt das, dass Maka nur zehn Kilometer von uns entfernt ist?«, wollte Ethan von der Rückbank wissen. Er hatte bis eben abwechselnd die Landschaft betrachtet und irgendetwas mit seinem Smartphone gegoogelt.

»Nein«, stieß Matt sarkastisch hervor, »den Wert gibt er einfach frei nach Belieben raus. Gleich wechselt er auf eine Million.«

»Alles klar, Mann!«, Ethan machte eine abwehrende Handbewegung. »Krieg dich wieder ein, okay? Das hab' ich mir schon gedacht. Ich wollte nur sicher gehen!«

»Das will ich für deine Intelligenz hoffen.«

»Leute!«, unterbrach ich die Streitereien der beiden. »Was machen wir denn jetzt? Im Moment fahren wir auf sie zu. Was, wenn wir gleich auf derselben Straße unterwegs sind? Wir sollten …«, wollte ich fortfahren, wurde allerdings unterbrochen. Vollkommen unvermittelt drang ein Knirschen aus dem Lautsprecher. Das Bild der Drohne begann zu wackeln, zu flimmern. Weiße Striche tanzten über den Bildschirm. Kurzzeitig war nur noch blauer Himmel zu sehen, dann wieder der Boden… Alles schlingerte, drehte sich, flackerte … Schließlich wurde der Bildschirm schwarz.

»Was?«, stieß ich hilflos hervor. »Matt …« Adrenalin schoss durch meinen Körper. Am liebsten wäre ich aufgesprungen. Hektisch wippte ich auf meinem Sitz hin und her, schob das Laptop ein Stück von mir, zog es wieder auf meinen Schoß. Nichts! Das Bild blieb so schwarz wie der Bildschirm meines eigenen Handys. »Matt, Hilfe!« Hysterisch schüttelte ich das Laptop. »Es ist nicht mehr da.«

»Was?«, erkundigte er sich.

»Na das Bild! Gargoyle! Deine Drohne! Es ist schwarz. Und ich weiß nicht … ich hab' nichts gemacht. Das war wirklich nicht …« Panik überkam mich. Wie viel hatte das Ding wohl gekostet? Tausend Euro? Zweitausend? Was, wenn er behauptete, ich hätte es kaputtgemacht? Einen angsterfüllten Laut von mir gebend, schob ich das Laptop so weit von mir, wie nur irgendwie möglich. »Ich hab' wirklich nicht …«

Doch Matt winkte nur ab. Er bremste und hielt am Straßenrand. »Zeig mal her!« Wir hielten auf einer schmalen Straße mitten in den Bergen. Rechts und links von uns ragte graues Gestein auf. Matt nahm mir das Gerät ab und tippte schnell ein paar Befehle. Der Ausdruck auf seinem Gesicht verdunkelte sich. »Ist sie auf den Boden geknallt?«, wollte er mit messerscharfem Blick in meine Richtung wissen.

»Ich … keine Ahnung, wirklich, ich …«, brachte ich stotternd hervor.

»Du wirst ja wohl gesehen haben, ob der Boden nähergekommen ist, bevor das Bild sich verabschiedet hat, oder?«, herrschte er mich an.

»Glaube schon!« Ich schluckte gegen den Geschmack von Blut an, der sich in meinem Mund gebildet hatte. Offensichtlich hatte ich mir heftig auf die Lippe gebissen. Oh Himmel! Ich hatte überhaupt nichts getan! Wieso nur war ich jetzt schon wieder schuld? Matts Blick richtete sich auf das Display. Aufgewühlt schüttelte er den Kopf. Noch einmal versuchte er irgendetwas auf der Tastatur, dann verzog er gequält das Gesicht. »Musst du immer alles kaputt machen, Reag?«

Ich wollte mich verteidigen, brachte aber keinen Laut hervor. Meiner Kehle entrang sich nur ein schwaches Wimmern. Matt warf mir einen kurzen Seitenblick zu und ich entspannte mich auf der Stelle. Dieses Funkeln in seinen Augen sagte mehr als tausend Worte. Er wusste, dass ich nichts gemacht hatte. Und das eben war nicht ernst gemeint gewesen. »Was«, brachte ich mit brüchiger Stimme hervor, »ist denn passiert?«

Matt legte den Kopf schief und ahmte mit der Hand einen Sturzflug in Richtung Boden nach. Mit hochgezogenen Augenbrauen musterte er mich. »Tja. Gargoyle ist abgestürzt.«

»Aber wie konnte das denn … was haben wir …«

»Gar nichts!«, unterbrach Matt mich grimmig. »Wir haben überhaupt nichts falsch gemacht. Jemand hat sie vom Himmel geschossen!« In einer Geschwindigkeit, die ich gar nicht beschreiben kann, hatte ich sein Laptop wieder auf den Knien. Matt packte das Lenkrad, als wolle er es mit bloßen Händen aus der Verankerung reißen, und wendete mit quietschenden Reifen den Wagen. »Nenn mir mal die Koordinaten, die Gargoyle hatte, bevor sie abgestürzt ist!«, forderte er mich auf, die Stimme erzwungen ruhig.

Dieser Auftrag war komplizierter, als ich gedacht hatte. Mithilfe von Matts Anweisungen bestimmte ich schließlich die genaue Lage der Drohne und brachte das Handy dazu, uns an diesen Ort zu navigieren. »Hier links ab!« Mit zusammengekniffenen Augen krallte ich mich am Sitz fest, während Matt im halsbrecherischen Tempo die Kurve bestritt. Ethan hinten brüllte etwas von *totalem Wahnsinn* und *lebensmüden Aktionen*. Ich konnte nur zustimmen.

Matt schien es so eilig zu haben, dass keine Geschwindigkeitsbegrenzung ihn mehr ausbremsen konnte. Wir rasten über eine kurvige Straße, immer bergan, dann wieder bergab. Auf seinen Wangen hatten sich rote Flecken gebildet und seine Hände krallten sich so fest ans Lenkrad, dass die Fingerknöchel weiß hervortraten. »Matt, bitte …«, flehte ich. Gerade noch so – im allerletzten Moment – gelang es mir, das nach vorne rutschende Laptop festzuhalten. Ich wagte nicht mehr, unseren Weg auf dem Handy zu checken. Bei einem Versuch wäre mir wohl auf der Stelle schlecht geworden. Stattdessen richtete ich den Blick fest auf die vor uns liegende Straße.

Als der Jeep in einer scharfen Kurve schlingerte, schrie ich. Die Bäume wirbelten nur noch an uns vorbei. Mit beiden Händen umschloss ich reflexartig den Haltegriff an der Tür. Hatte Matt den Verstand verloren? Mich in mein Schicksal fügend, schloss ich die Augen. Fühlte nur noch, wie wir weiter vorwärtsschossen … dann irgendwann – endlich – langsam abbremsten …

»Hast du …«, fragte Ethan atemlos, »den Wagen zu Schrott gefahren?« Matt gab keine Antwort. »Oder sind wir da?« Es war Ethan anzuhören, dass er sich ähnlich geschockt fühlte wie ich mich.

»Nichts von beidem!«, erklärte Matt und fuhr noch ein bisschen vorsichtiger. »Alles gut, Reagan?«

»Ärghhhhh …«, machte ich und kämpfte gegen die aufsteigende Übelkeit an. »Wird schon wieder!« Matt nickte aufmunternd in meine Richtung. Ha. Er hatte gut reden. Ich warf einen vorsichtigen Blick auf das Handy. »Noch drei Kilometer, dann sind wir da. Hier weiter und dann … von der Straße runter.« Hatte er gerade echt meinetwegen abgebremst, oder bildete ich mir das nur ein? »Gargoyle ist eine ihrer Runden geflogen, bevor sie abgestürzt ist, oder?«, wollte Matt wissen.

»Richtig!«, bestätigte ich. »Sie war nicht weit von Maka weg, ist gerade ein bisschen abgedreht.«

»Okay!« Matt hielt den Wagen am Straßenrand, warf einen letzten, kurzen Blick auf das Laptop sowie die von dem Gerät bestimmte Absturzposition und sprang hinaus in den pfeifenden Wind. Die Tatsache ignorierend, dass es überhaupt keinen Weg gab, hastete er los, zwischen ein paar vertrockneten, kleinen Bäumen hindurch und dann weiter durch die Wildnis. Er rannte einen Hang hinauf, ziemlich steil, auf dem sich nur etwas Gestrüpp und ein paar vertrocknete Bäumchen gehalten hatten.

»Warte!« Entsetzt schnallte ich mich ab, riss meine Tür auf und hastete ihm hinterher, Ethans Schreie hinter mir einfach nicht beachtend. »Reagan! Reagan! Komm zurück! Was soll denn das? Seid ihr von allen guten Geistern verlassen?« Seine Stimme ging im Rauschen des Windes unter. Ich bahnte mir einen Weg über kahle Felsen, kletterte ein Stück einen Hang hinauf, Matt immer ein paar Meter vor mir. Unglücklicherweise dauerte es nicht lange, bis ich ihn aus den Augen verloren hatte. Matt war um einiges schneller als ich. Und ausdauernder.

Die kalte Luft ein und ausatmend, spürte ich tausende von kleinen Stichen im Hals. Konnte beim Rennen nicht schlucken und schnaufte schon nach wenigen Metern. Das unebene Gelände hielt mich zusätzlich auf. Es ging immer noch bergan. Hier war es so felsig, dass ich mir die Finger verletzte. Teilweise krabbelte ich mehr, als dass ich lief. Meine Muskeln fühlten sich überdehnt an. Ich bekam Seitenstiche und keuchte.

»Matt!«, schrie ich so laut es nur ging. Meine Stimme brach und ich hustete mir die eisige Bergluft aus den Lungen. »Matt ... warte!« Meine Entscheidung bereuend taumelte ich weiter, verfing mich mit dem einen Fuß in einem üppigen Strauch und wäre fast gestürzt ...

In diesem Moment sah ich ihn. Matt kniete auf dem Boden, ein mittelgroßes Ding in den Armen. Das Gelände unter ihm bestand nur noch aus kantigen Felsbrocken, ein Stück vor ihm schien es einen ziemlich steilen Abhang hinabzugehen. In dem verzweifelten Versuch, meine Atmung unter Kontrolle zu bringen, näherte ich mich langsam. »Matt ...« In meinen Augen sah das Ding zwischen seinen Fingern aus wie ein Haufen Elektroschrott. Die Tatsache, dass ich allerdings genau wusste, was Matt da gerade untersuchte, rief zwiespältige Gefühle in mir hervor. War das etwa Mitleid, was ich da empfand? Für ein paar Kabel, Drähte, Platten und kleine Rotorblätter? »Matt ...« In einem Busch, der in der Nähe stand, hatte sich ein länglicher Gegenstand verfangen. Irritiert griff ich danach und beförderte einen federleichten, schwarzen Pfeil ans Tageslicht. Meine eiskalten Finger um das Ding schließend, kniete ich mich neben Matt. »Es ist nicht so schlimm, wie's aussieht«, sagte er, ohne mich dabei anzusehen. »Ich denke, das kann ich reparieren.«

»Okay«, flüsterte ich – keine Ahnung, warum ich die Worte nicht einfach laut sagte – »das klingt doch gut!« Mit einem üblen Gefühl im Bauch drehte ich das Geschoss, das Matts Drohne vom Himmel geholt hatte, zwischen den Fingern. »Das Ding hier …«, setzte ich vorsichtig an. Endlich hob er den Blick. Aus seinen dunklen Augen schossen Blitze, während er nickte und mit der einen Hand in Richtung des Abhangs deutete. »Sieh mal da runter!«, forderte er mich auf.

Auf den Knien krabbelte ich bis zum Abhang … und schnappte auf der Stelle erschrocken nach Luft.

Unten wand sich eine kleine Straße den Berg hinauf. Wie eine endlos lange Schlange hatte sie sich um das riesige Massiv geschlungen. Sie war schmal und grau, die Fahrstreifenbegrenzung fehlte. Dort unten stand ein blauer Pick-up – noch um Jahre älter als jedes Auto, was ich bis jetzt hier gesehen hatte. Schmutz klebte an den Reifen und über dem Lack, die Scheibe war dreckig. Die blaue Farbe wirkte fehl in dieser Gegend. Zwei Personen waren ausgestiegen. Eine von ihnen machte sich an der Kühlerhaube zu schaffen, eine andere starrte zum Himmel. Ganz unverkennbar: Maka und Yahto Evans!

Sie trug eine weiße Bluse und ihre langen, schwarzen Haare fielen ihr locker über die Schultern, während sie sich vorbeugte und irgendetwas mit Yahto besprach. Maka war also gar nicht allein gefahren! Sie hatte tatsächlich ihren Bruder mitgenommen! Der sah allerdings noch schlimmer aus, als ich ihn in Erinnerung hatte. Der Verband um seine linke Hand strotzte vor Schmutz, die Jeans war so zerrissen, dass der Ausdruck *Wischlappen* wohl besser zu ihr gepasst hätte, und sein Pulli schien vom vielen Waschen sämtliche Farben verloren zu haben. Er hatte einen Grauton angenommen, der auch in Yahtos Gesicht wiederzufinden war.

Ihm gegenüber sah Maka überdurchschnittlich gepflegt und ausgeruht aus. Mit ihren hohen Stiefeln stand sie ziemlich genau auf

Augenhöhe mit Yahto. Kein großes Kunststück. Er wirkte um Jahre jünger als sie, war nur ein paar Zentimeter größer.

Matt kauerte direkt hinter mir. Ich konnte ihn atmen hören und seine Wärme spüren, während wir den felsigen Abhang hinunterstarrten. »Glaubst du …«, spekulierte ich leise.

Matt beantwortete meine Frage mit einem Wink in Richtung des Pick-ups, auf dessen Ladefläche ich einen riesigen Bogen liegen sah. »Klar!«, bestätigte er. »Wusstest du, dass 75 Prozent aller Haushalte in der Reservation ihren Lebensunterhalt mit traditionellen Formen der Subsistenzwirtschaft verdienen?«, erkundigte er sich.

»Jap«, gab ich zurück, doch Matt ließ es sich trotzdem nicht nehmen, die Sache nochmal zu erklären: »Jagd auf Kleinwild, Sammeln von Wildfrüchten, Wurzeln oder Samen! Nicht verwunderlich, dass Yahto Evans schießen kann. Obwohl ich es für ein Wunder halte, dass er bei der Menge Alkohol, die er momentan im Blut hat, den Bogen ruhig halten konnte!« Der leicht gehässige, überhebliche Tonfall in seiner Stimme gefiel mir überhaupt nicht. Alkohol auf dieser Reise? Obwohl … so unwahrscheinlich war das gar nicht. Yahtos Bewegungen wirkten seltsam fahrig und sein Äußeres machte auch nicht gerade einen vertrauenserweckenden Eindruck.

»Was allerdings beweist, dass er viel Erfahrung mit dem Bogen hat … und dass er oft und ausgiebig übt«, fuhr Matt ziemlich ungerührt fort. In diesem Moment hob Yahto den Kopf und warf einen gestochen scharfen Blick zu uns hinauf. Er ließ keine Zweifel daran, dass er uns gesehen hatte, und bedeute seiner Schwester mit der gesunden Hand, in unsere Richtung zu schauen.

Maka ließ den Blick einen Moment schweifen, dann schien sie uns zu erkennen. »Okay«, Matt verzog das Gesicht, »vielleicht ist er doch nicht so betrunken, wie ich gedacht hatte.«

Ich seufzte, während Maka wie wild auf ihren Bruder einzureden begann. Dieser blieb ganz ruhig stehen, lehnte sich nur mit verschränkten Armen gegen den Pick-up. Langsam, fast wie in Zeitlupe, legte er seiner offensichtlich sehr aufgeregten Schwester eine Hand auf die Schulter. Maka drehte sich zu ihm um – weg von uns – und sah Yahto lange an.

»Prima!«, sagte ich. »Offensichtlich haben sie uns bemerkt.«

»Yahto hat uns bemerkt«, korrigierte Matt. »Er ist intelligent. Und steht, wenn ich da richtig informiert bin, weder auf der Seite unserer Gegner noch auf unserer. Er hat sich immer aus allem rausgehalten.«

Seine Ruhe brachte mich um den Verstand, immer wieder flackerte mein Blick den steinigen Abhang hinunter. Hinter der Straße, auf der Yahto und Maka standen, stürzte das Gelände noch weiter ab. Dort unten standen einige Büsche und größere Bäume, es wuchs sogar etwas Gras.

»Aber was machen wir denn jetzt?«, fragte ich besorgt. »Sie wissen von der Drohne und davon, dass wir hinter ihnen her sind. Dass wir sie verfolgt haben. Einfach weiterfahren geht also nicht mehr.«

»Tja«, erwiderte Matt. »Dann eben Konfrontation. Komm, wir steigen da runter! Eigentlich können sie uns ja keinen Vorwurf machen – immerhin habe ich Maka eindeutig eine Zusammenarbeit bei der ganzen Sache angeboten.« Na ja. So ein gutes Gefühl hatte ich nicht, als wir aufstanden und mit dem Abstieg über den steinigen Hang begannen. Okay, Matt hatte bereits mit Maka gesprochen. Aber die Tatsache, dass Yahto gerade seine Drohne vom Himmel geholt hatte, entspannte die Situation zwischen den beiden Parteien sicher nicht gerade.

Unsere Füße brachten ein paar Steine zum Rollen, während wir uns schlitternd und rutschend hinab arbeiteten. Maka schien das zu hören, sie unterbrach den Blickkontakt mit ihrem älteren Bruder und kam uns ein paar Schritte über die schmale Straße entgegen. Yahto hingegen machte keine Anstalten, sich auch nur um Millimeter zu bewegen. Stattdessen steckte er sich in aller Seelenruhe eine Zigarette an.

»Nur eins frage ich mich!«, erklärte ich, während meine Hand nach immer neuen Steinen zum Festhalten tastete. Langsam, ganz langsam kraxelten wir weiter abwärts, immer darauf bedacht, den Halt nicht zu verlieren.

»Und das wäre?« Matts Stimme war nicht die geringste Gefühlsregung anzuhören.

Mein rechter Fuß rutschte auf den Felsen ab. Gerade noch rechtzeitig fing ich mich mit den Händen ab, verhinderte so, dass ich den

Abhang hinabstürzte. Einen Augenblick lang musste ich stehenbleiben und mich wieder beruhigen. Matt beachtete mich gar nicht, er kletterte einfach weiter. Im Gegensatz zu meinen Händen und Füßen schienen seine überall Halt zu finden. Das war doch nicht zum Aushalten! Schon nach ein paar Schritten befand er sich ein ganzes Stück unter mir. Wahrscheinlich war er schon öfter geklettert.

»Ich frage mich«, stieß ich mit klopfendem Herzen hervor, »was du Maka wirklich angeboten hast.« Matt zuckte nur mit den Schultern und kletterte weiter. Langsam, ganz langsam setzte ich mich wieder in Bewegung. Versuchte, keinen falschen Schritt zu machen und fürchtete mich gleichzeitig davor, richtig abzurutschen. Die kalte Bergluft stach in meinen Lungen.

Hier ging es ganz schön tief runter. Wenn ich mir den Kopf an den Steinen aufschlug … Würg. Ich unterdrückte das üble Schwindelgefühl, das mich bei dem Anblick der Felsen zu meinen Füßen überkam. Matt war doch endlich stehengeblieben. Mit der einen Hand hielt er sich lässig an einem Felsen fest. »Wenn ich jetzt wüsste, was du mit der Familie Evans besprochen hast, würde ich mich deutlich besser auf die bevorstehende Konfrontation vorbereitet fühlen«, raunte ich ihm von hinten ins Ohr.

Matt hielt es mal wieder nicht für notwendig, mir eine Antwort zu geben. Widerwillig knirschte ich mit den Zähnen. Inzwischen hatten wir unsere Klettertour fast beendet. Matt war schon unten angekommen, mir fehlte nur noch ein halber Meter von einem großen Stein auf den Schotter neben der Straße. Ich sprang … und landete einen Sekundenbruchteil später auf dem felsig, steinigen Untergrund. Maka stand auf der unbefahrenen Straße, hatte die Arme verschränkt und empfing uns mit einem stechenden, nicht gerade freundlichen Blick.

»Matthew Nolan und Reagan Cowans! Ich hätte nicht damit gerechnet, euch so schnell wiederzutreffen!«

»Maka Evans!«, erwiderte Matt ihren Gruß mit kalter Emotionslosigkeit in der Stimme. »Welch eine Überraschung!« Sein zynischer Tonfall blieb alles andere als unbemerkt. Makas eine Augenbraue wanderte in die Höhe. »Wie es aussieht, habt ihr ein Problem mit dem Motor«, stellte Matt mit kritischem Blick auf die geöffnete

Motorhaube fest. »Kann ich womöglich behilflich sein?« Matt deutete auf den Pick-up auf der anderen Straßenseite, während Makas Blick sich langsam auf die Überreste seiner Drohne richtete. Matt hatte Gargoyle noch immer in den Armen.

»Ein kleiner Begleiter von euch?«, erkundigte sie sich, und ihr Tonfall versprach nichts Gutes.

»Und wir dachten schon, unsere Gegner würden uns im Auge behalten.« Ich erschrak beinahe, als ich Yahtos rauchige Stimme hörte. Aus den Augenwinkeln hatte es ausgesehen, als habe ihn jemand eingefroren. Seine Zigarette hatte er gerade mit dem Fuß ausgetreten, jetzt stand er nur noch da und starrte den Boden an, als wären wir ihm völlig gleichgültig. »Dabei«, fuhr er mit fester Stimme fort, »war es nur dieser durchgeknallte, hirnrissige Hacker, der geheimnisvolle Andeutungen über Verschwundene macht und von wilden Verschwörungen erzählt. Und das alles nur, um seine kleine Freundin zu beschützen und sein persönliches Beziehungsproblem in den Griff zu bekommen. Dieser Hacker«, fügte er hinzu, »der uns im Übrigen nicht nur hinterherspioniert, sondern vorletzte Nacht den Strom bei uns im Hotel abgestellt hat.«

Das zu Matts Annahme, er hätte Yahto überlistet. »Was wollten Sie dort eigentlich? Überprüfen, ob mein Sicherheitssystem funktioniert?«, lachte er freudlos.

Wenn Matt überrascht war, ließ er es sich jedenfalls nicht anmerken. »Oh ja, Ihr Sicherheitssystem funktioniert einwandfrei. Selbst über die Loyalität Ihrer Freunde aus dem Reservat kann man sich nicht beschweren. Keiner wollte mir etwas über den Grund dafür erzählen, dass Sie so einen Schutzwall aufgebaut haben.« Eine Sekunde lang vollführte mein Magen eine Achterbahnfahrt und drohte zu rebellieren.

»Ich werde Ihre Feststellung einfach mal als Kompliment werten«, gab Yahto zurück.

Matt konterte sofort. »Eigentlich dachte ich ja, Sie wären zu Hause geblieben. Hätte Ihnen besser getan. Ehrlich … wenn man so aussieht, als wäre man gerade dem Grab entstiegen und als angetrunkener Vampir auf die Welt zurückgekehrt …« Die Blicke, mit denen sich die beiden jetzt duellierten, waren durch nichts zu beschreiben. Selbst ein Gefecht mit Laserschwertern hätte nicht spektakulärer wirken können. Hier, vor der steilen, schroffen Kulisse der Rocky Mountains.

Maka und ich verfolgten die stille Auseinandersetzung der beiden einen Moment lang, dann schüttelte sie unmerklich den Kopf. »Ihr habt uns mit dieser Drohne verfolgt?«, wandte sie sich an mich. Die eisige Kälte zwischen uns war mit Händen zu greifen.

Ich nickte. »Es tut uns leid«, erklärte ich. Keine Ahnung, ob es Matt auch leidtat – eher nicht, so wie er gerade aussah – aber ich hatte kurzfristig beschlossen, das Reden zu übernehmen.

Und einmal angefangen, sprudelten die Worte nur so aus mir heraus. »Ich wurde auch angegriffen, genauso wie du. Matt hat man bedroht und ein Freund von ihm ist ums Leben gekommen. Eine Tankstelle ist in die Luft gegangen und ich stand nur ein paar Meter entfernt … es war furchtbar!« Ich konnte gar nicht mehr aufhören. »Ich weiß selbst nicht warum, aber wir alle schweben in Gefahr. Diese Leute, die euren Vater entführt haben, die euch bedrohen, die haben es auch auf Matt und mich abgesehen. Deshalb wollten wir mit euch zusammenarbeiten. Yahto, ich habe das Gespräch belauscht, das Sie oben in der Billardbar mit ein paar anderen geführt haben. Ich habe alles gehört.«

»Ich weiß«, sagte er schlicht und ohne mich auch nur anzusehen. Stattdessen blieb sein Blick auf Matt gerichtet. »Oder glauben Sie wirklich, ich hätte Sie nicht gehört?«

»Keine Ahnung, was ich dachte«, gestand ich ehrlich und vollkommen perplex. »Irgendwie hatte ich gehofft, dass wir diesen unheimlichen Gegnern gemeinsam etwas entgegenzusetzen haben«, wandte ich mich wieder an Yahto, der Matts Blick mit flammenden Augen erwiderte. »Weil Sie und Matt das zusammen schaffen können!«, setzte ich hoffnungsvoll hinzu.

»Ist gut, Reag!« Matt berührte mich an der Schulter. Anscheinend hatte er sein Blickeduell mit Yahto beendet. Ich war allerdings nicht mehr dazu bereit, ihm jetzt noch zuzuhören. Wenn er auf diese Weise mit Maka und Yahto weitermachte, würde er die beiden nie mehr für sich gewinnen.

»Wir wollten euch mit der Drohne nicht überwachen«, fuhr ich fort. »Die Hoffnung war immer, dass wir zusammenarbeiten könnten. Wenn ihr uns erzählt, was ihr eigentlich so richtig in Arizona wollt, und was unsere Gegner euch angeboten haben, dann würde uns das helfen, Antworten auf unsere tausend Fragen zu bekommen. Und …«, wollte ich weitermachen, doch Matt unterbrach mich.

»Du hast genug erzählt!« Er machte Anstalten, mich ein Stück von den beiden wegzuziehen, doch ich protestierte und strampelte. Entschlossen stemmte ich die Füße in den Boden und schob seine Hände weg.

»Wir sammeln Informationen!« Ich hatte überhaupt nicht vor, mich von der Bildfläche schubsen zu lassen. »Aber nicht gegen euch, sondern gegen diejenigen, die uns umbringen wollten!«

»Sieh an!« Yahto trat den glimmenden Rest einer zweiten Zigarette mit dem Fuß auf der Straße aus. »Im Gegensatz zu dir, Hacker, hat die Kleine ein bisschen was Vernünftiges im Kopf.«

»Im Gegensatz zu dir, Bogenschützte, habe ich kein Geschirrtuch um meine Hand gewickelt.«

Nur mit Mühe unterdrückte ich ein Seufzen. Oh, wie ich Matts Art, immer diskutieren zu wollen, hasste! Yahto hingegen verzog lediglich das Gesicht zu einem schiefen Grinsen. Sein Feuerzeug glomm in der eisigen Kälte auf. »Sieht übel aus, hm?«, kommentierte er seine Hand.

»In Ordnung«, erklärte Maka jetzt und nickte mir zu. »Was du sagst, klingt vernünftig. Als Yahto geschossen hat, dachten wir, *sie* hätten die Drohne geschickt.« Die Art, auf die sie das *sie* betonte, machte klar, dass sie die phantomartige Bedrohung, unsere versteckten, gesichtslosen Gegner meinte. »Und jetzt hat auch noch unser Wagen den Geist aufgegeben«, fuhr sie ernst fort. Ihrer Stimme war weder Angst noch Unruhe anzuhören. »Sah alles nach einer gut geplanten Verschwörung aus …«

»Diese Leute, die dir die Mails geschickt haben«, setzte ich unsicher an, »was weißt du über sie?«

Maka zuckte mit den Schultern. »Kaum etwas! Ihr habt berichtet, dass ihr angegriffen worden seid.« Sie machte eine bedeutungsvolle Pause. »Mir ist's ähnlich ergangen! Ein ziemlich übler Anschlag, und ich bin nur knapp entkommen. Wie dein Hacker-Freund sicher schon rausgefunden hat, habe ich kurz danach diese Mails mit den Fotos bekommen. Bei zweien davon handelt es sich um Orte in Arizona, die mir nicht großartig was sagen. Das dritte – der Sonoita Creek – war der Ort, an dem mein Vater vor Jahren verschwunden ist. Er war unterwegs zu Verwandten und wurde nahe dem Fluss zum letzten Mal gesehen. Das Foto und die Mail beweisen, dass die Leute, die mich angegriffen haben, meinen Vater entführt haben. Da das die einzigen Hinweise sind, die ich habe, wollte ich diese Orte aufsuchen. Vielleicht führen sie mich zu meinem Vater oder wenigstens zu seinen Entführern!« Sie brach ab. »Ich kann euch alles haargenau erzählen. Aber nur unter mehreren Bedingungen!« Während sie mich herausfordernd ansah, zitterten weder ihre Hände, noch hatte ihre Stimme das getan. Maka Evans hatte Mut. Sie fürchtete sich nicht. Trotzdem – oder gerade, weil mich ihre Selbstsicherheit verunsicherte – wusste ich zuerst nicht so richtig, was ich mit diesem Vorschlag anfangen sollte. Nachdenklich starrte ich den zerklüfteten Hang hinab in die schiere Tiefe. Eine große, graue Wolke schob sich über uns und warf ihren Schatten auf die Straße.

»Wieso jetzt auf einmal?«, stieß Matt zwischen zusammengebissenen Zähnen hervor. »Als wir uns das letzte Mal sprachen, warst du gänzlich abgeneigt, auf irgendeine Art und Weise mit mir zusammenzuarbeiten.«

»Vielleicht«, knurrte Yahto, »ist uns Ihre kleine Gefährtin ja sympathischer als Sie. Aber auf so eine Idee sind Sie noch nie gekommen, stimmt's?«

Ich schenkte ihm ein breites Grinsen. »Danke für das Kompliment!« Ich konnte förmlich spüren, wie Matt sich bei den Worten verkrampfte. In seinen Augen begann es, bedrohlich zu funkeln. »Matt!« Ich berührte mit meiner Hand seine Schulter – erstaunlich sanft, wie ich mir selbst eingestehen musste – und erwartete im tiefsten Herzen, dass er noch wütender werden und meine Finger abschütteln würde. Meine Augen weiteten sich erstaunt, als genau das Gegenteil eintrat. Matt schien sich ein bisschen zu entspannen, er musterte mich unerwartet zärtlich.

»Okay. Dann haben wir den vorläufigen Frieden wohl dir zu verdanken.« Sofort schoss mir das Blut in die Wangen und verdrängte die klirrende Kälte, die meine Finger und mein Gesicht bereits hatte steif werden lassen. Das eisig kalte, schmerzende Gefühl in meinen Fingerspitzen ließ langsam nach.

»Nicht so schnell!«, bremste uns Maka aus. »Ich …« Wir wurden unterbrochen, weil Yahto keuchend zu husten begann.

»Ich kenne euch nicht!« Maka warf ihrem Bruder einen besorgten Blick zu, bevor sie hastig fortfuhr, »und ich vertraue euch noch ebenso wenig wie ihr mir!« Sie sprach jetzt offensichtlich mehr mit Matt als mit mir und war dazu übergegangen, die Geschäftsbedingungen mit ihm zu verhandeln. Da ich an dieser Stelle wohl nicht mehr gebraucht wurde, machte ich ein paar vorsichtige Schritte in Yahtos Richtung. Der krümmte sich zwar halb vor Husten, warf mir aber einen bitterbösen Blick zu, als ich mich nähern wollte. Unsicher blieb ich stehen.

»Kann ich irgendwie helfen?« Noch zwei Schritte und ich stand vor der geöffneten Kühlerhaube des Pick-ups. Ob etwas Schlimmes mit dem Wagen war? Dass er so einfach stehenblieb, kam mir seltsam vor. Sofort dachte ich an Sabotage. Was, wenn das Ding gleich in die Luft ging?

Yahto hatte sich von hinten genähert. Er krallte seine gesunde Hand in meine Schulter und zerrte mich mit erstaunlicher Kraft vom Wagen weg. »Lassen Sie bloß Ihre Finger vom Auto!«, grollte er. Anscheinend dachte er genauso an Sabotage wie ich. Nur, dass wir der unterschwelligen Gefahr verschiedene Ursprünge zuschrieben.

»Yahto!«, sagte Maka nachdrücklich und warf ihm einen warnenden Blick zu. Widerstrebend ließ er mich los.

»Was für Bedingungen stellst du denn?«, fragte Matt die junge Frau gerade. Yahto musterte mich mit seinen tief in den Höhlen liegenden Augen. Wie ein wildes Tier, das man in einen Käfig gesperrt hatte. Ich wäre nicht in der Lage gewesen zu sagen, was in seinem Kopf vorging. Woher diese Wut auf uns kam, die von Zeit zu Zeit immer wieder tief in seinem Inneren zu brodeln und an die Oberfläche zu steigen schien.

»Richtig!« Weder Maka noch Matt hatten gerade Augen für mich. »Mein Bruder hat längst herausgefunden, dass du hackst«, fügte sie hinzu.

Yahto, neben dem ich noch immer stand, streckte mir jetzt seine sehnige, dreckige Rechte entgegen. Einen Moment lang wusste ich nicht, was er von mir wollte. Dann bemerkte ich seinen Pfeil, den ich noch immer in der einen Hand hielt. Die metallische Spitze glänzte in der Sonne, die zwischen den Wolken durchblitzte.

Ich gab ihm das federleichte Geschoss zurück. »Sie können ausgezeichnet schießen«, gab ich zu, während Yahto wieder zu husten anfing.

»Das … Ding abzuschießen … war nicht … schwer.« Nur langsam beruhigte er sich wieder. Die eisige Luft hier oben schien ihm stärker zuzusetzen als uns allen. Er fixierte mit starrem Blick den Horizont, während die Zigarette zwischen seinen Fingern glomm. »Genauso wenig«, fuhr er fort, »wie herauszufinden, dass Ihr Freund sich in den Posteingang meiner Schwester geschlichen hat.«

»Ach nein?« Matt warf ihm einen scharfen Blick zu.

»Nein«, erwiderte Yahto, nachdem er sich ein wenig erholt hatte. »Ich wusste, dass Sie ermitteln und Informationen sammeln wollten. Im Reservat haben Sie sich nach Makas Plänen für die nächsten Wochen erkundigt. Von ihrer Reise konnten Sie aber gar nichts wissen. Also mussten Sie ihre Mails gelesen haben. So einfach.«

»Nicht schlecht!«, gestand Matt ehrlich. »Können Sie mir noch mehr sagen?«

»Dass Sie Medizin studiert haben, zum Beispiel? Kein großes Kunststück, bei der Art, wie Sie meine Hand mustern. Sie kennen sich aus … und haben zusätzlich das Gefühl, alles besser zu wissen als wir. Ihre arrogante Art und die Tatsache, dass Sie gerade hier sind, sagt allerdings noch etwas anderes. Sie sind zu jung, um schon mit dem Studium fertig zu sein. Semesterferien … hm … wieso sollten Sie in denen hierherkommen? Sie haben also das Studium abgebrochen.«

Matts Gesicht blieb eine steinerne Maske.

»Ihre Drohne folgt einem kleinen Sender auf unserem Dach«, fuhr Yahto ruhig fort. »Nur von Zeit zu Zeit dreht sie eine Runde.« Er wurde durch einen erneuten Hustenanfall unterbrochen, fuhr aber erstaunlich schnell fort: »Sie waren irgendwo in der Sonne. Kämen Sie wie Miss Cowans gerade aus Europa, wäre Ihre Haut um einiges blasser. Sie sehen zwar erschöpft und ausgelaugt aus, sind aber um eine Nuance dunkler an Gesicht und Unterarmen als Ihre kleine Freundin. Ihren Blicken nach zu schließen wollen Sie diese zwar gern beschützen, haben aber weder das Gefühl, das Recht dazu zu haben, noch fühlen Sie sich dazu in der Lage. Und Sie machen sich Vorwürfe. Weshalb kann ich nicht genau sagen, aber es hängt ebenfalls mit Miss Cowans zusammen. Als Sie das erste Mal mit meiner Schwester telefonierten und wieder bei uns anriefen, machten Sie einen seltsamen Eindruck. Sie sagten die Wahrheit und logen gleichzeitig. Matthew Nolan, Sie hüten ein dunkles Geheimnis, das Sie selbst quält.«

Matt winkte ab, und ich kam nicht umhin zu denken, dass er tatsächlich ertappt aussah. Ein eiskalter Schauer jagte mir über den Rücken, und es lag nicht an der klirrenden Kälte oder dem verzehrenden Wind hier oben. »Danke, das reicht mir vorerst. Für heute haben Sie genug demonstriert«, sagte er trotzdem ruhig.

»Ihre Augen sehen nicht gut aus«, machte Yahto unbeirrt weiter. »Sie haben nächtelang vor dem Bildschirm gesessen …« Er konnte nicht fortfahren, weil ihn schon wieder dieser trockene Husten unterbrach.

Maka warf ihrem Bruder einen besorgten Blick zu. »Unser Wagen bewegt sich nicht mehr vom Fleck!«, wandte sie sich an Matt. Den Themenwechsel schien sie für die richtige Methode zu halten, um zu verhindern, dass Matt und Yahto noch mehr Hass zwischen einander säten. Fürs Erste hatte sie damit auch Erfolg. Mit fester Stimme fügte sie hinzu: »Und wir bekommen ihn allein nicht repariert. Meinem Bruder geht es schlecht. Er braucht ärztliche Hilfe. So etwas wie eine Blutvergiftung hat uns gerade noch gefehlt. Es sollte sich also jemand seine Hand ansehen. Schnellstmöglich.«

»Und das wird mein Job?«, fasste Matt zusammen. »Den Wagen zu reparieren und nach deinem Bruder zu sehen?«

»Richtig!«, bestätigte Maka. »Im Gegenzug verrate ich euch alles, was ich weiß. Warum ich mich dafür entschieden habe, nicht mit dir zu kooperieren und stattdessen nach Arizona zu reisen … wann man mich das erste Mal angegriffen hat, wie ich entkommen bin, was ich von den Mails und den Fotos halte! Den kleinen Vorfall mit dieser Drohne … können wir meinetwegen vergessen.« Sie streckte Matt die Hand entgegen. »Geht ihr auf meinen Vorschlag ein?«

»Abgemacht!« Matt ergriff ihre Hand und zwinkerte ihr dämlich zu. Was wurde das jetzt? Versuchte er sein beschissenes Verhalten Maka gegenüber mit einem kleinen Flirt wettzumachen? Idiot! Ohne es zu wollen, ballte ich die Fäuste und biss mir auf die Lippe. Von Yahto handelte ich mir dadurch ein wissendes, schelmisches Augenfunkeln ein. Auf der Stelle sah ich in die andere Richtung.

»Gut!« Maka nickte, als hätte sie gerade etwas rein Geschäftliches geklärt. Matt deutete die Straße hinab. »Dort unten irgendwo«, erklärte er sachlich, »steht unser Wagen. Ethan Moterri begleitet uns.«

»Warte!«, unterbrach Maka ihn, als er sich in die genannte Richtung entfernen wollte, und deutete auf Yahtos Hand. »Einen Teil deiner Abmachung löst du jetzt sofort ein! Wir haben einen Erste-Hilfe-Koffer im Wagen. Du wirst dir die Wunde ansehen!«

»Das werde ich«, erklärte Matt und warf einen genervten Blick über seine Schulter. »Kommt mit! Ich arbeite lieber mit meinem eigenen Verbandszeug. Und das liegt im Jeep. Um euren Wagen kümmere ich mich später. Die Hand hat Priorität.« Er schnalzte unwillig mit der Zunge und musterte Yahto, der sich nur widerstrebend in Bewegung setzte. »Wenn dieser schmutzige Wischlappen da noch länger drauf bleibt, dann kann man die Hand nur noch amputieren.«

Maka bedachte ihn mit einem recht abwertenden Blick, den ich ihr nicht wirklich verübeln konnte, dann machte sie sich mit schnellen Schritten auf den Weg. Wir folgten der gewundenen Straße eine gefühlte Ewigkeit lang. Der Wind pfiff immer noch in meinen Ohren und langsam wurden auch meine Füße taub. In den gähnenden Abgrund zu blicken, den man von der Straße aus sehen konnte, verursachte mir Schwindel und leichte Übelkeit. Hier ging es ganz schön steil hinab, die Straße war schlecht gesichert und sowieso nicht besonders breit ausgebaut. Dreck und kleine Steinbrocken lagen auf dem Asphalt, an der einen Stelle war er aufgeplatzt, die Wurzel eines kahlen Baumes am Abhang hatte ihn durchbrochen.

Unser Jeep stand tatsächlich hinter zwei Biegungen auf derselben Straße. Ethan umrundete das Gefährt mit schnellen Schritten. Er sah besorgt aus.

»Du liebes bisschen!«, rief er, als er uns bemerkte. »Ich dachte, es hätte sich ein Höllenschlund geöffnet und euch verschluckt.« Er kam uns ein Stück entgegengelaufen. Die Kratzer, die sich über seine Hände zogen, bewiesen, dass er den Wagen zwischenzeitlich alleingelassen hatte und uns gefolgt war. Vermutlich hatte er den Versuch irgendwann aufgegeben. »Was ist denn bloß passiert?« Beim Reden sah er weder Matt noch mich oder Yahto an, sein Blick blieb auf Maka gerichtet.

»Yahto hat Matts Drohne abgeschossen«, erklärte ich ihm. »Der Wagen der beiden steht ein Stück weiter oben, hat aber irgendeine technische Panne.«

Makas Bruder kickte mit dem Fuß ein paar kleine Steine vor sich her, scannte die Umgebung aber mit so aufmerksamem Blick, dass es einem gruselig vorkommen konnte.

»Wie haben Sie sich das zugezogen?«, wollte Matt wissen. Er hatte den Jeep erreicht und packte jetzt das Verbandszeug aus. Yahto zog seine Hand aus Matts Reichweite. Schützend legte er die Rechte um den dreckigen Verband, den er sich – vermutlich selbst – um die sehnigen Finger geknotet hatte.

»Spiegelscherben!«, verklickerte ich Matt, während Ethan leise mit Maka zu reden begann.

»Okay!« Matt hatte offensichtlich gefunden, was er suchte. »Dann lassen Sie mich mal schauen!« Er bedeutete Yahto, mir den Pfeil, den er mit der gesunden Hand umklammerte, zur Aufbewahrung zu geben. »Haben Sie was gegen die Schmerzen genommen?«, fuhr Matt fort und klang dabei wirklich wie ein Arzt. Irgendwie professionell.

»Ich habe keine Schmerzen!«, fauchte Yahto und kramte in seiner Hosentasche nach einer weiteren Zigarette.

»Na klar«, seufzte Matt. »Und Sie haben auch keine alkoholischen Getränke zu sich genommen.«

Ich beobachtete, wie Ethan Maka seine Jacke anbot und gemeinsam mit ihr auf der Straße hin und her schlenderte. Als er ihr irgendetwas erzählte, lächelte sie sogar ein bisschen.

»Wenn ich Ihnen einen Tipp geben darf: Lassen Sie das!« Matt deutete auf die Zigarette in Yahtos Hand und platzierte Gargoyles Reste auf der Rückbank. »Ihr Husten kommt sicher nicht von den Spiegelscherben.« Vorsichtig löste er den Verband um Yahtos Handgelenk und wickelte dann langsam weiter. Schicht um Schicht befreite er die Finger. Als ich die Wunden an Yahtos Hand sah, wurde mir schlecht und ich musste wegschauen. Das war nicht nur ein Schnitt, es waren entsetzlich viele. Und sie waren auch nicht flach und schon halb verschorft – so wie die in seinem Gesicht – sondern noch ziemlich offen. Einer der Schnitte begann heftig zu bluten, als Yahto die Hand bewegte. Matt sog scharf die Luft durch die Zähne ein.

»Und?«, wollte sein Patient seelenruhig wissen. »Wollen wir sie jetzt endlich amputieren?«

»Hm«, machte Matt, »sieht verdammt übel aus. Aber das bekommen wir schon wieder hin. Machen Sie sich da mal keine Sorgen!«

Ich richtete den Blick konzentriert auf den schmalen, leichten Pfeil, den ich jetzt wieder in der Hand hielt. Am Schaft war er gefiedert, an der Spitze erstaunlich scharf. Das Fluggerät lag leicht zwischen meinen Fingern, ich drehte es probeweise hin und her. Kein Wunder, dass Yahto damit gut schießen konnte.

Matt brauchte eine Viertelstunde, bis er Yahtos Hand endlich in einem Zustand hatte, mit dem er sich zufriedengeben konnte. Währenddessen hockten Maka und Ethan im Wagen und unterhielten sich leise. Weil ich nichts Besseres zu tun hatte und auch niemandem helfen konnte, sondierte ich die Umgebung. »Halt nach irgendetwas Ausschau, das dir seltsam vorkommt«, forderte Matt mich auf. »Ein anderes Auto, das irgendwo parkt, eine Kamera, eine andere Drohne …«

»Warum …?«, fragte ich, doch dann wurde mir klar, worauf er hinauswollte. Unsere Gegner schliefen höchstwahrscheinlich nicht. Die Leute, die es auf uns abgesehen hatten, würden vielleicht neue Versuche starten und uns wieder angreifen. Matt wollte herausfinden, ob sie uns im Blick hatten. »Ich habe nichts gefunden!«, verkündete ich nach einer Weile. Im Umkreis von etwa einem Kilometer gab es nichts Auffälliges zu bemerken. Keine Spuren, keine Flugzeuge oder andere Überwachungsdrohnen, nichts. Alles wirkte ruhig. Sehr ruhig. Die Straße lag verlassen vor uns, schlängelte sich durch das Gelände, als beschütze sie den Berg, um den sie sich wand. Der Wind hatte die

Wolken davongetrieben und vereinzelte Sonnenstrahlen bahnten sich ihren Weg durch die Kälte zu uns hinab.

»Hier ist es so friedlich wie im Tierpark in Amsterdam!«, behauptete auch Ethan. »Ich mache mir viel eher Gedanken, was in der nächsten Stadt ist. Oder in Phoenix. Wenn Maka diese Fotos zugeschickt wurden, wird man damit rechnen, dass wir nach Arizona wollen. Vielleicht lauert man uns dort auf.«

»Wohl wahr«, murmelte Matt. »In Arizona wird's ziemlich heikel. Zur Abwechslung ist da sogar mal was Vernünftiges aus seinem Mund gekommen!«

»Die Gefahr ist nur mit geschärften Sinnen zu spüren«, mischte sich Yahto ein. »Denn unsere Gegner wollen unsichtbar bleiben. Wie eine dunkle Bedrohung, im Schatten. Und das macht diese Menschen so gefährlich.«

»Mich haben sie auf einer Demo in North Dakota angegriffen«, begann Maka mit leiser, aber erstaunlich fester Stimme ihren Teil der Abmachung einzuhalten.

Keiner musste nachfragen, von welcher Demonstration sie sprach, denn wir hatten alle davon in den Nachrichten gehört. Die Sioux wehrten sich gegen eine Pipeline, die durch mehrere Bundesstaaten und unter dem Missouri River verlegt werden sollte. Der Bau der Dakota Access Pipeline, 1900 Kilometer lang, wurde von den Indianern nicht gutgeheißen. Die Sioux kritisierten, dass die Pipeline durch ihre heiligen, alten Grabstätten und an Gebetsorten vorbeiführen sollte. Natürlich hätte das Projekt auch wirtschaftliche Vorteile für die USA gehabt, zum Beispiel die Schaffung neuer Arbeitsplätze, enorm hohe Einnahmen und natürlich die Möglichkeit, das Öl von North über South Dakota, nach Iowa und dann nach Illinois zu transportieren.

Allerdings hatte ich gehört, dass die Sioux einen Großteil ihres Trinkwassers aus dem Missouri bezogen, der Fluss war also ausgesprochen wichtig für den Stamm. Die Wasserversorgung wurde aber durch den Bau der Pipeline gefährdet, der Missouri River könnte durch das riesige Projekt mit Öl verschmutzt werden. Unterstützung bekamen die Sioux zum Beispiel von den Vereinten Nationen, die eine eigene Untergruppe für die Ureinwohner, *Forum on Indi-*

genous Issues, hatten, und sich für ein faires, unabhängiges und offenes Verfahren zur Lösung des Problems einsetzten. Der Presse nach waren die Proteste der Sioux inzwischen zu einer *Bewegung für die Ureinwohner* geworden, an der Maka offensichtlich in den letzten Wochen teilgenommen hatte.

»Du warst also auf einer dieser Demonstrationen«, wiederholte Ethan.

In Makas Augen schlich sich ein entschlossenes Funkeln. »Ja, ich gehe so oft hin wie irgendwie möglich, weil ich wirklich etwas verändern möchte. Und das können wir eben nicht, wenn wir nicht aufstehen. Na ja. Jedenfalls waren eine Menge Leute da, aus der Region. Viele Bekannte und viele andere … das Thema wird schon lange diskutiert. Aber bis jetzt ist alles friedlich geblieben. Meiner Meinung nach sollten wir alle zusammenarbeiten – über Stammesgrenzen, über Nationen hinweg – um zu verhindern, dass Lecks in den Rohren unser Trinkwasser verseuchen. Wir sind diejenigen, die demonstrieren müssen. Denn sonst vergisst man uns.« Ich hörte ihren unterschwelligen Vorwurf. »Dann vergisst man die fürchterlichen Bedingungen, unter denen viele von uns leben müssen!«

»Jedenfalls«, unterbrach Yahto seine Schwester mit schneidender Stimme, »hat es mehrere Schüsse gegeben. Mitten in der Menschenmenge. Im nächsten Moment ist eine kleine Bombe hochgegangen. Es hat eine Detonation gegeben«, er klang, als würde er aus einem Sachbuch vorlesen, »keine fünf Meter von meiner Schwester entfernt.«

»Sie waren nicht dabei?«, wollte ich wissen. Irgendwie hatte das nicht so geklungen.

»Nein.« Yahto schien nicht gewillt, mehr zu diesem Thema zu sagen.

»Nein!«, wiederholte auch Maka. Ihr Tonfall machte mehr als deutlich, dass sie nicht über dieses Thema reden wollte. Stattdessen fuhr sie in ihrer Erzählung fort. »Es hat mich im Nachhinein gewundert, warum nicht mehr über den Vorfall berichtet wurde. Man hat die Explosion totgeschwiegen. Keine Nachrichten darüber, keine Zeitungsartikel. Nichts. Ich weiß noch nicht mal, ob jemand umgekommen ist. Es hat haufenweise Verletzte gegeben. Aber niemanden hat es gekümmert.«

»Hm …«, machte Matt.

»Das wundert dich?« Yahto schnaubte abwertend. »Das sollte es eigentlich nicht, Schwesterchen!« Es entstand eine kurze Pause, in der wir alle versuchten, uns einen Reim auf seine Worte zu machen.

»Wieso nicht?«, hakte Ethan schließlich nach.

»Den Bleichgesichtern sind wir egal.« Yahtos Lippen hatten sich in einen schmalen Strich verwandelt. Matt hob den Blick von der Hand des jungen Mannes und sah ihm direkt in die Augen. »Dieser Welt sind wir egal. Und die, die mitgekriegt haben, dass es uns noch gibt, versuchen uns umzubringen. Warum sonst tut niemand etwas für uns? Warum sonst leben wir in Elend und kämpfen ums Überleben, haben nicht genug zu essen, während die Bleichgesichter zu Hause vor ihren Fernsehern hocken und im Winter die Heizungen höher drehen!« Der wütende Blick, mit dem er Matt, Ethan und mich musterte, machte deutlich, was er damit meinte. Was er über die Weißen im Allgemeinen – und über uns im Speziellen – dachte. Einen kurzen Moment lang hatte ich das Gefühl, durch seine nachtschwarzen Augen direkt in seine Seele schauen zu können. In ein Herz, zerfressen von Wut, Enttäuschung und Verzweiflung, die niemand ihm übelnehmen konnte, weil sie so berechtigt war.

Unglücklich senkte ich den Blick. »Und deshalb«, fuhr Maka vollkommen ruhig und überlegt fort, »demonstrieren wir. Wir müssen zeigen, dass wir noch hier sind. Und dass wir genau die gleichen Rechte haben wie alle anderen Menschen auch.«

»Und dabei lasst ihr euch in die Luft sprengen«, grollte Yahto.

»Yahto vermutet, dass meine indianische Herkunft und die Tatsache, dass ich etwas für die Sioux tun will, der Grund für die Attentate sind«, klärte Maka uns auf. »Ein derartig rassistischer Hintergrund wäre nicht auszuschließen, weder bei mir noch bei meinem Vater. Immerhin hat er genauso für unsere Rechte gekämpft wie ich das jetzt tue. Vielleicht wurde er deshalb entführt.«

Matt neigte den Kopf hin und her. Während er Yahto einen Verband um die gesäuberte Wunde wickelte, meinte er: »Ich glaube nicht. Die Mail und die Fotos passen nicht ins Bild, außerdem hat das Ganze definitiv auch etwas mit Reagan und mir zu tun. Es geht nicht nur darum, für wessen Rechte du dich gerade einsetzt.«

»Wusstet ihr, dass die Eltern meines Vaters aus Arizona kamen?«, fragte sie. »Es hat ihn nur durch einen Zufall zu uns verschlagen. Als er kam, hatte er auch nicht mehr Geld als wir. Aber er wollte was verändern. Also hat er hart gearbeitet, sehr hart, und schließlich ist es ihm gelungen, das Hotel zu bauen.«

»Bei dem Erbstück aus der Mail könnte es sich von daher auch um ein seelisches Vermächtnis handeln«, erklärte Yahto mit tonloser Stimme. »Immerhin hat unser Vater uns keine Gegenstände vererbt. Jedenfalls nicht, soweit wir wissen.«

»Dann stammt die Familie eures Vaters also ursprünglich aus Arizona?«, hakte ich nach. Irgendwie fand ich es erstaunlich, dass Matt diese Bemerkung einfach so, ohne mit der Wimper zu zucken, zur Kenntnis genommen hat. Dabei schien mir das ein ziemlich heißer Hinweis zu sein. Logan war in Arizona verschwunden und die Fotos zeigten eindeutig drei Orte in diesem Bundesstaat.

»Ja genau«, antwortete Maka sofort. »Aus der San Carlos Reservation. Den Leuten dort geht es ähnlich schlecht wie uns hier, die Verhältnisse sind fast genauso furchtbar. Viele Menschen sterben, es gibt Alkoholabhängigkeit, Drogen, Kriminalität, Arbeitslosigkeit … das ganze Programm. Mein Vater ist zum Glück irgendwie da rausgekommen und hat in South Dakota Arbeit gefunden und dann meine Mutter kennengelernt. Dem Teufelskreis zu entwischen gelingt aber kaum jemandem. Er muss einen sehr starken Willen gehabt haben … im Gegensatz zu Taylor, der nur aus reiner Perspektivlosigkeit mitgekommen ist.«

»Und warum hat dein Vater das Hotel nicht in Arizona erbaut?«

»Das lag an meiner Mum. Wenn er sie nicht kennengelernt hätte, wäre er wohl wieder gegangen.«

»Das tut jetzt alles nichts zur Sache«, unterbrach Yahto sie. An seinen wütenden Blicken hatte sich bis jetzt nichts geändert. Langsam, ganz langsam begann ich die ausweglose Situation zu begreifen, in der er sich befand. Armut, keine Zukunftsperspektiven. Er hatte allen Grund, unglücklich zu sein. Was er durchgemacht hatte, tat mir auf einmal furchtbar leid und ich hätte ihm nur zu gerne geholfen. Fröstelnd öffnete ich die Kofferraumklappe des Jeeps und zerrte eine Cola-Flasche aus einem Kasten mit Getränken. In meinem Rucksack fand ich noch einen Schokoriegel. Ich schloss den Kofferraum wieder und stellte mich neben Yahto, der sich an die Tür des Wagens gelehnt hatte. Nachdrücklich streckte ich ihm die Cola und die Schokolade entgegen. Keine Ahnung, was ich erwartet hatte. Dass er das Angebot ablehnte. Ausrastete. Oder etwas Ähnliches. Aber das tat er nicht. Stattdessen nahm er die Sachen entgegen, nickte mir zu. Ein Teil der Härte verschwand aus seinem Blick.

»Jetzt werde ich aber richtig eifersüchtig!«, verkündete Matt. »Er kriegt was zu essen, dabei ist er Gargoyles Mörder! Das interessiert dich nicht, hm? Ich trauere, und du fütterst den Schuldigen …« Ein leises Lächeln stahl sich in Yahtos Gesicht, während mich Matt mit einem strafenden Blick bedachte.

»Pech gehabt!«, grinste ich.

Ethan klopfte unruhig auf der Karosserie des Jeeps herum. »Reparieren wir jetzt Makas Pick-up? Die ganzen Diskussionen helfen hier, mitten auf der Straße, ja auch nichts.«

Yahto bot sich verzweifelt an, bei der Arbeit an dem defekten Wagen zu helfen. Leider ließ Matt da kein bisschen mit sich reden. Er blieb bei der Einstellung, Yahto müsse seine Hand schonen – ganz dringend – und könne mit Sicherheit *nicht* irgendwelche verschmierten Autoteile untersuchen. Ich schlang die Arme um mich, weil es trotz der vereinzelten Sonnenstrahlen empfindlich kalt hier draußen war. Der Blick den Abhang hinunter war atemberaubend, doch das änderte nichts an den frostigen Temperaturen.

Ethan klopfte Yahto freundschaftlich auf die Schulter. »Ich helfe«, versprach er. »Und zu zweit kriegen Matt und ich das schon hin.«

Mit dem Jeep fuhren wir ein Stück auf der gewundenen, schmalen Straße weiter, bis wir schließlich den geparkten Pick-up erreichten. Matt hielt circa zwanzig Meter von dem Wagen entfernt an und sprang aus dem Auto. Mit unserem Werkzeug bewaffnet machten er, Ethan, Maka und ich uns auf den Weg. Keine drei Minuten später hatten die zwei Jungs ihre Köpfte tief unter der Kühlerhaube vergraben und steckten mit schmutzigen Armen in der Mechanik des Pick-ups.

»Hier ist nichts, verdammt!«, fluchte Ethan zum dritten Mal. »Alles in Ordnung. Ich check einfach nicht, warum das Ding sich nicht vom Fleck bewegen lässt.« Es dauerte nicht lange, bis den beiden der Schweiß über die Stirn rann. Yahto war uns mit einigem Abstand gefolgt und beobachtete die Arbeitenden aufmerksam. Ich schenkte ihm ein aufmunterndes Lächeln, was mir nicht nur von seiner Schwester Maka, sondern auch von dem eigentlich sehr beschäftigt aussehenden Matt einen schiefen Seitenblick einhandelte. Mein Blick richtete sich auf die zerklüfteten Gipfel der Berge, während ich bibbernd den Reißverschluss meiner Jacke bis zum Hals hochzog. Die Kälte stach wie Nadeln in meine Haut.

»Weg da! Sprengsätze!«, brüllte Matt in diesem Moment ohrenbetäubend laut.

Meine Beine reagierten schneller, als mein Kopf verstand. Entsetzt aufschreiend, raste ich los. Ethan und Matt zogen in Sekundenbruchteilen ihre Hände zurück. Den Pick-up einfach stehenlassend stürzten sie in unsere Richtung. Im nächsten Moment war die Luft erfüllt von trampelnden Füßen und unseren eigenen Entsetzensschreien. Ethan taumelte, rannte weiter, während ich etwas Unverständliches kreischte. Ich schaffte es, knappe fünfzehn Meter zwischen mich und den Pick-up zu bringen, als sich Matts Vorhersage bewahrheitete.

Mit ungeheuerlichem Krachen schien alles zu explodieren. Wellen von Staub, Schmutz und Feuer wallten über uns hinweg. Hitze schlug mir ins Gesicht. Es war wie an der Tankstelle. Ich konnte an nichts mehr denken, nichts mehr fühlen, nicht mal mehr laufen. Ich schrie aus vollem Hals. Steine flogen, andere glühend heiße Teile … alles prasselte auf uns hinab, als hätte die Hölle ihre Tore geöffnet und Geschosse entsandt, die uns umbringen sollten. Überall war nur noch rot, nur noch Flammen, nur noch panische Angst und ohrenbetäubendes Brüllen.

Etwas glühend Heißes traf mich am Bein. Mein Schrei starb ab, ich wollte nach Luft schnappen, bekam aber keine. Von hinten rammte mich irgendetwas, riss mich zu Boden. Unsanft landete ich auf dem steinharten Asphalt, schlug mir die Knie, Hände und das Kinn blutig und keuchte bebend vor Angst. Etwas schier unglaublich Schweres landete auf meinem Rücken, presste mir die Luft aus den Lungen, ließ mich das abscheuliche Blut, das sich auf meiner Lippe gebildet hatte, auf die Straße spucken. Ich hörte das Geräusch der explodierenden, alles auffressenden, vernichtenden Flammen. Um uns herum wurde es unerträglich heiß. Glut und Schmutz trafen mein Gesicht, meine Haut ... versengten meinen Körper.

Irgendjemand stieß einen unmenschlichen Schrei aus, während um mich alles schwarz zu werden drohte. Die Schmerzen, die Angst und das Gefühl, gerade alles zu verlieren, überwältigten mich. Mein Herz wollte nicht mehr schlagen, so sehr hatte mich der feurig heiße Griff der Angst gepackt. Ich würgte, atmete den beißenden, ätzenden Geschmack von Feuer und Rauch ein. Meine Finger krallten sich um ein paar Steinchen auf dem Asphalt.

Ich sah nur noch mein eigenes Blut, spürte, wie irgendetwas mit unerträglicher Kraft auf mich drückte, und dazu diese fürchterliche Hitze. Dieses Feuer, diese Panik. Schon wieder!

Die wenige, mir verbleibende Kraft bahnte sich einen Weg an die Oberfläche, wollte sich mir in Form eines letzten, verzweifelten Schreis entringen. Doch der Laut ging im Knistern der Flammen unter. Dieses Mal war niemand mehr da, der das Feuer löschte. Ich brannte, alles brannte, und überall waren Blut und Rauch. Der Boden bebte, schien unter mir wegzubrechen, wir rutschten, fielen, alles drehte sich.

Meine Angst wurde unerträglich. Ich war allein und doch nicht allein, hörte das hilflose Kreischen der anderen, die Katastrophe um mich herum. In meinen Ohren begann es zu rauschen. Da war Krach von brechendem Holz, absackendem Untergrund, umfallenden Bäumen. Dann gab es noch einen Knall, lauter als der erste, angsteinflößender. Um mich herum wurde alles innerhalb eines einzigen Augenblicks totenstill. Keine Geräusche mehr. Nichts. Nur noch diese Stille, die unerträglicher schien als der Krach.

Im nächsten Moment schlug mir eine flammend heiße Welle von Feuer entgegen, dann wurde alles schwarz.

»Atmet sie noch?«

»Natürlich atmet sie.«

»Natürlich? Mich hat's auch total von den Beinen gerissen.« Die besorgte Stimme kam mir vage bekannt vor. Langsam hörte die Welt auf, sich im Kreis zu drehen. Ich wollte die Augen öffnen, wurde aber von einem brennenden Schmerz zurückgehalten.

»Sie ist stark.« Das war Matts Stimme. »Stärker als du.« Er machte eine vielsagende Pause und verkündete dann: »Wir sollten jetzt sehen, dass wir von hier wegkommen.«

»Und der Pick-up?«

»Hast du mal den Abhang runter geguckt? Der ist nicht mehr zu retten. Wir nehmen den Jeep. Und zwar so schnell wie möglich.« Ethan gab einen verzweifelten, kraftlosen Laut von sich. »Das ist heftig. Das ist so heftig. Es ist genau das, was ihr beschrieben habt. Die Tankstelle, die Demo … genau das Gleiche jetzt noch einmal. Ich fass es nicht!«

»Genau das Gleiche?« Ich brauchte einen Moment, bis ich die rauchige, tiefe Stimme zuordnen konnte. Yahto! »Ganz im Gegenteil! Unsere Gegner haben gerade den ersten, großen Fehler gemacht.«

»Fehler?« Ethan klang ein wenig hysterisch. »Sie hätten uns um ein Haar erledigt. Dieser versteckte Sprengsatz im Wagen … Das war der Horror!«

»Sie ändern ihre Strategie.« Yahto klang ganz ruhig. »Ist dir das nicht aufgefallen?« Mir fiel sofort auf, dass seine Stimme deutlich weniger distanziert und kalt klang. Stattdessen redete er entspannter mit den anderen.

»Doch!« Jetzt war es wieder Matt, der sprach. »Natürlich!« Ich konnte mir bildlich vorstellen, wie er dabei abwertend den Kopf schüttelte.

»Also für mich«, patzte Ethan, »hört sich das alles ziemlich gleich an. Maka entgeht nur knapp dem Anschlag auf der Demo, Reagan erwischt es fast an der Tankstelle … und jetzt eine dritte Explosion.«

»Falsch!«, erklärte Matt.

»Sag mir verdammt noch mal, was daran jetzt schon wieder falsch sein soll?«

»Die ersten Explosionen«, erklärte Matt, als handle es sich dabei um einen ganz einfachen Sachverhalt, etwas vollkommen Grundlegendes, »waren nicht dafür gedacht, uns umzubringen. Sie waren eine Warnung!«

»Auf mich wirken deine sogenannten *Warnungen* aber ziemlich tödlich!«, rechtfertigte Ethan sich.

»Na ja … Ich war mir zuerst auch nicht sicher. Dachte, es könnte ein Zufall sein, dass wir bei der Explosion an der Tankstelle so glimpflich davongekommen sind. Aber als Maka erzählt hat, dass sie diese Demonstration ebenfalls unbeschadet überstanden hat … und als dann der Verfasser der E-Mails auch noch schrieb, der Anschlag solle eine Warnung sein, da wurde ich skeptisch.«

»Also hat man gar nicht versucht, euch zu töten, oder was jetzt?« Ethan klang genervt.

»Am Anfang noch nicht«, erwiderte Matt.

»Aber jetzt!« Das war wieder Yahtos Stimme. »Gehen wir davon aus, dass unsere Gegner uns jederzeit im Blick haben. Wer auch immer da agiert, er verfügt über hervorragende Überwachungsmittel und Möglichkeiten, sich selbst zu schützen und seine Identität geheim zu halten. Unsere Gegner sind also die ganze Zeit da. Sie behalten uns im Blick. Die beiden ersten Anschläge sollten uns etwas sagen. Sie waren gedacht, um uns auf eine bestimmte Weise reagieren zu lassen.«

»Toll!«, knurrte Ethan. »Wir sind also ihre Schachfiguren. Und sie planen einen nächsten Zug immer so, dass wir keine andere Möglichkeit haben, als ihn auszuführen?«

»Richtig!« Matt seufzte leise. »Zuerst sollten wir von ihnen in eine Richtung gedrängt werden. Maka zumindest haben sie dadurch quasi nach Arizona geschickt.« Er machte eine kurze Pause, nur, um dann fortzufahren: »Es hat zwei Anschläge gegeben. Zwei Warnungen, die uns – Reagan, Maka und mich – dazu bringen sollten, uns auf eine bestimmte Art und Weise zu verhalten.«

»Das geht mir langsam, aber sicher zu weit«, warf Ethan ein.

»Aber es ist sinnvoll!« Wieder Yahto. »Reagan hat die White River Ranch nicht verlassen, sie ist nicht abgehauen. Matt ist aus Kalifornien gekommen, um sie in Sicherheit zu bringen. Und ich habe nach dem Anschlag beschlossen, dass meine Schwester zumindest nicht allein nach Arizona reist.«

»Jedenfalls hat sich für unsere versteckten Gegner etwas geändert. Und zwar in dem Moment, in dem abzusehen war, dass wir alle aufeinandertreffen würden. Ich schätze, die Gefahr für sie wurde zu groß.« Während Matt weitersprach, setzte sich der Boden unter mir in Bewegung. Ich lag auf etwas Weichem, wurde jetzt aber recht unsanft hin und her gerüttelt. »Denn als wir drei zusammengetroffen sind, ist die echte Bombe hochgegangen. Die, die uns töten sollte.«

»Stopp, stopp, stopp!«, protestierte Ethan. »Wie haben unsere Gegner die Sprengsätze überhaupt im Wagen deponiert? Auf der White River Ranch kann doch niemand gewesen sein, oder?«

»Wenn man sich auskennt, reichen ein paar Minuten, um die Sprengsätze anzubringen. Habt ihr den Wagen mal auf einem Parkplatz oder in einer weniger belebten Seitenstraße stehengelassen?«, wandte Matt sich an Maka. »Dann reichen einem unserer Gegner nämlich wenige Handgriffe, wenn ansonsten alles schon vorbereitet ist.«

Maka schien einen Moment nachzudenken. »Ja, der Pick-up stand mal in einem Wohnungsviertel auf der Straße. Die letzte Nacht haben wir bei entfernten Bekannten verbracht. Aber haben unsere Gegner das wirklich alles mitbekommen?«

»Ich denke, sie überwachen uns schon die ganze Zeit«, äußerte Yahto.

»Matt?«, versuchte ich fast zeitgleich zu fragen, brachte aber nur ein Krächzen hervor. Mein Hals war so unendlich trocken, dass es sich anfühlte, als hätte ich eimerweise Sand geschluckt. Irgendetwas rieb in meiner Kehle, in meinen Adern schien ein Feuer zu lodern.

Die anderen unterbrachen ihre Diskussion sofort. »Alles gut, Reag, alles gut!« Jemand – Matt – ergriff meine Hand und strich mir sanft eine Strähne aus der Stirn. »Kannst du mich hören?«

»Ja«, krächzte ich und fühlte mich erbärmlich dabei.

»Das ist gut!« Er lachte aufmunternd, während er mir sanft eine Wasserflasche an die Lippen legte. »Trink mal was!«

»Lebt ihr alle?« Nur mit Mühe öffnete ich die Augen … und erschrak. Matt sah aus, als hätte ihn jemand gebraten. Abgesehen von einer Menge kleinerer Verbrennungen und vollkommen verrußter Kleidung hatte er zahlreiche Schürfwunden an den Händen. Den Zustand seines restlichen Körpers überblickte ich nicht ganz, weil er vor mir in dem kleinen Raum zwischen Rückbank und Beifahrersitz kniete. Mich hatte man vorsichtig auf zwei der Sitze gebettet. Neben mir hockte Maka, den abwesenden Blick aus dem Fenster gerichtet.

Matts vom Ruß schwarzes Gesicht schob sich jetzt ganz in mein Blickfeld. Der Wagen huckte um eine Kurve und ich wäre fast von meinen Sitzen gefallen. »Du siehst ja furchtbar aus!« Ich nahm all meine Kraft zusammen und setzte mich richtig auf. Sofort wurde mir schwindelig, doch ich ignorierte das unangenehme Gefühl. Der Jeep fuhr langsam weiter die kurvige Straße entlang. Die Serpentinen machten mir zu schaffen, meine Welt wankte auf einmal.

Matt konnte unmöglich dort unten auf dem Boden hocken bleiben. Stattdessen deutete ich mit der Hand auf den Sitz, über dem ich bis eben bewusstlos gehangen hatte. Matt hievte sich hoch, setzte sich neben mich. »Scheiße …«, murmelte ich, als ich das Blut an seinen Knien sah, seine vollkommen zerrissene Hose und die aufgeschürften Ellenbogen. Die Tatsache, dass er sich nicht anlehnte, bewies außerdem, dass er Schmerzen im Rücken hatte. Vorsichtig tränkte Matt ein Tuch mit Wasser und kühlte meine noch immer nach Blut schmeckende Lippe. Ich saß nur da, den Kopf gegen die weiche Lehne gedrückt, und lauschte meinem klopfenden Herzen. Als sein Zeigefinger sanft meine Unterlippe berührte, erschauderte ich leicht. Sofort zog er die Hand zurück.

»Jedenfalls«, er räusperte sich, »haben wir verdammtes Glück gehabt, dass der Jeep noch funktioniert! Wenn es den schlimmer erwischt hätte … säßen wir jetzt in der Wildnis fest! Was – die Tatsache, dass unsere Gegner uns im Auge behalten, mit einberechnet – ein sicheres Todesurteil wäre.«

Ich schüttelte überrascht den Kopf und versuchte mühsam den Themenwechsel nachzuvollziehen, den er gerade innerhalb einer Millisekunde hingelegt hatte. Eine echte Leistung! Nur unter größter Anstrengung hob ich den Blick, fand einen Moment, um den Jeep genauer zu betrachten. Der hatte schließlich etwas abseits gestanden, hinter einer leichten Kurve. Leider hatte ihm das nicht viel geholfen. Ruß lag auf den Scheiben. Das Fenster der Beifahrertür war sogar zerbrochen und auf der Frontscheibe zeichneten sich haufenweise Kratzer ab. Ethan, der den Wagen fuhr, konnte die Straße vor sich kaum erkennen.

Ich sah mich weiter um. Alle waren da. Also war niemandem etwas wirklich Schlimmes passiert. Wir lebten! Alle! Ethan hatte eine Menge abbekommen, er sah ähnlich schlimm aus wie Matt. Maka hatte es auch erwischt. Ihre Haare waren zum Teil verkohlt. Wahrscheinlich hatten sie die brennenden Funken getroffen. Das Gesicht der jungen Frau war kaum wiederzuerkennen, die halb zerrissene, weiße Bluse starrte vor Schmutz und Ruß. Ihre Hände sahen fürchterlich aus und Blut sickerte aus einer schmalen Wunde an ihrem Kopf.

Yahto schien der Einzige zu sein, der ohne Verletzungen davongekommen war. »Wenn es den Jeep *schlimmer* erwischt hätte?«, wollte ich schockiert wissen. »Er sieht furchtbar aus. Wir fallen jedem anderen Autofahrer, jedem Passanten sofort auf!«

»Das ist im Augenblick unser kleinstes Problem«, knurrte Yahto.

»Wie sind wir …«, stotterte ich, »ich meine, wie sind wir weggekommen? Es hat alles gebrannt.« Meine Stimme versagte und wurde wieder zu diesem fürchterlichen Krächzen. Matt warf mir einen kurzen, besorgten Blick zu. »Unter dem Pick-up waren Sprengsätze deponiert. Warum sie gerade in diesem Moment hochgegangen ist, kann ich nicht sagen. Die Vermutung, dass sie von irgendwo weiter weg gezündet wurden, liegt nahe. Jedenfalls ist der Wagen explodiert.«

»Alles hat gebrannt!«, wiederholte ich leise.

»Hat es. Aber der Wald, die Bäume und das Gestrüpp befanden sich oberhalb des Abhangs, den wir hinuntergeklettert sind, kannst du dich erinnern?« Ich nickte. »In der Nähe der Straße standen nur ein toter Baum und ein bisschen Gestrüpp. Auf der anderen Seite des Weges ging es noch weiter den steinigen Hang hinunter. Als der Wagen explodiert ist, sind Teile der Hänge abgebrochen, Steine kamen runter, der Rest des Pick-ups ist abgerutscht und den Hang links der Straße hinuntergestürzt.«

»Ach du Scheiße!«, murmelte ich. Matt rutschte ein Stück näher an mich heran, sodass Maka auf der anderen Seite von ihm ausgesprochen viel Platz bekam.

»Das wirklich Schlimme ist«, setzte sie jetzt an, »dass sie es jederzeit wieder tun können. Sie überwachen uns doch sicher immer noch.«

»Sicher!«, stimmte Ethan ihr zu. »Und wir sind vollkommen machtlos. Können uns nicht wehren, uns nicht schützen und auch nicht zurückschlagen. Wenn wir mitbekommen, dass sie es wieder tun, ist es schon zu spät für uns.«

»Das würde ich nicht sagen!« Matt hob die Augenbrauen und machte Anstalten, mir einen Arm um die Schultern zu legen. Ich wich ein Stück zurück und drängte mich gegen das Fenster. Was allerdings überhaupt nicht notwendig gewesen wäre. Matt gab seinen Versuch ohnehin gleich wieder auf. »Wir haben eine Chance gegen unsere Gegner«, versicherte er uns, ohne eine Erklärung dafür zu liefern. Aufmunternd nickte er in meine Richtung. Und aus irgendeinem unerfindlichen Grund beruhigte mich das tatsächlich.

8. Kapitel

Januar 1870, Dragoon Mountains, Lager der Apachen:

Das Feuer knisterte und trotzdem blieb diese klirrende Kälte, die kaum auszuhalten war. Jeffords schlang den langen, ledernen Mantel enger um sich und richtete den Blick auf seine hohen Stiefel. Flackernde Schatten wanderten über die Zeltwand, über die kunstvoll verzierten Decken und die Tierfelle, auf denen sie saßen.

Die Zeichnungen, die Cochise vor ihm ausgebreitet hatte, ließen ihn in einen seltsam nachdenklichen Gemütszustand sinken. Es war altes Papier, vergilbt, an der einen Seite eingerissen, auf das der Häuptling selbst gezeichnet hatte. Einige seiner Ideen hatte Cochise sogar mit Farbe auf Leder festgehalten. Die Entwürfe waren detailliert und sehr gut. Jefford entdeckte eine Karte der Vereinigten Staaten, die der Häuptling jetzt in den Lichtkreis des Feuers schob.

Darauf waren an unterschiedlichen Positionen Punkte eingezeichnet, die auf einem anderen Papier von Cochise zusammengesetzt worden waren. Zusammen ergaben sie eine Art Muster, eine nicht ganz runde Formation.

Jeffords Blick wurde immer ungläubiger, je mehr Details der Skizzen sein Auge erfasste.

»Verstehe ich dich da richtig, Häuptling?«, wandte er sich an seinen Freund. »Du willst Teile des Vertrags vor den Augen der Menschen verstecken?«

»Nicht alle Forderungen, die mein Volk gestellt hat, werden sofort erfüllt. Nicht alle Abschnitte der Verträge treten sofort in Kraft. Einige der Landstriche stehen den Apachen erst in der Zukunft zu. Das kann eine Chance sein oder aber auch ein Fluch. Denn eines Tages werden die Weißen unsere Abmachungen für ungültig erklären, werden versuchen, die Beweise zu vernichten. Doch das soll ihnen nicht gelingen.«

Jeffords Blick blieb an der Landkarte der gesamten Staaten hängen. »Cochise, deine Pläne in Ehren, aber das, was du vorhast, ist unmöglich in die Tat umzusetzen!«

Entschieden schüttelte der Häuptling den Kopf. »Mein Freund, du weißt, dass das, was ich vorhabe, funktionieren wird. Dein Herz glaubt es, nur dein Kopf muss noch verstehen!«

»Hier!« Matt drückte mir ein Bündel Geldscheine in die Hand. »Wir brauchen Getränke und irgendetwas Essbares, das sich lange hält. Ihr könnt auch was zum Anziehen kaufen – wenn ihr das für sinnvoll erachtet.« Im Kopf überschlug ich die Summe, die er mir mal eben so in die Hand gedrückt hatte.

»Du«, fuhr Matt fort, ohne das Geld auch nur anzusehen, »trägst die Verantwortung! Ich kümmere mich ums Tanken!«, er klopfte auf die Kühlerhaube, »und schaue, ob ich ein paar Teile bekommen kann, mit denen sich Gargoyle reparieren lässt! Danach muss ich noch mal an einen PC. Dort hinten scheint es so was wie ein Internetcafé zu geben. In spätestens fünf Stunden treffen wir uns hier wieder!« Er hatte den Jeep auf dem Parkplatz eines großen, grauen Kaufhauses in Flagstaff geparkt. Von der auf rund 2100 Metern Höhe und am Südwestrand des Colorado-Plateaus liegenden Stadt konnte man auf die Interstate 17 gelangen, von der es gute Verbindungen nach Phoenix gab.

»Ach … noch etwas!«, fiel Matt ein. »Ich brauche Nachschub aus der Apotheke.« Die letzten zwei Tage waren wir stundenlang durch die Berge gekurvt. Die Nacht hatten wir in einem winzigen Nest irgendwo in den Rocky Mountains verbracht und alle kaum geschlafen. Matt hatte sich um unsere Verletzungen gekümmert.

Und auch, wenn er es nicht zugeben wollte, wusste ich doch, dass sein Rücken bei der Explosion eine Menge abbekommen hatte. Die Art, wie er ging, wie er sich bewegte und sich kein einziges Mal irgendwo anlehnte, sprach Bände, obwohl er nie über Schmerzen geklagt hatte. Yahto war noch stiller geworden als sowieso schon. Maka redete nur dann mit uns, wenn eine Konversation nicht zu umgehen war. Zu ein paar Worten mehr als nötig ließ sie sich selten hinreißen. Ethan – der auch noch mit den Folgen der Explosion zu kämpfen hatte – gab sich immer wieder aufs Neue Mühe, sie in ein Gespräch zu verwickeln. Und obwohl ich das Gefühl hatte, dass Maka es auf seltsame Art und Weise genoss, wenn er ihr etwas erzählte, äußerte sie sich nur wenig dazu.

Was ich von ihr – und ihrem Bruder Yahto – zu halten hatte, vermochte ich immer noch nicht zu sagen. Sie waren beide mutig, so viel stand fest, und hatten viel durchgemacht. Aber ich kannte sie bis jetzt einfach zu wenig, um mir ein Urteil über sie zu erlauben.

»Ich werde niemals so viel Geld von dir mitnehmen!«, stellte ich klar. Himmel! Wie konnte man diese Summe im Portemonnaie haben? Matt zuckte mit den Schultern. »Nimm es, oder lass es!« Über unseren Köpfen dröhnten die Rotorblätter eines Hubschraubers. Eiskalter Wind zerrte an meinen Haaren. Kein Wunder … in der Höhe. Ich hatte mal irgendwo gelesen, dass Flagstaff ein beliebter Wintersportort war. Na ja. Dass es hier eine Menge Schnee gab, war bei den frostigen Temperaturen wohl kaum anders zu erwarten.

Zitternd schlang ich meine Jacke enger um mich. Unerklärlicherweise war mein Rücken vollkommen unversehrt geblieben. Mein Kinn, Handflächen und Knie heilten zwar nur langsam und taten noch ordentlich weh, aber im Vergleich zu Matt und Ethan konnte ich mich echt nicht beschweren. Maka hatte weiter weg gestanden, deshalb ging es auch ihr einigermaßen gut, aber die beiden Jungs hatte es übel erwischt. Matt griff nach meiner Hand und schloss meine halb erfrorenen Finger um das Geld. »Das ist schon in Ordnung!«, sagte er sanft. War es aber nicht.

Mit einem abwertenden Schnauben schob ich die Scheine wieder in seine Richtung. Hier ging es ums Prinzip! Matt war ein reicher, elitärer Typ, der sein Leben lang immer alles hatte haben können, was er sich gewünscht hatte. Und von solchen Leuten nahm ich kein Geld. Vor allem nicht so viel!

Von hier aus hatte man einen unbeschreiblichen Blick auf die im Hintergrund liegenden, schneebedeckten Gipfel der Berge. Die letzten Stunden lang war der Ausblick – kalter, blauer Himmel, gefrorene Hänge, waldgrüne Tannen rechts und links der einsamen Straße – oft atemberaubend gewesen. Leider hatten wir alle weder die Kraft noch die Ruhe gehabt, um die schöne Umgebung zu genießen.

Durch meine Gedanken jagten Bilder von Explosionen, von Blut, umstürzenden Bäumen und Angriffen aus dem Hinterhalt. Jeden Augenblick fürchtete ich um unser Leben, rechnete mit Schüssen von irgendwoher, obwohl niemand uns über die verlassenen Straßen folgte.

Die zwei letzten Tage waren gespenstisch gewesen. Beunruhigend. Und ich hatte verdammte Angst. Obwohl nichts mehr passiert war. Matt hatte zwischendurch an drei unterschiedlichen Werkstätten angehalten, um den Jeep so gut es ging reparieren zu lassen. Leider war das gar nicht so einfach, wenn man nirgendwo länger als ein paar Stunden bleiben wollte. Inzwischen sah der Wagen aber wirklich wieder etwas besser aus.

»Sie will dein Geld nicht!«, sagte Maka urplötzlich mit fester Stimme. Matt ignorierte sie einfach.

»Am besten fahren wir nachher noch weiter. Wenn wir uns noch ein bisschen mit dem Fahren abwechseln, können wir heute Nacht schon in Phoenix sein!«

Ethan verzog das Gesicht. »Wäre es nicht viel sicherer, die nächsten Stunden irgendwo zu bleiben? Hier, zum Beispiel?«

»*Die nächsten Stunden*«, wiederholte Matt, »bleiben wir sowieso hier. Unsere Besorgungen werden ein Weilchen dauern.«

»Verdammt!«, fluchte Ethan. »Ich weiß ja nicht, was du genommen hast, um die ganze Zeit wachzubleiben. Aber wir anderen müssen von Zeit zu Zeit mal schlafen! Im Gegensatz zu gemeingefährlichen Robotern kommen Menschen da nicht drum herum.«

Irgendwie musste ich ihm zustimmen. Matt hatte tatsächlich überdurchschnittlich lange nicht geschlafen. Wie er das machte? Keine Ahnung. Gesund konnte es jedenfalls nicht sein! Seine Augen schimmerten auf unheimliche Weise rabenschwarz. Fast unmenschlich. Jedes Mal, wenn ich ihn ansah, jagte mir sein Anblick einen Schauer über den Rücken.

Matt schüttelte den Kopf, ohne Ethan überhaupt zu beachten. »Wo ist Yahto?« Gute Frage! Unser Begleiter schien sich auf unauffällige Weise aus dem Staub gemacht zu haben.

»Das ist doch echt nicht zu fassen!«, regte Ethan sich auf.

Maka hingegen zuckte nur mit den Schultern. »Er wird wieder auftauchen«, erklärte sie. Matt schien das zu überzeugen. Ganz im Gegensatz zu Ethan. Der begann auf der Stelle damit, die junge Frau mit Fragen zu bombardieren.

Matt reichte mir seinen Ersatzautoschlüssel. »Meinst du, ihr bekommt das mit den Besorgungen hin?« Da er sein Geld unter keinen Umständen zurücknehmen wollte, verzog ich nur missbilligend das Gesicht und nickte dann.

»Wir werden uns an deine Vorgaben halten und zehn Paar Schuhe, Reiselektüre, ein paar Flaschen Alkohol und jedem von uns ein neues I-Phone kaufen.« Matt grinste breit und schrieb mir einen kleinen Zettel für die Sachen in der Apotheke. »Ich weiß, dass du ein vertrauenswürdiger Mensch bist, Reag!«

»Ja. Im Gegensatz zu dem Typen, der mir gerade gegenübersteht und dämlich grinst«, konterte ich und nahm ihm den Zettel ab. »Gib den her! Soll ich Maka und Ethan mitnehmen?«

»Das wäre großartig.« Matt zwinkerte mir auf seine bescheuert arrogante Art zu. »Sie würden mir ja doch nur im Weg rumstehen.«

»Oh Himmel!«, seufzte ich. »Ich muss hier weg!«

Gemeinsam mit den beiden anderen machte ich mich also auf den Weg. Zu bekommen, was Matt uns aufgetragen hatte, erwies sich als gar nicht so einfach. Ethan schien beschlossen zu haben, seine Wut auf Matt an mir auszulassen. Er zankte den halben Weg rum, behauptete, wir sollten einfach Matts Jeep klauen und allein weiterfahren.

Natürlich ging ich nicht auf diese Schnapsidee ein. Bei der Geldsumme, die Matt mir gegeben hatte, machte er es uns zwar möglich, eine ganze Weile ohne ihn auszukommen. Wenn wir gewollt hätten, hätten wir also einfach fliehen können. Problemlos. Die Scheine reichten ja fast, um ein neues Auto zu kaufen.

Trotzdem hatte ich das vage Gefühl, dass wir ohne Matt aufgeschmissen waren. Immer öfter musste ich an seine Projekte von damals denken, an die Programme, die er geschrieben hatte und die Menge an Informationen, die er besaß. Er war in den letzten Tagen erstaunlich nett zu mir gewesen. Nett und sehr zuvorkommend, was ich erstaunlich fand. Okay, manchmal ärgerte mich seine zutiefst arrogante Art. Aber manchmal war ich auch einfach nur froh, dass er die Hoffnung noch nicht ganz verloren zu haben schien.

Nein, ich wollte gar nicht abhauen und ihn allein lassen. Ich war tatsächlich vertrauenswürdig.

Ähnlich wie Maka, die sich bei den Besorgungen, die wir in den nächsten zwei Stunden erledigten, tatsächlich ganz genau an das hielt, was Matt uns aufgetragen hatte. Sie kaufte nichts mehr und nichts weniger.

Ethan hingegen hatte offensichtlich die Nase voll. »Hat irgendwer von euch schon mal darüber nachgedacht, ob Matt das ganze Spiel inszeniert haben könnte?« Er füllte unseren Einkaufswagen mit mehreren riesigen Küchenmessern, die er irgendwo aufgegabelt hatte, zwei Prepaid-Handys, die wir seiner Meinung nach auf der Flucht vor Matt mitnehmen sollten, und einer Taschenlampe. »Dieser Matt hat zu viel Geld« – da musste ich ihm allerdings zustimmen! – »und er verhält sich wie der König des Universums! Wenn ihr mich fragt, ist es seine Schuld, dass wir alle in Gefahr schweben. Ich meine, es wäre doch nicht ausgeschlossen, dass er im Stillen sein kleines, sadistisches Spiel spielt, oder? Was, wenn er größenwahnsinnig geworden ist und uns alle wie Schachfiguren hin und her schiebt?«

»Na ja«, gab Maka zu. »Er macht den Eindruck, als wisse er mehr als das, was er uns erzählt hat.«

»Und wenn schon«, protestierte ich vehement und sah mich zwischen den Getränkeregalen um. »Spaß macht ihm diese ganze Sache jedenfalls nicht.« Nein, Matt war ja förmlich anzusehen, wie gern er all das hier beendet und uns nach Hause gebracht hätte. »Außerdem brauchen wir ihn!« Ich brauchte ihn. Als ich verstummte, war ich selbst überrascht darüber, dass ich ihn hier so nachdrücklich verteidigte. Es entstand eine kurze Pause, in der Maka und ich schockiert schwiegen und ich ein paar Schritte zwischen aufgestapelten Getränkekisten mit bunten Etiketten hin und her machte.

Dann fuhr Ethan fort. »Sorry, Leute, aber es kommt mir einfach so vor, als führe er uns an der Nase herum. Für unseren Millionärssohn ist das doch nur ein Zeitvertreib.«

»Das glaube ich nicht!«, bot ich auf der Stelle wieder contra. »Matt würde nicht …« Ich brach ab. Wusste ich das wirklich? Was konnte ich schon über Matthew Nolan sagen? Er war ein Brief mit sieben Siegeln. Ein verschlossenes Buch. Ein Mysterium. Das Einzige, das feststand, war, dass ich mich von Rätseln magisch angezogen fühlte. Dass ich gern genauer gewusst hätte, wer oder was Matt wirklich war. Und dass es eine Zeit gegeben hatte, in der ich ihn verdammt gerne besser gekannt hätte.

»Das alles wird verdammt riskant«, murmelte Ethan unwillig. »Wir könnten jeden Moment wieder angegriffen werden!«

Ich lud noch einen Kasten mit Wasser- und einen mit Colaflaschen auf unseren Einkaufswagen und sah mich nach den Lebensmitteln um, die wir ganz dringend noch brauchten.

»Warum bist du dir überhaupt so sicher, dass dein Vater entführt wurde und nicht abgehauen ist?«, fragte Ethan gerade. Er verwickelte Maka mal wieder in ein Gespräch.

»Yahto war sich hundertprozentig sicher, als unsere Mutter mit uns über die Geschichte geredet hat. Und er täuscht sich fast nie«, erklärte sie sofort.

Grüblerisch schlenderten wir weiter durch den Markt, am Kühlregal vorbei. In der Abteilung, in der es Essen in Dosen gab, kauften wir eine Menge. Matt hatte uns, was das Essen anging, freie Hand gelassen. Also besorgten wir unterschiedlichste Gerichte, dazu noch etwas Brot und noch einige Sachen, die sich lange hielten.

»Haben wir jetzt alles?«, wollte Maka nach einer gefühlten Ewigkeit wissen. »Ich müsste nämlich mal dringend telefonieren!« Sie warf Ethan einen entschuldigenden Blick zu. »Meine kleinen Geschwister … und das Hotel …«

»Komm!« Er winkte ihr, ihm zum Ausgang zu folgen. »Matts Sklavin kriegt das hier schon allein hin.« Damit ließen mich die beiden mit den Einkäufen allein. Ich schüttelte leicht den Kopf und machte mich dann daran, die ganzen Lebensmittel auf das Rollband des Verkaufstresens zu hieven.

Dabei richtete ich den Blick durch eine milchige Scheibe auf Matt, der in dem Laden gegenüber zwischen verschiedenen elektronischen Geräten stand und ganz offensichtlich etwas suchte, um Gargoyle zu reparieren. Noch ehe ich es geschafft hatte, alles auszuladen, hatte er seine Besorgungen erledigt und trat auf den Parkplatz. Nur, um kurz darauf zielstrebig auf das Internetcafé zuzulaufen, hinter dessen Tür er schließlich verschwand. Was wollte er denn eigentlich jetzt noch an einem PC? Konnte er nicht auch von seinem Laptop aus arbeiten? Oder war es so wichtig, dass er – bei was immer er da gerade tat – im Netz inkognito blieb?

Als ich den Einkaufswagen ein Weilchen später wieder voll beladen und unsere Überlebensrationen bezahlt hatte, schob ich das Ding in Richtung Parkplatz, auf dem Matts dunkler Jeep stand. Mit den Getränken und den Dosen hatten wir jetzt endlich alles, was wir brauchten. In der Apotheke waren wir schon vorher gewesen und hatten alles bekommen, was Matt uns aufgetragen hatte. Leider war der Einkaufswagen jetzt so schwer, dass ich ihn kaum von der Stelle bewegen konnte. Von den anderen war weit und breit nichts zu sehen.

Ich schob und zerrte das schwere Gefährt in die richtige Richtung. Glücklicherweise ging es auf dem Parkplatz leicht bergab. Zuerst war das eine Entlastung … dann bekam der Wagen plötzlich so viel Geschwindigkeit, dass ich ihn kaum mehr halten konnte.

»Na?« Eine Hand packte den Wagen und hielt ihn mit erstaunlich starkem Griff fest. Wie aus dem Nichts war Yahto wieder aufgetaucht, eine Zigarette im Mundwinkel und eine Flasche, in der sich jedenfalls etwas Hochprozentigeres als Bier befand, in der Hand.

»Ist das Whiskey?«, wollte ich wissen. Ein unangenehmer Geruch von Alkohol stieg mir in die Nase. »Okaaaay …«, machte ich und versuchte, die Fassung zu bewahren. »Ähm … hast du Matt das Portemonnaie aus seiner Hosentasche geklaut?« Wir waren nach der Explosion des Pick-ups zu einer etwas freundschaftlicheren Umgangsweise miteinander übergegangen. »Oder wie hast du diese Flasche bezahlt?«

Seine sehnige, braune Hand hatte sich um den Griff des Einkaufswagens gelegt, hielt mit erstaunlicher Kraft das Gefährt fest. »Ob du's glaubst oder nicht, ich besitze auch eigenes Geld. Nicht so viel zwar, wie dein reicher Freund ... aber ich habe Geld.«

»Daran ... hab' ich nicht gezweifelt!«, murmelte ich und fühlte mich dabei ziemlich unwohl.

»Und im Gegensatz zu manchen anderen bezahle ich das, was ich kaufen will, selbst!«, fügte Yahto hinzu, ließ den Wagen los und sah zu, wie ich allein gegen das Gewicht anzog. Obwohl er gar nicht dabei gewesen war, als Matt mir die Scheine in die Hand gedrückt hatte, schien er Bescheid zu wissen. Klar, denn ich sprach hier mit Yahto. Er wusste immer alles. »Sich erst von ihm das Leben retten lassen ... und dann auch noch Nolans Hunderter in die eigene Tasche stecken ...« Yahto warf mir einen flackernden Blick zu.

Von hier aus konnte man die Dächer der Stadt herrlich überblicken. Ich sah mehrere große Hotels und eine Parkanlage, die sich ein Stück entfernt vom höhergelegenen Parkplatz befanden.

»Wie?«, wollte ich erstaunt wissen. »Sich das Leben retten lassen?« Doch in diesem Moment ging mir auf einmal ein Licht auf. Matts Rücken sah viel schlimmer aus als meiner, obwohl wir bei der Explosion etwa gleich weit vom Wagen entfernt gestanden hatten. Ich war gestürzt und hatte dann die Besinnung verloren, war aber verhältnismäßig glimpflich davongekommen. Matt hatte viel stärkere Schmerzen als ich. Und das ließ nur eine logische Schlussfolgerung zu: Er hatte mich mit seinem Körper geschützt.

»Oh. Mein. Gott!«, stieß ich leise hervor. Der Getränkewagen rollte immer noch, und ich hatte so meine Probleme damit, ihn irgendwie unter Kontrolle zu bekommen. Nur mit Mühe verhinderte ich einen Zusammenstoß mit einem ausparkenden Auto. In diesem Moment rutschten meine Hände vom Wagengriff. Die kleinen Rollen begannen zu rattern, das Ding drohte davonzusausen. Ich bekam einen Heidenschreck, stürzte hinterher und erreichte den Griff doch nicht mehr mit der Hand. Erstaunlich schnell hatte Yahto den

Wagen gepackt. Die Tatsache mit einbezogen, dass er aus seiner soeben errungenen Whiskeyflasche bereits getrunken hatte, hätte ich nicht vermutet, dass er zu solch einer schnellen Reaktion fähig war. Vor allem nicht, da er nur die eine Hand benutzen konnte.

Aber tja. Da hatte ich ihn mal wieder unterschätzt. Das Gefährt mit der gesunden Hand festhaltend, drehte er sich zu mir um. Er verengte die Augen zu Schlitzen und legte die Stirn in Falten.

»Hör … hör bitte auf, so zu gucken!«

Ich half ihm mit dem Einkaufswagen, den wir mit vereinten Kräften in Richtung Jeep manövriert bekamen. Verdammt! Matt war auf mir gelandet, bevor ich ohnmächtig geworden war. Deshalb hatte ich so wenig abbekommen! Deshalb war es ihm so viel schlechter ergangen. »Wie gucke ich denn?«, wollte Yahto wissen, während ein nicht gerade freundliches Lächeln seine Mundwinkel umspielte.

Ich biss mir auf die Lippe und fragte mich, ob ich noch etwas anderes tun würde, als auf dem Boden rumzurobben, wenn ich die Menge an Whiskey getrunken hätte, die Yahto gerade so nebenbei zu sich genommen hatte. Er trank offensichtlich öfter.

»Du magst mich wohl nicht besonders, hm?«, fragte Yahto und betrachtete seine verletzte Hand.

»Du machst es mir nicht immer ganz leicht, dich zu mögen. Aber«, fügte ich ehrlich hinzu, »dass ich dich nicht mag, stimmt nicht. Ich schätze dein Urteilsvermögen und deine Intelligenz.«

Täuschte ich mich, oder sah er hinter seiner steinernen Maske tatsächlich überrascht aus? Wir blieben stehen, weil ein Auto vor uns ausparken wollte, und Yahto zündete sich eine zweite Zigarette an. »Matthew Nolan verheimlicht dir etwas«, erzählte er unaufgefordert. »Ich werde nicht schlau aus ihm. Irgendetwas stimmt da nicht. Er schläft nicht, sein schlechtes Gewissen dir gegenüber ist ihm an der Nasenspitze anzusehen. Und trotzdem …« Yahto Evans lachte freudlos. Bei dem Gedanken an das, was in den letzten Jahren geschehen war, überkam mich leichte Übelkeit. Ein unangenehmes Pochen setzte hinter meinen Schläfen ein. Ich fühlte mich wieder von Matt verraten.

Yahto sah mich an und schien zu lauschen. Als könnte er nachvollziehen, was ich fühlte. »Mein jüngerer Bruder kann seine Beine nicht bewegen«, sagte er dann. »Im Winter müssen Maka und ich aufpassen, dass unsere kleinen Geschwister nicht verhungern oder erfrieren. Wir kämpfen um fließendes Wasser. Um Menschenrechte. Um Leben. Aber dieser Kampf bleibt ohne den geringsten Erfolg. Und jetzt haben es auch noch irgendwelche Terroristen auf das Leben meiner Schwester abgesehen! Mein Vater ist verschwunden und hat uns mit dem Hotel allein gelassen. Taylor säuft noch mehr als ich und redet fast nie, meine Mum ist vollkommen überanstrengt. Eigentlich sollten mir eure dämlichen Beziehungsprobleme scheißegal sein. Aber irgendwie habe ich das Gefühl, dass diese Sache eine Menge bedeutet. Auch für uns.«

Er brach ab, als ich meine Hand auf seine legte. »Yahto!« Ich spürte seine kühlen, sehnigen Finger unter meinen. Was ich ihm gern gesagt hätte, ließ sich nicht so schnell in Worte fassen. Und irgendwie hoffte ich tief und innig, dass er das auch verstand.

»Lass das!« Wieder dieses freudlose Lachen. »Matthew Nolan guckt, als wolle er mich gleich auffressen.« Er hatte Recht. Inzwischen hatten wir uns dem Jeep genähert. Matt kam uns von der anderen Seite entgegengelaufen und entfernte sich immer weiter vom Eingang des Internetcafés. Dieses schien nur ein schmuddeliger Schuppen aus Holz und mit spärlicher Beleuchtung hinter den winzigen Fenstern zu sein. Matt erreichte uns und warf Yahto einen bitterbösen Blick zu. Er verlud eine Tüte mit Einkäufen im Handschuhfach. Etwas kräftiger, als nötig gewesen wäre, schlug er die Beifahrertür wieder zu. Dann begann er, mit den Fingern auf der Kühlerhaube herumzutrommeln, ohne den Blick von uns abzuwenden.

Ich konnte mir ein Grinsen nicht verkneifen. »Hast du«, wandte ich mich dann leise an Yahto, »so etwas wie einen Plan? Glaubst du auch, dass wir eine Chance haben?«

»Rede mit Matt, immer wieder. Bleib bei ihm«, schlug er mir vor. »Das ist das Beste, was du machen kannst. Denn irgendwie beschleicht mich das Gefühl, er könne unsere einzige Chance sein.«

Matt, der uns offensichtlich nicht gehört hatte, weil die Geräusche von Rotorblättern unsere leisen Worte übertönten, legte für eine Sekunde den Kopf in den Nacken, dann sah er uns wieder an.

Mit einer Handbewegung deutete er nach oben. »Was …?«, setzte ich an, doch in diesem Moment verstand ich. Über uns kreiste ein Hubschrauber. Immer noch. Oder schon wieder.

»Matt?«, fragte ich, während auf einmal Panik in mir hochwallte. Vorhin war derselbe Helikopter über uns geflogen. Hatte seine Runden gedreht. Unermüdlich. Wir hatten ihn gar nicht beachtet. Immerhin waren derartige Geräusche weder ungewohnt noch selten. Aber dass das Teil jetzt immer noch da war, offenbarte etwas anderes. Das hier war kein ganz normaler Hubschrauber. Da oben war jemand. Jemand, der uns im Blick behielt.

Nur mit Mühe unterdrückte ich einen Schreckenslaut. Ich fühlte mich wie gelähmt. Schwarze Punkte begannen vor meinen Augen zu tanzen, Panik übermannte mich. Yahto, der immer noch neben mir stand, streifte mit seinem Verband meine Finger. Seine Augen huschten mit kalter Gleichgültigkeit zum Himmel, dann richtete er seinen Blick auf Matt. Während die beiden sich stumm über irgendetwas auszutauschen schienen, fühlte ich mich, als würde mir irgendjemand die Kehle zudrücken. Das Rattern der Rotorblätter durchdrang die Geräusche des Windes, legte sich über alles und jagte mir eine Gänsehaut über den ganzen Körper.

»Was machen wir denn jetzt?« Ich ließ den Blick gesenkt, weil ich denen da oben nicht unnötig auffallen wollte.

»Nichts!«, erklärten Matt und Yahto einstimmig. Sie hätten genauso gut über das Wetter sprechen können. Fassungslos starrte ich die beiden an. Wollte nicht glauben, was ich da gehört hatte.

»Das sind unsere Gegner. Die werden uns umbringen!«, stellte ich fest und begriff dabei, wie sehr ich mich schon mit dieser Idee abgefunden hatte. »Und wir wissen noch nicht mal, warum!« Obwohl jeden Moment mit Schüssen von oben, mit Blut und Schreien zu rechnen war, klang meine Stimme eher teilnahmslos. Ich hatte keine Kraft mehr, mich gegen das Schicksal aufzulehnen. Uns würde sowieso niemand retten können.

»Hör auf, so etwas zu denken!« Yahto schüttelte eindringlich den Kopf. Konnte er meine verdammten Gedanken lesen? Ich erschauderte und schnappte nach Luft. Atmete … und hatte doch das Gefühl, kläglich zu ersticken.

»Was denke ich denn?«

»Dass sie uns umbringen werden.«

»Ach«, murmelte ich, »und das werden sie nicht? Sie sind nur hier, um … ein paar kleine Übungsrunden mit dem Hubschrauber zu drehen?« Langsam wurde es mir wirklich zu bunt. Ich konnte mich nicht mehr beherrschen, wollte am liebsten schreien. Nur mit Mühe unterdrückte ich den Reflex, meinen Kopf einzuziehen. Abzutauchen und mich zu verstecken. Davonzulaufen. »Über unseren Köpfen?«, setzte ich hinzu. In dieser Situation war jeder Fluchtversuch sinnlos. Wenn die Leute im Hubschrauber uns tot sehen wollten, dann würden sie das. Ich schnaubte verzweifelt und wollte mich von Matt und Yahto wegdrehen. Weil ich ihre Ruhe nicht verstand. Weil ich so fürchterliche Angst hatte.

Ich biss die Zähne zusammen, nahm all meine Kraft zusammen und blieb stehen. Der drohenden Gefahr von Angesicht zu Angesicht gegenüber. So fühlte es sich jedenfalls an. Was ich hier tat – mitten auf einem ungeschützten Parkplatz stehen, meine Mörder direkt über mir – kam mir wie ein Himmelfahrtskommando vor. Trotzdem ignorierte ich das Dröhnen der Maschine über mir. »Tut mir leid, das sagen zu müssen!«, erklärte ich mit dem, was von meiner Stimme übrig war. »Aber wenn du denkst, wir hätten eine Chance, dann hast du eindeutig zu viel Whiskey getrunken.«

Matt lachte leise. Ich wiederhole: Er lachte! »Wir sind gleich tot«, stieß ich ungläubig hervor. »Die da oben können jeden Moment abdrücken. Und was machst du? Du lachst!«

»Sie bringen uns nicht um, Reag!« Er war wieder ernst geworden und seine Stimme klang erstaunlich beruhigend. »Denk mal drüber nach! Ein so offensichtlicher Mord entspricht nicht ihrer Vorgehensweise.«

»Weil sie uns noch nie aus einem Hubschrauber angegriffen haben?« Meine Knie waren butterweich geworden, was wohl einerseits an dem Helikopter im Himmel und andererseits an Matts eindringlichem Blick liegen musste. Einmal richtig laut zu schreien, kam wohl trotz allem nicht infrage. Oder?

»Niemand wird auf uns schießen. Man behält uns im Auge, wie die ganze Zeit schon.« Die Tatsache, dass Matt jetzt nach einer der

Getränkekisten griff und diese seelenruhig im Kofferraum des Jeeps verlud, trieb mich in den Wahnsinn.

»Matt!«, fauchte ich. Ich konnte hören, wie das schwarze Ungetüm am Himmel einen Kreis drehte. Ein dunkler Schatten fiel auf den Parkplatz. Er wanderte vom Wagen über die Straße, dann über andere parkende Autos. Leute liefen hin und her und schoben Einkaufswagen, öffneten Kofferraumtüren und stiegen in ihre Wagen, um seelenruhig nach Hause zu fahren. Einige beobachteten den Hubschrauber, der über uns kreiste. Andere waren so abgelenkt, dass sie noch nicht mal einen Blick in den Himmel warfen. Niemand machte sich ernsthaft Gedanken, weil ein schwarzer Hubschrauber über uns kreiste. Ich musste mich an der Tür des Jeeps festklammern, um nicht zusammenzubrechen.

Yahto warf mir einen schwer zu deutenden Blick zu. Dann ließ er sich dazu herab, seine und Matts Gelassenheit ein bisschen zu erklären. »Wir befinden uns auf einem öffentlichen Parkplatz! Falls man uns erschießt, würden das alle sehen.« Er deutete auf ein paar der Passanten. »Bestimmt würde jemand die Polizei rufen. Melden, dass hier Leute erschossen worden sind. Von einem Hubschrauber aus. Das würde Aufsehen erregen.«

»Das an der Tankstelle … und auf der Demo … hat auch Aufsehen erregt«, konterte ich mit brüchiger Stimme. Yahto nickte zustimmend, das Brausen und die inzwischen beinahe ohrenbetäubenden Geräusche von oben einfach ignorierend. »So weit richtig. Aber hat dort irgendjemand gesehen, wer wirklich angegriffen hat? Nein. Niemand hätte sagen können, warum die Tankstelle hochgegangen ist. Wer die Bombe zur Explosion gebracht hat. Unsere Gegner zeigen sich nicht. Als der Pick-up hochgegangen ist, war niemand da. Niemand, den man hätte verantwortlich machen können.«

»Du glaubst also, man wird uns nicht erschießen, weil dort oben Leute sitzen? Weil irgendjemand deren Gesichter erkennen und der Polizei melden könnte?«, schrie ich gegen die Geräuschkulisse an. Wind zerzauste meine Haare.

»Schau mal da!« Yahto deutete in Richtung Einkaufszentrum. »Siehst du die Überwachungskamera? Vor oder in Supermärkten gibt es eigentlich immer eine. Und das wissen die da oben auch.«

»Also werden sie uns überwachen?«, fragte ich und konnte das Beben in meiner Stimme nur mit Mühe unterdrücken. »So lange, bis wir uns an irgendeinen Ort begeben, an dem sie uns unbemerkt aus dem Weg räumen können?«

»Richtig!« Matt seufzte leise. »Unsere Gegner wollen inkognito bleiben. Sie werden uns also nicht vor aller Leute Augen töten, weil sie – jedenfalls im Moment – selbst gesehen werden könnten.«

»Wieso nur beruhigt mich das überhaupt nicht?« Die Geräusche der Rotorblätter waren leiser geworden, der Helikopter war offensichtlich abgedreht. »Es sollte dich aber beruhigen!« Matt verlud weiter Getränkekisten. »Wir verhalten uns von jetzt an unauffällig. Gehen nirgendwo hin, wo nicht auch andere Leute unterwegs wären.«

»Das wird nicht funktionieren!«, verklickerte ich ihm. »Wir wollen nach Arizona. Irgendwann werden wir auf einer kaum befahrenen Straße unterwegs sein. Irgendwann werden sie einen passenden Moment finden. Aufgeschoben ist nicht aufgehoben.« Die Geräusche des Hubschraubers wurden wieder lauter. »Oh Scheiße!«, murmelte ich.

Matt lehnte sich erschöpft gegen die Karosserie des Jeeps, die er gestern in einer Werkstatt hatte ausbessern lassen. »Wenn die direkt über uns bleiben, spielen sie uns gute Karten zu«, erklärte er und fuhr sich mit der Hand über die Stirn. Seine von der Arbeit an Gargoyle dreckigen Finger hinterließen schmutzige Striemen an der rechten Schläfe. »Wir wollen doch nur nach Arizona, um herauszufinden, wer die da oben eigentlich sind. Tja. Jetzt machen sie uns diese Aufgabe leichter.« In der Zwischenzeit hatten wir alle Kisten und Dosen verladen. Matt schloss seelenruhig den Kofferraum. »Yahto, du bringst den Einkaufswagen weg!«, verteilte er die Aufgaben.

»Welch eine glorreiche Aufgabe, die Mr. Arrogant mir da zutraut«, grummelte Yahto, doch Matt fuhr unbeirrt fort: »Reagan, du holst Ethan und Maka … und ich behalte die da oben im Auge, passe auf den Jeep auf und überwache, dass der Betrunkene hier keinen Mist baut.«

»Oh, ich schätze, er schafft die hochkomplexe Aufgabe, die du ihm zugedacht hast, auch allein«, verteidigte ich Yahto. In Matts Blick flackerte irgendetwas, doch er hielt seine Klappe.

Es dauerte nicht lange, bis ich Ethan und Maka gefunden hatte. Sie standen auf der gegenüberliegenden Seite des Parkplatzes auf einer Art Plateau, von dem aus man ebenfalls einen guten Ausblick über die Stadt und die schon recht frostige Landschaft im Hintergrund hatte. Maka telefonierte, und Ethan hatte ihr schon wieder seine dicke Winterjacke umgehängt. Während sie dastand, das Telefon ans Ohr gepresst, marschierte er unruhig auf und ab, die junge Frau zwischendurch von der Seite beobachtend. »Ethan!« Matts Ratschlag folgend, ging ich zügigen Schrittes, rannte aber nicht. Meine Knie fühlten sich noch immer wackelig weich an. Das Knattern über uns wurde langsam wieder leiser. Der Helikopter drehte ab, flog eine seiner teuflischen Runden. Aber das beruhigte mich überhaupt nicht. Ich wusste, dass er zurückkommen würde.

»Ethan! Ich muss mit dir reden!« Mein Gesichtsausdruck spiegelte meine Panik wohl ausreichend wider. Er schien jedenfalls sofort zu begreifen, dass irgendetwas nicht stimmte.

»Reagan? Alles okay? Ist was passiert? Alles in Ordnung?« Ich schüttelte energisch den Kopf. »Hör mir gut zu! Ihr müsst zum Jeep zurückkommen! Sofort! Da ist dieser Hubschrauber und …«

Ich brach ab und überlegte eine Sekunde, ob es wirklich sein konnte, dass man einen Helikopter auf uns angesetzt hatte. Oder litten wir alle unter Verfolgungswahn? War das vielleicht am Ende einfach nur irgendein Rettungshubschrauber, der Übungsrunden drehte? Allerdings … das Ding hatte bedrohlich ausgesehen. Angsteinflößend. Ich erschauderte.

»Was?«, keuchte Ethan. Der Schock übermannte ihn, riss ihn mit sich. Mit geweiteten Augen starrte er mich an, während sämtliche Farbe aus seinem Gesicht wich.

»Alles in Ordnung?« Maka hatte ihr Telefonat beendet und sich ebenfalls genähert.

»Nein!«, stieß Ethan atemlos hervor. Seine Augen suchten hektisch den Himmel ab. »Nein … überhaupt nicht. Da ist …«

»… der Hubschrauber?« Sie klang vollkommen ruhig und abgeklärt. »Ja. Der ist mir auch schon aufgefallen. Bei dem Lärmpegel macht er die halbe Stadt auf sich aufmerksam.«

Ethan warf ihr einen zutiefst entsetzen Blick zu. »Du hast ihn *gesehen*? Und du bist nicht in Ohnmacht gefallen?«

Ihr Mundwinkel zuckte. »Man hat versucht uns umzubringen, Ethan! Über kurz oder lang war mit so etwas zu rechnen.«

»Mit so etwas? Mit einem Hubschrauber? Der uns überwacht?« Er schrie jetzt fast. Meine linke Hand krallte sich um das alte, rostige Metallgeländer, das am Rand des Parkplatzes stand. Ein plötzliches Schwindelgefühl packte mich. Der Hubschrauber … das unerträgliche Gefühl, ständig überwacht, von oben beobachtet zu werden. Diese Ungewissheit, wie es weitergehen sollte … Das war alles zu viel. Viel zu viel! Und anscheinend ging das nicht nur mir so.

Makas Hand tastete nach Ethans. »Yahto würde sagen, dass das mit dem Helikopter eine richtig dumme Idee war. Wenn wir ruhig bleiben und uns die Nacht über nicht aus der Stadt oder aus belebten Gegenden wegbewegen, haben sie ein Problem. Der Hubschrauber muss irgendwann irgendwo landen. Sie können nicht die ganze Nacht hier kreisen, das wäre viel zu auffällig.«

Ich zwang mich zu nicken. Matt kam in unsere Richtung geschlendert und strich mir von hinten mit den Händen über die Arme. Und erstaunlicherweise beruhigte mich diese Geste, ich konnte auf einmal wieder richtig atmen. Matt schien Makas letzte Worte gehört zu haben, denn er nickte. »Vermutlich dachten sie, wir würden weiterfahren. Durch die Nacht … auf wenig befahrenen Straßen. Aber jetzt machen wir ihnen einen Strich durch die Rechnung.«

Während Maka den vor Schreck gelähmten Ethan in Richtung Jeep zerrte, versuchte ich, tief durchzuatmen. Gemeinsam mit Matt gingen wir zurück zum Jeep, wo Yahto bereits auf uns wartete. Ethan warf einen unglücklichen Blick in Richtung des langsam dunkler werdenden Himmels. Die Sonne war bereits hinter den Bergen verschwunden. Vom Parkplatz aus betrachtet konnte man gut erkennen, dass die Dächer der Häuser in seltsames Zwielicht getaucht wurden. Die Ziegel schimmerten im Licht und blendeten uns. Vom Helikopter war im Augenblick nichts mehr zu sehen. Alles wirkte so friedlich. »Vielleicht ist er schon irgendwo gelandet!«, spekulierte Ethan hoffnungsvoll.

»Entweder das, oder er dreht nur eine Runde. So oder so«, meinte Matt, »über kurz oder lang muss er irgendwo runterkommen. Er wird nicht ewig da oben bleiben! Und das ist unsere Chance herauszufinden, wer es auf uns abgesehen hat. Wenn uns die da oben tatsächlich von nun an verfolgen wollen, müssen sie hier in der Nähe bleiben, wenn wir jetzt ein Quartier für die Nacht suchen.« Ich schluckte gegen den Kloß an, der sich in meinem Hals gebildet hatte. »Damit haben sie sich aber selbst ins Knie geschossen«, verkündete Matt und klang dabei außerordentlich stolz. Mir wurde schlecht. »Du hast aber nicht im Ernst vor …« Ich kam nicht weiter, weil meine Stimme mich vollständig im Stich ließ.

Matt ignorierte mich und zog sein Handy aus der Hosentasche. »Ich schaue mal, ob ich ein Hotel finde, in dem wir die Nacht verbringen könnten.« Er machte eine kurze Pause und musterte uns der Reihe nach. »Grins' nicht so dämlich, Moterri!« Ich sah zu Ethan, der tatsächlich nur mit Mühe ein Lachen unterdrückte. Seit von dem Hubschrauber nichts mehr zu sehen oder zu hören war, schien er sich wieder etwas beruhigt zu haben. Offensichtlich hatte er doch stärkere Nerven, als ich gedacht hätte.

»Siehst du?«, wandte er sich an Matt. »Ich hab' schon von Anfang an gesagt, wir sollten hierbleiben.«

»Wir bleiben nicht hier, weil du es vorgeschlagen hast, sondern weil das Auftauchen des Helikopters die Planung ändert.«

»Und weil es einfach eine kluge Idee ist, hier zu übernachten!«, konterte Ethan. »Weil ich klug bin. Das war meine Idee.«

»Sehr witzig!« Matt verzog das Gesicht. »Vielleicht konzentrieren wir uns lieber wieder aufs Überleben. Schätze, das tut allen Anwesenden gut! Besonders denen, die sich selbst für super intelligent und für den Mittelpunkt der Welt halten.«

»Warum nur finde ich es gerade irre komisch, dass ausgerechnet du das sagst, Matt?«, fragte ich und wartete vergeblich auf die Schadenfreude, die sich normalerweise nach derartigen Sprüchen einstellte. Irgendetwas hatte sich tief in meinem Inneren verkrampft. Ich hatte keine Lust auf dumme Scherze, weil mir das mit dem Hubschrauber wahnsinnig zugesetzt hatte. Es machte Angst, so überwacht zu werden. Als ich dann auch noch das Geräusch von sich nahenden Rotorblättern hörte, deren Wind ein paar dünne Bäume am Rande des Parkplatzes hin und her schaukeln ließ, konnte ich nicht mehr. Ich musste die Augen schließen und mich auf die Rückbank des Jeeps setzen.

Yahto und Maka gesellten sich zu mir, während Ethan auf dem Beifahrersitz Platz nahm. »Okay! Ich habe ein Hotel gefunden. Hier ganz in der Nähe!« Matt warf uns einen Blick durch den Rückspiegel zu. »Wenn stimmt, was auf der Website steht, haben die noch Zimmer frei.«

Die Geräusche des Hubschraubers waren selbst im Wagen zu hören. Während Matt Gas gab und vom Parkplatz fuhr, folgte uns das Ungetüm hoch oben in der Luft. Ich kämpfte noch immer gegen die Sternchen, die vor meinen Augen tanzten. Es dauerte nur ein paar Minuten, bis wir das Hotel erreichten. Auf seine beneidenswerte Art, alles organisieren zu können, reservierte Matt ein paar Zimmer, gab der Dame an der Rezeption eine Menge Trinkgeld und machte alles in allem einen vollkommen durchschnittlichen Eindruck. Mit keinem Wimpernzucken ließ er sich anmerken, dass irgendwo über Flagstaff ein Hubschrauber kreiste, der uns verfolgte.

Als wir in der großen Empfangshalle standen, durch deren riesige Glasfenster man einen wahnsinnigen Blick auf die Berge hatte – das Hotel lag, ähnlich wie der Parkplatz vorhin, leicht erhöht – fühlte ich mich langsam wieder etwas besser. Von hier drinnen war der Helikopter nicht mehr zu sehen. Ich wusste zwar, dass er noch da war, zwang mich aber, mich auf etwas anderes zu konzentrieren. Unser neues Quartier durfte ruhig als luxuriös bezeichnet werden. Eine große, steinerne Treppe führte hinauf in den ersten Stock. Auf den Fluren lagen Teppichböden, es gab eine Terrasse, auf der bei schönem Wetter gefrühstückt werden konnte, und ein Schwimmbad. Die Zimmer waren riesig und hatten mehrere große Fenster, die einen wundervollen Blick über den Stadtteil erlaubten.

Matt gab mir meinen Schlüssel. »Reag?« Ich mochte es überhaupt nicht, wenn er mich so nannte. »Was?«, knurrte ich. Er drückte mir Gargoyle in den Arm. Sein Portemonnaie folgte. Wir standen auf dem langen Flur mit gewienerten Holzpanelen, an dessen Ende eine große Fensterfront den Blick auf die weiträumige, teils überdachte Terrasse erlaubte. Auf den Stühlen lagen dicke Decken und Wärmelampen standen zwischen den kleinen Tischen. Alles war dafür ausgelegt, dass man auch bei kühlerem Wetter entspannt draußen sitzen konnte. Ein schmaler Sonnenstreifen wanderte über die Terrasse und fiel dann durch das Fenster auf den Flur.

Matt sah mich an. Inzwischen waren Maka, Ethan und Yahto in einem der anderen Zimmer verschwunden.

»Du hast ein schönes Hotel ausgesucht, das muss man dir lassen«, sagte ich und nahm etwas erstaunt seine Sachen entgegen. »Aber Matt! Was soll ich mit deinem Handy und dem ganzen Kram?« Gargoyle berührte ich nur mit den Fingerspitzen, hielt sie ganz vorsichtig fest. Die Flügel der kleinen Drohne sahen ziemlich zerbrechlich aus. Ich winkte Matt in das geräumige Zimmer, das wohl für mich gedacht war. Wenn man sich hier so umsah – das große, weiche Bett, ein schönes, sauberes Badezimmer und ein überdimensionaler Schrank, alles nett eingerichtet und unbeschreiblich gemütlich – konnte man glatt annehmen, man sei in einem Urlaubstraum gelandet. Was wir aber nicht waren.

»Ich werde versuchen herauszufinden, wo der Hubschrauber landet!« Matt nickte aufmunternd. »Am besten allein … könnte gefährlich werden!« Er sah abgekämpft aus. Über seinem einen Wangenknochen klebte immer noch Schmutz.

Eine Weile stand ich nur da und starrte ihn an. Ich hatte genug damit zu tun, stehenzubleiben. Jetzt auch noch etwas Sinnvolles zu sagen, hätte mich überfordert. »Ach«, brachte ich schließlich hervor. »Matthew Nolan, der große Held, will sich wieder ins Abenteuer stürzen!«

»Eigentlich möchte ich nur mit meinem unerschütterlichen Mut angeben, das weißt du doch!« Er grinste müde. »Wäre aber schön, wenn du währenddessen auf meinen Kram aufpassen könntest. Und auf die anderen … Nicht, dass einer noch abhaut!«

»Hmhm!«, murmelte ich. »Also gehst du jetzt da raus und rennst dem Hubschrauber hinterher, ja?«

»So ähnlich.« Er nickte. »Hör zu, vielleicht kannst du mir helfen. In dem Helikopter sitzen zwei bis sechs Menschen. Pilot und Kopilot, vier Personen können hinten noch mitfliegen. In der nächsten

Stunde müssen sie irgendwo landen, werden sich dann vermutlich ein Zimmer in Flagstaff buchen. Davor werden sie checken, wo wir abgestiegen sind, kommen also wahrscheinlich am Hotel vorbei und sehen sich hier um. Vielleicht inspizieren sie meinen Jeep.«

»Okay!« Unentschlossen standen wir da.

»Ich würde gern ein paar Überwachungskameras hier in der Gegend anzapfen«, sagte Matt. Es klang seltsam, diese Worte aus seinem Mund zu hören. »Damit wir sehen und hören können, was in der Nähe des Hotels passiert. Wäre schön, wenn du die Aufnahmen über mein Laptop im Auge behalten könntest.« Ich legte Gargoyle und sein Portemonnaie auf meinem Bett ab und sah nachdenklich aus dem Fenster. »Und wenn ich jemanden sehe, der mir verdächtig erscheint?«

»Dann verhältst du dich ruhig. Er klappte sein Laptop auf und zeigte mir ein bestimmtes Programm. Im Grunde genommen sah es gar nicht so spektakulär aus. Ich hatte vier verschiedene Fenster, die im Augenblick alle schwarz waren. »Hier«, Matt deutete auf das oberste in der linken Ecke, »siehst du dann gleich den Parkplatz. Wenn Yahto mitmacht, werde ich ihn bitten, sich dort in der Nähe versteckt zu halten, falls jemand vorbeikommt. Die Parkplatzkamera und die hier unten links haben nämlich keinen Ton. Deshalb wäre es hilfreich, wenn Yahto hören würde, was sie sagen. Sollten sie kommen.« Ich nickte und betrachtete den Bildschirm des Laptops genauer. »Neben der Parkplatzkamera kommt die Überwachungskamera der Empfangshalle, darunter die von dem Straßenabschnitt vor dem Eingang. Die letzte Kamera unten links – wie gesagt auch ohne Ton – zeigt die Straße ein Stück vom Hotel entfernt, damit du vorgewarnt bist, wenn sich jemand nähert.«

»Und diese Kameras kannst du einfach so anzapfen?«, fragte ich.

»Ja.« Er nahm auf dem beigefarbenen Sessel Platz, der in meinem Zimmer stand. »Wenn das für dich okay ist, mache ich das jetzt von hier aus. Allerdings steigt die Gefahr, dass meine Spielchen bemerkt werden, je länger die Kameras ihr Bild auf das Laptop übertragen. Wenn du mir also einen Gefallen tun willst, dann drück hier einfach auf *Beenden*« – er zeigte auf einen roten Knopf am unteren Rand jedes Fensters – »wenn die Leute aus dem Hubschrauber vorbeigegangen sind oder du das Gefühl hast, sie kommen nicht mehr vorbei.«

»Und woher weiß ich, wie sie aussehen?«

»Ich schicke dir mit meinem Handy ein Foto, wenn sie ausgestiegen sind.«

»Du verfolgst sie also die ganze Zeit! Kann ich dich dann auch auf der Überwachungskamera sehen?«

»Nope, ich verfolge sie nicht durch die Stadt. Ich werde mir den Hubschrauber genauer ansehen, während sie weg sind. Das ist meine Chance, ein paar Infos über ihre Herkunft und ihre Mission zu sammeln.«

»Das ist zu gefährlich!«, protestierte ich. »Was, wenn jemand beim Helikopter bleibt?«

»Wird sich finden«, winkte Matt nur ab. Irgendwie beruhigte mich das überhaupt nicht. Matt lehnte sich im Sessel zurück, während seine Finger begannen, im Affenzahn über die Tastatur des Laptops zu huschen. Neue Fenster wurden geöffnet, alte geschlossen, Zahlenfolgen huschten über den Bildschirm, Matts Blick wurde starr. Ich beobachtete ihn, seine schnellen Finger, die Spur Schmutz, die sich über seine Stirn zog. Es dauerte nicht lange, bis er mir das Laptop wieder hinschob. Die vier Fenster waren geöffnet. Jetzt zeigten sie den Parkplatz, die Empfangshalle und zwei unterschiedliche Straßenabschnitte.

»Und sie kommen hier mit Sicherheit vorbei?«, fragte ich.

Matt nickte und stand auf. »Ich muss jetzt los. Mach's dir gemütlich, bis ich wiederkomme! Dir kann nichts passieren, versprochen!«

Unvermittelt musste ich wieder an das denken, was Yahto mir auf dem Parkplatz erzählt hatte. Dass ich es Matt zu verdanken hatte, dass es meinem Rücken so gut ging. Einem spontanen Reflex folgend, machte ich einen Schritt vorwärts und hob die Hand. Vorsichtig strichen meine Finger über seine Stirn, wischten den Schmutz fort.

Matt zuckte leicht zusammen, dann wurde sein Blick erstaunlich sanft. »Pass auf dich auf!«, flüsterte ich. »Und melde dich bitte bei mir, wenn du zurückkommst!«

Urplötzlich schlang Matt beide Arme um mich und zog mich dann an sich. »Ich schicke dir ein Foto aufs Laptop, wenn alles klappt, okay?«

Ich lehnte meinen Kopf gegen seine Schulter und schloss die Augen.

Im nächsten Moment schoss mir durch den Kopf, was in den letzten Jahren passiert war. Matt hatte mich im Stich gelassen. Hatte offensichtlich gelogen. Er wusste so viel mehr, als er zugab. Und er hatte es bis jetzt nicht für nötig gehalten, sich zu erklären. Im Grunde genommen hatte er mich entführt. Zu dieser Reise gezwungen. Mir fiel wieder ein, dass ich Angst vor ihm hatte. Dass ich ihn für einen fürchterlichen Idioten hielt. Wütend auf ihn war. Wirklich wütend. Ruckartig löste ich mich aus seiner Umarmung, zog meine Finger zurück und schob den verdutzten Matt rückwärts durch die Tür nach draußen.

»Reag?«, hörte ich ihn noch fragen. Doch es war zu spät. Die Lippen zusammengekniffen, mit hochroten Wangen und bis zum Hals klopfendem Herzen schlug ich ihm die Tür vor der Nase zu. Was er vorhatte war riskant, und ich machte mir Sorgen um ihn. Aber die alte Angst vor dem Matt, der mich verletzt hatte, war größer. Viel größer.

Matt hatte mich zerbrochen.

Während seine Schritte auf dem Flur verklangen, sackte ich in mich zusammen. Meine Knie gaben unter mir nach, ich musste mich auf den Sessel setzen. Erst nach einer ganzen Weile schaffte ich es endlich, mich wieder auf die vier Bildschirmfenster des Laptops zu konzentrieren. Ich hatte eine Aufgabe und das war ganz gut so, denn es half mir, mich abzulenken. Ich beobachtete einige Passanten, die an den verschiedenen Kameras vorbeiliefen, eine junge Frau unten an der Hotelrezeption und eine Familie, die ihren Geländewagen auf dem Parkplatz abstellte und sich dann mit zahlreichen Taschen und Koffern in Richtung Eingang kämpfte.

Circa fünf Minuten später klopfte Maka an meine Tür. Ich öffnete ihr. »Matt war bei uns«, erklärte sie und nickte in Richtung des Laptops. »Yahto ist runter zum Parkplatz, Ethan und ich sind im Zimmer nebenan. Willst du mit rüberkommen?«

Ich überlegte einen Moment lang. Matt hatte mich mit dieser Aufgabe betraut. War es da eine schlechte Entscheidung, mich rüber zu den beiden anderen zu setzen? »Nein, danke«, entschied ich schließlich. Auf unerklärliche Weise hatte ich das Gefühl, dass ich das lieber allein in die Hand nahm. Maka zuckte nur mit den Schultern und verschwand dann wieder, während ich mich wieder vor das Laptop hockte.

Eine gute halbe Stunde lang passierte gar nichts. Ich sah vollkommen durchschnittlichen Touristen beim Ausladen ihres Gepäcks zu, beobachtete einen kleinen Jungen mit eingegipstem Bein und Krücken, der durch die Straße humpelte, und rechnete schon nicht mehr damit, dass etwas passierte, als auf einmal ein kleines Fenster aufblinkte und das Eintreffen einer Nachricht verkündete.

Läuft alles nach Plan, hatte Matt getippt. Dazu ein verwackeltes Bild, das eine weitläufige Wiese zeigte, anscheinend etwas außerhalb der Stadt. Dort war der Hubschrauber gelandet, versteckt in einer Art Tal mit hohem Gras. Er sah aus wie ein monströses, schwarzes Insekt, angsteinflößend und fremdartig, als gehöre er nicht dorthin. Ausgestiegen waren zwei Personen, eine durchtrainierte Frau mit flammend roten Haaren, die ihr einen hohen Wiedererkennungswert verliehen, und ein korpulenter Mann, der verhältnismäßig durchschnittlich aussah. *Okay, super*, schrieb ich sofort zurück und fügte dann noch hinzu: *Pass auf dich auf!*

Es war zum Kotzen, ich kam einfach nicht drum herum.

Im Folgenden hielt ich die Augen offen, ließ meinen Blick gefühlt im Sekundentakt zwischen den Fenstern, den unterschiedlichen Kameras, hin und her wandern. Unruhe machte sich in mir breit, ich wippte mit dem Fuß. Auf und ab. Auf und ab. Und krallte meine Finger in die Lehnen des Sessels.

Die Minuten verstrichen. Dann – endlich – tauchte die rothaarige Frau auf dem Bild links unten auf. Zügigen Schrittes marschierte sie weiter, sah sich nicht um. Sie war so schnell verschwunden, dass ich kaum Zeit fand, sie genauer zu betrachten. Der dickliche Mann folgte ihr ein paar Sekunden später, er sah verschwitzt und erschöpft aus und hatte offensichtlich große Mühe, ihr zu folgen. Als die beiden vorbeigegangen waren, überlegte ich, ob ich die Kamera ausschalten sollte, entschied mich dann aber erstmal dagegen. Vielleicht kamen sie ja gleich zurück, änderten ihren Plan.

Aber das taten sie nicht. Stattdessen tauchten sie vor dem Hotel auf. »Hier also«, schnaufte der Mann und blieb stehen. Auf seinem Hemd zeichneten sich Schweißflecken ab und seine Haare wurden am Ansatz schon grau. Die rothaarige Frau machte einen Schritt ins Bild. Sie trat eine Zigarette mit der Spitze ihres hohen, schwarzen Stiefels aus und sah sich mit einem Blick um, der einem das Blut in den Adern gefrieren ließ. »Ja genau. Hier also sind die verdammten Gören abgestiegen.« Der Ton war wahnsinnig schlecht und verzerrt, aber immerhin konnte ich etwas hören. Das war um Meilen besser als nichts. »Fuck, Coleman, was denkt sich der Boss dabei? Wir sollten sie umlegen. Hier und jetzt.«

»Das Thema haben wir doch schon hundert Mal diskutiert. Wollen Sie sich«, der Typ war immer noch außer Atem, »wirklich mit dem Boss anlegen? Denken Sie an das ganze Geld! An diese königliche Bezahlung! Ich würde mich an Ihrer Stelle an die Vorgaben halten.«

»Schisser«, fluchte sie und spuckte auf den Bordstein. »Sie ziehen doch nur den Schwanz ein, weil Sie Angst haben, dass es Ärger mit dem Boss gibt. Aber das sage ich Ihnen: Wenn ich das entscheiden könnte, wären diese reichen Spinner längst tot.«

»Ich glaube«, merkte ihr Begleiter vorsichtig an, »dass es dem Boss nicht nur darum geht, sie tot zu sehen. Wir sollen ihnen vorher ordentlich Angst machen. Freuen Sie sich doch einfach schon auf diese Sache am Fluss!«

»Ja, das wird ein Spaß!«

»Genau! Gedulden Sie sich nur bis dahin!«

»Schwachsinn, oder?« Sie lachte dreckig. »Ich würde einfach noch einen Sprengsatz unter dem Auto deponieren und sie in die Luft jagen. Dieser scheiß Jeep steht hier bestimmt irgendwo rum!«

»Ja«, jetzt zitterte Colemans Stimme wirklich, »dort hinten auf dem Parkplatz. Aber dann hintergehen wir doch den Boss, Hunter, das geht doch nicht!«

»Ach, fuck«, fluchte sie. »Sie brauchen mich nicht zu belehren, ich weiß selbst, wofür der Boss mich bezahlt!« Ihre Stimme war zu einem Zischen geworden, das ich fast nicht verstehen konnte. Wütend starrte sie an der Fassade des Hotels hoch, fixierte die höhergelegenen Stockwerke. »Suchen Sie sich hier in der Nähe ein

Zimmer, Coleman!«, ordnete sie an. »Wie's aussieht müssen wir die Nacht über hierbleiben. Haben Sie wenigstens einen Ausweis vom Boss dabei?« Hunters durch die Lautsprecher verzerrte Stimme klang leicht genervt.

»Ja«, japste ihr Begleiter atemlos. »Ich hab' einen Ausweis, eine Kreditkarte … Bargeld, einen Reisepass … was kann man sich mehr wünschen?«

»Na, dann besorgen Sie sich einen Platz zum Schlafen, verdammt noch mal! Dort hinten ist ein Motel! Da können Sie einchecken! Ich tue eine Stunde später das Gleiche.«

»Warum wollen Sie nicht sofort …«

»… mitkommen?«, höhnte sie. »Fuck, Coleman, haben Sie sie noch alle? Nicht nur, dass es eine Demütigung für mich wäre, mit Ihnen gesehen zu werden … Es wäre auch dumm! Zwei Menschen buchen zur gleichen Zeit zwei separate Zimmer. Das ist auffällig! Man braucht uns nicht unnötig miteinander in Verbindung zu bringen! Also tun Sie gefälligst, was ich Ihnen sage!« Er knirschte unwirsch mit den Zähnen, machte aber keine Anstalten mehr zu widersprechen. Stattdessen verschwand er kopfschüttelnd aus dem Sichtfeld der Kamera.

Hunter steckte sich noch eine Zigarette an und schlenderte dann, beinahe erschreckend enthusiastisch, weiter die Straße entlang. Ich verlor sie aus den Augen.

Die nächsten zehn Minuten verbrachte ich damit, darauf zu warten, dass die beiden noch einmal irgendwo auftauchten. Doch sie ließen sich weder auf dem Parkplatz noch in der Empfangshalle oder auf der Straße blicken. Ich nahm an, dass sie sich tatsächlich ein Zimmer suchten. Also schaltete ich die Kameras ab.

Ob Matt erfolgreich gewesen war? Ob er schon wieder da war?

Eine Minute lang saß ich einfach nur auf dem Sessel und starrte ins Leere, versuchte, mich wieder zu beruhigen. Dann klappte ich das Laptop zusammen. Die Aufnahmen hatte Matt automatisch speichern lassen, ich konnte sie beim Drücken auf den Start-Button erneut ansehen. In dem großen Raum wurde es auf einmal totenstill. Draußen war die Sonne bereits versunken und der Himmel verdunkelte sich immer mehr. Eine blasse Mondsichel war über den Bergen erschienen und tauchte diese in schimmerndes Licht. Da ich es allein in meinem Zimmer nicht mehr aushielt, zog ich einen dicken Pulli über und machte mich auf den Weg durch den Flur.

Im anderen Zimmer saßen Ethan und Maka vor einem der großen Fenster und starrten schweigend in die einbrechende Dunkelheit. »Hey!«, grinste Ethan, als ich eintrat.

»Wo ist Yahto?«, wollte ich wissen.

»Noch draußen!« Maka drehte sich ebenfalls zu mir um und erkundigte sich: »Und? Hast du die aus dem Hubschrauber gesehen?«

»Jap. Ein Mann und eine Frau, die Aufnahmen kann ich euch später zeigen. Sie waren vor dem Hotel auf der Straße, aber weder auf dem Parkplatz noch in der Empfangshalle. Soll ich runter gehen und Yahto sagen, dass er hochkommen kann?«

»Lass nur«, winkte Maka ab. »Vermutlich hat er es nicht dabei belassen, sich in der Nähe des Parkplatzes zu verstecken, sondern sich längst selbst ein Bild von diesen Leuten gemacht. Ich denke, er weiß schon Bescheid.«

»Und Matt?«

»Der ist noch nicht wieder da! Hat er sich nicht bei dir gemeldet?«

»Doch«, sagte ich und fühlte mich reichlich unwohl dabei. »Anscheinend läuft alles nach Plan.« Ich klappte sein Laptop auf und sah nach, ob er mir noch eine Nachricht geschickt hatte. Fehlanzeige. Ich tippte: *Wo bist du? Schon auf dem Rückweg? Alles klar bei dir?*

Es tat mir leid, ihn vorhin so vor die Tür gesetzt zu haben. Irgendwo in meinem Inneren hatte sich ein Knoten gebildet, der sich so leicht nicht wieder lösen ließ. »Du schaust, als hätte dir irgendjemand ins Gesicht geschlagen«, verkündete Ethan. »Dabei solltest du dir viel lieber anschauen, was Maka mir gerade gezeigt hat!«

»Oh!«, sagte ich ohne das geringste Interesse. Irgendwie kam ich nicht drum herum, mir fürchterliche Sorgen um Matt zu machen. Was er da unternahm … war das nicht lebensgefährlich? Hätten wir nicht lieber alle zusammenbleiben sollen? Hätte ich ihm von seinem waghalsigen Vorhaben abraten müssen? Ich schluckte schwer.

»Mein Vater – Logan Evans – hat kaum private Gegenstände hinterlassen!« Maka winkte mir, neben ihr auf einem Stuhl Platz zu nehmen. Die Suite, in der die beiden an einem großen Tisch saßen, war noch komfortabler als mein eigenes Zimmer. Sie musste Matt ein kleines Vermögen gekostet haben.

»Aber meine kleine Schwester Clementine«, fuhr Maka fort, »hat einen ganz guten Draht zu Chaske Moterri!« Ethan grinste. »Sie sieht ihn öfter als sein eigener Sohn.« Vermutlich konnte er sich ebenso wenig wie ich vorstellen, dass jemand einen guten Draht zu seinem Dad hatte.

»In Chaskes Besitz«, erklärte Maka, »befinden sich ein paar Dinge, die ursprünglich mal meinem Vater gehört haben. Normalerweise redet Ethans Dad nie über meinen … obwohl die beiden gut befreundet waren. Aber meine kleine Schwester hat ihn so lange genervt, bis er das hier rausgerückt hat!« Sie öffnete ein kleines Schmuckschächtelchen und beförderte eine Kette ans Tageslicht. »Das Ding ist offensichtlich sehr alt!« Sie deutete auf das Lederband.

»Hm«, machte ich, plötzlich doch wieder mit den Gedanken bei der Sache. In der Drohmail unserer Gegner war von einem Erbstück die Rede gewesen. »Darf ich mal schauen?«

»Klar!« Sie reichte mir die Kette. An einem langen Lederband hing ein Anhänger aus Holz, in den kunstvolle Verzierungen geschnitzt waren. Sie schienen nicht nur ein Muster, sondern ein richtiges kleines Bild zu zeigen. Erst auf den zweiten Blick nahm ich den schmalen, gefiederten Pfeil wahr. Sein Schaft hatte einen Knick, offensichtlich verursacht durch die Hand, die über dem Geschoss schwebte. Die Finger wirkten so lebendig, dass ich fürchtete, sie würden sich gleich aus dem Holz lösen und sich mir entgegenstrecken.

Insgesamt hatte der Anhänger fast den Umfang eines Tischtennisballs, nur war er nicht rund, sondern in Form eines Achtecks geschnitzt. Wie ich bei dem Licht der Deckenlampe über uns erkennen konnte, bestand er nicht aus einem einzigen Holzteil, sondern aus mehreren dünnen Plättchen, die übereinander geklebt waren. Dafür, dass der Anhänger sicherlich einen guten Zentimeter dick war, fühlte er sich erstaunlich leicht an. Mit dem Daumen strich ich über das angenehm weiche Holz.

»Wow!«, murmelte ich. »Er ist wirklich … wunderschön!« Vorsichtig gab ich Maka das Schmuckstück zurück. »Tja. Leider hilft uns das nur nicht viel weiter.« Sie zuckte mit den Schultern. »Ich hab' ihn Yahto noch nicht gezeigt. Irgendwie habe ich ja das Gefühl, er könnte uns etwas über meinen Vater sagen. Aber was?«

»Ich habe vermutet, dass es sich hierbei um *das* Erbstück handelt, das Maka unseren Gegnern aushändigen soll!«, sagte Ethan und warf einen Blick auf die Kette. »Aber wir haben an dem Ding nichts Besonderes gefunden. Es ist eben doch nur ein Anhänger an einem Lederband!«

Meine Gedanken huschten wieder zu Matt. Als ich auf meine Hände starrte, musste ich schockiert feststellen, dass sie zitterten. Hinter meinen Schläfen hämmerte es und ich hatte das Gefühl, jeden Moment fürchterliche Magenkrämpfe zu bekommen. ›*Nur die Anspannung,* versuchte ich mich selbst zu beruhigen. *Es ist nur die Anspannung. Krieg dich wieder ein!*‹ Mit der einen Hand massierte ich meinen Nacken. Neun Uhr! Wie lange war Matt jetzt schon weg? Ich hatte vorhin nicht auf die Uhr geguckt. Jetzt verfluchte ich mich dafür.

Da weder Maka noch Ethan oder ich etwas zu sagen hatten, schwiegen wir wieder. Und warteten …

Die Sekunden verstrichen … die Minuten … eine halbe Stunde. Halb zehn. Ich schaffte es nicht, mich wieder zu entspannen. Um mir die Zeit zu vertreiben, verabschiedete ich mich von den anderen, ging duschen und sortierte dann meinen Kram von links nach rechts und von rechts nach schräg. Noch immer keine Nachricht von Matt. Der hatte es vorhin übrigens tatsächlich noch geschafft, seine Drohne zu reparieren. Die Ersatzteile musste er also bekommen haben. Ich untersuchte das Flugobjekt skeptisch. Dass es sich bei Gargoyle um ein kleines, technisches Wunderwerk handelte, war nicht abzustreiten. Die Drohne hatte auf allen Seiten kleine Rotorblätter und einen mittelgroßen Körper mit Kamera. Ich hatte sie die ganze Zeit für etwas sehr Zerbrechliches gehalten, doch wie ich bei meiner Untersuchung feststellte, wirkte Gargoyle eher ziemlich robust. Ich ertappte meine Finger dabei, wie sie die kleinen, mechanischen Teile streichelten. Was, wenn Matt nicht wiederkam? Wenn man ihn gefangengenommen hatte. Wenn er …

Übelkeit wallte in mir auf, als ich darüber nachdachte, dass diese rothaarige Frau und ihr Begleiter hundertprozentig Waffen hatten. Ich ballte die Fäuste, um das Zittern meiner Hände zu verbergen. Was, wenn sie ihn erschossen? Gargoyle – die mir immer noch ein kleines bisschen unheimlich war – bekam einen Platz auf einem Abstelltisch zugewiesen.

Gegen dieses furchtbar miese Gefühl ankämpfend, legte ich mich aufs Bett. Hätte ich die Kameras nicht abstellen dürfen? Wo war Yahto? Und was mochte Matt jetzt wohl gerade tun? Er war schon viel zu lange weg!

Maka und Ethan saßen vermutlich immer noch drüben. Ob sie inzwischen miteinander redeten? Ich schüttelte den Kopf und beschloss, dass mir das egal war. In der Gegenwart der beiden fühlte ich mich wie das fünfte Rad am Wagen. Ich wollte lieber allein sein. Leider ließen mich die albtraumartigen Vorstellungen von spritzendem Blut, einem toten Matt und noch mehr Explosionen nicht in Ruhe. Jedes Mal, wenn ich die Augen schloss, überrannten mich Horrorbilder, und obwohl ich total übermüdet war, konnte ich nicht einschlafen.

Halb elf … der Sekundenzeiger der Uhr auf dem Nachttisch tickte leise in der Stille. Ich vergrub meinen Kopf im Kopfkissen.

Unvermittelt klopfte es an der Tür. Sofort sprang ich auf, griff nach der Klinke und stand eine Sekunde später Matt gegenüber. Der hatte die Hände lässig in die Hosentaschen gesteckt und grinste arrogant. »Hey!« Sämtliche Besorgnis fiel auf der Stelle von mir ab und machte Erleichterung Platz. »Du bist wieder da!«

»Richtig!«

»Erzähl! Was ist passiert? Geht es dir gut? Hast du etwas herausgefunden? Ich habe ein paar Aufnahmen von den zwei Leuten.«

»Okay, das klingt doch super. Yahto bin ich gerade auf dem Flur begegnet. Er hat mal wieder nicht auf mich gehört und nicht auf dem Parkplatz gewartet. Auf dem sind die beiden ja auch nicht aufgetaucht. Stattdessen ist er ihnen bis zu dem Motel gefolgt, in dem sie die Nacht verbringen wollen. Er hat eine Menge belauscht und unsere Verfolger mal ganz genau unter die Lupe genommen. Na ja, du weißt ja, dass er seinen eigenen Kopf hat. Wissen Maka und Ethan eigentlich schon Bescheid?«

»Ich war bei ihnen, aber sie haben die Aufnahmen noch nicht gesehen«, erzählte ich.

»Hmhm«, machte Matt. »Ich habe auch noch ein bisschen mit meinem Handy gefilmt. Außerdem gibt es – was das weitere Vorgehen angeht – eine kleine Planänderung. Hunter und Coleman haben da über etwas geredet, das mir zu denken gegeben hat und über das ich gern mit euch reden würde. Hast du Lust, noch etwas essen zu gehen? Das Hotel hat ein nettes Restaurant!«

»Es ist kurz nach elf!«, stellte ich fest, musste mir aber eingestehen, dass ich tatsächlich schon seit einer ganzen Weile nichts Richtiges mehr gegessen hatte. Meinen Hunger hatte ich über die Geschehnisse der letzten Stunden einfach vergessen.

»Yahto weiß schon alles.« Matt warf einen besorgten Blick auf den Flur. »Er wird nicht mit runterkommen. Hat sich mit seiner Whiskeyflasche in sein Zimmer verkrochen. Schade, dass man ihn nicht anbinden kann. Oder wie einen Hund an der Leine führen!«

»Der Gedanke daran, den Sklavenhalter zu spielen, gefällt dir wohl«, konterte ich. »Ich bin übrigens auch der Meinung, dass dieser Beruf zu dir passt. Hast du mal ernsthaft drüber nachgedacht …«

»Hey!« Freundschaftlich rempelte er mit seiner Schulter gegen meine. »Lass das!«

»*Ich* soll *das lassen*?« Als Retourkutsche rempelte ich zurück. »Halt du erstmal deinen Mund! Dann lässt sich über alles andere reden.«

»Ich kann meinen Mund nicht halten! Ich habe eine Menge zu erzählen!« Dafür, dass er soooo viel zu erzählen hatte, sah er ziemlich fertig aus. Ein Bett hätte ihm wohl besser getan. »Du solltest …«, setzte ich an.

»Kommt nicht infrage!« Matt schien meine Gedanken zu erraten, während wir den Flur entlangliefen. »Ich habe einen Bärenhunger! Und wenn ich nicht bald etwas zu essen bekomme, dann nehm ich dich!«

»Untersteh dich!«

Maka und Ethan waren mit der Idee, nochmal runter zu gehen, sehr zufrieden.

»Yahto täte besser daran, auch zuzuhören«, stellte Matt fest. »Nur, damit er weiß, was ich jetzt vorhabe. Aber er verbringt den Abend wohl lieber in Gesellschaft seiner Whiskeyflasche.«

Ich seufzte leise. »Welch ein Wunder! Wo du doch heute so ein unwiderstehlich gut gelaunter Gesprächspartner bist.«

»Danke, gleichfalls! Sehr charmant von dir!« Er grinste schief. Während Matt und ich uns weiter über Belanglosigkeiten stritten und Ethan zwischen uns beiden hin und her sah wie bei einem Tennismatch, zog Maka eine Jacke über.

»Was hast du denn herausgefunden?«, unterbrach sie uns schließlich und sah Matt neugierig an.

»Na ja, ich weiß jetzt, wer es auf uns abgesehen hat und was unsere Gegner in den nächsten Tagen vorhaben. Ich habe ein paar Hinweise gefunden. Und auch etwas über euren Vater aufgeschnappt. Außerdem weiß ich, welche Bedeutung dieses eine Foto – das vom Sonoita Creek – hat. Und ich habe unseren Plan geändert. Ich weiß zwar noch nicht ganz genau, was wir stattdessen tun. Aber wir werden nicht die drei Orte von den Bildern aufsuchen.«

»Warum das?«, fragte ich und bedachte Matt mit einem eindringlichen Blick.

Der überhebliche Zug um seine Lippen verflüchtigte sich. »Weil ich nicht möchte, dass einer von uns am Sonoita Creek stirbt.«

9. Kapitel

April 1870, Mogollon Rim:

Die Mokassins huschten vollkommen lautlos über den felsigen Abhang. Mit Seilen ließen sie sich bis auf das Plateau hinab, kletterten durch das unebene Gelände und richteten die Blicke in die Ferne.

Die drei indianischen Künstler mischten Beeren und Rinde in unterschiedlichen Gefäßen mit Wasser und zerstießen Mineralien, um auch aus diesen Farbe herzustellen. Der Häuptling und Jeffords wohnten den Arbeiten selbst bei. Nebelschwaden waberten über die Ebene unter ihnen und tauchten den Steilhang in Zwielicht.

Cochise überwachte jeden sorgfältig gezogenen Pinselstrich, schenkte jeder der kleinen Zeichnungen seine volle Aufmerksamkeit. Geplant hatte er dieses Vorhaben schon lange, jetzt blieb die Umsetzung in die Tat, die noch viel Kraft fordern würde.

Irgendwann begannen lange Schatten am Hang zu tanzen und ein Raubvogel, auf der Jagd nach seiner Beute, kreiste über den Himmel. Die Künstler beendeten ihre Arbeit und Cochise betrachtete die Farben, die sich über den gesamten Fels *erstreckten.*

Eine Botschaft an seine Erben, seine Nachfahren in der Zukunft, an diejenigen, die den Vertrag finden sollten. Schon bald würde jemand den Hinweis auf diesen Ort in dem Medaillon entdecken und sich auf den Weg begeben.

Würdevoll schritt er den Weg entlang, richtete den Blick erneut auf die Malereien. Ein Reiter, der den Betrachter aufforderte, sich vom Lager der Apachen aus auf die Reise zu begeben. Diese führte erst durch die Wüste und dann weiter in Richtung Osten über die fünf großen Flüsse. Schließlich erreichte der Reisende die Stadt, die die Weißen Saint Louis nennen. Dort – in einem Brunnen – würde er schließlich den letzten Hinweis finden.

Doch nur alle Hinweise gemeinsam würden den Suchenden an den Ort führen, an dem Cochise seinen Vertrag versteckt hatte. Nur alle Hinweise gemeinsam brachten Glück und Frieden, und nur der Ausdauernde würde den Vertrag über das Land finden, das sein Volk in den Augen der Weißen zu reichen Menschen machte.

Der Häuptling trat einen Schritt zurück und betrachtete das Gesamtbild der bemalten Felsen, das die Form eines gebrochenen Pfeils hatte.

Mit dieser Arbeit war der erste Schritt in Richtung einer neuen Zukunft getan. Von nun an würden ihn Jeffords und seine Krieger unterstützen und die Hinweise an Ort und Stelle bringen. Er selbst würde nach Saint Louis reisen, um dort den Kreis zu schließen …

Trotz später Stunde bot das Hotel in dem großen Restaurant mit Sitzecken und hübsch hergerichteten Tischen eine eingeschränkte Speisekarte und Drinks aus der Bar an. Ich kam mir in meinen Turnschuhen und mit dem dicken Pulli auf dem Parkettboden reichlich unpassend gekleidet vor. Aber da hier außer uns eh keiner mehr saß, konnte es mir eigentlich auch egal sein. Aus den Fenstern hatte man einen schönen Blick auf die große Terrasse, hinter der eine Art Park zu liegen schien.

Wir setzten uns an einen großen Tisch mit blütenweißer Decke und Ethan räumte mehrere Kerzen und eine Glasvase ab, um uns auf der anderen Seite besser sehen zu können. Wir bestellten alle eine

Kleinigkeit, während Matt zu erzählen begann: »Der Hubschrauber ist auf einer Lichtung, ein Stück außerhalb der Stadt, runtergekommen!« Das Laptop und sein Handy hatten wir dabei, weil Matt die Aufnahmen der Überwachungskameras unbedingt noch sehen wollte. »Mit dem Auto war der Landeplatz ziemlich leicht zu erreichen«, erzählte er gerade.

»Diese Leute sind so offen – vor aller Augen – gelandet?«, wollte Maka wissen.

Matts Kopf vollführte eine Mischung aus Nicken und Kopfschütteln. »Vor aller Augen? Klar. Das über uns war ein Hubschrauber. Der kann nicht unauffällig landen! Aber die beiden, die darin saßen, haben offensichtlich falsche Ausweise. Vermutlich dürfen sie den Hubschrauber führen und können irgendeine Mission vorschieben, wenn es hart auf hart kommt.« Er legte eine kurze Pause ein. »Ich habe sie zuerst von ein bisschen abseits beobachtet«, fügte er dann hinzu. »Der Helikopter-Landeplatz liegt in einem kleinen Tal. Von oben hatte ich einen ganz guten Blick auf das Geschehen. Zwei Personen sind ausgestiegen – ein Mann und eine Frau, beide zwischen dreißig und vierzig.«

»Glaubst du, einer von ihnen könnte der *Undertaker* sein?«, hakte ich neugierig nach.

»Keine Ahnung. Ich kann mir nicht vorstellen, wie unser Phantom aus dem Internet aussieht. Das könnte quasi jeder sein. Na ja!« Er kam wieder auf das zurück, was er eigentlich hatte erzählen wollen. »Die beiden aus dem Hubschrauber haben ihre Umgebung jedenfalls erstmal ganz genau gecheckt.«

»Und du?« Ich war so von Matts Erzählung gefesselt, dass ich gar nicht mitbekam, wie lange ich ihn schon anstarrte.

»Ich bin ein Stückchen näher ran. Wollte mich aber natürlich nicht entdecken lassen. Fest steht nämlich: Sowohl dieser Coleman als auch Hunter sind ausgezeichnet bewaffnet.«

Obwohl es im Restaurant eigentlich angenehm warm war, jagte mir ein Schauer über den Rücken. Unwillkürlich biss ich die Zähne zusammen.

»Die Frau hatte einige ziemlich offiziell wirkenden Papiere dabei … und eine Pistole im Holster. Unsere Verfolger haben den

Hubschrauber verriegelt und sind dann verschwunden. Ich habe ein paar Minuten gewartet, dann bin ich hingeschlichen und habe einen Blick durchs Fenster geworfen. Ich wäre gern mal eingestiegen, aber das war nicht möglich. Den Helikopter hatten sie ziemlich gut gesichert, die Automatik wäre sofort losgegangen, wenn ich mich an den Türen zu schaffen gemacht hätte.« Er machte eine nachdenkliche Pause, bevor er hinzusetzte: »Der Hubschrauber ist nicht gekennzeichnet. Ich habe kein Logo irgendeiner Firma gesehen, keinen Hinweis, woher die beiden gekommen sind. Dafür habe ich etwas anderes gefunden. Eine Art Symbol, das auf mehreren Dokumenten abgedruckt war … etwas, von dem ich mir ziemlich sicher bin, dass ich es schon mal irgendwo gesehen habe! Nur weiß ich nicht mehr, wo …«

Aus Ermangelung einer besseren Alternative griff er nach dem Kuli, den Maka ihm reichte, und machte eine Skizze auf die Rückseite der Serviette. Nach und nach entstand eine Art Stern, jeder Strahl bestehend aus zerbrochenen Pfeilen. Umschlossen wurde das seltsame Gebilde von einem Kreis.

»Kommt das irgendjemandem bekannt vor?« Matt sah uns der Reihe nach gespannt an. Ethan und ich schüttelten den Kopf, während Maka grüblerisch aus dem Fenster ins Dunkle starrte.

»Wartet mal …« Sie kramte in ihrer Jackentasche und legte einen Moment später die Kette, die sie uns vorhin schon gezeigt hatte, vor Matt auf den Tisch.

»Nicht das Zeichen, das du meinst, ich weiß«, murmelte sie. »Aber immerhin! Schaut mal! Hier ist auch ein zerbrochener Pfeil drauf!« So schnell es ging, erklärte sie Matt die Bedeutung der Kette. Dieser runzelte die Stirn.

»Viel Ähnlichkeit mit dem Zeichen aus dem Hubschrauber hat es nicht!«, gestand er dann.

»Ein zerbrochener Pfeil bedeutet Frieden!« Maka senkte den Blick und ließ ihn über den Anhänger gleiten. »Dieses Symbol«, mit dem Finger deutete sie auf das, was Matt gezeichnet hatte, »setzt sich aus dem indianischen Zeichen für Frieden, und dem für Hogan zusammen.«

»Hogan?«, wiederholte ich irritiert.

»Eine traditionelle Behausung der Navajos, bestehend aus einem Rahmen mit schweren Pfählen. Das Gerüst wird mit einer dicken Schicht aus Erde, Ton oder einer bestimmten Art von Ziegel bedeckt und hat oben einen Rauchabzug. Die neuere Form der Hogans ist achteckig, genau wie das Symbol! Das steht übrigens für eine permanente, dauerhafte Behausung. Das Gegenteil von Tipis, die den Prärieindianern als Wohnstätten dienten und mit denen man einfach weiterziehen konnte.«

»Hm«, überlegte ich. »Das klingt ziemlich informativ. Nur warum interessiert unsere Phantom-Gegner dieses Zeichen? Matt hat es schon mal gesehen, dir sagt es auch etwas. Aber was ist mit mir?«

Matt drehte Makas Anhänger zwischen seinen Fingern hin und her.

»Jedenfalls ist es kein Zufall, dass sich diese Symbole sowohl im Hubschrauber als auch auf Makas Kette finden«, stellte er fest und übertrug die feinen Linien des Anhängers neben seine erste Zeichnung auf die Serviette.

Wir begannen, Matt zu erzählen, woher Makas Kette stammte und was es damit auf sich hatte. »Jedenfalls muss sie sich im Besitz von Logan Evans befunden haben«, schloss Ethan.

Matt nickte. »Wir sollten uns die Aufnahmen der Überwachungskamera ansehen. Außerdem habe ich am Hubschrauber ein Gespräch mit dem Handy gefilmt. Hunter und Coleman – unsere beiden Verfolger – haben sich dort über ihr weiteres Vorgehen unterhalten.«

»Ist ja genial, dass du das mitbekommen hast«, gestand ich.

In Matts Augen funkelte es spöttisch. »Tja. Manchmal bin ich eben genial.«

Ich wackelte ein bisschen mit dem Kopf hin und her. »Stimmt schon … bisweilen kannst du richtig heldenhaft sein. So zu vielleicht 0,001 Prozent … im Vergleich zum Rest deiner Lebenszeit betrachtet.«

»Und was bin ich zu 99,999 Prozent?«, wollte er lachend wissen.

»Ein arroganter, aufgeblasener, lebensmüder Vollpfosten!«, erklärte ich überzeugt. Und mir blieb einfach nichts anderes übrig, als ihm zu vertrauen.

Matt musterte mich besorgt, dann schloss er sein Handy ans Laptop an, um seine Aufnahmen über den größeren Bildschirm zeigen zu können. Aufgeregt drängten wir uns alle darum herum. Als Matt auf den Start-Button drückte, hielt ich automatisch die Luft an.

Die rothaarige Frau mit hohen Stiefeln und einer Lederjacke kletterte aus dem Hubschrauber und sah sich zu allen Seiten um, bevor sie sich eine Zigarette anzündete. Während sie – den Blick in Richtung des Waldstücks in der Ferne gerichtet – rauchend mit dem Fuß wippte, folgte ihr der Mann, dessen Haare am Ansatz bereits grau zu werden begannen. Der Typ war wirklich ziemlich korpulent und hatte so seine Schwierigkeiten, auf dem Boden anzukommen.

Die Frau trug ein Holster mit einer Pistole darin, während ihr Begleiter sich mit einem Gewehr abquälte, das er schnell im Hubschrauber ablegte. Ein zynisches Lächeln auf den schmalen Lippen drehte sie sich zu ihm um.

»Sie sind ja ein absoluter Killer-Typ, Coleman!«, amüsierte sie sich mit rauchiger Stimme. »Hätte gar nicht gedacht, dass Sie so … geschäftstüchtig unterwegs sind!«

»Halten Sie ihre vorlaute Schnauze, Hunter!«, beschwerte sich der Mann und setzte ein paar unschöne Flüche hinzu. »Ich bin Pilot, kein Mörder!«

Die Frau drehte sich jetzt ganz in seine Richtung. Sie trat den glimmenden Rest ihrer Zigarette im Gras aus. Jetzt war das schmale Gesicht der Frau mit ihren blassen Augen und einer Narbe quer über dem linken Wangenknochen einwandfrei zu erkennen.

Coleman schnaufte und wischte sich den Schweiß von der Stirn. In seinem karierten Hemd und der schwarzen Hose mochte er nicht recht zu seiner Begleiterin passen.

Die Kamera bewegte sich ein Stück, das Bild kam näher. Offensichtlich hatte sich Matt ein kleines Stück näher an die beiden herangeschlichen. Als Hunter jetzt weitersprach, war sie deutlicher zu verstehen.

»Was das mit Ihrem Hubschrauber soll, leuchtet mir auch nicht ein!« Sie schüttelte den Kopf, sodass ihre Haare im Wind um ihren Kopf wirbelten. »Hat der Boss nicht genug Fachleute für ein paar Special-Effects, die die fünf aus dem Weg räumen könnten? So kompliziert wird das doch wohl nicht sein! Eine einfache Beseitigung der Jugendlichen, und damit hat sich's! Auf so was ist der Boss doch spezialisiert!«

»Wenn ich das richtig verstanden habe«, Coleman klang leicht außer Atem, was womöglich auch daran lag, dass Hunter jetzt mit ihrer Waffe herumzuspielen begann, »ist das Ganze nicht so einfach!«

»Nicht so einfach? Das sind Kinder. Was soll denn bitte so außergewöhnlich an denen sein?« Sie grinste hämisch.

»Sie sollten sich an die Regeln halten, verdammter Mist!«, fluchte der Typ und fuhr sich mit der Hand über seinen reichlich ausladenden Bauch. »Der Boss hat nicht angeordnet …«

»Wieso dieses Rumgehampel, hm?« Hunter drehte die Pistole zwischen den Fingern hin und her, ließ sie durch die Luft sausen, fing sie wieder auf. Coleman folgte ihren Bewegungen mit leichter Besorgnis im Blick. »Ich kapier einfach nicht, was der scheiß Boss eigentlich von uns will. Erst sollen wir warten, dann diesen Sprengsatz verstecken, dann doch wieder abziehen. Und jetzt wird gewartet, bis zum Sonoita Creek, wo nur dieses beschissene Indianermädchen abgeknallt werden soll. Was soll der Scheiß?«

»Das Mädchen ist entbehrlich«, erklärte Coleman. »Alles, was sie wissen könnte, hat sie den anderen längst erzählt. Außerdem setzen wir die Gruppe so unter Druck. Einschüchterung ist die einzige Möglichkeit, um dem Boss seinen Arsch zu retten. Diese Jugendlichen befinden sich im Besitz von Informationen, die der Boss unbedingt haben muss.«

»Wenn die Gören so gefährlich sind, frage ich mich, wieso der Boss Sie und Ihren scheiß Hubschrauber nicht einfach nach Hause schickt und mich das kurz und in einer dunklen Ecke erledigen lässt!« Hunter knirschte mit den Zähnen. »Das wäre so viel … sicherer!«

»Ihnen ist aber auch klar, dass dem Boss da die Hände gebunden sind, oder? Er kann sie nicht einfach alle abknallen lassen. Mit ihnen würde das Wissen um etwas sterben, das er zum eigenen Überleben braucht. Halten Sie sich also an die Regeln! Allein schon wegen der Bezahlung!«

Hunter rammte unwirsch den Fuß in den Boden. »Konventionen hier. Ethik da. Und noch fünfundzwanzigtausend unbrauchbare Gesetze dazu!«

»Hinterfragen Sie den Auftrag doch nicht dauernd!« Coleman schloss die Tür des Hubschraubers und schüttelte nachdenklich den Kopf.

»Überwachung zählt nicht zu meinem Aufgabenbereich«, knirschte die Frau. »Wenn der Boss eine kleine Verfolgung will, dann soll er wen aus einer anderen Abteilung anstellen! Ich bin nicht der Babysitter dieser Jugendlichen!«

»Nur mal so eine allgemeine Frage«, Colemans kleine Augen in dem kugelrunden Gesicht begannen zu funkeln. »kann man *Killer* studieren?«

Hunter setzte sich lachend in Bewegung. »Labern Sie nicht, kommen Sie! Ich hab' kein Interesse, die ganze Nacht hier zu verbringen!«

Ihr Begleiter warf einen letzten Blick auf den Hubschrauber.

»Ich hoffe, Ihre Alarmanlage funktioniert und das Ding sendet Ihnen ein Signal, sollte jemand es anfassen?«, erkundigte sich die Frau mit den roten Haaren.

Coleman sah zutiefst beleidigt aus. »Natürlich funktioniert sie!« Schnaufend folgte er ihr einen sanft ansteigenden Hügel hinauf. »Die Automatik ist Gold wert!« Sie hatten sich Matt ein Stück genähert. Dieser schien sich in dem kleinen Waldstück versteckt zu halten. Ich sah ein paar Zweige ins Bild hängen.

»Die Sache mit dem Vater dieser Maka Evans hat der Boss aber geschickt eingefädelt, das muss man ihm lassen«, lachte Hunter schallend. »Sie wird ihr blaues Wunder erleben, wenn sie am Sonoita Creek keinen Hinweis auf ihn, sondern nur eine meiner Kugeln in ihrem Herzen finden wird! Bei den anderen Fotos scheint der Boss ja selbst nicht so richtig zu wissen, was sie ihm sagen sollen. Das sollen diese Jugendlichen für ihn herausfinden – was für eine beschissene Idee. Aber gut, der Boss ist selbst ein Spinner, meiner Meinung nach. Trotzdem! Dass er dieses Foto eingeschoben hat, um das Mädchen an diesem denkwürdigen Ort vor den Augen der anderen zu erledigen, war ein geiler Schachzug!«

»Ich weiß nicht.« Colemans Stimme schien leicht zu zittern. »Mir wäre es lieber, wenn ich für etwas anderes als für eine Mordmission bezahlt werden könnte.«

Hunter hatte sich in Bewegung gesetzt, weiter den Hügel hinauf, in Richtung Stadt. Coleman folgte ihr schnaufend, bis die beiden hinter der Erhöhung verschwanden.

Die Aufnahme endete. Eine Weile lang herrschte Stille zwischen uns. Ich starrte ins Leere, sammelte mich und versuchte zu verarbeiten, was ich da eben gehört hatte. »Okay«, meinte Maka irgendwann, »ich soll also umgebracht werden, am Sonoita Creek.«

Ethan war blass geworden. »Das lassen wir nicht zu!«, flüsterte er entschlossen. »Maka, das lassen wir niemals zu!«

»Und genau deshalb«, setzte Matt hinzu, »habe ich beschlossen, unseren Plan zu ändern. Wir werden vorerst nicht die Orte dieser Fotos aufsuchen und wahrscheinlich auch nicht nach Phoenix fahren.«

»Klingt nach einer guten Entscheidung.« Meine Stimme versagte, als ich versuchte zu sprechen. »Aber was machen wir stattdessen?«

»Das ist das Problem! Hunter und Coleman dürfen nicht wissen, dass wir sie belauscht und ihretwegen unseren Plan geändert haben. Folglich stellt sich die Frage, was wir unternehmen. Ich dachte, wenn wir herausfinden, wer der Auftraggeber der beiden ist, könnte uns das um einiges weiterbringen!« Matts Augenbrauen wanderten in die Höhe. »Ich habe versucht, das in Erfahrung zu bringen, nachdem ich am Hubschrauber alles gesehen hatte, was es zu sehen gab. Leider habe ich absolut nichts gefunden.«

»Was hast du denn gedacht? Die werden doch wohl keine Website haben, oder?« Ethans Mundwinkel verzogen sich unter dem Anflug eines Grinsens. »So nach dem Motto: Wollen Sie einen ihrer Nachbarn, Verwandten oder einen nervigen Kumpel ohne großes Aufsehen aus dem Weg räumen? Bei Interesse melden Sie sich unter …«

»Es gibt durchaus Orte im Netz, wo derartige … Organisationen für sich werben oder Informationen austauschen können«, unterbrach Matt ihn. »Ich nehme an, dass Hunter und Coleman eine einfache Killer-Truppe sind, die von einem großen Unternehmen oder einer ähnlichen Gesellschaft angestellt wurde. Das würde auch erklären, warum sie dauernd von einem Boss reden. Allerdings habe ich nichts über sie herausfinden können.«

Maka warf ihm einen durchdringenden Blick zu und erkundigte sich dann: »Können wir dich bei der Suche irgendwie unterstützen, Matt?«

»Klar könnt ihr das!«, erklärte er. »Vielleicht kannst du versuchen herauszufinden, was es mit diesem seltsamen Zeichen vom Hubschrauber auf sich hat. Und ob tatsächlich ein Zusammenhang zu deiner Kette besteht!« Er machte eine kurze Pause und starrte aus dem riesigen Panorama-Fenster. »Ich weiß nämlich inzwischen, wo ich das Zeichen schon einmal gesehen habe.«

»Was?«, wollten Ethan, Maka und ich unisono wissen. »Wo? Warum hast du das nicht gleich gesagt?«

Matts Gesichtszüge wurden zu einer steinernen Maske. »Reagan … kannst du dich noch an Ashlyn erinnern?«

Auf der Stelle wurde mir schlecht. »Nein«, log ich und klang erstaunlich selbstbewusst dabei. »Wer war das noch gleich?« Natürlich konnte ich mich noch an Ashlyn Maguire erinnern. Ihr Bild hatte sich auf meiner Netzhaut festgebrannt, eine schmerzhafte Erinnerung, die ich ganz sicher niemals verdrängen würde. Ashlyn und Matt waren befreundet gewesen. Gut befreundet. Wenn ich da richtig informiert war, hatten die zwei sich bei einem Geschäftsessen ihrer Eltern kennengelernt. Beide passten in der Hinsicht zusammen, dass sie reiche, verwöhnte Jugendliche waren, die im Leben nichts anderes zu tun hatten, als mit ihren luxuriösen Spielzeugen anzugeben.

Ashlyn hatte von Anfang an so offensichtlich zu Matts *Gang* gehört, dass selbst ich es mitbekommen hatte. Und das, obwohl sie nicht auf unsere Schule gegangen war. Matt hatte schon während der Schulzeit immer irgendwelche Projekte am Computer – oder andere technische Sachen – am Laufen gehabt, und Ashlyn war immer eingeweiht gewesen. Eine arrogante, aufgeblasene Wichtigtuerin, von der ich stark vermutete, dass sie Dreck am Stecken hatte. Unter anderem auch deshalb, weil sie hundertprozentig mit dafür verantwortlich war, dass man mir Diebstähle und psychische Verwirrung zugeschrieben hatte. Leider konnte ich ihr nie etwas beweisen. Und solange Matt, der jedenfalls in die Sache eingeweiht gewesen war, schwieg, würde das auch so bleiben.

»Ashlyn … sollte mir der Name etwas sagen?«, erkundigte ich mich bei Matt. Der schüttelte den Kopf, als glaube er mir kein Wort.

»Also erinnerst du dich«, stellte er sachlich fest. Mist. Da hatte er wohl ins Schwarze getroffen. Ich unterdrückte nur mit Mühe ein wütendes Grummeln.

»Ahhhh! Das war doch die kleine Brünette mit übertrieben viel Oberweite, die in der Kantine immer auf deinem Schoß gesessen hat!«, tat ich so, als würde mir diese Tatsache *gerade* wieder einfallen. »Ist die nicht immer in der Mittagspause gekommen?«

»Ähm … ja«, machte Matt. »Aber sie hat nicht … ach, vergiss es!«

Ethan war in Gelächter ausgebrochen, womit er sich ein paar böse Blicke von unserem *genialen Programmierer* einhandelte. Der sah alles andere als zufrieden aus. War er ein bisschen rot geworden? Jedenfalls war ihm die Tatsache unangenehm. Na immerhin.

»Sie …«, er räusperte sich. »Sie hat ein kleines Tattoo. Hinten auf der Schulter. Acht Pfeile, angeordnet wie ein Stern und umschlossen von einem Kreis! Das Zeichen!«

»Und das ist dir gerade so *total zufällig* wieder eingefallen, ja?«, erkundigte ich mich schnippisch.

»Glaubst du, mich hat damals interessiert, ob sie ein Tattoo auf der Schulter hat? Um ehrlich zu sein, habe ich das nur einmal richtig gesehen.«

»Ach, und ich dachte, sie hätte dafür gesorgt, dass du es sehr viel öfter siehst!«, patzte ich und rollte dabei vielsagend mit den Augen. Ashlyn stand ganz oben auf der Liste von Mädchen, mit denen Matt geflirtet hatte. Mit denen er *andauernd* geflirtet hatte. Ohne Unterlass. Die beiden hatten sehr viel Spaß miteinander gehabt. So viel war sicher.

»Ähm … nein!«, sagte Matt, und mir fiel auf, dass er in den letzten Minuten auffällig oft Ähm gesagt hatte.

»Ähm … doch!«, äffte ich seinen Tonfall nach.

»Diese Ashlyn hat also das Symbol auf die Schulter tätowiert, das du im Hubschrauber wiedergesehen hast?«, erkundigte Maka sich.

»Oder ein ähnliches Zeichen«, gab Matt zu bedenken. »Es könnte sich um einen Zufall handeln. Vielleicht habe ich damals nur was gesehen, das *in etwa* aussah wie das Symbol.«

»Oh, Matt wird schon richtig hingeschaut haben«, erklärte ich zuckersüß. Er selbst machte gerade ein Gesicht, als müsste er auf einer Zitrone herumkauen. Es entstand eine kleine Pause.

»Das ganze Herumspekulieren hilft uns gar nicht!«, erklärte Matt dann, und ein bitterer Unterton schwang in seiner Stimme mit. »Solange wir nichts mit Sicherheit wissen, sollten wir lieber darüber nachdenken, wie wir weiter vorgehen.«

»Ich fand das mit dieser Ashlyn sehr interessant!«, gab Ethan zu bedenken. »Offensichtlich ist sie in die Sache verwickelt.«

»Das wissen wir nicht!«, wiederholte Matt mit Nachdruck. »Vielleicht ist das Zeichen ja auch so ein neuer Modetrend …«

»Bist du plötzlich der Tattoo-Mode-Experte, oder was?«

»Bin ich nicht! Aber ich habe Ashlyn seit Jahren nicht mehr gesehen! Wieso sollte sie etwas mit der Sache zu tun haben?«

»Du hast sie seit Jahren nicht gesehen? Glaubst du im Ernst, das nehme ich dir ab?«

»Okaaay«, gab er ruhig nach, »wir haben geschrieben. Ab und zu. Und geskypt! Trotzdem. Was sollte Ashlyn …«

»Sehr gentlemanlike, dass du sie so in Schutz nimmst!« Meine Worte klangen scharf. Ausgesprochen scharf. Und ich bereute sie nicht.

»Ich nehme sie nicht in Schutz. Ich sag nur, wie es ist!«, versuchte Matt sich zu verteidigen. Ich ballte unwillkürlich die Fäuste. Blut schoss mir in die Wangen.

»Und ist es so, dass Ashlyn aus Prinzip unschuldig ist? Ist das wirklich so, Matt? Belüg dich doch nicht selbst!«

»Vielleicht gehst *du* auch einfach nur aus Prinzip davon aus, dass alles, was dir unangenehm ist, mit ihr zu tun hat!«

»Himmel, Matt! Wer hat denn mit dieser Geschichte angefangen? Wer konnte sich an das Tattoo erinnern?« Beschwichtigend hob er die Hände und bedeutete mir, mich wieder einzukriegen. Ich schnappte wütend nach Luft und funkelte ihn an.

»Ashlyn ist … okay«, versuchte er mir eindringlich klarzumachen. »Wenn man sie besser kennt, ist sie wirklich … schwer in Ordnung. Und ich werde sie jetzt einfach anschreiben und fragen, woher sie dieses Tattoo hat! Vielleicht kann sie uns sogar helf…«

Er kam nicht weiter, weil ich mit der Hand ausgeholt und ihm eine Ohrfeige verpasst hatte. Matt zuckte heftig zusammen, als meine Finger auf seiner Wange landeten und einen roten Abdruck hinterließen. Irgendetwas in seinen Augen veränderte sich. Während ich meine Hand zurückzog, überlagerte die unterdrückte Wut die Verständnislosigkeit. »Reagan, verdammt!«, fluchte er und rieb sich über den Wangenknochen. Sein Gesicht war schmerzverzerrt und eine Weile starrte er mich nur an. Langsam, ganz langsam wurde sein Blick weicher, während seine dunklen Augen von meinen Händen zu meinen feuerroten Wangen und dann zu meinen Augen wanderten, in denen auf einmal Sandkörner zu schwimmen schienen. Sah er mich jetzt etwa besorgt an?

Kochend vor Empörung holte ich noch einmal aus, erwartete, Matt würde versuchen mich aufzuhalten. Meine Hand packen. Aber er tat nichts dergleichen. Stattdessen war es Ethan, der mich an den Schultern zurückzog. »Jetzt beruhigt euch mal wieder!«, forderte er Matt und mich gleichermaßen auf. »Keiner hat etwas davon, wenn …«

Ich ließ ihn nicht ausreden. »Ob du's glaubst oder nicht«, zischte ich in Matts Richtung, »Ashlyn Maguire hat keine weiße Weste. Und eigentlich müsstest du das wissen!« Zornig riss ich mich von Ethan los und stürmte in Richtung Ausgang des Restaurants. Die schwere Tür fiel hinter mir zu.

Deshalb hörte ich nur noch gedämpft, wie Matt geräuschvoll aufsprang und meinen Namen rief, während Maka erstaunlich ruhig fragte: »War das jetzt wirklich nötig, Matthew?« Sie klang wie eine Mutter, die mit ihrem sechsjährigen Sohn sprach.

Blind vor Wut eilte ich weiter. Weg, nur weg! Die Treppe runter und dann aus dem Haus. Ich floh. Vor Matt, vor meinen eigenen Erinnerungen, vor der Enttäuschung und dem Gefühl der Verbitterung. Eine Straße entlang bis in einen Park – den Hotelpark? – in dem ich mich keuchend auf eine Bank sinken ließ. Draußen umfing mich Dunkelheit. Die Sonne war längst untergegangen und auch vom westlichen Horizont war das kräftige Orange verschwunden. Ein paar Sterne blitzten am Himmel. Hier im Park standen einige Laternen, die den kleinen Weg durch ein paar Hügel, einen Teich und das weitläufige Hotel im Hintergrund beleuchteten.

Es war empfindlich kalt draußen und auf der Stelle begann ich zu frösteln. Keuchend lehnte ich mich mit dem Rücken gegen die Bank und hob den Blick ins klare, nachtschwarze Firmament. Verzweifelt versuchte ich mich zu beruhigen und das, was passiert war, noch einmal zu durchdenken. Ich hatte Matt geschlagen. Matthew Nolan, einen Menschen, der die Macht hatte, mich für diese Tat öffentlich auspeitschen zu lassen. Jedenfalls war das die Vorstellung, die ich von reichen Arschlöchern im Allgemeinen und von ihm im Besonderen hatte.

Ich bekam keine Luft mehr. Es fühlte sich an, als versuchte ich unter Wasser zu atmen. Mein Hals zugeschnürt. Meine Knie butterweich, während mir kalter Schweiß ausbrach. Schwarze Punkte tanzten vor meinen Augen. Matt nahm Ashlyn in Schutz. Okay. Was hatte ich anderes erwartet? Er war ein arroganter Idiot. Und er passte zu ihr! Warum hatte ich also nicht abgeklärter reagiert? Wieso zum Teufel war ich so ausgerastet?

Ich hatte noch nie jemanden geschlagen. Noch nie. Normalerweise hatte ich mich unter Kontrolle. Mein Kopf kippte gegen die Lehne der Bank, sank zur Seite weg, weil mir plötzlich jegliche Kraft fehlte. Das alles war zu viel.

Wenn ich mir wenigstens sicher gewesen wäre, wer auf meiner Seite stand, und wer nicht. Aber das konnte ich nicht! Gehörte Matt zu den Guten, oder zu den Bösen? Hatte er diese ganzen Anschläge womöglich nur eingefädelt? War ich in das Spiel eines wahnsinnigen Millionärssohns hineingeraten? Eines Irren, der sich eigene *Abenteuer* schuf, um sich im Leben nicht so zu langweilen? Hatte Ethan Recht? Konnte es wirklich sein, dass Matt mir in den Rücken fiel?

Ich hatte das Gefühl, mich jeden Moment auf den schmalen Schotterweg zu meinen Füßen übergeben zu müssen. Mein Herz raste wie verrückt, hämmerte tief in meinem Hals. Mein Puls beschleunigte sich bis zur Unendlichkeit. Hilflos vergrub ich das Gesicht in den Händen, während das Blut mit unerträglichem Druck durch meine Adern gepumpt wurde.

Natürlich konnte es sein, dass Matt nicht auf meiner Seite stand. Das hatte er – um genau zu sein – noch nie. Und so sehr ich mich auch nach dem Gefühl von Sicherheit, von Schutz und Geborgenheit sehnte; Matt und ich standen auf unterschiedlichen Seiten. Mich auf ihn zu verlassen wäre verrückt gewesen.

Was also tun?

Der Gedanke machte mich irre. Mein Gesicht glühte und ich bekam keine Luft mehr. Nach kostbarem, lebensnotwendigem Sauerstoff japsend starrte ich auf meine bleichen, zitternden Finger. War

Flucht eine echte Option? Würde Matts Drohne mich nicht sofort aufspüren? Hatte ich irgendeine Chance, ihm zu entkommen?

Matt geschlagen zu haben bereute ich kein bisschen. Aber es machte mir Angst. Furchtbare Angst vor ihm. Er war unberechenbar und besaß durch seinen Vater den Einfluss, das auch deutlich zu machen. Also weglaufen? Hilflos knetete ich meine Hände, während mein Puls sich weiter beschleunigte.

»Siehst nicht gut aus!«, erklang es vollkommen unvermittelt hinter mir. Ich wirbelte herum, vor Schreck wäre mir beinahe das Herz stehen geblieben. Yahtos Mund befand sich nur knappe zwanzig Zentimeter von meinem Ohr entfernt. Er war einfach so aufgetaucht. Ganz und gar unbemerkt. Und völlig unerwartet. Eigentlich wie immer.

»Weiß Matt, dass du zu dieser Zeit noch hier draußen bist?« Seine Stimme klang nicht ganz klar, er nuschelte leicht, hatte bei manchen Wörtern ein Problem mit der deutlichen Aussprache. Ein klares Zeichen dafür, dass er nicht ganz nüchtern war. Yahto ließ sich neben mir auf die Bank sinken. »Reagan?« Er warf einen Blick auf meine Stirn. Schweißnass …

»Reagan?«

Ich wollte etwas antworten, bekam aber den Mund nicht auf. Stattdessen starrte ich ihn nur aus riesigen Augen an. Sein Bild verschwamm, als ich in dem verzweifelten Versuch, Sauerstoff in meine Lungen zu ziehen, husten musste. Ein Tränenvorhang legte sich über die Landschaft. Mir war so heiß, überall, und gleichzeitig zitterte ich. Ich hörte ein leises, verzweifeltes Geräusch. Begriff erst mit Zeitverzögerung, dass ich diesen Laut von mir gegeben hatte.

Yahto schüttelte den Kopf. »Krieg dich wieder ein! Was is'n passiert?« Er hatte ganz offensichtlich viel zu viel getrunken.

»Ahrgh …«, machte ich und gab mir alle Mühe, nicht zu würgen. Leider vergeblich. In das unerträgliche Gefühl des Schmerzes mischte sich die Wut. Wut auf Matt. Darauf, dass er sich in all den Jahren doch kein bisschen geändert hatte. Dass ich auf einmal wieder solche Angst vor ihm hatte. Und zwar aus gutem Grund. Ich hatte genügend Erfahrungen mit ihm gesammelt. Und es waren keine guten gewesen. Nur langsam ließ meine Panik nach, wurde von einem dumpfen Schmerz tief in meinem Inneren abgelöst. »Yahto …«, wisperte ich. »Ich muss weg von hier! Hilfst du mir?«

Doch er reagierte gar nicht auf mich. »Hat wohl den Verstand verloren!«, grummelte er, wohl eher zu sich selbst als zu mir. Dann fügte er irgendetwas hinzu, in dem die Worte *weiße Feiglinge* und *zu viel passiert* vorkamen. Er war total besoffen. »Bitte Yahto!«, flehte ich eindringlich. »Matt ist … ich habe ihn …« Meine Stimme brach ab.

»Du hast was?«, wollte er mit tonloser Stimme wissen. Ich kam nicht mehr dazu, ihm eine Antwort zu geben, weil sich vom Hotel her schnelle Schritte näherten. Matt! Er kam einen kleinen Hügel hinabgerannt, während er verzweifelt versuchte, in seine Jacke zu schlüpfen.

»Oh Gott!« Mein Herz machte einen unbändigen, angsterfüllten Satz. Aus einem Impuls heraus sprang ich auf. Jetzt würde es Ärger geben. Dachte ich jedenfalls.

»Reag!«, schnaufte Matt, als er uns fast erreicht hatte. »Bist du okay?« Auch im schummrigen Licht der Laternen war gut zu erkennen, dass seine eine Wange noch immer rot war. Ich wollte irgendetwas sagen, brachte aber mal wieder kein Wort über die Lippen. Er blieb stehen, musterte mich eindringlich. »Ach du liebes bisschen«, murmelte er dann. »Hast du etwa Angst?« Es entstand eine Pause, in der mich sowohl Matt als auch Yahto mit fragenden Blicken durchbohrten.

»Mir geht's gut«, stammelte ich schließlich, während meine Knie zu Wackelpudding wurden und sich langsam Erleichterung breit machte. Immerhin! Bis jetzt hatte er mich weder öffentlich ausgepeitscht, noch erschossen oder die Polizei gerufen. Das war doch etwas.

»Hast du … hast du Angst vor mir?«, wiederholte er mit leiser, belegter Stimme. Auf der Stelle fragte ich mich, ob er darauf tatsächlich eine Antwort erwartete. Instinktiv machte ich einen Schritt rückwärts, nur um gegen Yahto zu laufen. Matt hob mit sorgenvollem Blick die Hände. Als wolle er mir beweisen, dass er unbewaffnet war. »Du hast kalten Schweiß auf der Stirn!«, diagnostizierte er mit Grabesstimme und schluckte dann. »Und du bist kreidebleich. Kein sehr gesundes Zeichen, wie ich dir als Arzt sagen kann!« Er bemühte sich um ein schiefes Grinsen, das allerdings ziemlich missglückte.

»Reag? Alles klar?«, fügte er noch sanfter hinzu. Das war definitiv nicht die Reaktion, die ich erwartet hatte. »Können wir reden?«

»Ich«, brachte ich mühsam hervor, »ich weiß nicht!«

Er seufzte und streckte mir die Hand entgegen. »Komm mit … bitte!«

Ich drehte mich um, erhoffte mir von Yahto ein wenig Beistand. Jede Gesellschaft war besser als die von Matt. Jedenfalls nach dem, was ich vor ein paar Minuten getan hatte. Entgeistert musste ich feststellen, dass Makas Bruder spurlos verschwunden war. Ich blinzelte, glaubte zuerst, mich nur zu täuschen. Erst nach einer Weile erkannte ich, dass Yahto tatsächlich nicht mehr da war. Lautlos und vollkommen unbemerkt hatte er sich aus dem Staub gemacht. Genauso, wie er vorhin gekommen war.

Wie in Zeitlupe drehte ich mich wieder zu Matt um. »Manchmal«, sagte der gerade leise, »ist Yahto wie ein Geist. Wie ein Schatten. Oder?« Mein Mund war so trocken geworden, dass ich mich nicht zu einer Antwort fähig sah. Langsam begann erneut Furcht durch meine Adern zu sickern. Yahto hatte mich mit Matt allein gelassen.

Letztgenannter stand übrigens immer noch unter der Laterne und hatte inzwischen wieder beide Arme gehoben. Wie ein Zeichen dafür, dass er mir nichts tun wollte. Tja. So richtig traute ich dem Frieden noch immer nicht. »Komm!«, wiederholte Matt ruhig. »Machen wir einen Spaziergang!« Als er sich in Bewegung setzte, war ich selbst überrascht darüber, dass meine Beine beschlossen hatten, ihm zu folgen. Vor allem, da Matt nicht direkt in Richtung des Hotels unterwegs war. In mir zog sich alles zusammen.

Im Gegensatz zu Matts sonstiger Angewohnheit schien er es heute alles andere als eilig zu haben. Nebeneinander schlenderten wir durch den kleinen Park. Schweigend.

So viel zum Thema, er *wollte mit mir reden.*

Von Zeit zu Zeit warf ich einen Seitenblick in Matts Richtung, sonst starrte ich stur geradeaus. Wartete darauf, dass er irgendetwas sagen würde. Was er schließlich auch tat. »Das ist ein netter Park!«, erklärte er leise und fuhr sich mit der Hand durch die eh schon zerzausten, schwarzen Haare. Eine schmale Brücke führte über ein winziges Bächlein. Matt ließ mich vor. »Guck nicht wie'n Auto!«, forderte er mich müde grinsend auf.

»Du könntest eine Waffe ziehen und mich erschießen«, murmelte ich. »Aber stattdessen reden wir über nette Parks.«

»Was wohl daran liegt, dass alles, was ich gerade sagen könnte – mal von netten Parks und schönem Wetter abgesehen – die Situation nur verschlimmern würde. Und wo wir gerade dabei sind!« Er zuckte mit den Schultern und deutete nach oben in den sternenklaren Himmel, an dem keine Wolke zu sehen war. »Ein atemberaubendes Firmament! Hast du vorhin den Sonnenuntergang gesehen?«

»Ähm … ja.« Jetzt waren wir wirklich beim Wetter angekommen. »Beeindruckend, wie präzise du es schaffst, immer genau das zu sagen, was ich nicht erwartet hätte!« Meine Stimme war nicht mehr als ein Wispern, aber Matt schien mich trotzdem zu verstehen.

»Ich bin eben unberechenbar!«, gab er zu und musterte mich eindringlich von der Seite.

»Oh ja. Das bist du allerdings.« Ich sprach aus Erfahrung.

»Möchtest du wissen, wie's morgen weitergeht?«, erkundigte er sich leise.

»Nein. Wenn ich ehrlich bin!« Ich schluckte gegen den Kloß in meinem Hals an. »Ich hab' doch eh keinen Einfluss darauf, was du unternimmst.«

»Natürlich hast du den!«, widersprach er sofort. »Im Übrigen … ich hoffe, dir ist klar, dass Ashlyn und ich … wir waren nur Freunde.«

»Natürlich!«, grollte ich und verdrehte die Augen.

»Wieso nur hab' ich das Gefühl, dass du mir kein Wort glaubst?« Er ging jetzt erstaunlich dicht neben mir. So dicht, dass seine Schulter fast schon meine streifte. Ein bisschen zittrig holte ich Luft. »Vielleicht sollten wir …«, *zum Hotel zurückgehen,* wollte ich eigentlich sagen. Doch die Worte weigerten sich, über meine Lippen zu kommen.

»Ich würde gern versuchen, Hunter und Coleman auszutricksen«, wechselte Matt schon wieder das Thema. »Ich will nicht ausschließen, dass wir auch noch nach El Paso und in die Dragoon Mountains kommen – also an die Orte, an denen die Fotos aufgenommen wurden. Aber den Sonoita Creek würde ich umgehen.«

»Jap!«

»Hmm«, machte Matt und der nachdenkliche Ton in seiner Stimme verursachte ein Kribbeln auf meiner Haut. Kam es mir nur so vor, oder war Matt noch ein bisschen näher gerückt? Erschrocken machte ich einen Schritt in die andere Richtung. »Schon gut!« Er hob abwehrend die Hände. Wieder diese Geste. »Ich werd' dich nicht erwürgen.«

Unruhig knabberte ich an meiner Unterlippe herum. Unsere Blicke trafen sich und er nickte aufmunternd, während ein winziges Lächeln um seine Mundwinkel zuckte. »Dir passiert nichts«, behauptete Matt mit erstaunlich fester Stimme und setzte einen Moment später hinzu: »Ich passe auf. Auf uns, auf … dich. Ich wünschte, du wüsstest das!«

Das eintretende Schweigen bohrte sich wie spitze Nadeln in meine Haut. Die Spannung war mit Händen zu greifen. Ich schluckte und sah zu ihm auf. »Ich hab' dich geschlagen!«

»Wenn ich du wäre, hätte ich das auch getan. Wahrscheinlich schon vor Jahren!« Gequält holte er Luft, vergrub das Gesicht für einen Moment in den Händen, bevor er mich wieder ansah. Sein Blick brachte die Welt ins Wanken. Vollkommen verunsichert trat ich einen winzigen Schritt auf ihn zu. Wir waren unter einer Laterne stehengeblieben. Schatten fielen auf Matts Gesicht, ließen ihn unwirklich erscheinen. Seltsam fremd und so unglaublich vertraut zugleich. So vertraut, dass es im Herzen wehtat.

»Damals haben alle geglaubt, ich wäre unzurechnungsfähig!«, stellte ich mit tonloser Stimme fest. »Paranoid. Und eine Diebin noch dazu.« Ein bitterer Geschmack breitete sich auf meiner Zunge aus.

»Ich weiß«, murmelte Matt. »Keine Ahnung, ob du dich noch erinnern kannst. Aber ich war dabei!« Sein Versuch, einen Scherz zu machen, misslang fürchterlich.

»Ich kann mich noch erinnern.« Diese seltsame Mischung aus Wut und dem Gefühl, keine Sekunde mehr schweigen zu können, raubte mir den Verstand. »Sag mir bitte nur eines: Wusstest du davon? Dass ich gar nichts getan habe? Wusste Ashlyn es?«

Matt schwieg lange. Räusperte sich dann. »Auf diese Frage kannst du dir selbst eine Antwort geben!«, murmelte er schließlich. Und dann waren da auf einmal seine Arme, die mich festhielten. Die sich so warm, so stark und so vertraut anfühlten. Und erstaunlicherweise verrauchte meine Wut, ließ nichts als Kraftlosigkeit und den Wunsch, getröstet werden zu wollen, zurück. »Warum, Matt? Warum?«

»Weißt du, dass die alten Geschichten von früher etwas mit dem Grund zu tun haben, aus dem man uns umbringen will?«, wich er meiner Frage aus. Seine Hände wanderten über meinen Rücken und ich vergaß nachzudenken. Ich hörte, wie Matt tief Luft holte. »Ich wollte dich nicht damit belasten!« Er zuckte mit den Schultern, zog mich noch ein Stückchen näher zu sich heran. »Aber jetzt ...«

»Ich ... weiß bis heute nicht, was damals wirklich passiert ist!«, brachte ich schließlich mit Mühe hervor.

»Und ich kann's dir nicht erzählen! Noch nicht!« Die Worte klangen fast entschuldigend. Doch auch sein Tonfall änderte nichts an dem, was er da gerade gesagt hatte. Ich wollte mich aus seiner Umarmung lösen, wollte wütend werden, ihn wieder anschreien, was für ein Idiot er doch war. Von wegen, er konnte es mir nicht erzählen! Er war zu stur, zu selbstverliebt, um mit mir über die Wahrheit zu reden. Verzweifelt strampelte ich, doch Matt hielt mich fest.

»Du willst es mir nur nicht erzählen«, widersprach ich mit erschreckend brüchiger Stimme. Seine Nähe führte dazu, dass mir schwindelig wurde.

»Ich darf dich nicht in Gefahr bringen«, wisperte er.

»Und ich muss wissen, was eigentlich los ist!«, beschwerte ich mich verzweifelt. »Ich verstehe nicht, was damals passiert ist. Ich verstehe nicht, worum es im Moment überhaupt geht. Mein Leben ist ein einziges Rätsel. Und genau das bist du auch!«

»Reag!« Langsam, fast widerstrebend ließ er mich los. »Wir sollten ...«, setzte er an, schüttelte dann aber den Kopf, nur, um Sekunden später neu zu beginnen. »Bitte! Du kannst mir vertrauen.«

»Das sehe ich aber anders.«

»Glaubst du, für mich ist das alles ein Kinderspiel? Das, was Ashlyn und ich da am Laufen hatten, dieses Projekt? Das ist es nicht, kapier das doch endlich! Alles ist so verworren und so unendlich komplex! Alles hängt zusammen, und langsam habe ich das Gefühl, es bringt mich um!«, regte er sich auf. Rote Flecken hatten sich auf seinen

Wangen gebildet, seine Augen funkelten. »Aber du denkst die ganze Zeit, ich tue das alles, weil's mir Spaß macht! Weil ich dich so gern im Unklaren lasse, so gern mit Füßen auf dem letzten Rest von Vertrauen herumtrample, der zwischen uns noch …« Er biss sich heftig auf die Lippe und verstummte. »Ach, vergiss es einfach!«

Matt ballte die Fäuste, setzte sich in Bewegung und stapfte über das Grün hinweg, zurück zum Hotel. Mit schnellen Schritten folgte ich ihm. Während ich den kleinen Hügel hinauf durch die Dunkelheit hastete, hörte ich, wie Matt vor mir mit den Zähnen knirschte. Ich spürte die angestaute, unterdrückte Spannung, den Sturm in seinem Inneren. Erst, als wir das von Laternen erleuchtete Gebäude erreichten, wurde seine Atmung wieder gleichmäßiger. Er lief langsamer, schien sich ein wenig beruhigt zu haben.

Dass er mir die große Glastür, die den Eingang des Hotels darstellte, aufhielt, wirkte schon fast wie eine versöhnliche Geste. Im leeren, von tausenden, kleinen Lämpchen in der Decke erhellten Empfangsraum blieben wir stehen.

»Ich schätze, die anderen sind schon in ihre Zimmer gegangen!«, mutmaßte Matt und nickte in Richtung der riesigen Wanduhr über ein paar Stühlen. »Es ist schon eins!« Dann wandte er sich wieder mir zu. Unter seinen eindringlichen Blicken zerschmolz mein Ärger wie Schokolade in der Sonne.

»Nichts von dem, was du über mich weißt, hat dir Glück gebracht!«, begann er leise. »Und wenn du mehr wüsstest … wenn ich dir noch mehr erzählen würde … dann wäre das gefährlich für dich!«

»Erzähl's mir trotzdem, Super-Hacker!«, erwiderte ich. »Immerhin will man uns umbringen: Schlimmer kann's ja wohl nicht mehr kommen!«

Matt senkte den Blick und schlenderte langsam in Richtung der breiten Treppe, die hinauf zu den Suiten führte. »Irgendwann«, sagte er und klang dabei so aufrichtig, dass ich ihm glaubte. »Irgendwann, wenn diese ganze Sache überstanden ist. Wenn ich alles wieder in Ordnung gebracht habe. Das verspreche ich dir! Jetzt schlaf noch ein wenig, Reag!«

10. Kapitel

Januar 1871, in den Dragoon Mountains:

Lächelnd reichte Jeffords seinem Freund die Hand, während die blasse Wintersonne hinter den Bergen versank und eisblaue Wolken den Himmel überzogen. »Mein Freund«, verkündete der Häuptling feierlich, »wir haben es geschafft.«

Und das hatten sie jetzt wirklich. Nicht nur, dass der Frieden geschlossen war. Er hatte den Vertrag versteckt, sodass man ihn ohne seine Hinweise niemals finden würde.

Seine Krieger hatten ihn unterstützt, hatten sich alle an der Arbeit beteiligt. Die Idee mit den Steinen hatte Jeffords gehabt, diese würden Jahrzehnte überdauern, zeitlos, genauso wie sein Vermächtnis.

Den letzten Hinweis im Brunnen hatte Cochise selbst dort versteckt, sein Zeichen fand sich auf dessen Mauern. Die Zisterne war gerade im Bau gewesen, als er angekommen war. Jeffords hatte ihn in die Stadt begleitet. Nachdem sie von dieser Reise zurückgekehrt waren, waren sie zu seinen Kriegern in die Wüste gereist.

Das Denkmal dort, das sie errichtet hatten, gab den letzten, entscheidenden Hinweis. Wenn der Reisende dort und in Saint Louis gewesen war, würde er wissen, wohin die Spur führte.

Was er geschaffen hatte, würde das Schicksal seines Volkes prägen. Die unterschiedlichen Aspekte des Vertrages, die teilweise erst in den nächsten Jahren in Kraft treten würden, verhalfen seinen Nachfahren zu einem Land, auf dem sie dauerhaft leben konnten, und zu Reichtum.

Denn Cochise wusste um das schwarze Gold, das er durch den Vertrag besaß. Und er wusste, dass es in der Welt der Weißen viel bedeutete.

Jeffords zeigte ihm die Kette, die der Freund des Häuptlings selbst geschnitzt hatte. Das Holz des Anhängers war ganz weich, das Medaillon konnte man öffnen. Darauf abgebildet war der gebrochene Pfeil, im Inneren fand sich eine Skizze des Felshangs, an dem der Suchende die Malereien finden würde. Der erste Hinweis auf das große Vermächtnis.

Cochise hoffte, dass die Kette im Besitz seiner Familie bleiben würde. Ein Erbstück von großem Wert. Sacajewo war noch ein Kind und wusste nichts von der Verantwortung, die er in den nächsten Jahren tragen musste. Aber der Knabe würde ein großer Krieger und ein guter, edler Häuptling werden. Da war sich Cochise schon jetzt sicher.

Noch einmal drückte er die Hand seines weißen Freundes. »Mein Freund, unsere Arbeit ist getan!«

Gegen Nachmittag des nächsten Tages hielten wir in einer kleinen Stadt am Interstate 17, auf dem wir schon die ganze Zeit unterwegs waren. »Ich brauche eine Pause!«, nörgelte Ethan.

»Wir brauchen alle eine Pause!« Fakt war, dass wir nicht nur mit unserer Kraft, sondern auch mit den Nerven am Ende waren. Der Hubschrauber, in dem Hunter und Coleman saßen und nur darauf warteten, uns irgendwann doch aus dem Weg räumen zu können, verfolgte uns.

Und das schon seit heute früh. Pausenlos.

Matt, der hinterm Lenkrad saß, wagte nicht, von den vielbefahrenen Straßen abzuweichen. Solange wir nicht irgendwo durch die Wildnis kurvten, konnten sie uns nicht angreifen.

Der Plan war, erstmal weiter so zu tun, als wollten wir nach Phoenix und die Orte der Fotos aufsuchen. Das war notwendig, um unseren Verfolgern das Gefühl zu geben, dass wir nichts an unserem Vorgehen geändert hatten und auch nichts von dem wussten, was am Sonoita Creek passieren sollte.

Matt hatte uns versprochen, dass er im Laufe dieses Tages eine Möglichkeit finden würde, Hunter und Coleman auszutricksen. Er hatte heute früh auch über ein Versteck und ein neues Ziel gesprochen, war aber nicht konkret geworden. Ich verstand mal wieder nicht so ganz, was er jetzt wirklich vorhatte. Im Moment kutschierte er uns nur hin und her und hielt ab und zu an einer Raststätte an, damit wir eine Pause machen und etwas frische Luft schnappen konnten.

Zwischendurch war der Hubschrauber mehrere Male abgedreht. Verschwunden, nur, um ein Weilchen später wieder aufzutauchen. Es fühlte sich an, als würden wir von einem monströsen Insekt verfolgt. Auch wenn keiner es zugeben wollte, steckte uns doch unterschwellig die Angst in den Knochen. »Vermutlich gehört das zu ihrer Strategie!«, hatte Matt irgendwann gesagt. »Sie wollen uns in Panik versetzen, uns verrückt machen, damit wir aufgeben!«

»Dann ist nur die Frage: *Was* aufgeben!« Ethan schüttelte den Kopf. »Glauben sie, wir suchen irgendetwas? Sind wir eine Gefahr für sie? Wieso greifen sie uns manchmal an und manchmal nicht? Wo ist da die Logik?«

»Vielleicht soll uns ja gerade die Tatsache fertig machen, dass es keine Logik gibt!« Yahto sah – wenn möglich – noch schlimmer aus als in den letzten Tagen. Seine Hand schien ihm ziemliche Schmerzen zu bereiten, er bewegte sie nicht und zuckte jedes Mal zusammen, wenn er mit ihr irgendetwas berührte. Trotzdem hatte er sich geweigert, Matt noch einmal nach der Wunde sehen zu lassen. Geschlafen hatte Yahto anscheinend überhaupt nicht. Seine Augen sahen aus wie schwarze Löcher, sein Gesicht wirkte trotz der dunkleren Hautfarbe erschreckend bleich. Ich wusste ja, dass er gestern Abend eindeutig zu viel getrunken hatte. Allerdings erschloss sich mir das *Warum* noch nicht so richtig. Machte er sich Gedanken, weil man seine Schwester am Sonoita Creek erschießen wollte?

Aber wenn das wirklich der Fall war, verstand ich nicht, warum er dann nicht stocknüchtern blieb und richtig auf sie aufpasste. Stattdessen driftete er immer mehr ab.

»Die Frage ist ja, warum man jetzt auf einmal nur noch Maka umbringen will!«, sprach ich aus, was uns alle beschäftigte. Matt parkte den Jeep am Rand einer Seitenstraße. Wir befanden uns in Camp Verde, wie ich an einem Schild erkennen konnte. »Das soll uns allen eine Heidenangst einjagen und dazu zwingen, unsere Geheimnisse preiszugeben. Eine Drohung nach dem Motto: *Eine von euch ist tot, also passt auf, dass euch nicht das Gleiche geschieht!*«

»Und warum ändern sie ihre Strategie dauernd? Zuerst nur Anschläge, bei denen gedroht werden sollte. Dann diese Mail an Maka mit dem Erbstück. Danach der Anschlag, bei dem wir wirklich alle hätten draufgehen sollen. Und jetzt auf einmal nur noch Maka. Was soll das?«

»Wenn mich nicht alles täuscht«, Yahto fuhr sich mit der gesunden Hand durch die Haare, die aussahen, als hätten sie ganz dringend eine Dusche nötig, »wissen unsere Gegner selbst nicht so genau, was sie eigentlich wollen. Hunter und Coleman haben auf mich keinen allzu strukturierten Eindruck gemacht. Die beiden führen nur Befehle aus. Und ihr Boss scheint auch nicht so richtig zu wissen, was er eigentlich will.«

»Meinst du wirklich?« Ethan öffnete sein Fenster, streckte den Kopf hinaus und begutachtete die Straße. Anscheinend hielt er nach einem Imbiss oder etwas Ähnlichem Ausschau.

»Anders kann ich mir ihr seltsames Verhalten wirklich nicht erklären. Zumindest wissen wir schon mal, dass es um Informationen geht, die einer von euch preisgeben soll. Aber welche Infos? Und warum brauchen unsere Gegner die so dringend?« Ein Schauder jagte mir über den Rücken, während ich das Auto hypnotisierte, das vor uns gehalten hatte. Ich wusste von nichts, Maka schien für unsere Gegner inzwischen sogar entbehrlich geworden zu sein. Also blieb eigentlich nur noch Matt. Der befand sich mit Sicherheit im Besitz von zahlreichen *Informationen*. Doch auf welche davon hatten es unsere Gegner abgesehen?

Ethan schien das Gleiche zu denken wie ich. »Niemand scheint etwas zu wissen«, grollte er. »Nur Matt, der Hacker, redet nicht über sich und seine Projekte. Er hat einen stinkreichen Vater mit riesigem Einfluss und überwacht Menschen mit einer Drohne oder dadurch, dass er Überwachungskameras anzapft. Ich würde ihn zwingen, uns endlich alles zu sagen!«

»Was wollt ihr machen?« Matt zog fragend eine Augenbraue in die Höhe. »Mich auf die Straße setzen und schauen, ob sie Hackfleisch aus mir machen und euch dann in Ruhe lassen? Also ich würd's nicht riskieren.«

»Da hinten ist ein Supermarkt!«, wechselte ich das Thema und deutete ein paar Häuser weiter, die graue Straße entlang. Die kleine Stadt lag eigentlich in einer ganz schönen Gegend, umgeben von grünen Hügeln und die Silhouette einer Bergkette am Horizont. Es gab einen Campingplatz und einen kleinen Fluss, der sich seinen Weg zwischen Steinen und Büschen hindurchbahnte. »Und ich weiß ja nicht, wie es euch geht«, stellte ich mit Blick aus dem Fenster fest, »aber ich bräuchte mal wieder etwas zu essen. Und unsere Getränke sind auch fast aufgebraucht. Ich schlage also vor …«

»Ich schlage vor, du nimmst Matthew Nolans Geld, verschwindest und kaufst uns etwas!«, unterbrach Yahto mich mit Grabesstimme.

Maka bedachte sowohl ihren Bruder als auch Ethan mit ärgerlichen Blicken. »Haben wir eine andere Möglichkeit, als weiter zusammenzuhalten?« Sie sah sich in der Runde um. »Nein. Solange also niemand einen besseren Vorschlag hat, bleibt uns nur, aufeinander aufzupassen. Sinnlose Diskussionen bringen uns absolut nicht weiter. Wir sitzen sowieso alle im selben Boot. Also haltet die Klappe! Wir besorgen schnell das Nötigste. Yahto, Ethan und Matt – ihr könnt euch währenddessen schon mal darüber Gedanken machen, wie wir Hunter und Coleman entgehen!« Sie öffnete ihre Tür und kletterte aus dem Wagen, dann nickte sie in meine Richtung. »Komm Reagan!«

Während ich die Tür hinter mir schloss, sah ich noch, wie Ethan wild den Kopf schüttelte und Yahto das Gesicht in den Händen vergrub.

Wir brauchten nur ein paar Minuten im Supermarkt. Langsam entwickelten wir eine Art Routine darin, schnell ein paar möglichst wichtige Dinge zusammenzupacken und dann unauffällig wieder zu verschwinden. Um ehrlich zu sein, war ich ziemlich froh, einige Augenblicke Ruhe vor den anderen zu haben. Maka sagte die ganze Zeit kein Wort – eine recht angenehme Gesellschaft, verglichen mit Matt, Ethan und Yahto, die entweder stritten oder unglaublich mysteriöse Löcher in die Decke starrten.

Als wir mit den recht überschaubaren Einkäufen wiederkamen, hockten Yahto und Ethan auf der Bordsteinkante, ein paar Meter vom Pick-up entfernt. »Alles klar?«, erkundigte ich mich erstaunt. Ethan grummelte etwas Unverständliches.

»Wie bitte?«, wollte jetzt auch Maka wissen. Ihr Bruder machte noch nicht einmal Anstalten, den Kopf, den er in Richtung Asphalt hatte sinken lassen, zu heben. Ich hörte Ethan mit den Zähnen knirschen, während Yahto sich mit der gesunden Hand den Nacken massierte. Sein Verband sah schon wieder erschreckend dreckig aus, genauso wie seine Fingerspitzen.

Langsam schlich ich in Richtung des Pick-ups. Matt saß auf dem Beifahrersitz, sein Laptop auf dem Schoß, Gargoyle neben sich. Eine Sekunde lang fand ich es putzig, dass die Drohne auf dem Fahrersitz Platz genommen hatte. Dann wurde meine Aufmerksamkeit auf etwas anderes gelenkt.

Matt schien uns gar nicht wahrzunehmen. Während seine Finger in wahnsinnigem Tempo über die Tastatur flitzten, huschten seine Augen unaufhörlich von rechts nach links. Ich runzelte die Stirn und griff nach der Klinke der Beifahrertür. Beim Versuch, sie zu öffnen, musste ich feststellen, dass Matt von innen verriegelt hatte. Langsam – wie in Zeitlupe – stand Ethan auf und bewegte sich in meine Richtung. »Er hat zugeschlossen.«

Ja. Das hatte ich auch schon bemerkt. Erschrocken wurden meine Augen kugelrund. »Was ist denn …«, setzte ich stockend an, brach dann aber ab. »Warum habt ihr zugelassen, dass er …«

»Er hat verlangt, dass wir aussteigen«, erklärte Yahto und griff nach einem kleinen Steinchen, das er nachdenklich zwischen den Fingerspitzen hin und her bewegte. Ethan funkelte den Pick-up wütend an. »Es ist sein Wagen. Außerdem konnte ja keiner ahnen, dass er von innen abschließt und dann nicht mehr ansprechbar ist.«

»Das ist ein schlechter Witz, oder?« Irritiert blickte Maka durch das Beifahrerfenster.

»Dachte ich zuerst auch«, stöhnte Ethan. »Aber Fehlanzeige! Er reagiert einfach nicht mehr.«

Maka schüttelte den Kopf. »Das ist Quatsch! Lasst uns logisch nachdenken: Entweder, Matt spielt ein blödes Spiel mit uns, oder er wird uns hören, sobald wir richtig auf uns aufmerksam machen.«

»Ach ja?« Ethan ballte die Fäuste, dann holte er mit dem Bein aus und trat wutentbrannt gegen die Beifahrertür. Matt drinnen im Wagen zuckte noch nicht einmal mit der Wimper. Auch Makas erneutes, inzwischen aggressives Klopfen blieb ohne Erfolg. »Er muss uns gehört haben!«, behauptete sie jetzt kategorisch.

»Da wäre ich mir nicht so sicher.« Es war Yahtos Stimme, die, gedämpft von seinen Händen, zu uns drang. »Er arbeitet.« Ich ging um den Wagen herum, stellte mich vor die Frontscheibe und winkte. Hüpfte auf und ab. Klopfte noch einmal. Matts Pupillen waren ungesund schwarz geworden. Unter seinem einen Auge hatte sich ein roter Fleck gebildet. Er wirkte so angespannt, dass es mir auf der Stelle angst und bange um ihn wurde.

Ethan war mir gefolgt und starrte Matt ebenfalls an. Jetzt glotzten ihn alle außer Yahto wie ein Tier im Käfig an. Meine Nase war nur noch ein paar Zentimeter von der Scheibe entfernt, Ethans Augen hatten sich zu schmalen Schlitzen verengt, während Matt von Minute zu Minute verbissener den Bildschirm hypnotisierte. »Ist das krank oder ist das krank?«, wollte Ethan wissen. »Also, wenn du mich fragst, der Typ ist wahnsinnig. Vielleicht solltest du einen Krankenwagen rufen!«

»Er arbeitet«, wiederholte Yahto sachlich.

»Ja«, schnaubte Ethan, »das sehe ich.«

Langsam wurde es dunkel. Die Helligkeit des Tages ließ nach, die Schatten wurden erst länger, dann verschwanden sie ganz. Die Sonne war untergegangen. Hilflosigkeit und Besorgnis machten sich in mir breit. Wir hatten Oktober und die Nächte wurden nicht gerade sommerlicher. Wolken zogen über den Himmel, während der Horizont gänzlich seine freundlichen Farben verlor. In der Straße begann es fürchterlich zu ziehen, und obwohl es nicht unangenehm kalt war, fröstelte ich. Lag das an der Tatsache, dass sich der Tag dem Ende neigte, oder an dem, was Matt da im Pick-up verzapfte?

Meine Knie wurden weich vor Unsicherheit, meine Finger erschreckend taub. Matts Gesicht hatte inzwischen jegliche Farbe verloren. Konzentriert hackte er auf die Tastatur des Laptops ein. »Tut er das öfter?«, wollte Maka irgendwann – erstaunlich ruhig – wissen.

Mir blieb nichts anderes übrig, als zähneklappernd mit den Schultern zu zucken. »Wer weiß. Schätze mal, dass ich ihn und seine verrückten Phasen nicht besonders gut kenne.«

»Er hackt, oder?«

»Ja!«, mutmaßte ich.

»Wetten, diese ganze Show zieht er nur ab, damit wir ihn bewundern!«, grollte Ethan.

Yahto, der inzwischen aufgestanden war und sich zu uns gesellt hatte, schüttelte den Kopf. »Das«, er deutete auf Matts hochkonzentrierten Gesichtsausdruck, »kann niemand vortäuschen. Nein. Der ist vollkommen weggetreten. Versucht herauszufinden, wo wir in Sicherheit sind. Wie er uns schützen kann. Er will Hinweise. Antworten.«

Ich wusste sofort, dass er die Wahrheit sagte. Matt schien verbissen Resultate erzwingen zu wollen. Und um an unsere Verfolger heranzukommen, um uns besser schützen zu können, hatte er sich vollkommen von der Außenwelt abgeschottet. Keine Ahnung, was er da drinnen gerade für waghalsige Manöver drehte. Und wozu seine Handlungen führen würden. Bei dem Gedanken an das, was er möglicherweise unternahm, jagten mir eiskalte Schauer über den Rücken. In meinen Fingerspitzen begann es zu prickeln.

Ethan ließ sich auf die Bordsteinkante sinken. »Na super. Der Hacker braucht ein paar Stunden für sich, um illegale Downloads zu starten.«

»Matt kämpft für uns, nicht gegen uns!« Irgendwie konnte ich meinen Blick nicht von dem Mann wenden, der dort hinter der Scheibe saß. Der ein Fremder war und gleichzeitig so vertraut. Dessen Gesichtszüge noch immer die des Jungen waren, an den ich mich erinnern konnte. Und der sich gleichzeitig so stark verändert hatte, dass ich oft daran verzweifelte, ihn überhaupt wiederzuerkennen.

Ich rieb mir über die Unterarme, um die Gänsehaut wegzubekommen. Vergeblich.

Was war von dem Matt geblieben, den ich einst zu kennen geglaubt hatte? Bildete ich mir nur ein, dass dieser Hacker noch Ähnlichkeiten mit dem Menschen hatte, dessen Bild von früher immer mehr vor meinem inneren Auge verschwamm?

»Der Typ ist doch verrückt!«, regte Ethan sich weiter auf. »Vollkommen hirnrissig. So was gibt's gar nicht! Worauf hab' ich mich da nur eingelassen?« Yahto schien es nicht mehr für nötig zu halten, etwas zu unserer Kommunikation beizutragen. Und Matt? Der beachtete uns noch immer nicht. Ich blieb vor der Kühlerhaube stehen, blickte durch die Frontscheibe und musterte Matt. Der Verkehr auf der Straße ließ langsam nach. Immer seltener kam ein Auto vorbei. Nur langsam sickerte die Erkenntnis zu mir durch, dass wir immer noch in Gefahr schwebten.

Zwar war der Hubschrauber schon seit einer Weile verschwunden, das hieß aber noch lange nicht, dass unsere Verfolger die Jagd aufgegeben hatten. Sie waren hundertprozentig irgendwo in der Nähe. Und konnten jeden Moment wieder auftauchen. Was taten wir, wenn das der Fall war? Konnten wir uns ohne Matt verteidigen? Sollten wir ihn allein lassen? Uns irgendwo ein Zimmer buchen? Abhauen? Oder würde er im Notfall das Laptop weglegen und die Wagentüren öffnen?

Je länger ich Matt beobachtete, desto schlimmer wurde sein Zustand. Er begann zu schwitzen, ausgezehrter auszusehen. Als steigere er sich immer weiter in das hinein, was er da tat. Es war beeindruckend und erschreckend zugleich. Um Himmels willen, was tat er da eigentlich?

War er noch bei Verstand? Oder tatsächlich verrückt geworden? Würde er diese verdammte Tür jemals wieder öffnen? Als ich versuchte zu schlucken, musste ich feststellen, dass sich ein steinharter Kloß in meinem Hals gebildet hatte. Noch ein kurzer Blick zu Matt … ich erschauderte und musste sofort wieder wegsehen. Die Tatsache, dass er ab und zu blinzelte, war das einzig Menschliche an ihm. Jedenfalls im Augenblick. Matt verwandelte sich immer mehr in einen Zombie.

Drinnen im Wagen brannte nur das Licht des Laptops. Das ließ seine Haut beinahe weiß erscheinen. Seine Augen spiegelten die Beleuchtung des Bildschirms, verdrehten sich erst in die eine, dann in die andere Richtung.

Die anderen wollten abhauen. Ich bestand darauf zu warten. Also warteten wir …

Manchmal hatte ich das Gefühl, es so tatenlos vor der Scheibe nicht mehr auszuhalten. Ich wollte schreien, meinen Gefühlen Luft lassen. Doch wenn ich versuchte, etwas zu sagen, brachte ich keinen Laut über die Lippen. Mein eigener Atem kam stockend.

Ethan hatte seinen Arm um Maka gelegt. Inzwischen war es richtig dunkel geworden. In der Stadt wurde es immer stiller und stiller, die Straßenlaternen sprangen an. Yahto hatte den Blick gehoben und starrte auf die Stromkabel, die über der Straße gespannt waren. So vergingen die Stunden. Die Zeiger der Uhr tickten unaufhörlich. Zehn Uhr. Elf. Mitternacht. Ein Uhr nachts. Zwei Uhr. Wir taten kein Auge zu, immerhin konnten wir jeden Moment angegriffen werden. Die Angst hielt uns alle wach.

Drei Uhr. Das Warten zermürbte uns. Wir redeten, versuchten uns gegenseitig Mut zu machen, doch vergeblich! Keiner war in der

Stimmung für Scherze. Und Matt reagierte einfach nicht. Was auch immer er dort im Wagen tat … es nahm Zeit in Anspruch. Sehr viel Zeit.

»Was, wenn wir einfach gehen?«, schlug Ethan um kurz nach drei noch einmal vor. »Matt ist doch selbst schuld, wenn er …«

»Kommt nicht infrage«, gab ich die kategorische Antwort, von der ich nicht bereit war abzuweichen. »Wir bleiben alle zusammen. Und alle hier beim Wagen! Über kurz oder lang wird Matt schon wieder aufmachen.«

»Wohl eher über lang«, beschwerte sich Ethan.

»Keine Widerrede!«, kritisierte Maka sofort. »Reagan hat Recht! Wir bleiben alle beim Wagen.«

»Ja! Wie Schiffbrüchige bei ihrem gekenterten Boot.« Ethan klopfte mit einem Finger gegen die Scheibe. »Oder sollte ich lieber sagen: Bei ihrem gekenterten Boot und ihrem Kapitän, bei dem es sich um einen furchteinflößenden Zombie-Dämon handelt?«

In diesem Moment nahm Matt die Finger von der Tastatur. Langsam hob er den leeren Blick und blinzelte. Einmal … zweimal … wieder und wieder. Seine bebenden Hände tasteten nach dem Licht im Wagen. Auf der Stelle wurde es hell. Er kniff die Augen zusammen, rieb sich mit der Hand über die schweißnasse Stirn. Ein müder Griff in Richtung des Autoschlüssels … wir hörten das leise Klicken der Entriegelung.

Ehrlich: Ich hätte gedacht, Ethan würde die Tür aufreißen und Matt anschreien. Er würde an ihm rütteln oder sogar eine Prügelei anzetteln. In Wirklichkeit tat er allerdings nichts dergleichen. Stattdessen wich er ein ganzes Stück zurück. Maka und Yahto standen nur da. Ohne sich zu bewegen. Ohne irgendetwas zu dem zu sagen, was passiert war.

Die halbe Nacht lang. Die halbe Nacht lang hatte Matt uns einfach stehengelassen. Keinen von uns eines Blickes gewürdigt. Und jetzt sah er so abgekämpft aus, dass ich fürchtete, er würde jeden Augenblick zusammenbrechen. So erschöpft, und so fremd. Ich überwand mich, schluckte heftig gegen den Kloß in meinem Hals an und trat zur Beifahrertür. Matt hatte den noch immer leeren Blick in die Ferne gerichtet. Ganz leise und zaghaft öffnete ich die Tür.

»Matt?«, flüsterte ich seltsam eingeschüchtert. Er reagierte nicht, hatte seine eine Hand so fest um den Autoschlüssel gekrallt, dass die Fingerknöchel weiß hervortraten. »Matt!« Sanft legte ich meine eiskalte Hand auf seine, löste seinen starren Griff. »Was machst du denn?«

Er senkte den Blick, schien irgendetwas zu suchen … aber nichts zu finden.

Ich konnte nicht anders, als mir auf die Lippe zu beißen. Das Weiß in seinem einen Auge war rot geworden, er sah krank aus. »Komm zu mir zurück!«, hauchte ich. War er etwa doch verrückt geworden? Das Gefühl, ihn nicht fassen, die Vorgänge in seinem Kopf nicht begreifen zu können, schien mich zu erdrücken. Es raubte mir die Luft zum Atmen, alles begann sich zu drehen.

»Ich bin doch hier«, murmelte Matt wie aus weiter Ferne. »Ich bin hier, Reag!«

Oh, Gott sei Dank! Er wusste noch, wer ich war! Meine Finger strichen über seine Handfläche. »Was machst du denn?«

»Ich hab's herausgefunden.« Er ließ den Kopf gegen die Rückenlehne sinken. Nur langsam wurde sein Blick klarer. »Ich hab' einen Hinweis, wie wir Hunter und Coleman entkommen können. Einen Plan. Und haufenweise Informationen!«

»Das ist großartig …« Ich kniete mich neben ihn. »Hey Matt, du bist …«

»Bitte nicht!« Mit der Handfläche fuhr er sich über die Stirn. Eigentlich wollte ich ihm einen Vorwurf machen. Wollte fragen, warum er uns nicht vorher von seinem Tun in Kenntnis gesetzt hatte. Was er da überhaupt verzapft hatte. Ob er auch nur einmal darüber nachgedacht hatte, was er uns für einen Schreck einjagte. Und ob dieser ganze Aufstand wirklich notwendig gewesen war. Doch ich brachte nichts von all dem übers Herz.

»Schau mal auf mein Handy!« Matts Stimme schien ihm gar nicht zu gehören, so fremd klang sie. Ohne das, was wir taten, zu kommentieren, diktierte er mir erst seine PIN, dann ein Passwort und noch einen weiteren Entsperrcode. »Ich hab' mir die Koordinaten zugeschickt«, erklärte er schließlich.

»Welche Koordinaten?« Ich gab mir alle Mühe, weder anklagend noch allzu entsetzt zu klingen.

»33°49'59"N 109°58'28"W.«

»Okaaaaay«, dehnte ich verständnislos. Stundenlanges Warten vor dem verriegelten Auto, ein komplett durchgeknallter Matt … und all das für irgendwelche Koordinaten? *Was war in ihn gefahren?*

»Da müssen wir hin«, stellte er mit gedämpfter Stimme fest. Ich verstand noch immer kein Wort.

»Aber warum?«, wollte ich verzweifelt wissen. »Matt … ich kapier nicht, was …« Ich brach ab, weil mir die Worte fehlten.

Maka hatte sich von hinten genähert. Sie musterte Matt eindringlich, schien irgendetwas in seinem Gesicht zu suchen. Irgendwann fragte sie: »Wer ist an diesem Ort? Woher weißt du, dass da überhaupt etwas ist? Und wie hilft uns all das gegen Hunter und Coleman?« Matt reagierte nicht, zuckte noch nicht einmal mit der Wimper. Es war ganz offensichtlich, dass er nicht vorhatte, mit Maka zu reden.

»Haben wir dort eine Chance, uns vor den beiden zu verstecken?«, versuchte ich ihm weitere Infos zu entlocken.

Matt schüttelte den Kopf. »Da sind Gegner unserer Gegner«, erklärte er vage.

Ethan, der hinter uns aufgetaucht war, platzte der Geduldsfaden. Mit der Faust schlug er gegen die Karosserie des Jeeps. »Was hast du verdammt noch mal herausgefunden? Woher sind diese beschissenen Koordinaten und warum sollen wir dahin fahren?«, keifte er.

Statt auf ihn zu reagieren, wandte Matt sich an mich. »Bitte Reag, das ist wichtig!«, seufzte er. Inzwischen sprach er so leise, dass ich ihn kaum mehr verstehen konnte. Ich musste mich anstrengen, um den Sinn der Worte zu erfassen. Vollkommen unerwartet ließ Matt seinen Kopf zur Seite sinken. Auf meine Schulter. Ich spürte seine schwarzen Locken in meinem Gesicht, seine Wärme und schlagartig wurde mir heiß. Ich war ihm noch nie, wirklich noch nie so nahe gewesen. Und im tiefsten Innersten fragte ich mich selbst, warum ich ihn nicht sofort von mir wegschob.

Als Matt die Augen schloss, hatte ich meine Entscheidung schon getroffen. »Wir wechseln uns mit dem Fahren ab!«, verkündete ich fester Stimme. »Da wir nicht nach Phoenix und zum Sonoita Creek können, haben wir sowieso keine bessere Alternative, als dorthin zu fahren.«

»Erstaunlich!«, murmelte Matt in meine Richtung und öffnete das eine Auge wieder. »Ich brauchte dich gar nicht zu bestechen. Du tanzt auch so nach meiner Pfeife!«

»Ach halt die Klappe, Zombie!«, konterte ich und verpasste ihm einen leichten Knuff. Matt lachte nur.

Im Gegensatz zu ihm schien allerdings keinem der Anwesenden nach Lachen zumute zu sein. Ethan brachte seine Abneigung gegen das Vorhaben ganz deutlich zum Ausdruck. »Ihr wollt doch nicht echt den Anweisungen eines Irren Folge leisten, oder?«, wetterte er und trat – einmal wieder – gegen den Vorderreifen. »Bin ich eigentlich der Einzige hier, der sieht, dass dieser Typ verrückt ist?«

»Offensichtlich«, widersprach ihm Yahto, »ist Matt auf jemanden gestoßen, der sich mit den Leuten anlegt, die uns umbringen wollen. Mit diesen Personen Kontakt aufzunehmen, ist sicher nicht das Schlechteste, was wir tun können! Vielleicht erwartet er sich von dort Hilfe oder eine Möglichkeit, Hunter und Coleman loszuwerden.«

Ethan rollte nur mit den Augen. »Ihr glaubt ihm wirklich, oder?« Maka schien ebenfalls wenig überzeugt, widersprach mir aber nicht. Stattdessen ließ sie sich auf die Rückbank fallen und nahm mir Matts Handy ab. »Mal schauen, wo diese Koordinaten überhaupt hinführen!«

Matt machte Anstalten aufzustehen. »Wo«, fragte ich entsetzt, denn er sah immer noch aus wie eine wandelnde Leiche, »willst du hin?«

»Was trinken!«

»Hoffentlich keinen Alkohol!«, seufzte ich und wollte ihm beim Aufstehen helfen. Matt schob meinen Arm weg. »Danke, das schaffe ich selbst.«

»So siehst du aber nicht aus!« Wenn ich ehrlich war, wirkte er immer noch total weggetreten. Und das gefiel mir so gar nicht.

Wie lange hatte er schon nicht mehr richtig geschlafen? Matt ging – pardon, *torkelte* – in Richtung des Kofferraums, öffnete die Klappe und griff nach einer Wasserflasche. »Hilfst du Maka mit den Koordinaten?« Es war zwar als Frage formuliert, klang aber eher wie eine Aufforderung.

»Wieso?«, hakte ich auf der Stelle nach.

»Weil du einen Teil der Strecke fahren wirst.« Matt rollte mit den Augen und schob mich in Richtung der anderen.

»Ich bin nicht deine Sklavin, okay?«, versuchte ich ihm klarzumachen.

»Und ich bin nicht dein Haustier! Ich brauche keine vierundzwanzig-Stunden-Überwachung.«

»Ach nein? Du siehst aber ganz so aus, wenn ich ehrlich bin!«

Matt schob mich unnachgiebig in Richtung der Tür. »Ganz ehrlich, Reag! Ich werde ja wohl noch allein etwas trinken dürfen.«

»Reagan!«, verbesserte ich und nahm neben Maka Platz. Keine vierundzwanzig-Stunden-Überwachung. Keine blöden Spitznamen. So einfach.

Wir brauchten eine Weile, bis wir mithilfe des Handys eine Route berechnet hatte, die uns zu den Koordinaten führte. »Vielleicht liegen die von Matt errechneten Koordinaten in Südafrika …«, spekulierte Ethan. Ich schüttelte den Kopf, zu abgekämpft, um das witzig zu finden. Maka, die noch immer in die Karte auf dem Handy vertieft war, zog unvermittelt die Augenbrauen in die Höhe.

»Was ist?«, wollte Ethan sofort wissen. Matt war zurückgekommen und hatte sich wieder auf den Beifahrersitz gesetzt. Wenn ich ehrlich war, sah er gar nicht mehr so fertig aus. Eher so, als ginge es ihm schon besser. Was ich unter den momentanen Umständen und der Tatsache, dass er angeblich *nur einen Schluck Wasser* getrunken hatte, wirklich beunruhigend fand.

»Die Koordinaten führen nach Whiteriver!«, stellte Maka jetzt fest.

»Was?« Ethan, der vor dem Jeep stand und uns unauffällig über die Schulter geschaut hatte, zog erstaunt die Augenbrauen in die Höhe. »Müssen wir jetzt etwa den ganzen Weg zurück bis zu eurem Hotel?«

Maka schüttelte den Kopf. »Whiteriver ist die größte Gemeinde in der Fort Apache Indian Reservation, hier in Arizona!«, erklärte sie uns. »Das Gebiet gehört den White Mountain Apachen.« Yahto setzte sich ein bisschen aufrechter hin.

»Aber das ist doch der Name eurer Ranch, oder?«, wollte Ethan wissen.

Sie nickte, während Yahto nachdenklich in Richtung des Himmels starrte. »Ja, ist es«, sagte Maka. »Als mein Vater die Ranch so benannte, wusste er von dieser Stadt. Es hat durch einen Zufall alles gepasst: Der Name des Flusses in der Nähe des Hotels, dieses Reservat, in dem eine Stadt genauso heißt. Die Ranch ist damit quasi ein Symbol für unsere Hoffnung, dass wir etwas an der Situation der Natives verbessern können.«

»Und Matts Angaben führen uns genau in die Stadt?«, erkundigte sich Ethan.

Maka nickte. »Richtig! Whiteriver ist ziemlich klein, es liegt direkt neben Fort Apache. Bis Phoenix ist es ein ganzes Stück in westliche Richtung.«

»Wo hast du die Koordinaten überhaupt her?«, erkundigte sich Ethan bei Matt. Dieser schien wohl zu hoffen, dass jemand anderes eine Antwort geben konnte – jedenfalls reagierte er erstmal nicht. Nachdem Ethan seine Frage – dieses Mal in fast unhöflich scharfem Ton – wiederholt hatte, drehte Matt sich endlich zu ihm um. »Aus dem Internet!«

»Das ist jetzt gerade eine super konkrete Antwort«, beschwerte sich Ethan auf der Stelle.

Yahto schien als Einziger einigermaßen zu begreifen, worauf Matt hinauswollte. Ein erkennendes Leuchten huschte über sein Gesicht. »Es gibt jemanden, der ebenfalls gegen Hunter, Coleman und die anderen, die uns umbringen wollen, vorgeht. Da Matt unsere Gegner übers Internet ausfindig gemacht hat, nehme ich an, dass er auch Möglichkeiten hat, ihre Tätigkeiten im Netz teilweise zu überwachen. Er kann sie also durchs Internet verfolgen.«

»Zum Beispiel den *Undertaker*?«, fragte ich.

Matt nickte. »Ich versuche es. Gelingt nicht oft, aber bei einigen Aktionen bekomme ich doch mit, was unsere Gegner unternehmen.«

»Und was ist jetzt gerade passiert?« Neugierig sah ich ihn an.

»Von einem Rechner in Whiteriver wollte jemand auf die Informationen eines großen Archivs in Utah zugreifen. Mit dem entsprechenden Passwort war das vollkommen legal … nur haben unsere Gegner davon Wind bekommen und alles darangesetzt, das zu verhindern. Der *Undertaker* und ein paar andere sind sofort aktiv geworden und haben im Darknet Infos hin und her geschickt. Am

Ende haben sie den Versuch des anderen, auf die Daten zuzugreifen, abgeblockt.«

»Heißt jetzt was?« Meine Stimme klang seltsam, fast hohl.

»Es gibt andere Leute hier in der Region, die sich ebenfalls mit unseren Gegnern angelegt haben«, erläuterte Matt. »Von dort können wir Hilfe erwarten.«

»Und um welche Infos ging es?«, hakte ich nach. Matt zuckte nur mit den Schultern und schenkte uns dann ein entsetzlich munteres Lächeln. »Ich hab' das entsprechende Archiv schon ein bisschen länger im Auge. Zu erklären warum würde jetzt zu lange dauern, aber nach allem, was ich mitbekommen habe, bin ich mir ziemlich sicher, dass wir jemanden gefunden haben, der uns helfen wird.«

»Das klingt ja sehr … esoterisch!«, diagnostizierte ich besorgt. Was war das für ein Archiv? Warum kannte Matt sich mit deren Informationen im Internet aus? Und wieso war er sich so sicher, dass uns irgendjemand mit unserem Problem helfen würde?

Yahto schüttelte nachdenklich den Kopf. »Wir sollten sehen, dass wir zu diesem Ort kommen, dessen Koordinaten Matt uns angegeben hat«, stellte er sachlich klar. »Woher Matt von den Leuten dort weiß oder wer sie ganz genau sind, lässt sich auch noch auf der Fahrt klären.«

»Yahto hat Recht!«, stimmte Maka zu. »Diese Leute könnten schon wieder verschwunden sein, wenn wir noch weiter hier rumdiskutieren.«

Da musste ich den beiden zustimmen. Wir krabbelten also alle in den Jeep – ich dieses Mal auf den Beifahrersitz, Maka hinters Lenkrad – dann ging es los. Ich hatte Matts Handy in der Hand und wies unserer Fahrerin den Weg. Wir waren noch keine zwei Meilen weit gekommen, als das Smartphone plötzlich den Eingang einer Nachricht anzeigte. »Du hast Post!«, teilte ich dem wieder erstaunlich fitten Matt mit. »Von …« Ich konnte nicht anders, als einen Blick auf den Absender zu werfen, »Ashlyn!« Schluck. Ich klang definitiv pikierter, als ich beabsichtigt hatte.

»Was hat die dir denn mitzuteilen?«, fragte ich so herablassend wie möglich und tippte die Nachricht an. Matt, der das offensichtlich über meine Schulter sehen konnte, allerdings keine Anstalten machte, mir das Ding zu entreißen, seufzte leise und abgrundtief. »Reag, das …«

»Reagan!«, verbesserte ich automatisch und ärgerte mich selbst darüber, dass ich so zickig klang. »Ich dachte, ihr schreibt nicht mehr?« Der Chatverlauf, den ich gerade durchscrollte, sagte allerdings etwas ganz anderes.

»Das ist nicht so, wie es scheint!«, versuchte Matt sich verzweifelt zu verteidigen.

»Ach ja? Und wie ist es dann?« Ich las einen Abschnitt genauer durch.

Ashlyn: »*Ich vermisse die Arbeit mit dir, echt! Bist du immer noch so hart am Schuften?*«

Matt: »Manchmal«

Ashlyn: »*Schick mir doch ein paar Ideen und Entwürfe, vlt kann ich an der ein oder anderen Stelle behilflich sein!*«

Matt: »*Du kannst tatsächlich helfen …*«

Ashlyn: »*Wo bist du? Soll ich vorbeikommen und dir den Rücken massieren?*«

Matt: – keine Antwort –

Ashlyn: – lachende Smileys, dann*:* »*Wo bist du überhaupt?*«

Matt: »*So hier und da!*«

Ashlyn: »*Und worum geht's jetzt? Können doch über alles reden!*«

Im Folgenden ging Matt reichlich detailliert auf Ashlyns Tattoo ein. Die zwei wechselten ein paar Nachrichten, bei denen ich nur mit Mühe ein Würgen unterdrücken konnte.

»*Erstaunlich, dass du dich noch so gut* daran *erinnern kannst!*«, schrieb Ashlyn irgendwann. Ich konnte nur beten, dass das *daran* auf das Tattoo bezogen war. Etwas anderes malte ich mir lieber nicht aus, sonst würde es den Sitzen des Jeeps schlecht ergehen. Keine Garantie dafür, dass ich mich nicht doch noch übergab! Obwohl … den Gefallen würde ich Matt nicht tun.

Ich scrollte weiter, ein mehr als nur flaues Gefühl im Magen. Ashlyns letzte Nachricht – sie hatte während der ganzen Kommunikation noch nicht mal eine Andeutung gemacht, was ihr Tattoo bedeutete und woher sie es hatte (gerissenes Biest!) – lautete wie folgt:

»*Miss you so much, Matty!*«

Und da konnte ich nicht anders, als in schallendes Gelächter auszubrechen. Mein freudloses Lachen mischte sich mit den Geräuschen des Motors, während ich die Äußerungen weiter oben überflog.

Ashlyn: »*Nicht dein Ernst, dass du die jetzt wiedergetroffen hast!*« – Es ging um mich, tatsächlich um mich! – »*Fuck, Matty, ist die immer noch so verrückt?*«

Matt: – keine Reaktion, noch nicht mal ein winzig kleiner Widerspruch, irgendetwas, das darauf schließen ließ, dass er nicht ihrer Meinung war. Wobei immerhin … er hatte gar nicht geantwortet. Keine Ahnung, was mir das jetzt sagen sollte.

Ashlyn: »*Ich wusste ja gar nicht, dass du auf rothaarige Streber mit Nerdbrille stehst!*«

Ich hatte tatsächlich ein paar Jahre lang eine Brille getragen, wachstumsbedingt. Jetzt hatte ich zwar immer noch keine Adleraugen, aber es reichte, um alles zu erkennen. Und ehrlich … meine Brille war keine Nerdbrille gewesen.

Ashlyn hatte ihren Schreibfluss in den darauffolgenden Minuten fortgesetzt: »*Hat ihr Psychologe einen jungen Arzt gesucht, der sich um sie kümmert? Same here, Matt, ich bräuchte auch mal deinen psychologischen Beistand. Sterbe vor Lachen! Kannst du nicht mich therapieren? Wir hätten sicher eine Menge Spaß.*«

Matt: »*Sorry! Studium nach einem Semester abgebrochen.*«

Ashlyn: »*Also bist du jetzt ihr scheiß Krankenpfleger?*«

Matt: – keine Reaktion –

Langsam hob ich den Blick vom Display. Mein Lachen war verstummt, einem Gefühl der Ungläubigkeit und Leere gewichen. Es dauerte ein paar Sekunden, bis ich mich wieder gefasst hatte. Dann siegte die Wut, die in heißen Wellen durch meinen Körper schoss, meine Wangen tomatenrot färbte und mich kochen ließ. »Arschloch!«, zischte ich. Meine Lippen fühlten sich trocken an, waren vermutlich zu einer schmalen Linie geworden. Während sich meine Augen verengten, drehte ich mich demonstrativ nach vorne. Weg von Matt.

»Du bist falsch abgefahren!«, sagte ich zu Maka. Meine Stimme klang erstaunlich fest und so eiskalt, dass eigentlich alles im Wagen hätte gefrieren müssen. »Jetzt hier links, dann sind wir wieder richtig!« Matt hatte offensichtlich nichts mehr zu seiner Verteidigung vorzubringen. Ich hörte ihn hinten hart schlucken, sah nur aus den Augenwinkeln, wie er sich mit den Fingern durch die Haare fuhr und diese dadurch so zerzauste, dass sie zu allen Seiten abstanden. »Reag …«, brachte er heiser hervor. Mehr nicht. Aber ich wollte auch nichts mehr hören.

»Vielleicht sollten wir dich von jetzt an alle Matty nennen!«, schlug Ethan vor, der augenscheinlich von hinten mitgelesen hatte und nun versuchte, die Stimmung zu heben. Er war der Einzige, der über seinen dämlichen Witz lachte. Die anderen schienen zu Stein erstarrt, die Stille senkte sich schwer wie Pflastersteine auf uns, schien mich zu erdrücken, mir keine Luft zum Atmen mehr zu lassen. »Ja, vielleicht sollten wir das«, sagte ich irgendwann.

»Hör zu, es tut mir leid!«, behauptete Matt. Er betonte das *leid* so, dass der Satz so ziemlich genau die gegenteilige Bedeutung bekam. »Es tut mir wirklich furchtbar leid!«

»Wer's glaubt, wird selig!«, schnaubte ich und starrte aus dem Fenster. In den nächsten Minuten herrschte eisige Stille im Wageninneren. Matt machte keine Anstalten, sich noch weiter rechtfertigen zu wollen, und ich hätte sowieso jedes Gespräch boykottiert.

Ein Weilchen später hielten wir auf einem kleinen Wendeplatz nahe der Stadt Forest Lakes. »Ich fahre das letzte Stück!«, erklärte ich Maka, die sich gerade die Füße vertrat. Ich brauchte dringend etwas, um mich abzulenken. Inzwischen wurde der Horizont langsam heller. Hier draußen – nahe der Berge – pfiff ein schneidend kalter Wind. Ich warf mir meine Jacke über die Schultern und lief ein paar Schritte hin und her, nur, um dann zum Jeep zurückkehren zu wollen. Matt, der ebenfalls ausgestiegen war, packte unvermittelt meinen Arm.

»Reag! Ich muss mit dir reden. Und zwar allein.«

»Wie bitte?« Ich versuchte mich loszureißen, stellte aber fest, dass seine Finger um mein Handgelenk kein bisschen nachgaben. »Lass mich los!«, fügte ich wütend hinzu. Die Berührung prickelte, hinterließ Abdrücke auf meiner Haut. Das Letzte, was ich gerade wollte, war, von Matt angefasst zu werden.

Sein Blick flackerte, richtete sich auf seine Hand. Er schien erst jetzt zu bemerken, wie fest er mich gepackt hatte. Langsam ließ er mich los, eine stumme Entschuldigung in den Augen. »Hör mir zu, ich würde gern …«, setzte er erneut an, doch ich unterbrach ihn.

»Nein, Matty!« Ich spuckte ihm diesen beschissenen Spitznamen vor die Füße, ließ ihn klingen wie eine ansteckende Krankheit. »Wenn du mit jemandem reden willst, dann schreib doch Ashlyn!« Als ich mich abwandte und in die entgegengesetzte Richtung marschierte, folgte er mir.

»Ich weiß, ich hatte versprochen, nicht …« Irgendwie schaffte er es, das wie echte Reue klingen zu lassen. Aber ich wusste es besser.

»Warum hast du's dann getan?«

Matt gab keine Antwort. Ein gequältes Stöhnen bewies, dass ihm die Worte fehlten. »Kannst du dich«, fragte er schließlich, schluckte, und fügte hinzu: »An das erinnern, was ich dir vor dem Hotel gesagt habe?« Natürlich konnte ich.

»Ich *muss* herausfinden, ob dieses Zeichen irgendwie mit ihr zusammenhängt!«

»Ach ja? Wenn ich das richtig gelesen habe, habt ihr aber nicht gerade viele Fakten ausgetauscht!« Ich biss mir auf die Lippe, schmeckte das Eisen in meinen Mund. »Mal davon abgesehen, dass ihr eure Meinung über mich sehr deutlich …«

»Sie hat mir nicht geantwortet, oder?«, unterbrach er mich. Ich war so perplex, dass ich ihn nur anstarren konnte. »Ich meine, sie hat nicht auf meine Frage geantwortet«, spezialisierte er. »Ich hab' mehrere Male versucht, ihr irgendwelche Informationen zu entlocken. Und sie hat über alles Mögliche geschrieben …«

»Über mich!«, stellte ich fest.

»Meinetwegen«, Matt senkte den Blick, »auch über dich. Die Frage ist doch aber: Was sagt uns das über *sie*?«

»Dass sie absolut gerissen ist? Ein durchtriebenes Luder?«

»Und?«

Ich bohrte meine Stiefelspitze in den Grünstreifen, auf dem ich stehengeblieben war und zuckte mit den Schultern. »Ist mir doch egal, was uns das sonst noch über sie sagt!«

»Sollte es aber nicht.« Matt betrachtete mich eindringlich. Zu eindringlich. »Darf ich dir etwas erzählen?«, fragte er unvermittelt. »Etwas, das mit Ashlyn und mir zu tun hat?« Ich war so überrumpelt von dieser Frage, dass ich wortlos nickte, bevor ich seine Frage überhaupt verdaut hatte. »Du weißt, dass sie bei einigen meiner Projekte dabei war?«, erkundigte er sich.

Es fühlte sich an, als hätte jemand einen Anker in mein Herz geworfen und kräftig daran gezogen. »Bei *einigen*?«, fragte ich skeptisch und hatte dabei das Gefühl, auf eimerweise Erde herumzukauen. Meine Lippen waren so unendlich trocken.

»Ähm«, sagte Matt mal wieder, »also, längst nicht bei allen. Aber«, er stockte, brach dann ab und sah mich lange schweigend an. »Ach Reag, warum ist das alles so verdammt kompliziert?«

Ich seufzte, zuckte mit den Schultern. »Das ist jetzt nicht direkt meine Schuld, weißt du?«

»Weiß ich«, murmelte er und trat von einem Bein aufs andere. »Es ist überhaupt nicht deine Schuld.« Er schwieg so lange, dass ich schon Angst hatte, er würde gar nichts mehr sagen. Irgendwann schien er sich dann doch zu überwinden. »Es geht um Jake. Er war Teil unseres Projekts.«

»Was?«, fragte ich entsetzt. Irgendwie hatte ich die ganze Zeit gedacht, Matt hätte Jake erst nach seiner Zeit mit Ashlyn, erst nach allem, was in Edinburgh geschehen war, kennengelernt. Ich hatte gedacht, die beiden Jungs wären zusammen tauchen gegangen. Und niemals, wirklich niemals hätte ich vermutet, dass Jake irgendetwas mit Ashlyn zu tun hatte.

»Wie lange kennt ihr euch denn schon, Jake und du?«, fragte ich. Mein Hals war immer noch so staubtrocken wie eine Wüste.

Über sein Gesicht huschte ein trauriges Lächeln. »Jake ist nicht der, für den ihr ihn haltet, Reag! Wenn du's so willst, kenne ich ihn schon immer. Und na ja … Jake wusste etwas, das er nicht hätte wissen dürfen. Er hatte ein ähnliches Problem wie wir alle, wie Maka, Yahto, du und ich. In seinem Besitz befanden sich eine Menge Infos. Zu viele Infos. Über mich und über die Projekte, die Ashlyn und ich in Edinburgh am Laufen hatten.«

»Matt, wer ist Jake?«, fauchte ich aufgebracht.

In seinen Augen zuckten auf einmal Flammen, die ihn mitzureißen schienen. Er sah aus wie ein Verrückter, tatsächlich so, als stände er unter Drogen. Seine Hände verkrampften sich. Ich hatte noch nie erlebt, dass Matt die Fassung verlor, dass er austickte. Aber jetzt gerade war er ziemlich nahe dran. »Jake ist ein Roboter. Ein Tauchroboter, um genau zu sein. Und unsere Gegner haben ihn zerstört«, stieß er fast keuchend hervor. Im nächsten Moment schien ihn alle Kraft zu verlassen und er sackte in sich zusammen. Sein Blick wurde leer.

Meine Finger tasteten nach seinen, hielten sie fest, bis er aufhörte, sich die Fingernägel in die Handflächen zu rammen. Und dann sprach ich das Offensichtliche aus: »Ich habe gedacht, Jake wäre ein Mensch, Matt! Wir alle haben des gedacht, weil es bei dir so klang.« Seine Worte kurz nach unserem Wiedersehen in Hot Springs hallten in meinen Ohren. *Mein Freund Jake ist tot.* Sein Freund! Ich war so perplex, dass mir nichts zu all dem einfallen wollte.

Es war gleichermaßen schockierend wie logisch. Und irgendwie passte es zu Matt. »Du warst also mit Jake tauchen, ja?«, fragte ich leise.

»Du musst denken, ich wäre verrückt«, stellte Matt fest. »Aber Jake war …«

»Schon gut«, unterbrach ich ihn und ließ seine Hände wieder los, weil ich es nicht so aussehen lassen wollte, als wäre Händchenhalten auf einmal okay für mich. »Ich lege keinen gesteigerten Wert darauf, den Spieß umzudrehen und diesmal dich an einen Psychologen zu verweisen.« Egal wie durchgeknallt Matt war und egal ob er einen Roboter wie seinen besten Freund behandelte, ich würde ihm nicht das antun, was er mir angetan hatte. »Erzähl mir einfach, was passiert ist«, bat ich mit brechender Stimme. Ach du meine Güte, wie sollte ich mir die Beziehung zwischen Matt und seinem Roboter vorstellen? Ich wusste ja noch nicht einmal, wie so ein Ding überhaupt aussah. Und irgendwie machte es mir auch ein bisschen Angst.

Matt kramte nach seinem Handy und zeigte mir ein Foto von einem roten Roboter mit zwei schwarzen Propellern rechts und links, vermutlich für den Antrieb unter Wasser. Dazwischen befand sich eine Art runder Kopf der Maschine, der nach hinten hin schmaler wurde und in die Schwanzflosse des Roboters mündete. In den Kopf konnte man hineinschauen, hinter einer halben Glaskugel befand sich ein Kranz aus kleinen LED-Lampen, in deren Mitte ein Kameraauge thronte. »Jake ließ sich mit dem Smartphone steuern«, erzählte Matt. »Er hat immer ziemlich gute Aufnahmen gemacht und die sofort an das Handy gesendet. Zur Steuerung drehst du einfach das Smartphone, stell dir das vor wie ein ferngesteuertes Auto. Jake war über ein Kabel mit einer Box an der Wasseroberfläche verbunden, und diese Box hat dann mit dem Handy kommuniziert. Das geht alles über WLAN, hat ziemlich gut funktioniert. Keine Ahnung, ob dich das überhaupt interessiert, aber Jake konnte knapp 30 Meter tief tauchen und war mit einer Höchstgeschwindigkeit von etwa fünfeinhalb Kilometer pro Stunde unterwegs. Okay, das klingt nicht viel, aber ich war eigentlich immer zufrieden mit seinen Leistungen. Gewicht: viereinhalb Kilogramm, mit dem Greifarm, den ich später noch angebaut habe, sogar fünfeinhalb. Das Foto hier ist schon älter, da ist der Arm noch nicht drauf.«

»Und«, fragte ich besorgt, »Jake war dein Freund? Also hattet ihr irgendeine, hm, Beziehung zueinander?« Das klang vollkommen abgefahren und total seltsam, aber ich gab mir trotzdem größte Mühe, das alles zu verstehen.

»Wie du's nimmst«, sagte Matt. »Er hat ziemlich viele krasse Aufnahmen während unserer Tauchgänge gemacht. Aber das war nicht alles. Du weißt ja, wie viel ich programmiert habe. Jake hatte nicht nur Bilder oder Videos gespeichert, sondern ich habe ihn auch als eine Art Speicherstick für gewisse Ideen verwendet. Wenn ich gewollt hätte, hätte ich ihn losschicken können, irgendwohin ins Meer, und dann vom Handy abkoppeln.«

»Und was hätte dir das gebracht?«, hakte ich nach.

»So hätte ich zum Beispiel die Daten und Ideen von Ashlyns und meinen Projekten sichern und verstecken können. Nur für den Fall, dass jemand die hätte klauen wollen.« Das dauernde *hätte* war auffällig. Sehr auffällig. Worüber Matt sprach, klang unwahrscheinlich, aber mich beschlich das Gefühl, dass er diese Sicherung seiner Daten für sehr wichtig erachtet hatte. Das mit Jake als Speicherstick war nicht nur ein dummes Hirngespinst gewesen, nein, dafür hatte es Gründe gegeben. Gründe, über die Matt nicht mit mir sprechen wollte.

Welche Daten waren in diesem Roboter gespeichert gewesen?

Ich schluckte und spürte, wie meine Knie weich wurden. »Was waren das denn für brisante Infos?«

Er schwieg und fixierte mich mit seinem eindringlichen Blick. »Ich erzähl's dir irgendwann genauer, versprochen!« Es entstand eine Pause, in der ich mich darauf konzentrierte, einigermaßen ruhig weiter zu atmen. »Jedenfalls waren Jake und ich auf Aruba«, fuhr Matt fort. »Ich habe ihn auf einen Tauchgang geschickt, von dem er einfach nicht zurückgekehrt ist. Erst hat er sich selbst vom Handy losgekoppelt und dann ist er verschwunden. Später habe ich Überreste der Propeller nahe eines Riffs gefunden. Ich war natürlich entsetzt, seine Programmierung ist eigentlich immer eindeutig gewesen und all das hätte nicht passieren dürfen. Am Ende habe ich herausgefunden, dass jemand Jake quasi gehackt und sich zwischen seine WLAN-Box und mein Handy geschaltet hat. Die Hinweise haben mich zu unseren Gegnern und zu ihren Gesprächen im Netz geführt. Und als ich von den geplanten Anschlägen und all dem Zeug gelesen habe, war natürlich klar, dass ich nach dir suchen musste.«

»Okay«, krächzte ich, meine Stimme klang total heiser. »Dann ist Jakes Mittelteil also verschwunden, habe ich das richtig verstanden? So, als wäre der Stick, auf dem du deine und Ashlyns Projektentwürfe zur Sicherheit abgespeichert hast, geklaut worden?« Er reagierte nur mit einem kaum merklichen Nicken. »Dann hängen sowohl dein Roboter als auch Ashlyn mit ihrem Tattoo und eure damaligen Projekte mit dem Grund zusammen, aus dem man uns umbringen will, ja?«

Noch ein Nicken. »Wenn ich könnte, hätte ich dir all das hier erspart«, sagte Matt irgendwann mit Grabesstimme. Ich brachte kein Wort mehr heraus.

Das Rattern der Rotorblätter riss uns aus unserer Starre und führte dazu, dass mir ein kleiner Schauer über den Rücken lief, der sich vom Nacken die Wirbelsäule hinab ausbreitete. Matt warf einen kurzen Blick in Richtung Himmel. »Da ist unser Begleitschutz ja wieder«, stellte er mit aufeinandergepressten Lippen fest. »Komm, lass uns zum Auto zurückgehen! Wir sollten weiterfahren! Nicht, dass diese Hunter uns noch abknallt, bevor ich dir erklären konnte, dass …«

»… Ashlyn was mit dieser Verschwörung zu tun hat«, vollendete ich. »Das brauchst du mir nicht zu erklären, weiß ich schon!« Einen Moment lang verstummte ich, bevor ich – so leise, dass Matt vermutlich selbst Mühe hatte, mich zu verstehen – hinzufügte: »Sie hängt da verdammt tief mit drin. Und irgendwie beschleicht mich das üble Gefühl, dass ihr euch in *diesem* Punkt fürchterlich ähnlich seid!«

Gemeinsam kehrten wir zu den anderen zurück und beschlossen, so schnell es ging weiterzufahren. Dabei hielten wir uns auf vielbefahrenen Straßen. Zum Glück war es mitten am Tag und immer etwas um uns herum los. So waren wir nie allein mit dem Hubschrauber, der wie eine düstere Vorahnung der Gefahr am Himmel hing und dessen Geräusche in unseren Ohren hallten.

Irgendwann erreichten wir endlich Whiteriver.

»Selbst, wenn wir hier irgendjemanden finden – die da oben werden wir auch mit der besten Hilfe nicht los!«, murmelte Ethan grimmig. »Inzwischen müssten sie gecheckt haben, dass wir nicht auf direktem Weg nach Phoenix unterwegs sind. Ich kann mir nicht vorstellen, wie wir aus dem Schlamassel wieder rauskommen sollen.«

Die Stadt Whiteriver war tatsächlich winzig. Kaum mehr als viertausend Einwohner, und damit zwar die größte Siedlung der hiesigen Reservation, im Vergleich zu anderen Städten aber winzig. Das Land war so weit und leer, dass man sich einsam hätte fühlen können …

… wäre da nicht der Hubschrauber gewesen. »Was machen wir, wenn es dunkel wird?«, fragte Maka jetzt. »Irgendwann müssen wir hier wieder weg, und dann sind vielleicht nicht mehr so viele Wagen unterwegs.«

»Wir müssen nicht zurück«, behauptete Matt felsenfest, und Yahto fügte düster hinzu: »Konzentrier dich auf das Hier und Jetzt! Was in ein paar Stunden ist, kann dir sowieso noch keiner sagen.« Eine wenig beruhigende Aussicht.

Und obwohl wir Whiteriver inzwischen erreicht hatten, blieb das Gefühl der Erleichterung aus. Der Helikopter war noch immer über uns. Warf bedrohliche Schatten auf die trockene Landschaft, auf Sträucher und wüstenartige Flächen, auf Felsen und Hügel. Einmal kam er sogar so tief, dass das Geäst einiger ziemlich kahl aussehender Bäume im Wind der Rotorblätter hin und her peitschte.

Keine gute Atmosphäre, um sich endlich mal zu entspannen. Langsam fühlte ich mich selbst wie ein Zombie. Die schlaflose

Nacht und jetzt auch noch das, was Matt mir über Jake erzählt hatte, über Ashlyn. All das überforderte mich. Dass Matt selbst noch so fest auf den Beinen stand, war ein Wunder. Und gleichzeitig ziemlich unheimlich. Es wäre mir irgendwie menschlicher vorgekommen, wenn er zusammengebrochen wäre, einen Schreikrampf bekommen hätte … oder etwas Ähnliches. Seine tödliche Ruhe wirkte unnatürlich.

»Dein Gestarrte hilft uns nicht«, meinte Yahto, der meinen sorgenvollen Blick in Richtung Himmel richtig gedeutet hatte. »Lasst uns lieber überlegen, wo wir die Leute, die Matt hier vermutet, finden können!« Er lehnte seinen Kopf gegen die Scheibe.

»Steig doch aus und frag ein paar Passanten!«, schlug Ethan vor. Leider waren hier keine Fußgänger unterwegs. Um ehrlich zu sein, wirkte die Siedlung eher verlassen.

»Sie brauchten einen Computer!«, murmelte Matt – eher zu sich selbst als zu einem von uns. »Wo findet man hier einen Computer …?«

»Du könntest den Typen, den du im Internet aufgespürt hast, einfach selbst fragen«, erklärte Yahto und verwirrte mich damit vollends.

»Welchen Typen?«, wollte auch Ethan wissen. Yahto seufzte. »Sucht euch doch einen von den vielen aus, die wir hier schon gesehen haben!«

Maka runzelte verständnislos die Stirn, sie schien ihren Bruder ebenso wenig zu verstehen wie wir. Yahto fuhr sich mit den Händen durch die Haare. »Schaut euch die Büsche an! Den Boden! Hier sind Menschen langgelaufen. Und zwar nicht gerade wenige. Ich bin mir sicher, dass das Fußabdrücke von Weißen sind. Ein Apache hätte sich in dieser Umgebung anders bewegt, wäre vorsichtiger aufgetreten. Hier war also eine Gruppe von Leuten unterwegs, die nicht aus der Gegend stammt. Sie kamen aus der Stadt und sind in diese Richtung«, er deutete in die kahle Landschaft, »weitergegangen. Schätzungsweise sind es diejenigen, die wir suchen.«

Ich drückte meine Nase gegen die Fensterscheibe … und sah nichts. Ich öffnete das Fenster … nur um ein paar Sekunden später auszusteigen und auf den Boden zu starren. Der Staub wirbelte auf, als ich einen Schritt machte. »Der ganze Untergrund ist knochentrocken!«, stellte ich fest. »Wo sollen denn hier bitte …« Ich verstummte und sah mich um.

Ein Stück weiter umsäumten ein paar Häuser und mehrere Wohnwagen die Straße. Zu unserer Linken ragten von trockenem Gesträuch bewachsene Hügel und höhere Berge auf, deren braungrüne Ausläufer sich bis fast an die Straße heran erstreckten. Rechts blieben die Hügel flacher, das ausgetrocknete, baumlose Land bestand einzig und allein aus einer Art Steppe, durch die kein noch so kleiner Bach floss. Die Durchfahrtsstraße, auf der wir standen, zog sich wie ein grauer Wollfaden durch diese Landschaft, fast unnatürlich gerade, hineingebaut in diese wilde Gegend. Der Wind, der mir entgegenfegte, zeugte davon, dass es in den letzten Tagen keinen Tropfen Regen gegeben hatte. Er war ähnlich trocken und unangenehm auf der Haut wie die Sandkörner, die er gegen die Hosenbeine meiner Jeans wirbelte.

Yahto sprang – erstaunlich schnell – aus dem Wagen, ging ein paar Schritte und deutete dann mit der Zehenspitze auf ein paar von Gras bewachsene Stellen. »Hier sind haufenweise Fußabdrücke! Nicht besonders alt und noch gut zu erkennen.«

Ja. Für ihn. Für mich allerdings nicht. Ich musste ziemlich genau hinschauen, um überhaupt zu erkennen, dass das Gras verbogen war und Schuhabdrücke auf dem Untergrund zu erkennen waren. »Das hast du aus dem Wagen erkannt?«, wollte ich wissen.

Yahto nickte.

»Schau dir den Busch da an! Diese umgeknickten Zweige. Da war definitiv ein Weißer unterwegs.«

Okay. Definitiv hatte er sehr viel bessere Augen als ich. Und sehr viel mehr Übung.

Yahto deutete mit dem Finger in Richtung der Hügel. »Diese Leute sind, bis auf einen, nicht wieder hierhergekommen. Also haben sie dort hinten irgendwo ein Lager aufgeschlagen oder sind auf Umwegen zurückgekehrt.«

Matts Lippen wurden zu einer schmalen Linie. Er war ausgestiegen und ließ kurz den Blick schweifen, dann fixierten seine Augen das trockene Grün des Hangs. »Hm …«, machte er nachdenklich, bevor er sich abwandte und Gargoyle aus dem Wagen holte. Die Drohne lag wie ein großes Insekt auf seiner offenen Hand.

»Was machst du?«, wollte Ethan wissen.

Matt nickte in Richtung des Hubschraubers, der gerade wieder am Horizont auftauchte. »Wir werden nicht kilometerweit durch die Wildnis laufen«, verkündete er schließlich. »Viel zu gefährlich! Da könnten sie uns problemlos abknallen. Stattdessen wird Gargoyle ein paar Aufnahmen machen. So finden wir die Leute, die wir suchen, am schnellsten.«

Ich unterließ es, noch einmal zu fragen, warum er sich so sicher war, dass diese Menschen uns helfen könnten. Matts genaue Pläne in Erfahrung bringen zu wollen war sinnlos. Mir blieb nur, darauf zu vertrauen, dass er Recht hatte und uns tatsächlich helfen konnte. Wie um uns seinen Plan zu demonstrieren, schaltete Matt sein Laptop ein, tippte ein Weilchen auf der Tastatur und dann auf dem kleinen Display der Drohne herum. Matt griff nach einer Fernsteuerung, die winzigen Rotoren der Drohne setzten sich in Bewegung … und das Insekt hob ab.

Gargoyle steuerte zielstrebig in Richtung der Berge. Aufmerksam beobachtete ich, wie der schwarze Drache immer kleiner wurde.

»Sag mal«, wandte ich mich an Yahto, »warum glaubt ihr, dass diese Leute diejenigen sind, die Matt geortet hat? Müsste die Person, die vorhin irgendwelche Informationen angefordert hat, nicht vor dem Computer sitzen? Irgendwo in einem der Häuser oder Wohnwagen hier?«

Yahto zuckte nur mit den Schultern. »Wir suchen nicht nach einem der Einheimischen«, erklärte er mir. »Diese Fußabdrücke beweisen, dass hier jemand unterwegs ist, der normalerweise nicht im Reservat lebt. Und ich bin mir sicher, dass es genau um diese Personen geht. An jeder Tür hier zu klingeln wäre Schwachsinn, so finden wir niemanden.«

»Okay.« Er hatte Recht. Im Augenblick war weit und breit kein Mensch auf der Durchfahrtsstraße zu sehen. Unsere Chancen, dass hier doch noch irgendwelche Einwohner vorbeikamen, standen also mehr als nur schlecht. Und da es weder ein Stadtzentrum noch einen Marktplatz oder etwas Ähnliches gab und wir nicht stundenlang warten konnten, blieb uns nur, der Fährte dieser ominösen Fremden zu folgen. Seufzend sah ich zu, wie Gargoyle zu einem kleinen Punkt in der Ferne wurde, der über den Hügeln kreiste.

Matt hielt den Blick starr auf die Drohne gerichtet. Die Augen zu Schlitzen verengt, die Haut ungesund blass.

Müde und ausgelaugt ließ ich mich am Straßenrand auf einem großen Stein nieder. Ich hatte furchtbare Kopfschmerzen, jede noch so kleine Bewegung fühlte sich an, als würde man tausende von Nadeln in mein Hirn rammen. Stöhnend schloss ich die Augen. Die letzte, schlaflose Nacht setzte mir langsam wirklich zu, meine Lider fühlten sich schwer an wie Blei.

Ich versuchte mit den Schultern zu kreisen um den Rücken zu entspannen, gab den Versuch aber schnell wieder auf. Mein Kopf sank auf meine Knie, ich sackte in mich zusammen und fühlte mich einfach nur noch elend.

»Verdammt, konzentrier dich auf deine scheiß Drohne!«, fluchte Ethan aufgebracht. Probeweise öffnete ich ein Auge und richtete den Blick auf Matt, der mich mit sorgenvollem Ausdruck im Gesicht betrachtete. Und Gargoyle vollkommen aus den Augen verloren zu haben schien.

Täuschte ich mich, oder huschte da tatsächlich eine verräterische Röte über sein Gesicht? Ich schloss das Auge wieder und vergrub den Kopf noch tiefer zwischen Händen und Knien. Nein. Ich konnte wirklich nicht mehr. Das dauernde hin und her, Anstrengung, Ungewissheit und Angst machten mich verrückt. Und dann war da noch Matt.

Ich wurde aus meinen düsteren Gedanken gerissen, weil Ethan sich plötzlich räusperte. »Leute, ich will ja nichts sagen, aber ich glaube, wir bekommen Besuch!« Überrascht öffnete ich die Augen – dieses Mal beide – und hob den Kopf.

Tatsächlich! Ein Mann in Jeans und einem reichlich alten Hemd, bei dem ich nur vermuten konnte, dass es früher einmal blau mit grauen Streifen gewesen war, kam die Straße entlang. Direkt in unsere Richtung. Der Typ – vielleicht knappe fünfundvierzig, aber so genau vermochte ich das nicht zu sagen – hob die Augenbrauen und runzelte die Stirn, als er uns so am Straßenrand stehen sah. Sein Gesicht war von der Sonne gebräunt aber trotzdem viel heller als Yahtos oder Makas Haut. Ein fragender Ausdruck schlich sich in sein Gesicht und er fuhr sich mit der einen Hand über dem Kopf, als wolle er sich durch die nicht vorhandenen Haare streichen.

»Ein paar neue Gesichter in der Stadt?« Der Mann näherte sich. Als er Matts Ausrüstung sah – das Laptop, die Fernsteuerung und den kleinen schwarzen Punkt am Horizont – huschte ein Lächeln um seine Mundwinkel. Auf seinem Kinn und den Wangen lag der Schatten von Bartstoppeln. Um seine dunklen, lebendig hin und her huschenden Augen herum bildeten sich sympathische Lachfältchen. »Nettes Equipment, junger Mann!«

Matt warf dem Neuankömmling nur einen flüchtigen Blick zu, nickte und konzentrierte sich dann wieder auf seine Drohne. Maka war aus dem Wagen gestiegen. »Guten Tag!«

Der Mann lachte. »Guten Tag! Kann ich euch behilflich sein? Ihr seht nicht aus, als hättet ihr euch verfahren, aber …« Er verstummte und musterte uns der Reihe nach, erntete dabei von Ethan einen müden, von Yahto einen grimmigen und von Matt gar keinen Blick. Mich musterte der Mann deutlich länger als notwendig gewesen wäre. Kurz schien es, als wolle er etwas sagen, einen erstaunten Laut von sich geben … Er hatte den Mund schon ein Stück geöffnet, dann schloss er ihn unvermittelt wieder.

Ich vermochte mir keinen Reim auf das Ganze zu machen und wandte den Blick ab, während mir Blut in die Wangen schoss.

»Womöglich!«, erklärte Maka gerade vage. »Wir …« Sie wurde von dem Dröhnen der Rotorblätter unterbrochen, das unnatürlich laut auf die Nähe des Hubschraubers aufmerksam machte. Erschrocken zuckten wir alle zusammen. Der Helikopter flog so tief, dass der entstehende Wind mir die Haare ins Gesicht peitschte und die nahen Sträucher in Bewegung setzte. Das Stechen in meinem Kopf wurde unerträglich. In dem verzweifelten Versuch, die Geräusche auszublenden, presste ich die Hände auf die Ohren. Erst, als der Hubschrauber ein Stück weitergeflogen war, beruhigten wir uns wieder.

»Das ist … ein interessanter Begleitschutz!«, stellte der Fremde erstaunlich ruhig fest. Ich sah, dass Gargoyle langsam wieder in unsere Richtung kam. Matt holte sie zurück, vermutlich, damit Hunter und Coleman nicht auf sie aufmerksam wurden. Mit hundertprozentiger Sicherheit war die Drohne in der Luft nicht mehr sicher, solange das Helikopter-Monstrum über uns den Himmel unsicher machte.

Maka seufzte, schien nicht recht zu wissen, wie sie dem Fremden unser Anliegen klarmachen konnte. Dieser bemerkte ihr Zögern und streckte ihr die Hand entgegen. »Ich bin Marian. Marian Falk. Mein Team und ich sind wegen eines Subsea-Oil-Projekts hier am Arbeiten.« Er lachte wieder und ich beneidete ihn sofort um die Ruhe, die er dabei ausstrahlte. Mir selbst war nach Schreien zumute. Der Helikopter kreiste jetzt wieder, unterschwellige Angst erzeugend, über den Hügeln, während Matt Gargoyle landen ließ.

Yahto tauschte einen kurzen Blick, erst mit seiner Schwester und dann mit mir. *Das ist der Mann, den wir suchen!*

»Subsea-Oil?«, wandte ich mich fragend an Marian Falk.

Der nickte. »Noch nie was davon gehört?« Wieder dieses losgelöste Lachen. Und wieder richtete Marian Falk beim Sprechen seinen Blick nur auf mich. Langsam wurde mir die Sache unheimlich. Es war, als würden seine dunklen, lachenden Augen meine Haare, die Konturen meines Gesichts scannen und in ihnen irgendetwas suchen. »Na, das ist kein Wunder!«, fuhr der Forscher fort und ich musste mich zwingen, mich nicht hinter Ethan zu verstecken. Endlich, endlich ließ dieser Mr. Falk die Augen wieder von mir! »Wenn ich einen Flyer hätte, würde ich euch einen mitgeben. Habe ich aber leider nicht.« Er zwinkerte uns zu. »Mein Team besteht aus einer bunt gemischten Gruppe von Forschern. Und unser Ziel? Tja. Wir sind ein paar ziemlich heißen Gerüchten auf der Spur.«

»Sie gehören zu einem Ölkonzern?«, wollte Maka wissen. Ihr Tonfall machte erstaunlich deutlich, was sie von Ölkonzernen im Allgemeinen hielt.

»Kann man so sagen. Subsea-Oil ist ein im letzten Jahr entstandener Betrieb, der Öl im Meer ohne Plattformen fördern will. Die Branche arbeitet an Pumpen, die Öl aus schwer zugänglichen Seegebieten nutzbar macht. Wir verzichten auf wenig umweltverträgliche Offshore-Plattformen und versuchen, so viele Unfälle mit Öl wie möglich zu verhindern. Das gilt übrigens auch für unsere Standorte an Land.«

Ein verstehendes Leuchten huschte über Makas Gesicht. »Klingt gut.« Sie hatte gegen den Bau von Pipelines demonstriert. In meinem Bauch kribbelte es, ich wusste sofort, dass sich der Kreis langsam schloss. Dieser Mr. Falk schien wirklich in die Sache verwickelt zu sein!

Gerade nickte er und ließ den Blick dann wieder in meine Richtung schweifen. »Derartige Mehrphasenpumpen könnten bis in die Tiefe von 1000 Metern zuverlässig arbeiten. Das Problem ist nur, dass sie hundertprozentig sicher sein müssen. Wir wollen Unfällen und Umweltschäden vorbeugen, dafür steht Subsea-Oil. Unglücklicherweise macht diese Einschränkung das Geschäft nicht gerade lukrativ. Aber … wir sind an etwas dran, das uns vielleicht bekannter machen könnte! Wenn wir Glück haben, hört ihr in der nächsten Zeit mehr von uns!« Während dieser Worte hatte er zwar abwechselnd Matt und Maka angesehen, doch ich spürte, wie er mich noch immer aus den Augenwinkeln betrachtete. Matt war ebenfalls darauf aufmerksam geworden. Ich spürte seine Verunsicherung, sah aber gleichzeitig, dass er sich nichts anmerken lassen wollte.

»Sehr interessant!«, nickte er stattdessen und stellte dem Forscher endlich eine der Fragen, die uns beschäftigte: »Hat Ihre Arbeit zufällig etwas mit einem Archiv in Utah zu tun?« Matts Blick wanderte in Richtung der ledernen, etwas altmodischen Aktentasche, die der Forscher sich unter den einen Arm geklemmt hatte.

»Woher …« Wieder wanderten Marian Falks Augenbrauen in die Höhe. Jetzt fixierte er mich eindeutig. »Ah, ich verstehe!«, murmelte er, mehr zu sich selbst als zu uns. »Ihr seid derselben Sache auf der Spur. Und ganz offensichtlich«, er deutete auf den Helikopter, der sich gerade wieder näherte, »werdet ihr verfolgt.«

»Welcher Sache?«, hakte Ethan sofort nach. »Was ist hier überhaupt am Laufen?«

Marian schüttelte unmerklich den Kopf, sein Blick huschte wieder über mein Gesicht. Und während ich es langsam wirklich mit der Panik zu tun bekam, schien dieser seltsame Forscher zu verstehen. »Ihr solltet mit mir kommen«, schlug er vor. »Unser Camp ist nicht weit entfernt. Dort können wir euch alles erklären und hoffentlich all eure Fragen beantworten. Außerdem liegt das Camp gut versteckt.«

»Das wird nicht reichen, um unsere Verfolger abzuschütteln!«, erklärte Matt. Ich sah förmlich, wie er die Ohren spitzte, um auf den Hubschrauber über uns zu lauschen. »Wenn Sie es ehrlich mit uns meinen, müssen Sie uns hier und jetzt das Wichtigste erzählen und dann wieder verschwinden. Unsere Verfolger sollten uns nicht zusammen sehen.«

»Also weigert ihr euch, mit ins Camp zu kommen?« Er hob die eine Augenbraue. »In eurer momentanen Situation wäre ich über jede Hilfe froh.«

»Das sind wir auch«, sagte Matt. »Wir werden den Hubschrauber los und kommen dann nach. Wenn wir das geschafft haben, können wir in Ruhe noch einmal über alles reden. Nur die wichtigsten Infos brauchen wir jetzt sofort. Damit wir wissen, dass wir Ihnen vertrauen können. Sie haben sich Informationen aus einem Archiv in Utah beschaffen wollen, stimmt das? Wofür brauchten Sie die?«

»Wie gesagt, wir sind einer spektakulären Sache auf der Spur«, begann Dr. Falk. »Allerdings gibt es einige Leute, die alles dafür geben sollten, dass gewisse Informationen niemals bekannt werden. Deshalb ist das, woran wir forschen, riskant. Und euch scheint das Ganze ebenfalls zu betreffen. Man hat euch angegriffen, oder?«

»Mehrfach«, nickte Matt. »Maka auf einer Demonstration, Reagan und mich an einer Tankstelle und später hat man unter unserem Wagen Sprengsätze versteckt.«

Marian Falk schien nicht überrascht. »In Ordnung«, sagte er nur. »Wie euch wahrscheinlich bereits klar geworden ist, geht es bei der ganzen Sache um Öl. Um genau zu sein, um große Landstriche in Texas, auf denen Ölbohrungen noch und nöcher stattfinden. Ein bis vor kurzem unbekannter Konzern – die El Paso Oil Company – scheint auf dubiosen Wegen in den Besitz dieses Landes gekommen zu sein. Ein paar Leute – die zum größten Teil im Verborgenen agieren – sacken gerade eine Menge Geld ein, weil das schwarze Gold in der Gegend, die ihnen anscheinend zusteht, nur so sprudelt. Sie sind inzwischen Anwärter für Flächen in Kanada, im Amazonas-Gebiet, Saudi-Arabien, Äquatorialguinea, Venezuela, in der Nordsee und an ein paar anderen Orten. Den Subsea-Oil Konzern tangiert diese Tatsache auf recht unangenehme Weise. Wir arbeiten natürlich auch erfolgsorientiert, wollen uns auf dem Markt behaupten, aber mit fairen Methoden. Leider müssen wir annehmen, dass diese aus dem Nichts aufgetauchte Gruppe von Konkurrenten ein falsches Spiel spielt. Sie arbeiten weniger umweltbewusst als wir. Und obwohl sie bis vor ein paar Jahren vollständig unbekannt waren, sind sie gerade dabei, Teile der größten Ölkonzerne weltweit aufzukaufen. Es bahnt sich da eine … *Machtübernahme* an, die uns zu denken gibt.«

Ich hatte mich auf die Rückbank gesetzt, weil meine Knie butterweich geworden waren, und knetete in Gedanken vertieft meine Finger. Matt, der mir gegenüberstand, musterte Marian aufmerksam, während dieser fortfuhr: »Jetzt ist ein Hinweis aufgetaucht, der sämtliche Investitionen dieser unheilerregenden Gemeinschaft infrage stellt! Was, wenn das Land, auf dem dieser neue Konzern nach Öl bohrt, diesem gar nicht gehört, sondern ganz anderen Personen zusteht?« Wieder warf Marian mir einen Blick zu, den ich nicht verstand.

»Da Subsea-Oil ein persönliches Interesse daran hat, herauszufinden, ob an der Sache etwas dran ist, hat der Konzern *uns* beauftragt. Was wir hier tun, ist im Großen und Ganzen Ahnenforschung und damit auch ein Blick auf die Geschichte unterschiedlicher Gebiete.«

Mit einer ausladenden Geste umfasste er die ganze Umgebung. »Es ist allseits bekannt, dass viele Häuptlinge der damaligen Zeit mit den Weißen Verträge über Land abschlossen, die später als nichtig erklärt oder einfach ignoriert wurden. Viele dieser alten Dokumente sind verloren gegangen, zerstört worden oder längst nicht mehr gültig. Ein alter Vertrag muss die unterschiedlichsten Kriterien erfüllen, um heutzutage noch gültig zu sein. Zum ersten … muss er noch existieren.«

Marian öffnete seine Tasche und zog die Kopie eines sehr alten Fotos hervor. Da wir uns alle gleichzeitig darüber beugten und die Qualität fürchterlich schlecht war, konnte ich gar nichts erkennen. »Was ist das?«, wollte Ethan erstaunt wissen.

Marian lächelte nachsichtig. »Ihr seht die Übergabe eines Vertrages. Zwei Männer, die sich die Hände schütteln. Der eine von ihnen ist Cochise, ein Anführer und Häuptling der Chiricahua-Apachen.

Der andere ist General Howard, ein Bürgerkriegsveteran, der gerade einen Friedensvertrag mit dem Häuptling ausgehandelt hat. Nach diesem Schriftstück ... hätte dem Stamm ein eigenes Reservat zugestanden.«

»Ja ...«, fragte ich. »Und?«

»Zwei Jahre nach Cochises Tod wurde das Reservat aufgelöst, die Gruppe der Apachen hat man umgesiedelt. Von ihrem Land hat der Stamm des Häuptlings nichts mehr gesehen.«

»Und das ist die Gegend in Texas gewesen?« Marian schüttelte den Kopf. »Nein. Wenn unsere Hinweise stimmen, dann existiert ein zweiter Vertrag. Cochise scheint auf seltsame Weise ... geahnt zu haben, dass es wieder Probleme mit den Weißen geben würde. Er hat an diesem Tag noch mehr mit dem General ausgehandelt. Viel mehr. Ein paar äußerst wichtige, aussagekräftige Schriftstücke, die heute eine Menge am Weltgeschehen ändern könnten, sind nach Cochises Tod verschwunden und gerieten ... jedenfalls bei den Weißen ... in Vergessenheit. Bis heute!«

So weit, so einleuchtend. Trotzdem verstand ich noch immer nicht, was die ganze Sache mit uns zu tun hatte. Marian Falk beantwortete meinen fragenden Blick, indem er hinzufügte: »Mein Team hat es sich zur Aufgabe gemacht, den Vertrag zu finden sowie zu prüfen, wem die Rechte an dem Land tatsächlich zustehen. Leider sind seit der Unterzeichnung des Schriftstücks Jahrzehnte vergangen.«

»Und trotzdem sind Sie sich sicher, dass der Vertrag noch existiert?«, wollte Ethan ungläubig wissen.

»Ziemlich!«, bestätigte Dr. Falk. »Das alte Schriftstück ist vermutlich versteckt worden ... zwischendurch dann wiederaufgetaucht und immer weitervererbt worden. Die alles entscheidende Frage ist jetzt nur: Wo befindet sich der Vertrag augenblicklich? Zusätzlich ist natürlich nicht geklärt, was der Häuptling damals ganz genau ausgehandelt hat.«

»Es ist so etwas wie ein Wettlauf!«, fasste Maka mit sorgenvoller Miene zusammen. »Wahrscheinlich haben auch die Fotos, die man mir geschickt hat, etwas mit dem Ort zu tun, an dem sich der Vertrag befinden könnte! Deshalb hat man sie mir geschickt. Dieser Ölkonzern möchte den Vertrag sicher vor allen anderen in die Hände bekommen!«

»Genau«, stimmte der Forscher zu. »Die Arbeit meines Teams ist natürlich nicht unbemerkt geblieben. Wer auch immer die Leute sind, die zu der El Paso Oil Company gehören … sie scheinen ebenfalls davon zu wissen, dass es Schriftstücke gibt, die ihnen gefährlich werden könnten. Und natürlich setzen sie alles daran, als erstes über die Verträge Bescheid zu wissen. Wer würde nicht versuchen, die heißen Eisen irgendwie aus dem Weg zu schaffen? Um die eigene Arbeit zu schützen, brauchen sie Macht. Und die haben sie nicht, solange Schriftstücke existieren, die ihnen ihr Land streitig machen. Die Methoden des Unternehmens beunruhigen uns!«, setzte Marian hinzu. »Anschläge. Explosionen. Angestellte, die sich darum kümmern, dass dem Konzern unangenehme Personen ins Gras beißen. Hackerangriffe. Überwachung.«

Ich krallte meine Finger in den Autositz. »Schön und gut! Aber was haben wir mit all dem zu tun?«

»Um das zu verstehen, muss man den Weg nachvollziehen, den Cochises Verträge im Laufe der Zeit genommen haben. Die Schriftstücke müssen Generationen überdauert haben. Hier und da haben wir einen Hinweis auf ihren Aufenthaltsort gefunden. So gibt es am Mogollon Rim – wo wir im Augenblick unser Camp aufgeschlagen haben – Felszeichnungen, die uns hoffentlich zu dem Ort leiten, an dem Cochise die Verträge versteckt hat.«

»Eine Reise durch die Geschichte also«, murmelte Maka.

»Und durch unterschiedliche Generationen der Familie des Häuptlings«, ergänzte der Mr. Falk. »Wir haben auf unserer Suche nämlich eine Entdeckung gemacht, die dazu führen könnte, dass die Geschichtsbücher umgeschrieben werden müssen. Der älteste Sohn des Häuptlings – Taza – von dem man dachte, er sei kinderlos gestorben, hatte einen Sohn. Einen direkten Erben Cochises, der vielleicht von dem Vertrag wusste. Dieser Sohn wurde zu Zeiten des Krieges vor den Augen der Welt versteckt, hat aber später geheiratet und hatte ebenfalls Kinder.« Aus einer Dokumentenmappe beförderte Marian die Kopie einer alten Zeichnung ans Tageslicht.

Auf dem Bild war eine Gruppe von Menschen – schätzungsweise eine Familie – zu erkennen. In der Mitte stand ein junger Mann – vielleicht knappe dreißig Jahre alt – mit langen, schwarzen Haaren und einem indianisch anmutenden Gesicht. Er trug die Kleidung der Weißen, gefertigt aus Stoff, nicht aus Leder, hatte eine Jacke über die Schultern gezogen und ein Band um den Kopf geknotet.

Der Mann hatte seinen Arm um eine Frau gelegt, die ein kleines Kind auf dem Arm trug. Eine Frau mit wilden roten und sehr auffälligen Locken, deren Gesicht meinem zum Verwechseln ähnlich sah. Genau meine Sommersprossen. Meine Stupsnase. Die Fremde trug ein blau geblümtes Kleid. Ihre Haare waren länger als meine. Und trotzdem war die Ähnlichkeit nicht zu leugnen.

Ich wollte nach Atem ringen, doch in meiner Luftröhre schienen sich Backsteine festgesetzt zu haben. Gelähmt vor Schock konnte ich den Blick nicht von dem Bild abwenden. Als ich zu sprechen versuchte, brachte ich keinen Laut über die Lippen.

»Das«, erklärte Marian nachsichtig, »ist eine Zeichnung von Sacajewo und … seiner Frau. Eine unbekannte, blasse Gestalt, über die nicht viel bekannt war. Bis jetzt!« Er sah uns alle eindringlich an und lächelte. »Als ich euch vorhin gesehen habe, wusste ich sofort, dass du Reagan Cowans bist«, er nickte mir zu, »und dass ihr beide Yahto und Maka Evans seid. Ich wusste es, weil ich euren Stammbaum recherchiert habe. Denn ihr seid die direkten Nachfahren von Häuptling Cochise, ihr stammt alle von diesem Sacajewo ab. Deshalb vermutet die El Paso Oil Company, ihr könntet von dem Vertrag wissen und die Machtübernahme des Konzerns vereiteln. Deshalb hat man Anschläge auf euch verübt. Euer Stammbaum macht euch gefährlich!«

11. Kapitel

Januar 1871, Dragoon Mountains, Lager der Apachen:

Stolz betrachtete der Häuptling den hölzernen Anhänger und die feinen Schnitzereien darin. Der gebrochene Pfeil war jetzt zu seinem Zeichen geworden, und zum Zeichen des Friedens, den er über das Land gebracht hatte.

Der Anhänger und der versteckte Hinweis auf sein Vermächtnis würden den Weg in eine neue, eine bessere Zukunft weisen. Eigentlich hätte er die Kette seinem ältesten Sohn vererben sollen. Taza, dem jungen Häuptling.

Ein schmerzhafter Stich durchzuckte Cochises Herz, bleierne Trauer breitete sich in ihm aus. Taza hatte den Frieden nicht mehr erlebt. Dafür wuchs und gedieh sein kleiner Sohn und erfreute sich seines Lebens im Lager. Sie hatten alle versucht, den Knaben Sacajewo zu schützen. Hatten seine wahre Identität verheimlicht und dadurch die Geier, die Bascoms Geld begehrten, von ihm ferngehalten.

Sacajewo, der Sohn Tazas und direkte Erbe des Häuptlings, war ein fröhliches Kind.

Die Männer der Apachen kamen zurück, unter ihnen Schoka-Tonga, den der Krieg verschont hatte. Überglücklich fiel Chukada in die Arme ihres Mannes. Sie hatte die letzten Monate in der Angst durchlitten, ihn nie wiederzusehen. Ihn zu verlieren, so wie sie zu Anfang dieses Krieges auch Taza verloren hatte.

»Du bist zurück«, flüsterte sie. »Du bist wirklich zurück!«

Er löste sie sanft aus der Umarmung, brachte zwei Schritte Abstand zwischen sie, musterte sie irritiert. »Chukada …« Ihre Liebe war gespielt, war Mittel zum Zweck, um ihren Sohn zu schützen. Oder?

Sie spürte seine Zurückhaltung und die Ungewissheit, die ihn quälte. »Endlich, endlich bist du zu Hause, Schoka-Tonga!« Was er für sie und ihren Sohn getan hatte, bedeutete ihr viel. Schoka-Tonga war für Sacajewo wie ein Vater. Er ging mit ihm auf die Jagd, spielte mit ihm und hatte jeden Moment, den Schoka-Tonga während des Krieges im Lager sein durfte, mit dem Kind verbracht. In beiderseitigem Einvernehmen hatten Chukada und er noch nicht mit dem Kind über die Wahrheit geredet.

Sacajewo war noch zu jung, um die Grausamkeiten dieser Welt zu verstehen. Außerdem fürchtete Chukada, dass sie Schoka-Tonga das Herz brechen würde, wenn ihr Sohn erfuhr, dass der Krieger nicht sein leiblicher Vater war. Und das wollte sie nicht. Denn er bedeutete ihr viel. »Ich hatte solche Angst, dich auch noch zu verlieren«, gestand sie.

Der kleine Sacajewo fiel seinem Vater in die Arme, der ihn hochhob und im Kreis wirbelte. Er liebte das Kind genauso sehr, wie er Chukada schon immer geliebt hatte.

Ein Stück entfernt stand Häuptling Cochise und betrachtete die glückliche Familie. Als die Mutter seines jungen Erbens entdeckte, dass ihr Sohn etwas in seinen kleinen Händen hatte, fing er ihren Blick auf und erwiderte ihn.

Chukada und Schoka-Tonga starrten gleichermaßen überrascht wie besorgt auf den hölzernen Anhänger an der Kette, die Sacajewo sich gerade um den Hals hängte.

»Die ist vom Häuptling«, erklärte er mit seiner kindlichen Stimme. »Sie führt zu seinem Vermächtnis. Den Anhänger kann man nämlich öffnen und darin ist dann ein Hinweis versteckt. Ich soll gut auf ihn aufpassen.« Chukada sah Cochise entsetzt an. »Aber warum, Mama, hat der Häuptling gerade mir seine Kette geschenkt?«

Schoka-Tonga erstarrte neben seiner Frau, doch diese nahm ihn sanft in die Arme und zog Sacajewo ebenfalls an sich. »Das werden wir dir noch früh genug erklären«, nickte sie und flüsterte Schoka-Tonga ins Ohr: »Aber was auch passiert: Wir werden immer deine Familie bleiben. Ich liebe dich!«

Matt forderte Marian Falk auf, ihm genau zu beschreiben, wo wir das Camp der Ahnenforscher finden würden. Dann verschwand der seltsame Fremde, der mit einem Satz meine ganze Vergangenheit infrage gestellt hatte.

Ich spürte nichts mehr. Bleierne Müdigkeit lähmte mein Gehirn, hielt mich davon ab, über das Gehörte nachzudenken. »Wir müssen Hunter und Coleman loswerden und dann in das Camp von Marian Falk. Dort können wir uns vorerst verstecken!«, erklärte Matt.

»Wie willst du das denn jetzt auf einmal schaffen?«, fragte ich mit tonloser Stimme. Was in seinem Kopf vorging, war mir immer noch ein Rätsel. Seine Ideen ein Brief mit sieben Siegeln. Aber ganz ehrlich – das war schon immer so gewesen! Matt war und blieb ein Mysterium. Und ich musste mir selbst eingestehen, dass das die Sache spannend machte. Seine Unberechenbarkeit, seine Art, sich immer ganz genau so zu verhalten, wie ich es niemals erwartet hätte … Das verstärkte normalerweise das aufregende Kribbeln in meinem Bauch.

Manchmal nervte es aber auch einfach nur. Jetzt zum Beispiel.

Matt trat neben mich und betrachtete mich mit leichter Besorgnis im Blick. »Hör zu, Reag! Die nächsten Stunden bleiben wir hier … ich werde mal was basteln, damit mir der Stunt, den ich plane, gelingt.«

»Der Stunt?«

»Lass dich überraschen!«

Ich raufte mir die Haare. Das Letzte, was ich wollte, war, mich auch noch in dieser Hinsicht überraschen zu lassen. Aber ich fühlte mich viel zu ausgelaugt, um sein Verhalten jetzt noch hinterfragen zu wollen.

Überhaupt war ich mit meinen Gedanken noch bei dem, was wir soeben von Marian Falk erfahren hatten. Unser Stammbaum sollte also angeblich diese Anschläge erklären und der Grund dafür sein, dass man uns umbringen wollte. Vermutlich nahm die El Paso Oil Company an, mindestens einer von uns wisse von dem Vertrag, deshalb stellten wir eine Gefahr dar. Allerdings erklärte das weder das Verschwinden von Makas Dad, noch Chaske Moterris seltsame Andeutungen. Und vor allem hatte ich noch immer keinen Plan, was Matt mit der ganzen Sache zu tun hatte. Dabei musste, musste er eine Schlüsselrolle spielen. Genauso wie Ashlyn, ihre gemeinsamen Projekte und das, was mit Jake passiert war. Was hatte dieser Ölkonzern mit den Diebstählen zu tun, die man mir in Edinburgh untergeschoben hatte? Gab es da überhaupt einen Zusammenhang?

Okay, der Grund für die Gefahr, in der Maka, Yahto und ich wir momentan schwebten, war klar. Doch damit waren noch längst nicht alle meine Fragen beantwortet.

»Du solltest noch etwas schlafen!«, schlug Matt vor. Gute Idee. Endlich mal eine gute Idee. »Das nachher kann anstrengend werden!«, fuhr er unbeirrt fort. »Vermutlich müssen wir ein ganzes Stück laufen …«

»Laufen?«, wollte ich begriffsstutzig wissen.

»Jep. Aber mach dir darüber am besten keine Gedanken!«

Erwartete er das wirklich von mir? Ich bedachte ihn mit einem hoffentlich ausreichend strafenden Blick und schloss dann die Augen. »Mach doch, was du willst!«, murmelte ich. Ich bekam gerade noch mit, wie Maka und Ethan sich zu mir auf die Rückbank setzten und Yahto irgendwohin verschwand, dann überwältigte mich tiefer Schlaf.

Als ich die Augen wieder aufschlug, hatte ich sämtliches Gefühl für Raum und Zeit verloren. Es war hell draußen, was entweder hieß, dass ich nur ein paar Stunden geschlafen hatte … oder dass ich den Rest des letzten Tages und eine ganze Nacht auf der Rückbank des Jeeps zugebracht hatte. Ich versuchte meinen Kopf, der zur Seite weggesackt war und an der Fensterscheibe des Jeeps zu kleben schien, ein Stück anzuheben, musste aber feststellen, dass ich noch üblere Kopfschmerzen hatte als vor dem Einschlafen. Stöhnend sackte ich in den Sitz zurück. Na, das konnte ja heiter werden!

Ein kurzer Blick auf die Uhr … zum Glück hatte ich nur knappe zwei Stunden verschlafen. Von den anderen war allerdings weit und breit nichts zu sehen, dachte ich jedenfalls zuerst. Als ich den Kopf allerdings ein bisschen weiter hob, erblickte ich Matt, der die Kühlerhaube des Jeeps geöffnet hatte. Gerade steckte er mit Kopf und Oberkörper im Wageninneren.

Unter größter Kraftanstrengung quälte ich mich von der Sitzbank und torkelte in seine Richtung. Scheiße. Die zwei Stunden Schlaf auf der Rückbank hatten mir alles andere als gutgetan. »Hey!« Ich musste mich gegen die Karosserie lehnen, um trotz des aufkommenden Schwindels auf den Füßen zu bleiben. »Was machst du da?« Matts Kopf tauchte aus dem Gewirr von Kabeln und Elektroteilen auf. »Ich nehme ein paar kleine … Änderungen vor!«

»Kleine Änderungen?« Die Skepsis war mir wohl anzuhören.

Matt nickte und zwinkerte mir unanständig gut gelaunt zu. »Hab schon eine Weile hinterm Lenkrad gesessen und da vorne rumhantiert!«, erklärte er mir.

»Ahaaaaa«, dehnte ich.

»Gut, dass du wieder wach bist. Sonst hätten wir dich wecken müssen. Ich habe nämlich vor, gleich loszulegen. Hunter und Coleman sind schon zweimal über unseren Köpfen gekreist und haben sich sicher gefragt, was ich hier unten mache. Wenn ich Glück habe, denken sie, wir hätten eine Panne. Aber wenn wir nicht bald weiterfahren, werden sie sicher skeptisch. Also fahren wir gleich weiter!«

Oh, oh! Mich beschlich ein ganz übles Gefühl. »Musst du denn gar nicht schlafen?« Besorgt verzog ich das Gesicht. »Das ist doch nicht mehr normal, du arbeitest ohne Pause!«

»Ich komme noch ganz gut ohne Schlaf aus«, versicherte er. Toll. Ich verdrehte die Augen.

»Lebender Toter, erwartest du wirklich, dass ich dir wegen deiner Dummheit zu Füßen liege?«

Matt tauchte vollständig auf, vergrub die schmutzigen Hände in den Taschen der fast ebenso dreckigen Hose und zuckte dann mit den Schultern. Er lief ein paar Schritte hin und her – wie, um sich die Beine zu vertreten – und griff dann nach einem mir unbekannten Werkzeug und einer kleinen Taschenlampe. Sein Kopf versank wieder unter der Kühlerhaube.

»Hör mal … Matt«, äußerte ich ein wenig unsicher. »Besteht *eventuell* die Möglichkeit, dass du mich in deinen Plan einweihst und mich darüber informierst, was du jetzt vorhast?«

»Der Plan ist verhältnismäßig simpel!«, erläuterte er mir, immer noch ganz in seine Arbeit vertieft. »Wir müssen den Hubschrauber loswerden.« Es entstand eine lange Pause, in der ich Matt stöhnen hörte, irgendetwas unter der Motorhaube knackte und ich mit den Zähnen knirschte, weil meine Kopfschmerzen mich am Denken hinderten.

»Hunter ist nicht der Typ, der sich abschütteln lässt«, stellte ich fest. »Wie willst du das also anstellen?«

Matt hantierte an irgendetwas herum und machte noch immer keine Anstalten mich anzusehen. War womöglich auch besser so. »Wir werden unseren Tod vortäuschen«, sagte er vollkommen ernst. »Das ist die einzige Möglichkeit, sie abzuschütteln.«

Über diese Auskunft war ich derart perplex, dass ich prompt noch einmal fragte: »Und wie willst du das anstellen?«

Matt lachte. »Lass das nur meine Sorge sein! Ich habe ein paar nette special effects vorbereitet.«

Ich schüttelte den Kopf. »Matt, das wird nichts! Bevor Hunter unsere Leichen nicht gesehen hat, wird sie nicht an unseren Tod glauben.«

»Dann muss sie eben feststellen, dass unsere *Leichen* an einem Ort liegen, der für sie nicht zugänglich ist.«

Dieses kryptische Getue begann mich aufzuregen. »Ist dieses Spielchen nicht ein bisschen zu wild?«, erkundigte ich mich zweifelnd.

»Hast du eine bessere Idee?«

Hatte ich natürlich nicht. Trotzdem kam mir Matts Plan alles andere als vertrauenserweckend vor. Ich konnte mir vorstellen, dass wir uns irgendwo versteckten. Dass wir untertauchten. Dass ich mir meine Haare färbte und einen falschen Pass bekam. Dass wir ein Flugzeug zurück nach Europa nahmen. All das wäre okay gewesen. Aber unseren Tod vorzutäuschen? Das kam mir viel zu verrückt vor.

Matt schien beendet zu haben, was auch immer er da gerade am Laufen gehabt hatte. Er hob den Kopf und kreiste mit den Armen in der Luft herum, wie ein Propellerflugzeug kurz vor dem Start. An seinen Fingern klebte noch immer dieses Zeug – Öl, Schmiere oder etwas Ähnliches – und Schweiß rann ihm über die Stirn. Was auch immer er da handwerklich vollbracht hatte, einfach war es nicht gewesen. Unbeeindruckt wischte er die Hände in der Jeans ab. Mit einem einzigen Griff beförderte Matt ein Handy aus seiner Hosentasche zutage, checkte offensichtlich die Zeit und steckte das Gerät dann wieder zurück.

»In einer halben Stunde geht's los!«, verkündete er. Sein Blick machte ganz deutlich, dass auch ihm irgendetwas an dieser Sache ordentlich zu denken gab. Er schloss die Kühlerhaube und trommelte mit den Fingern unruhig darauf herum. Entspannt blickte er den nächsten Stunden – was auch immer in denen passieren würde – jedenfalls nicht entgegen.

Es dauerte nur noch ein paar Minuten, bis die anderen zurückkamen. Wie ich von Ethan erfuhr, hatten sie einen Gang durch die Stadt gemacht, um sich wachzuhalten. Als die drei uns erreichten, musste er sich erstmal an der Karosserie des Jeeps abstützen.

»Himmel«, stöhnte er, »die beiden laufen, als wären Monster hinter ihnen her!«

Makas Blick blieb in die hügelige Ferne gerichtet. »Marian erwartet uns also heute Abend im Camp!« Sie klang irgendwie beeindruckt. »Schaffen wir es bis zum Sonnenuntergang dorthin?«

»Klar!«, versicherte Matt überzeugt. Mein Kopf begann schon wieder zu hämmern. Noch mehr Fragezeichen, noch mehr Angst und Verzweiflung, die sich in meinem Inneren anstauten. Es war nur noch eine Frage der Zeit, bis bei mir der Damm brach. Bis die Fluten an Emotionen ungehindert durch mich hindurch wogten und mich von den Beinen rissen. Jeden klaren Gedanken ertränkten und nur noch Trümmer zurückließen. Ich war mit meiner Kraft am Ende. Und ich fürchtete mich vor dem, was Matt jetzt schon wieder plante.

Während wir uns zu dritt auf die Rückbank des Jeeps quetschten, stieg Yahto auf den Beifahrersitz. Matt saß hinterm Lenkrad. »Okay, Leute«, gab er das Kommando zum Aufbruch in eine reichlich ungewisse Zukunft. »Drückt die Daumen, dass der Coup gelingt!«

Wir fuhren eine ganze Weile, ließen die Stadt hinter uns und kurvten durch die schroffe Landschaft. Manchmal fühlte ich mich ein bisschen wie auf einem anderen Planeten. Einmal erstreckte sich zu unserer Linken eine tiefe Schlucht, ein anderes Mal ging es erst durch einen Wald, dann einen ziemlich steilen Hügel hinauf und schließlich in halsbrecherischem Tempo wieder hinab. Das Land wurde immer bergiger, wilder und unnahbarer, aber ich wagte nicht, mich zu erkundigen, wo es hingehen sollte.

Fakt war nur, dass der Hubschrauber uns die ganze Zeit folgte. Wir konnten ihn hören und einmal, als ich einen Blick aus dem Kofferraumfenster warf, sah ich ihn sogar. Es war unheimlich. Mein Herz raste vor Aufregung.

Als wir in ein langes Waldstück hineinfuhren, wurde das Rattern der Rotorblätter leiser. Manchmal ließ der Wind, den der Helikopter erzeugte, ein paar Blätter auf uns hinabrieseln oder sorgte dafür, dass sich die Baumkronen leicht bewegten. Sehen konnten wir ihn – geschützt von einem Dach aus dicken Zweigen – allerdings nicht mehr. Leider fühlte ich mich dadurch kein bisschen besser.

Im Wagen hatte sich eine seltsame Spannung ausgebreitet. Die Panik steckte uns allen tief in den Knochen. Keiner schien so richtig zu wissen, was vor uns lag. Matts Finger trommelten auf dem Lenkrad herum, Ethan wippte mit dem Fuß und ich knetete wieder meine Finger, die vor Aufregung leichenblass aussahen. Yahto und Maka ließen sich ihre Emotionen nicht anmerken, doch wir alle spürten, wie wichtig das hier für unsere Zukunft sein würde.

Ziemlich unvermittelt trat Matt auf die Bremse. Ich wurde im Sitz nach vorn geschleudert, dann stand der Wagen. Matt öffnete die Fahrertür und stieg aus. Yahto folgte seinem Beispiel.

Ich warf Ethan einen fragenden Blick zu, doch der zuckte nur mit den Schultern. »Frag mich nicht, was er vorhat!«, bat er und deutete genervt auf Matt. »Du glaubst doch hoffentlich nicht ernsthaft, ich hätte seine Andeutungen besser verstanden als du, oder?«

Wir stiegen ebenfalls aus. Als ich den Fuß auf den Boden setzte, trat ich auf einen morschen Ast, der unter meinem Gewicht zerbrach. Das laute Knacken ließ mich zusammenzucken. Yahto und Matt bedachten mich mit einem Blick, der schärfer war als jedes Küchenmesser. Ich kam mir auf der Stelle vor wie ein dummes kleines Reh, das sich durch eine unbedachte Bewegung an seine Jäger verraten hatte.

Scheiße aber auch! Jeder Atemzug war hier ein Geräusch zu viel! Plötzlich fröstelte ich. Auf dieser kleinen Straße waren sicher nicht dauernd Autos unterwegs. Hieß, wir hatten gerade genau das getan, was Matt eigentlich hatte verhindern wollen: Hier waren wir in direkter Gefahr, ganz allein mit unseren Verfolgern, die wie eine unsichtbare Gefahr über den Wipfeln der Bäume kreisen mussten.

Zu sagen, dass ich überhaupt kein gutes Gefühl bei der Sache hatte, wäre wohl absolut untertrieben gewesen. Ich war ein Fisch, der den Haien zur Fütterung vorgeworfen wurde.

Tausende Gedankenfetzen wirbelten durch meinen Kopf. Matt, unsere Vergangenheit in Edinburgh. Jake, der Tauchroboter. Ashlyn, die Dreck am Stecken hatte. Häuptling Cochise, von dem ich angeblich abstammen sollte. Und Matts verdammte Projekte.

Gerade schloss der die Motorhaube des Jeeps wieder. Er begann, an der Fernbedienung seiner Drohne herumzuschalten. Inzwischen waren wir alle ausgestiegen und standen unschlüssig um Matt und den Wagen herum.

Urplötzlich sprang der Motor des Jeeps an. Die Geräusche drangen durch die Stille, die sich zwischen uns ausgebreitet hatte. Obwohl niemand von uns im Wagen saß, der den Zündschlüssel gedreht haben konnte, war der Wagen angesprungen.

Ich blinzelte einmal, zweimal … ich war vollkommen übermüdet und mein Gehirn schien zu brennen, so unangenehm waren die Kopfschmerzen. Womöglich halluzinierte ich? Hörte irgendwelche Geräusche, die gar nicht existierten?

Jetzt setzte sich der Jeep auch noch langsam in Bewegung. Die Reifen drehten sich, das Gefährt machte einen kleinen Satz vorwärts, hielt dann wieder an. Okay. Offensichtlich war ich tatsächlich durchgeknallt. Ich rieb mir mit den Fingern durch die Augen.

»So«, murmelte Matt, dessen Treiben auch die anderen entsetzt verfolgten. Er hatte noch immer Gargoyles Fernsteuerung in der Hand, reichte diese jetzt aber mir.

»Habe ich mir das gerade nur eingebildet, oder ist der Jeep gefahren?«, wollte Ethan, der offensichtlich genau das Gleiche geträumt hatte wie ich, schockiert wissen. Matt machte sich derweil am Kofferraum zu schaffen. Er lud Taschen aus, verteilte diese und setzte sich selbst einen Rucksack auf den Rücken. Innerhalb der nächsten halben Minute wurden wir alle beladen wie Packesel. Wir hatten zwei Koffer dabei – einen von Ethan und einen von mir. »Die können wir nicht mitnehmen!«, verkündete Matt und deutete auf eine leere Tasche, die noch im Kofferraum stand, und ein paar Beutel. »Packt eure Sachen da rein!«, forderte er uns auf. »Wenn die Tasche zu klein ist, stopfen wir den Rest in die Rucksäcke.« Auch wenn es mir eigentlich gegen den Strich ging, hier mitten im Wald alle Sachen auszupacken, widersprach ich nicht, sondern beeilte mich mit dem Umladen. Ethan folgte meinem Beispiel. Nur die Getränke, unsere leeren Koffer und ein paar unwichtige Kleinigkeiten verblieben im Wagen.

Der Motor röhrte immer noch. Kreischend stob ein Vogel auf, der in einem der umliegenden Bäume genistet hatte. Dunkle Schatten fielen auf die kleine Straße. Matt reichte mir noch meinen Rucksack. »Aufsetzen!«, befahl er. Mit weit geöffneten Augen griff ich nach dem Gepäckstück, schnallte es mir fest hinten auf den Rücken.

»Passt auf, dass ihr nirgendwo hintretet, wo ihr deutliche Spuren hinterlassen könntet!«, wies Matt uns an. »Habt ihr noch irgendetwas im Jeep?«, wollte Matt wissen und nahm mir Gargoyles Fernbedienung wieder ab.

Ich näherte mich dem Auto, als handle es sich um ein Monster, das jederzeit zum Leben erwachen konnte. Langsam, ganz langsam begann mein vernebelter Verstand zu begreifen, was Matt vorhatte. Ich warf einen ungeheuer vorsichtigen Blick auf die Rückbank und schüttelte dann den Kopf. Da war nichts mehr. Der Geruch nach Abgasen vermischte sich mit der frischen Waldluft. Der Jeep schien unterschwellig zu beben. Eine blasse Vorahnung auf das, was uns bevorstand.

»Gut!«, erklärte Matt. Ein Druck auf eine Taste der Fernbedienung und der Motor kreischte auf. Dieses Mal war ich mir sicher, nicht zu träumen. Erschrocken machte ich einen Satz rückwärts, während das röhrende Geräusch beängstigend laut durch den stillen Wald drang.

Noch mehr Flügelschläge zwischen den Bäumen, flackernde Schatten auf dunklem Boden. Auf einmal spürte ich jedes Sandkorn unter meinen Füßen, jedes Stück trockenes Holz, jedes Blatt. Von der Straße ging nirgendwo ein Weg ab. Ich war gefangen in der Wildnis. Inzwischen war es später Nachmittag. Die Sonne konnten wir nicht sehen. Zwielicht fiel durch die Blätterkrone über uns. Matts Augen waren unnatürlich schwarz geworden. Er wirkte hochkonzentriert.

Ich hatte solche Angst.

Mein Herz begann wieder zu rasen, während ich beobachtete, wie Matt den Wagen mithilfe der Fernsteuerung in Bewegung setzte. Die Räder begannen sich zu drehen. Erst in gefühlter Zeitlupe, dann ein wenig schneller. Es war wie in einem Film. Das Knirschen des Bodens unter den Reifen. Die Motorengeräusche.

Alles so verrückt und doch echt. Matt folgte dem Wagen, der jetzt – ohne einen Fahrer – die schmale Straße entlang huckelte. Er steuerte den Jeep wie ein kleiner Junge sein Spielzeugauto. Nur, dass die Proportionen absolut nicht stimmten. Schritt für Schritt ging er dem Fahrzeug hinterher. Langsam, sehr langsam.

Wir sahen ihm nach, die Augen geweitet vor Schreck. Bei Matt sah es aus wie ein Spiel. Er steuerte sein Auto mit einer Fernbedienung.

Aber das hier war kein Spiel. Es war ernst. Verdammt ernst. Ich versuchte zu schlucken, musste aber feststellen, dass meine Kehle staubtrocken war. Wenn Matts Coup nicht gelang, waren wir geliefert. Unser Leben hing davon ab, ob er schaffte, was er geplant hatte.

Gemächlich lenkte Matt den Wagen die Straße entlang. Er setzte die Füße nur vorsichtig voreinander. Einmal legte er von hinten eine Hand an das Heck des Jeeps. Dann ging es weiter. Der Weg machte eine Biegung. In gebührendem Abstand folgten wir Matt und seinem Gefährt. Jetzt ließ er seinen Wagen auf einmal schneller werden. Schneller, schneller.

Die Reifen begannen, sich rascher zu drehen, die Felgen funkelten über dem Waldboden. Der Jeep sauste nur so dahin. Matt joggte hinterher. Die Reifen waren geländegängig. Unser Glück, weil die Straße immer schmaler wurde. Irgendwann ging sie in eine Art Weg über.

So ging es weiter durch den dichten Wald. Die Bäume rechts und links von uns rückten näher zusammen. Es wurde noch etwas dunkler. Die Kronen über uns senkten ihr Dach über die verrückten Spielchen, die wir hier spielten.

Aus der Luft waren wir jetzt auf jeden Fall nicht mehr zu erkennen. Ich konnte nur ahnen, dass der Hubschrauber noch da war. Der Waldweg bestand nur noch aus getrockneter Erde und ein paar Wurzeln. Ich musste aufpassen, nicht zu stolpern. Die Geschwindigkeit setzte mir zu, trieb mir Tränen in die Augen.

Das Waldstück war lang. Länger, als ich gedacht hatte. Und wir mussten joggen, um Matt nicht aus den Augen zu verlieren. Jeder Muskel schmerzte bei den Bewegungen. Kalter Angstschweiß rann mir über den Körper. Die Erschöpfung zerrte an mir, drohte mich zu überwältigen. Doch der Adrenalinstoß, den mir das ferngesteuerte Auto verpasst hatte, war stärker. Und ließ keine Chance, der Panik Raum in meinem Kopf zu lassen.

Es ging einfach nur weiter. Und weiter.

Der Geruch von Kiefern, Nadeln und trockener Erde stieg mir in die Nase. Ein starker Windstoß ließ Nadeln auf uns hinab rieseln und ich schloss erschöpft die Augen, während ich auf der Straße weiter hastete. Keuchend beschleunigte ich. Die anderen hatten mich inzwischen alle überholt. Keine Ahnung, wie sie das, vollgepackt mit Taschen und Rucksäcken, machten. Aber irgendwie schien es ihnen allen leichter zu fallen als mir. Wie lange konnte ich mit dem Kram wohl überhaupt noch laufen?

Ich fand mich gerade damit ab, dass ich das Tempo, das Matts Jeep inzwischen fuhr, nicht halten konnte, als dieser unvermittelt stehenblieb. Ich wäre fast in die anderen hineingelaufen. Blieb dann stehen, sackte in mich zusammen.

Matt war nicht außer Atem. Er schien das Luftholen gerade ganz vergessen zu haben. Und während ich die Hände auf die Knie stützte und hilflos nach Luft japste, sah Matt vollkommen starr zu, wie das Auto weiter raste und immer schneller wurde.

Ich blickte auf, sah die letzten Bäume des Waldstücks vor uns und an dessen Ende … eine Klippe. Offensichtlich ging es dort hinunter in eine Schlucht. Und zwar ziemlich steil. Ein einziger Baum wuchs am Abhang, die Wurzeln verzweifelt in den Boden oberhalb des Hanges gekrallt, und trotzte den beinahe unmöglichen Lebensbedingungen. Von hier – im Schutz des Waldes – wirkte es, als schwebe die eine Seite der Kiefer in der Luft. Als bräuchte es nur einen Windstoß, um den Baum in die gähnende Tiefe zu reißen.

Die Schlucht war bestimmt dreißig Meter breit. Schroffe Felsen bildeten den Abhang, dessen obere Hälfte ich überblicken konnte. Was sich auf dem Grund dieser Narbe, dieses gigantischen Risses befand, den die natürlichen Urgewalten vor Jahrtausenden in diese gefährliche Gegend gegraben hatten? Ich vermochte es nicht zu sagen.

Wachsen konnte in dieser Tiefe aber mit Sicherheit nichts.

Der Weg machte hier einen Bogen. Dass es noch nicht einmal ein Schild gab, das auf diese waghalsige Biegung hinwies, erschien mir wie ein Himmelfahrtskommando für die wenigen Autofahrer der Gegend. Solch eine Kurve, nur ein paar Meter vom höllischen, tödlichen Abgrund entfernt…

Es gab keine Straßenbegrenzung. Keine Mauer, keinen Zaun, keinen noch so kleinen Warnhinweis. Ich wusste, dass eine Fahrt hier tödlich enden konnte.

Die Situation überblickte ich sofort. Und in diesem Moment wusste ich auch endlich, was Matt plante. Ich keuchte laut auf. Starrte auf die Kante. Auf den Abhang, auf das Ende dieser Welt. Der Jeep schoss in wahnsinniger Geschwindigkeit über die Baumgrenze hinaus … schlingerte … und kam von der Straße ab.

Während meine Knie unter mir nachgaben und mein Herz aufhörte zu schlagen, blendete ich die Umgebung völlig aus. Alles schien sich in Zeitlupe abzuspielen. Matt schloss die Augen. Der Jeep bretterte über eine kurze, steinige Strecke, jagte in unfassbarem Tempo auf den Abgrund zu.

Von irgendwoher hörte ich einen Schrei, registrierte erst mit Zeitverzögerung, dass ich es selbst war, die entsetzt zu brüllen begonnen hatte. Matt presste mir unvermittelt eine Hand auf den Mund und riss mich zurück, tiefer in den Schutz des Waldes. Ich sah durch einen nebligen Schleier – schwarze, tanzende Punkte vor den Augen – wie der Wagen über den Abhang flog.

Dann brach das Chaos aus.

Es gab ein markerschütterndes Krachen, als der Jeep die Kiefer mit sich in die Tiefe riss. Das Holz des sowieso schon morschen Baumes splitterte. Der Wagen zerbarst, hielt dem Druck nicht stand. Ich hörte, wie das Auto gegen einen Stein prallte, sich überschlug und stürzte. Der Aufprall unten in der Schlucht schien die Erde erbeben zu lassen. Es fühlte sich an, als ginge die Welt unter.

Ich krallte mich an Matt, so fest es nur ging, während ich wie am Spieß brüllte. Und dann explodierte der Wagen. Ich sah das Feuer, die lodernden Flammen und eine Wand aus Rauch aus der Schlucht aufsteigen.

Und während alles zu einem riesigen Durcheinander wurde, schob Matt seine Hand in meine Haare und zog meinen Kopf gegen seine Schulter. Ich vergrub das Gesicht in seinem Pulli, nahm, gelähmt vor Schreck, den entsetzlichen Lärm wahr, der in meinen Ohren hämmerte.

Es war, als wollte mein Gehirn das Geschehen einfach nicht fassen. Als gehörte ich einfach nicht in diese wahnsinnige Welt. Diese Welt, die nur noch aus Rauch und Chaos, aus explodierenden Gegenständen, Fragezeichen und anderen Verrücktheiten zu bestehen schien.

Zitternd blieb ich in Matts Armen liegen. So lange, bis das Dröhnen in meinen Ohren langsam nachließ. Bis mein Herz einen unangenehmen Satz machte und dann endlich wieder normal schlug. Doch irgendwann wurde mir wieder bewusst, dass Matthew Nolan der allerletzte Mensch auf diesem durchgeknallten Planeten war, dem ich vertrauen sollte. Wir waren uns so nah. So unendlich nah, wie ich ihm niemals kommen sollte. Ruckartig wich ich zurück.

Irgendwo neben mir gab Ethan ein verzweifeltes Geräusch von sich. Mit weit aufgerissenen Augen und beinahe grün im Gesicht wollte er sich dem Abgrund nähern. Aus dem stieg noch immer ein bisschen Rauch. »Lass das!« Matt packte ihn und stellte sich Ethan in den Weg. »Du vermasselst den ganzen Plan!«, zischte er aufgebracht.

»*Verdammte Scheiße!*«, brüllte Ethan.

»Pssst!« Matt presste sich den Finger auf die Lippen und lauschte. Ich brauchte einen Moment, bis auch ich das Rattern der Rotorblätter in der Ferne hörte. Der Hubschrauber, der vorhin abgedreht zu sein schien, kam wieder.

»Lasst uns verschwinden!«, wies Matt uns leise an. »Und hinterlasst bloß keine Spuren!« Die Tasche, die ich in der Hand gehalten hatte, war heruntergefallen und auf der Straße gelandet. Vor meinen Augen flimmerte es, alles wirbelte durcheinander.

Matt drückte mir das Gepäck wieder in die Arme. »Komm!«, sagte er und streckte mir die Hände entgegen. »Bitte, Reag!«

Meine Knie zitterten zwar so erbärmlich, dass ich kaum einen Schritt gehen konnte, doch ich versuchte es wenigstens. Den Blick noch immer auf den Abgrund gerichtet, setzte ich einen Fuß hinter mich, dann noch einen. Langsam bewegte ich mich rückwärts. »Alles wird gut!«, flüsterte Matt. »Wir haben's fast geschafft!«

Von meinem Kopf angefangen, bis hinunter zu meinen Beinen fühlte sich alles an wie aus Wackelpudding. Mein Puls war noch immer meilenweit davon entfernt, sich wieder zu beruhigen. Keine gute Ausgangssituation für eine Waldwanderung.

»Okay, gut!« Seufzend nahm Matt mir die Tasche wieder ab und schleppte sie selbst, während wir uns langsam in Bewegung setzten. Stückchen für Stückchen ging es rückwärts.

»Hunter und Coleman werden denken, wir wären verunfallt!«, erklärte er das inzwischen Offensichtliche. »Unsere Leichen bis zur Unkenntlichkeit verbrannt …« Er zuckte entschuldigend mit den Schultern. »Tut mir leid, dass ich dich so erschreckt habe!«, fügte er mit gedämpfter Stimme hinzu. »Aber es ging nicht anders.«

Yahto winkte eindringlich. Er war ein paar Meter vorausgegangen, schien es ziemlich eilig zu haben. »Er hat Recht!«, reagierte Matt auf Yahtos stumme Geste. »Wir laufen noch eine knappe Stunde bis zum Camp! Sollten also sehen, dass wir von hier wegkommen, *bevor* Hunter den Hubschrauber landet und sich nahe der Schlucht umsieht.«

Folglich setzten wir uns in Bewegung. Der Weg war lang und beschwerlich. Zuerst ging es durch den Wald. Wir folgten der Straße, bogen irgendwann ab … dann ging es weiter über einen schmalen Pfad. Bei jedem Schritt fürchtete ich, eine Spur zu hinterlassen. Auf irgendeinen Strauch oder Ast zu treten. Der kleinste Hinweis … und die Killer würden wissen, dass wir noch am Leben waren.

Kurzatmig hastete ich weiter.

Die anderen waren verdammt schnell unterwegs. Matt rannte, als wäre der Teufel hinter uns her – was vermutlich auch gar keine so abwegige Vorstellung war – und Yahto und Maka schienen ebenfalls Muskeln und Lungen aus Stahl zu besitzen.

Wir ließen den Wald hinter uns. Jetzt ging es durch hügelige, karge Landschaft. Irgendwann erreichten wir steiniges Terrain, krackselten am Rande einer Schlucht entlang, die den Blick in einen Schwindel erregend tiefen Abgrund offenbarte. Ich musste wieder an das Auto denken, an die Explosion und den Schreck, den ich bekommen hatte. Mir fehlte die Puste, um auch nur ein einziges Wort zu sagen.

Matt war großartig gewesen. Diese Aktion war genial, sein Plan hervorragend. Und fürchterlich zugleich. Hatten wir jetzt wirklich eine Chance, Hunter zu entkommen?

Jeder Atemzug schmerzte in meiner Lunge, meine Augen tränten, ich zwang mich zu jedem Schritt. Die Angst gab mir Kraft. Trotzdem hätte ich am liebsten wie am Spieß geschrien. Es war alles zu viel. Alles viel zu viel.

Zum Glück wurde Matt irgendwann langsamer. Das Reisetempo fühlte sich endlich ein wenig erträglicher an. Schnaufend versuchte ich, wieder zu Atem zu kommen. Obwohl hier oben ein kalter Wind pfiff, zog Matt seine Jacke aus und marschierte im Hemd weiter.

Ich fragte mich urplötzlich, warum er eigentlich so atemberaubend gut aussah, mit den zerzausten Haaren und dem zerknitterten Hemd, während ich mich fühlte, als hätte ich die letzte Nacht in einer Mülltonne verbracht. Alles an mir klebte, vor Angst und Erschöpfung war ich klatschnass und fror erbärmlich, weil der Wind so eisig geworden war.

Wir hatten Oktober! Kein Wunder, dass mein ganzer Körper sich klamm anfühlte, dass meine Knie so kalt waren, dass ich sie kaum bewegen konnte, und dass ich fürchterlich bibberte.

Ich blickte hinab in den Abgrund, dem wir beängstigend nahe waren. Ein Wanderweg – ich nahm jedenfalls an, dass es sich um einen solchen handelte – schlängelte sich zwischen Büschen hindurch. Ein paar vertrocknete Blütenblätter rieselten auf den Pfad, während wir einer ausgetretenen Spur folgten. Ich kam mir vor wie eines dieser Mulis, das irgendwelche Lasten durchs Gebirge schleppt. Rechts von mir Felsen, Gestein. Aufsteigende, von vielen, trockenen Pflanzen überwucherte Hänge, und links von mir der Abgrund.

»Ist das hier die Schlucht, in die der Jeep gestürzt ist?«, wollte ich wissen. Meine Stimme ließ mich zweimal im Stich, doch ich schaffte es, die Frage trotzdem zu stellen.

Matt schüttelte den Kopf. »Das hier ist der Mogollon Rim, keine Schlucht!«, verbesserte er mich. »Es handelt sich um einen Gebirgszug, entstanden als eine Schichtstufe bei der Hebung des Colorado Plateaus. Er unterteilt den Bundessstaat Arizona in seine beiden geologischen Hauptträume. Der Mogollon Rim zieht sich fast 350 Kilometer von Flagstaff bis zu den White Mountains im Südosten. Er fällt in Richtung Südwesten über rund sechshundert Höhenmeter steil in die Tiefebene ab … und wie du zu unserer Rechten siehst, steigt er hier sanft bis zu einem Höhenplateau an …«

Nachdenklich warf ich einen Blick in die Tiefebene, rieb mir müde mit der Hand über die Stirn und seufzte abgrundtief. Am Horizont ragten ein paar Berge auf, deren Konturen nur verschwommen zu erkennen waren. Von hier oben wirkte alles so winzig. Einzelne Bäume waren kaum zu erkennen, nur einige braungelbe Lichtungen ließen sich erahnen. Mal von dem kleinen Pfad abgesehen, auf dem wir momentan unterwegs waren, machte das Land den Anschein, als sei nie ein Mensch hindurchgekommen.

»Keine Sorge!«, versuchte Matt mich jetzt zu beruhigen. »Wir sind bald da.«

»Meinst du«, fragte ich, während mein Herz so heftig wummerte, dass ich es in meinem ganzen Bauch spürte, »Hunter wird die Jagd nach uns einfach so aufgeben?« Wir entfernten uns von dem angsteinflößenden Abhang, an dem wir bis eben entlanggeklettert waren, und kraxelten aufwärts. Einen Weg konnte ich hier nicht mehr erkennen. Irgendwann hatten wir die Hochebene erreicht. Wir schlugen uns weiter durch einen Wald aus Gelbkiefern.

»Ja«, sagte er. »Wenn wir gut genug waren. Vermutlich können wir sie nicht ewig austricksen. Aber erstmal würde ich sagen, dass wir sie abgeschüttelt haben. Ich …« Er kam nicht weiter, da sich in diesem Moment die Bäume lichteten und den Blick auf eine Kulisse freigaben, die uns allen den Atem verschlug.

Das Camp lag direkt am Rim und erlaubte einen unglaublichen Blick auf die tiefergelegene Ebene. Mehrere große Zelte waren im Halbkreis um eine Art Abbruchstelle am Rande der Anhöhe aufgestellt worden. Unter uns lag der Wald, wie ein Meer aus Grün, aus dem einige hohe, rotbraune Felsen aufragten. Hier oben waren überall Seile gespannt, die einen vor dem Abrutschen bewahrten. In mehreren Zelten brannte Licht und dunkle Gestalten bewegten sich hinter den Planen. Unter Marian Falks Leuten schien geschäftiges Treiben zu herrschen. Die Sonne näherte sich allmählich dem westlichen Horizont. Wolken, deren unterer Teil sich langsam rot färbte, wanderten über den Himmel und tauchten die Szenerie und die klaffende Stufe im Abhang in warmes, dämmeriges Licht.

Fasziniert traten Maka, Ethan und schließlich auch Yahto aus dem Schutz des Waldes und machten sich auf den Weg in Richtung des größten Zeltes. Ich wollte ihnen folgen, doch Matt legte mir eine Hand auf die Schulter und hielt mich zurück.

»Sie sagen Marian Bescheid, dass wir da sind!«, versprach er. Mir wurde schwindelig, als er mich mit sich zog, wieder tiefer in den Wald hinein. Zurück in diese Welt aus Angst, der ich seit Jahren zu entfliehen versuchte. Hier war es jetzt fast schon dunkel, die Schatten fraßen den letzten Rest Licht. In meinem Kopf schienen die unterschiedlichsten Stimmen widerzuhallen. Ich hörte das Blut in meinen Adern rauschen.

»Was soll das, Matt?«, fragte ich. »Warum gehen wir nicht zu den anderen?« Es roch nach Wald, nach Nadeln und einem Lagerfeuer, das die Leute im Camp irgendwo angezündet haben mussten. Langsam hob ich den Blick und sah Matt eindringlich in die Augen. Ich spürte sofort, dass irgendetwas nicht stimmte. Ich sah es ihm an, denn in seinem Gesicht spiegelte sich keine Erleichterung.

»Reag«, flüsterte er und klang genauso müde wie ich.

»Was ist?«, meine Stimme klang leise aber erstaunlich fest. Matt stützte sich am Stamm einer Kiefer ab und fuhr sich müde mit der rechten Hand über die Stirn. »Hunter und Coleman werden denken, wir seien tot«, wiederholte er. »Das rettet uns vorerst das Leben. Und verschafft uns Zeit, das weitere Vorgehen zu planen. Die nächsten Tage werden wir im Camp bleiben und mit Marian Falk sprechen. Er scheint eine Menge Informationen zu haben. Und vielleicht kann er uns helfen, noch mehr über unsere Gegner in Erfahrung zu bringen. Damit wir diesen Konzern stoppen können.«

Sein Blick wanderte über mein Gesicht, von meinen Augen bis zu meinen Lippen. Für einen winzigen Augenblick hörten meine Muskeln auf zu schmerzen und mein Kopf fühlte sich auf einmal wieder besser an. Das Stechen ließ nach. »Du warst super heute«, flüsterte ich. »Und dein Plan klingt doch eigentlich gar nicht schlecht.«

»Nein«, murmelte er. »Aber Reag! Das, was Marian Falk erzählt hat: Dieser Vertrag, dein Stammbaum … das ist alles nur ein winziger Teil des Ganzen.« Er seufzte und ich spürte seine grenzenlose Erschöpfung. Sofort musste ich an Ashlyn denken, an das, was mit Jake passiert war. An Edinburgh, an unsere Vergangenheit und an meine Angst. Mit Matts verrückten Projekten stimmte etwas ganz und gar nicht. Denn was auch immer er da noch am Laufen hatte, es betraf uns alle und wir hatten es noch längst nicht überstanden.

Matt blinzelte, dann fing er meinen Blick mit seinem. Und auf einmal erkannte ich in ihm den Menschen, von dem ich geglaubt hatte, ihn für immer verloren zu haben. Ich erkannte den Matt, der

Teil meines eigenen Lebens gewesen war. So fremd und so vertraut zugleich. »Vergiss bitte nie, dass hinter der Sache noch so viel mehr steckt«, flüsterte er und zog mich in seine Umarmung.

Epilog

Er saß nur da und wünschte sich, ein Loch in diesen Computer starren zu können. Ein riesengroßes Loch, das alles vernichtete. Doch jetzt konnte er nicht mehr zurück.

»Das ist großartig«, hauchte sie ehrfurchtsvoll und starrte auf seinen Bildschirm. »Der Wahnsinn! Matty, du bist genial!«

Aber er war nicht genial. Es fühlte sich nicht so an. Nein, er verrückte seine eigene Perspektive, veränderte seine Wirklichkeit. Inzwischen war es, als müsse er die Welt Tag und Nacht durch einen verzerrten Spiegel sehen. Das Bild verschwamm vor seinen Augen, flimmerte, und machte ihn verrückt. Es machte ihn verrückt.

Er hatte diese Welt verändert, das stimmte. Doch dabei hatte er etwas geschaffen, das ihm über den Kopf wuchs. Diese ganze Geschichte wurde auf einmal so allumfassend, dass er sie nicht mehr halten konnte.

»Es ist genauso, wie wir es uns immer erträumt haben!«, flüsterte sie und drängte sich gegen ihn. Ihre Schulter berührte seine, sie schlang ihre Arme um ihn. Doch er konnte nicht glücklich damit werden, obwohl er selbst zutiefst beeindruckt davon war, dass es funktioniert hatte. Nur ein winzig kleines Detail hatte er nicht bedacht.

Gemeinsam hatten sie die Realität verändert, hatten mit Farben Bilder gemalt. Wie war er nur auf diese Idee gekommen? Sein Leben würde nie mehr so werden, wie es einmal gewesen war.

Von Zeit zu Zeit schaffte er es, sich selbst zu hintergehen und einfach weiterzuleben. Sich vorzugaukeln, er habe nichts damit zu tun, dass Wahrheit und Lüge verschwammen und alles in einem verzehrenden Strudel aus Erinnerungen unterging.

Doch dann wurde ihm wieder bewusst, dass er sie zerstört hatte. Den einzigen Menschen, auf den er wirklich hätte zählen dürfen.

Er hatte sie verraten und hintergangen, war ihr zu nahegekommen und hatte sie in die ganze Sache mit hineingezogen.

Er hatte ihre Realität verändert, so wie er seine verändert hatte. Er wusste, wie sie unter diesem Schicksal litt. Seine Worte hatten sie zerbrochen und jetzt flackerte nur noch Angst vor ihm in ihren Augen.

Dieses Projekt brachte ihn um den Verstand. Und immer, wenn er sie sah, wurde er sich schmerzlich der Tatsache bewusst, dass er sie verloren hatte. Er würde sie nie wiederfinden. Und nichts würde jemals wieder gut werden.

Verloren, hallten die Worte wie schallendes Gelächter durch seinen Kopf.

Du hast sie verloren.

Verloren.